纳兰朗月 著

国宝守护手记

1 关中谜影

湖南文艺出版社　博集天卷

© 中南博集天卷文化传媒有限公司。本书版权受法律保护。未经权利人许可，任何人不得以任何方式使用本书包括正文、插图、封面、版式等任何部分内容，违者将受到法律制裁。

图书在版编目（CIP）数据

国宝守护手记.1/纳兰朗月著. -- 长沙：湖南文艺出版社,2024.5

ISBN 978-7-5726-1684-6

Ⅰ.①国… Ⅱ.①纳… Ⅲ.①长篇小说－中国－当代 Ⅳ.① I247.5

中国国家版本馆 CIP 数据核字（2024）第 047527 号

上架建议：畅销·悬疑小说

GUOBAO SHOUHU SHOUJI.1
国宝守护手记.1

著　　者：	纳兰朗月
出 版 人：	陈新文
责任编辑：	张子霏
监　　制：	于向勇
特邀策划：	程沙柳　闫　弘
策划编辑：	布　狄
文字编辑：	张妍文　刘春晓　梁　湘
营销编辑：	时宇飞　黄璐璐　邱　天
封面设计：	利　锐
版式设计：	利　锐
内文排版：	谢　彬
项目统筹：	苍衣社
出　　版：	湖南文艺出版社
	（长沙市雨花区东二环一段 508 号　邮编：410014）
网　　址：	www.hnwy.net
印　　刷：	三河市天润建兴印务有限公司
经　　销：	新华书店
开　　本：	680 mm × 955 mm　1/16
字　　数：	304 千字
印　　张：	22
版　　次：	2024 年 5 月第 1 版
印　　次：	2024 年 5 月第 1 次印刷
书　　号：	ISBN 978-7-5726-1684-6
定　　价：	59.80 元

若有质量问题，请致电质量监督电话：010-59096394
团购电话：010-59320018

有大贼盗墓，必有高手"守陵"！

本故事涉及的许多事件，都曾真实发生过。

为了保护案件相关人员，

也为了保护仍存在于野外的遗址与文物，

一部分案件发生的地点采用了古称，

相关机构和人员采用了虚构的名字。

真相就在你身边，如有雷同，嘘——

推荐语

这是一本为考古学正名的小说。作者是考古学专业出身的文物工作者，她用文物工作者守护国宝，与盗墓贼斗争的跌宕起伏的故事告诉我们，考古工作和盗墓有天渊之别，绝不可混为一谈！书中还介绍了许多考古学方面的常识，可读性与专业性兼备，对普通读者而言也没有阅读门槛。

——安迪斯晨风

作为考古工作者，我在阅读过程中不时会心一笑，这本书的细节是只有考古学专业出身的人才懂得的行业"秘辛"。这至少是我看过的小说里考古知识最专业的作品，能让读者认识一个真实的文博行业。

——历史博主 考古学人

这些年，我一直期盼着看到写考古人的文学作品。它终于出现了。书中主要元素在现实里都是响当当的存在，一些盗墓事件背后也都有案可查，行内人能体会到这份真实感带来的沉重。但作者以她的笔力，将守护文物的一系列故事安排得紧张刺激，让人欲罢不能。随时穿插的考古知识也不糊弄人。书中学识渊博、意志坚定的美女博士和正直帅气又能打的退伍军人这对超强组合，堪称新时代的"护宝奇兵"。

——安徽省文物考古研究所副研究员 秦让平（微博@考古de叔叔）

目录

第一卷 西垂有声 001

第一章	向晚	002	第十一章	盗洞	077
第二章	西县	010	第十二章	冲突	085
第三章	入伙	018	第十三章	妥协	093
第四章	老板	025	第十四章	逃离	101
第五章	大墓	032	第十五章	口供	109
第六章	七鼎	039	第十六章	故人	116
第七章	楚辞	046	第十七章	归国	124
第八章	推托	053			
第九章	调查	061			
第十章	线索	069			

第二卷 雀离浮图 129

第一章　笨贼　130
第二章　鬼市　138
第三章　悬案　146
第四章　浮图　154
第五章　地道　162
第六章　销赃　169
第七章　买家　176
第八章　雀离　185

第九章　宝函　193
第十章　竞价　200
第十一章　收网　208
第十二章　审讯　216
第十三章　鉴定　223
第十四章　处罚　230

第三卷 白马青崖 235

第一章　古窗　236
第二章　白马　250
第三章　雨夜　263
第四章　诅咒　278
第五章　能人　292

第六章　黑幕　307
第七章　追回　322
第八章　告别　335

第一卷

西垂有声

西安，明城墙内东南一隅，西安碑林博物馆与关中书院附近，几条小巷子里大大小小的店铺林立，塞满锈迹斑斑、真假难辨的古玩，诸如铜钱、玺印、骨角制品、书法和碑拓等等。
此际，万物都被无边无际的大雨笼罩着。

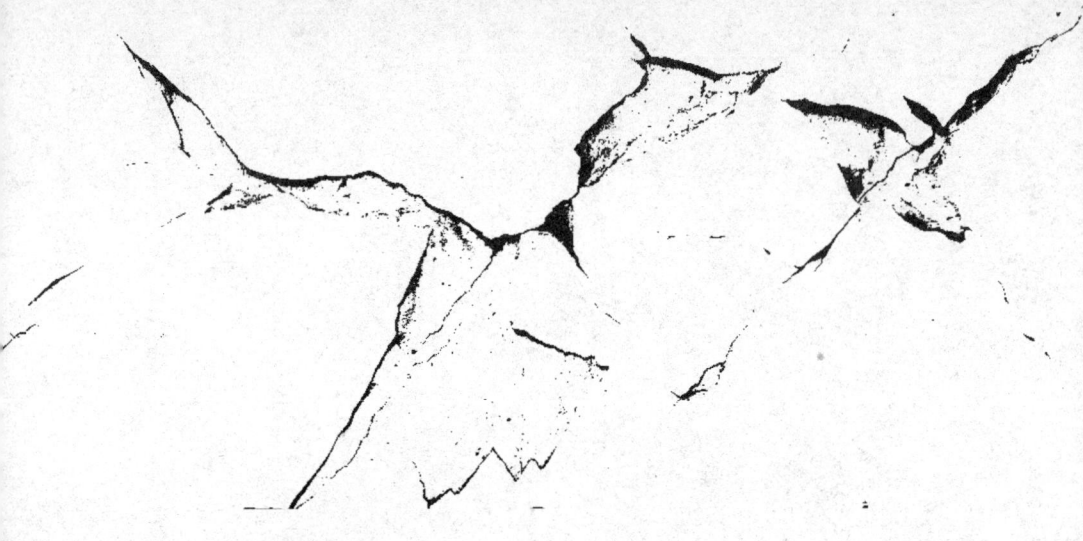

第一章　向晚

西安，明城墙内东南一隅，西安碑林博物馆与关中书院附近，几条小巷子里大大小小的店铺林立，塞满锈迹斑斑、真假难辨的古玩，诸如铜钱、玺印、骨角制品、书法和碑拓等等。

此际，万物都被无边无际的大雨笼罩着。

潮湿感穿过运动棉袜直至乐游的脚底，再至膝盖，引发了旧伤遗留的酸痛。乐游再次确认地址，与依依垂柳擦肩而过，在一排二层小楼中寻找用李斯《峄山刻石》的字体设计的四个篆字：考古书店。

推开玻璃门，仿三星堆鸟形铜铃造型的风铃被牵动，铃舌缀着一串绿松石，叮当轻响。

第一卷　西垂有声

摆放着几盆绿色植物的柜台后空无一人,电脑自动播放着勃拉姆斯的小提琴协奏曲。书架直抵天花板,密密麻麻的书籍和与人充满距离感的严肃书名散发着无言的令人感到压迫的气息,乐游不自觉地放轻脚步,向书架后方走去。

后排书架前站着一个人。那人听到脚步声回过头,她长着一张端庄秀丽的鹅蛋脸,长眉淡目,因她回头的姿态,衣褶在腰间勾勒出纤细而曼妙的曲线。

乐游不禁屏息。

墙壁忽然裂开一道缝隙,乐游警惕地跳开,随即发现那是一道其颜色与墙纸颜色相近的门。一对青年男女从门后出来,两人合力抬着一个棱角分明的牛皮纸包裹。

见有人,姑娘连忙现出微笑,招呼道:"您好,有什么需要吗?"男青年自顾自地拆开牛皮纸包裹,一边辨认书名,一边把书往架子上摆放。

"我不是来买书的,"乐游连忙收束乱飞的思绪,说,"我是鹿鸣文化梁戈先生的助理乐游。梁总派我陪向老师去西县,我想咨询一下需要准备些什么。"

店员姑娘露出恍然大悟的神情。"哦,我是早上接你电话的刘潇潇,不好意思啊。刚才在库房没听到手机响。要准备的东西挺多,怕电话里说不清,所以麻烦你跑到这里一趟。"

"没关系,"乐游摆出身为乙方的良好态度,说,"向老师在吗?不在的话,我可以等。"

刘潇潇愕然瞪大眼,指着那个瓷人似的姑娘道:"这就是我们向老师啊,你不知道吗?"

乐游本以为老板让他来找的向老师，即便不是长须飘飘的老人，也该是沉着稳重的中年男子，他还当这有书卷气的姑娘是顾客或者店主的晚辈呢……

窘迫感从他的胸膛直"泛"到耳根，他只得连连道歉。

过于年轻的向老师并不在意这个小插曲，伸手引他到落地窗边的藤椅上坐下。刘潇潇送上两杯绿茶，茶的香气清淡。她不着急走开，笑嘻嘻地对向老师眨眨眼，明目张胆地观察这位初次见面的客人。

"你是梁师兄的助理？"向老师的口音里有南方人特有的柔软特质。

乐游正襟危坐，腰肢笔挺，双手规矩地搁在膝盖上，举动中透着军人的气质，像参加面试一般自我介绍道："向老师好！我叫乐游，兰州人，退伍军人。一个月前入职鹿鸣文化，担任梁戈先生的司机兼私人助理。"

梁戈毕业于西北大学文博学院，是考古学系程教授门下最早的硕士研究生，在陕西省考古院干到副研究员，前途大好之际，忽然辞去研究室主任的职务，出来成立文化公司，混得风生水起。

鹿鸣文化主营考古勘探、考古测绘、资料整理、博物馆展陈设计、展览推介、文创产品开发等，业务范围相当广。

考古学专业不是热门专业，全国的从业者并不多。人少，从业者相识的概率就大得多，他们这个圈子里，十步之内必有熟人，许多临时需要人手的工作都依靠熟人推荐的人来做。

对向老师而言，乐游的能力与人品主要靠梁戈来保证——她跟随程教授读博，与梁戈是正经的同门师兄妹。初次见面，她只能对乐游快速产生面相英朗、气质沉稳的印象，从谈吐中判断，乐游应当不是轻浮猥琐的人。至于专业素养，她委实没时间挑剔。

两天前，向晚接到导师程云峰的电话，让她回学校一趟。

第一卷 西垂有声

西北大学位于城墙外西南，大唐西市以东太平坊内，还占据了部分唐代实际寺旧址，在不远处的含光门内至今可以看到明代砖墙里夹着唐代夯土墙。

昔日修整校园时，这里出土过不少经幢、墓志等汉唐文物，考古学系近水楼台，直接介入清理保护工作，将它们充实进了校博物馆。

校内道路被法国梧桐的浓荫笼罩，连春末夏初的阳光都被滤得斑驳柔和。学院楼是质朴的苏联式四层建筑，中轴对称，门厅常年沁出丝丝幽凉的气息，还存放着一座从甘肃某史前遗址整体打包提取回来的墓葬——因为太大太重，运不进实验室，只能放在这里。

往前走几步，走廊左右展开，多功能会议室和科技考古实验室都在这一层，前者是举行日常学术讲座、年终汇报总结的场地，后者被门禁层层保护。

二楼、三楼前半部分是行政办公室或教授们的专属办公室，后面合成一个占地两层的文物保护实验室，被土遗址、陶瓷、金属、有机质、材料学等不同方向的研究项目组分割占领，东端设有资料室，收录的历史、考古、文博类书籍和论文远比校图书馆全。

四楼一整层都是体质人类学实验室，建有西北地区最大的人骨标本库房。文博学院号称死人比活人多，偶尔会有学生跟外人开玩笑，站在三楼神秘兮兮地指着天花板说："你知道吗？上面有人，很多人。"

位于二楼的院长办公室开着门，向晚进门时，导师程云峰正给两个本科生讲学年论文，几个硕士研究生挤在沙发上紧张地旁听，担心一会儿轮到自己挨骂。

程云峰抽烟很凶，饶是门窗大开，办公室里还是弥漫着肉眼可见的青色烟雾。见向晚来，程云峰摁灭烟头，让她自便。

几个师妹喜气洋洋地给向晚腾出个靠近老师的座位，倒好红茶放到她手边。师门上下都知道，程老师脾气不小，动辄嘲讽学生——"愚蠢！犯这种错，不如回家卖红薯！""这都不明白？白长一张聪明脸。""你想过没有，你适合做学术吗？"他唯独对向晚例外，有着春风化雨般的耐心，用梁戈的话说："慈祥得跟吃素似的。"

今天程云峰心情不算好——两个本科生的学年论文写得一塌糊涂，气得他半小时抽掉八支烟。师妹们想到接下来自己汇报论文写作进度时要面对愤怒的导师，恨不得马上逃跑。

向晚师姐，救苦救难的活菩萨！

程云峰打发走本科生，重重地吐出一口浊气。一个不能跟女生们挤沙发，只能蜷缩在小板凳上的男生一脸乖巧地给老师添茶，凑过去偷瞄笔记本电脑，转移话题道："老师，这是什么？"

程云峰送了他一个"学渣退下"的眼神，把笔记本电脑推给向晚。屏幕上显示着几十张角度各异的局部照片，上面的东西看材质是黄金的，锤鍱成薄片，剪出轮廓，再用模具压制出古朴浑厚的纹路。

向晚抬起头道："鹰形金箔饰片，典型的秦国文物风格。哪里新出土的？"旋即她又改口说："不像是科学发掘出土文物，是盗墓吗？"

这批照片的清晰度极高，但没有全景，也没有任何可供参考的比例尺，完全不符合考古队的拍照习惯。

程云峰点点头道："从一家海外拍卖公司流出来的图，我们认为有春秋时期秦国的高等级贵族墓被盗，大批文物流失海外。这几张图只是其中一部分。"

师弟师妹们齐齐深呼吸。

"还有青铜重器一起流失？"向晚虽用的疑问句，但传达的意思却很笃定。

第一卷 西垂有声

"拍卖公司才接触这批文物,还没有正式对外公布信息,只把它们放进了一个私密的孝心拍卖会。我们也是通过关系辗转得知,有一套五个完整的列鼎和一批金箔饰片将被拍卖。拿不到铜器的照片,无法进一步判断——这些照片就是全部资料。"

资料有限,但凭借经验,程云峰一眼就能断定金箔饰片出自春秋秦墓。

"不能让他们拍卖啊,老师!"一个师妹忍不住道,"被外国人买去,就回不来了。"其余人连连点头,恨不得立刻把文物抢救回来。

向晚不像师弟师妹们那么激动,但考古学是一个讲情怀的学科,她学习这个专业,心情与师弟师妹们是一样的。愤怒和难以言喻的痛苦在体内烧灼,她捏紧茶杯,低头喝茶。

"我们已经联系国家(文物)局、大使馆出面交涉,要求暂缓这批文物的拍卖,他们在拍卖会开始前半个小时,阻止了拍卖。"国家文物局,在业内简称国家局,一切文物、博物馆和其他考古相关的工作都在它的指导下展开。"但是,拍卖公司和美国海关要求我们拿出证据,证明它们属于中国,否则绝不会归还。"

师弟高声道:"这还需要证明?看一眼就知道是中国的啊!"

"要证据,我给!"程教授冷笑道,"美国海关给了半个月的答复时间,下个月我和老曹去参加听证会,学术上的证据是确凿的,我有八成把握说服国外学术界。"曹武是陕西省考古院秦汉考古方向的专家,也是文博学院的名誉教授,还是程云峰的多年好友。

但他们要面对的不仅有学术委员会,还有把商业利益摆在首位的拍卖公司,就算能从学术上证明这些是中国的文物,但没有非法盗卖的证据,对方也绝不会松手。

另一个师妹小声说:"报警了吗?警方说文物来源不合法,他们就没法拍卖了吧？"

程教授拍桌道："文物来源不明，警方连它们是秦是汉的都分不清，怎么查？警方还等着我的消息，指望我从金箔片的照片中推测它们的出土地呢！"

程云峰又掏出一根烟，点点屏幕说："这批东西的来源地，不是雍城就是西县，老曹这两年在雍城，对那里的情况最熟。这些天他开车把可能的地点全跑了一遍，把技工、民工都派出去打听消息，没有发现异常，所以问题大概率出在西县。你这几天有空的话替我跑一趟西县，调查一下当地的情况。"

"好。"向晚拿出硬盘拷贝照片。

程云峰叹了口气道："梁戈手底下有一批人在冀县勘探，离得不远，我让他找人陪你去。"

临近今年的学生毕业答辩之际，学院事多，他确实走不开。要不是向晚与西县有特殊渊源，他真不想派这个文文静静的姑娘去那盗墓成风的地方。

"路上当心，遇着事不要硬来，保护自己要紧。"程教授千叮咛万嘱咐，越想越担心，想反悔，哪怕向晚的田野经验超过同龄的男同学，他也不愿意让她冒险，这个学生是特殊的。"要不然你别去了，等小裴回来我叫他去。"

向晚轻声但坚定地说："就算您现在通知裴师兄，等他从拉巴特回来，也来不及了。老师，我可以。"

裴梦飞是程云峰的另一个在读博士，比向晚高一级，跟随西北大学中亚考古队去了乌兹别克斯坦寻找大月氏的遗存。一次学者访问签证时长三个月，这次他刚出去没多久，提前办理回国手续麻烦不说，也浪费机会。

程云峰当天就找梁戈要人，比着招研究生的标准提了一堆要求，听得梁戈头大。而后，乐游就坐到了向晚面前。

档案袋和两本一寸多厚的硬壳精装书放到乐游手边。"我们要跑西县的几个早期秦文化遗址，这是物资清单，你们公司应该都有，跟梁师兄申请尽快配齐，回来找我报销。《西汉水流域调查报告》和《中国文物地图集·甘肃分册》会有用，你尽快读一读。今天是26号，我们最迟28号早上出发，有什么问题发消息给我，我看到会回复你。"

乐游舌根发苦，他高中时学习成绩不算好，一毕业就应征入伍了。他在战斗部队当侦察兵，在一次演习中为救误闯演习区的老乡伤了腿，带着嘉奖被推荐去了军校。

但彼时母亲病重，他匆忙打了退伍报告，带着安置费回家照顾母亲。母亲去世后，老家再没什么亲人，他便通过表姐的私人关系，应聘进了梁戈的鹿鸣文化公司，成为梁老板的司机兼私人助理。这是他第一个月上班。

文博行业竞争激烈，鹿鸣文化里随便一个文员就拥有本科学历，业务骨干更是硕士研究生学历起步。一个月里，乐游没少觉察到学科背景带来的隔膜——这个行业自成体系，从业者有着特殊的默契，许多时候心照不宣的几个关键词的信息量远超对外行进行长篇大论的解释。

书山有路，学海无涯。他感觉自己茫茫然靠不了岸。

留了联系方式，乐游带着略微沉重的心情起身告辞。他一手夹着书，一手撑开伞冲进雨幕，差点迎面撞上个漂亮得有点女气的小伙子。

原来，这书店还有顾客光临。乐游心想，不然就刚才那冷冷清清的样子，他真怕自己还没从西县回来，这书店就倒闭了，连他的劳务费都发不出来。

手机振动，他查看信息，发现向老师发来了她的姓名——向晚。

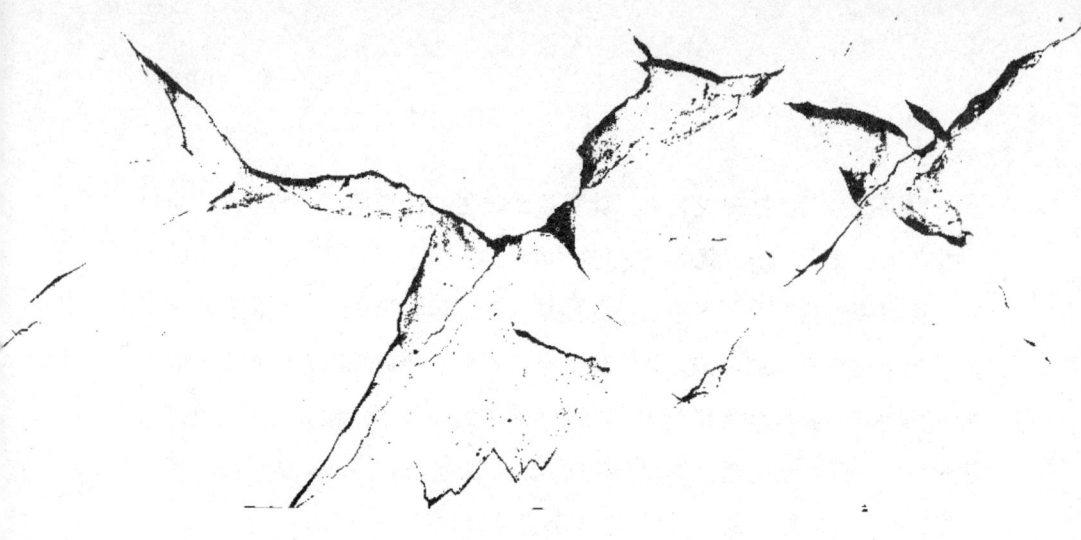

第二章 西县

"你说向晚啊,"梁戈在用车单、物资申领单上签完字,一边打开网页登录知网系统,搜索着相关关键词,一边心不在焉地同乐游闲聊,"她年纪不大,还在读博呢。

"向楚辞老师,你知道吧,是她叔叔——哦,对,你不知道他,他在业内很有名,可惜十几年前失踪了。说是失踪,这么多年了,难说还在不在人世……当年他在学术界是顶尖的,西北大学考古系挑大梁的人物,再给他十年,他绝对能带领考古系再上一个新台阶。可惜……就给侄女留下这么一家书店。"

说得兴起,他也不查资料了,往后一靠,认认真真讲琐闻:"向晚算

第一卷　西垂有声

是在我们学院里长大的，程老师跟向老师是同门师兄弟，都是北京大学周先生的弟子，俩人好得穿一条裤子——真穿过，据说他俩上学时合买了一套好西装，轮流穿去和女同学跳舞。从前他们下田野，就把向晚放到程老师家让师母带着。遇到假期也会带向晚去工地玩，我实习那会儿就在工地见过她，还带着玩过。她是个有点内向，但很爱笑的小姑娘，也聪明。高考成绩出来，她本来能去北大考古系，不过为守着那家书店，还是选了西北大学。去年有机会保研北大，她又放弃了。"

梁戈交游广阔，一肚子业内的逸闻趣事，乐游怀疑西北地区文博考古行业就没有他不知道的秘闻。

不过，梁戈是个爱护师妹的好师兄，讲逸闻纯粹为了给下面的威胁做铺垫："这一路上，你把人给我护好了！敢动一点歪心思，我找你表姐告状。"

梁戈哪敢放冀县那几个在田野太久，见着姑娘就嗷嗷叫的"禽兽"接近向晚？全公司从上到下捋一遍，就数乐游看起来最可靠，乐游虽然在专业方面不足，但身手好。即便如此，他还是要威胁一番才敢把人放出去。

乐游回到工位上，对着桌上厚厚的待读书目，微不可察地叹了口气：他和向晚之间有着巨大鸿沟，单是学历的差距就让他没有勇气生出妄念。而且，他确实很怕自己的表姐，这威胁很有效。

清晨，古城还安眠在薄薄的雾气里，鹿鸣文化提供的SUV已出古城。

从西安到西县，开车需要六个小时，行程漫长而枯燥，乐游虽然不是多话的人，也不得不担起活跃气氛的重任。他绞尽脑汁向副驾座上的向晚搭话："向老师现在做哪个方向？"

"商周车马埋葬制度研究。"向晚望着窗外，言简意赅，态度不算拒人于千里之外，但也没什么热情。

乐游近来恶补考古学的专业知识，知道古代马车的结构与车马器可谓考古学界最冷门且复杂的方向，光是马车部件的那些生僻的专有名词就能让人头昏脑涨。

他明智地转移话题："我读了几篇考古类型学的相关文章，总感觉理解起来有困难，能麻烦向老师讲一下吗？"

考古学两大基础理论，一是地层学，一是类型学，整个学科都依靠这"两条腿"行进。考古类型学基于达尔文进化论和林奈的生物分类学方法，经典论述的切入角度区别很大，没有实践经验的初学者很容易迷失在庞杂的理论中。

向晚想了想，细致耐心地解答。说起专业知识，她谈兴浓了许多，甚至兴致勃勃地拿学校食堂的两种不同的不锈钢碗举例子。很多学者都这样，谈及感兴趣的领域，能一口气说上至少半个小时。

乐游很快就后悔了，他艰难地把注意力集中在方向盘上——向晚的嗓音柔和清甜，一不小心，他就会被吸引进去，忽略路况。

考古界也有"鄙视链"，做田野的看不上坐书斋的，搞研究性发掘的轻视做配合基建项目的，史前考古自认为血统最纯正——没有文献，研究完全依赖考古学方法，商周方向则宣称"三代以后无考古"，好在秦汉隋唐还能傲视宋元明清，元明清自嘲"下三代"，地位可想而知。自然，半路出家的从业者也不及根正苗红的受人青睐。

西北大学是老牌名校，在20世纪50年代紧随北京大学之后开设了考古学课程。半个多世纪以来，西北大学给西北地区培养了众多行业精英，但考古一直是其王牌专业。

如果梁戈的说法准确无误，那么向晚这种本硕博都读考古学，受过最专业的学科训练、拥有至少五年田野经验、研究方向明确、能帮导师承担课题的博士研究生，无疑是雄踞鄙视链顶端的。

而乐游入职鹿鸣文化时间不长，对考古的了解仅限于几部纪录片《探索·发现》和几期综艺节目《鉴宝》，很不幸，他甚至还没有进入这个鄙视链的资格。

八百里秦川向西，连霍高速过宝鸡后一头扎入秦岭连绵不绝的群山中，待察觉到林木丰茂、空气润泽时，便已过分水岭，到达长江流域。

甘肃南端受地形所限，从三千年前至今，人口都只能沿河流两岸的狭长地带分布，西县也是如此，西汉水穿县城而过，日夜不息。

两人在中午抵达西县，入住县城招待所。据说这是当地最高档的宾馆，但房间仍散发着浓烈的劣质烟草气味，枕套、床单上有烟头烫出的焦黑孔洞。

乐游才放好行李，向晚就来敲门，说："我要去找人打听点消息，你休息，还是一起？"

"我陪您去。"

县城不大，向晚带乐游步行二十多分钟，在城区边缘找到一户带院子的自建房。推开铁皮夹着木板的大门进去，有几间旧平房，恶臭扑鼻。院里只有个耳背的老太太在切猪草，向晚同老太太搭话，扯着嗓子喊了半晌，才得知她要找的人已经搬走，连房带院子卖给老太太的女婿一家好些年了，如今老太太的女婿拿这院子养猪。

当地方言不太好懂，陕甘川三地口音融合，乐游听着颇吃力。

从老太太家出来，向晚解释："我小时候住过这家——当时是西北大学早期秦文化考古队在西县的驻地。"

考古队下田野，通常租赁当地民居作为居住、储藏和办公场所，有时还得住废弃的窑洞或校舍，更有甚者，在新疆的考古队驻扎在老乡家的羊圈。

已是午饭时分，向晚踌躇片刻，选定一个方向走。她越走对路越熟，不久拐进一条小巷子，在巷口几个小吃摊里认真挑选一家，于略带油污的桌旁坐定，喊老板娘："两碗热面皮。"

老板娘人到中年，颇具当地顶门立户的"女掌柜"风范，吩咐男人蒸面皮，她麻利地切好面皮，调味道，询问他们吃辣的程度，拿来两双竹筷、一碟小菜，一面收拾旁边的桌子一面寒暄："这个小妹儿好俊，看着好眼熟。"

"您还认得我啊？"向晚露齿而笑，"那时候我才10岁出头，有一年暑假我天天来您家吃早饭。您说看坎叔的面子，给我打八折。"

老板娘恍然大悟，说："哦哦，是西安小妹儿，你都长这么大了！这次回来，是旅游？带男朋友来玩？"

乐游脸红了，幸亏他皮肤黑，还不显。向晚不否认，笑眯眯地继续打听："我带他来看看坎叔——他这人真是，搬家也不告诉我们一声，害我白走一趟。"

老板娘撇嘴，说："人家都往城里搬，就他古怪，不跟闺女去市里享福，放着好好的县城不住，非要回村里。村里人都走光了，就剩下两三个孤寡老人，也不知道他回去干啥。他又不爱跟人来往，我们做亲戚的，如今见一面也难。"

饭后跑一趟超市，把好酒、好烟、牛奶、饼干摞在后备厢，他们驱车离开县城。

村子太小，导航地图不收录。他们按老板娘的指点先到镇上，再沿九曲十八弯的土路进山，越开越见荒芜，路旁野草长得比人还高，路上还时不时蹿出几只野兔、野鸡。

终于远远望见个村庄，前方唯一的路却被石块、树干堵死，乐游只得将车停在路边。

向晚嘴唇紧抿，她的沉默里藏着重重心事。她眯眼看了一会儿荒村,说话却很乐观:"你运气怎么样?碰碰运气,要是找到人,我请你吃饭。"

"向老师,这村里还住着人。"他是侦察兵出身,观察力格外强,哪怕村子粗看像墙颓瓦烂的废墟,近期人类活动的迹象也瞒不过他的眼睛。

两人下车,带上烟酒等物,踩着坑坑洼洼的土路往村里走。向晚轻声提醒:"我要找的人叫王坎,50岁上下,鹰钩鼻,个子不高,很瘦。"

"是您的长辈?"

向晚不知该如何形容,过了一会儿才说:"王坎曾经是个盗墓贼。"

乐游愕然。

"西县是秦的西垂所在,埋葬着几十代王公贵族。几十年前,随便一场雨冲垮盘山公路的断崖,就有金绿铜器露出,当地人见怪不怪。20世纪90年代初,外来古董商贩大量拥入,盗墓成为本地的'支柱产业'。"

文物贩子闻风而动,像嗜血的鲨鱼聚在一起追逐猎物。当时,西县有句顺口溜"要想富,挖古墓,一夜变成万元户",抡锄头种地的农民改行,家家户户参与盗墓。

几年里,西县境内十墓九空,山上盗墓热火朝天,流水线作业般日夜不停,宛如集市。不计其数的文物流落海外,损失无法估量。

后来,考古队介入时发现,被盗墓地每隔四五米就有一个盗洞,密集如蜂巢,考古队员每每提及,痛心疾首。

盗墓猖獗时,村民腰间绑着绳子进入盗洞,取一件铜器、玉器出来,不同口音的买家立即一拥而上,围在坑口议价,用现金支付。两天后文物就能运抵香港,拍卖出村民难以想象的价格。摸出"不值钱"的石磬、陶器、人骨,村民便红着眼当场砸碎,抛掷到荒草丛中。

王坎也曾是这个产业链中的一员。

1991年，王坎22岁，已有一个两岁的女儿。

农村人结婚早，他是家里第三个儿子，19岁就从不通公路的山里到永兴镇给人做上门女婿。种地收入太低，年轻人总相信自己能挣大钱，出人头地，他贩卖过党参、花椒，辛辛苦苦一年下来，却总在蚀本。折腾几回，老丈人、丈母娘再不给他好脸色。

他家交不起电费，供电所的人拉闸断电，洋蜡也要省着用，日头一落下去，屋里黑洞洞，只有老丈人的烟锅一明一灭。王坎脖子上顶着闺女在门前转悠，闺女两只小手把着他耳朵当方向盘，嘴里学拖拉机"突突突"，指挥他往亮处跑。

别人家电灯照着青瓦，拐角那家的女娃娃和他闺女同岁，头上系着粉色蝴蝶结，抱着个搪瓷缸子咕咚咕咚喝得香甜。麦乳精的味儿飘过来，闺女伸手往那里够。娃馋麦乳精，口水流得满襟，王坎抱着她不让讨吃的，她哭得上气不接下气。媳妇闻声赶来，夺下闺女回屋，扬起巴掌往她屁股上拍。

王坎抢一步进去护住娃，说媳妇："没偷没抢，小孩儿家嘴馋有啥？"

媳妇丢开手，摔摔打打地骂闺女："丧门星！不老实的祸种！一点好的不学，成天就知道眼馋别人，也不看看自己是个啥货色，吃不吃得起那些个东西！"

王坎知道这骂是冲他来的，青筋直跳，偏又理亏，索性摔门出去。

最后他钻进棋牌室，在烟雾腾腾的麻将桌边找到一个熟人，说："你说的那个活儿，我干！"

那个熟人叫郭幺生，是个没营生的老光棍，家里精穷，这几个月却突然穿起皮夹克、戴上金手表，财大气粗起来。他挥挥手，说："迟了，人够了，下回再找你。——八万！"

昏黄的灯忽闪忽闪，麻将在桌上哗啦哗啦响，郭幺生鼻翼冒着油汗，手边的暗绿色毡毯下压着至少20块钱。

一罐麦乳精5块钱，王坎得挣大半个月。

他咬咬牙，到门口的小卖部厚着脸皮赊下一包"555"牌烟，又进去给郭幺生赔笑，递上一根烟，好言好语地求情："幺哥，咱们两个可是从小的交情，我原先跟着你抓雀儿、撵兔子，什么时候也没和哥你红过脸。这回实在是屋里娃没吃的，你带上我，我不要太多，能给娃买点奶粉、麦乳精就行，娃记得她幺爹的好，将来孝顺你。"

郭幺生停手，随手揪一个身后看牌的人替他打，卷起钱揣进夹克，带王坎到屋外僻静处，吐着烟说："这不是啥好活儿，损阴德，你娃才一两岁，不干为好。"

"哥啊！"王坎连忙求告，"再赚不到嚼裹儿，我就得到阴平挖金矿去了。我要是砸死、炸死在矿洞子里，我娃就没爸了，你的活儿再咋说都比挖黑矿好啊！"

郭幺生上上下下打量王坎一阵，猛哑一口烟："行，我去给师父说一说，把你带上！成不成，你给谁都别说，死活由各人的命，知道不？"

"知道，知道！"王坎不住地点头，给郭幺生续烟。

此时他还不知道自己的命运已来到一个莫测的转折点。

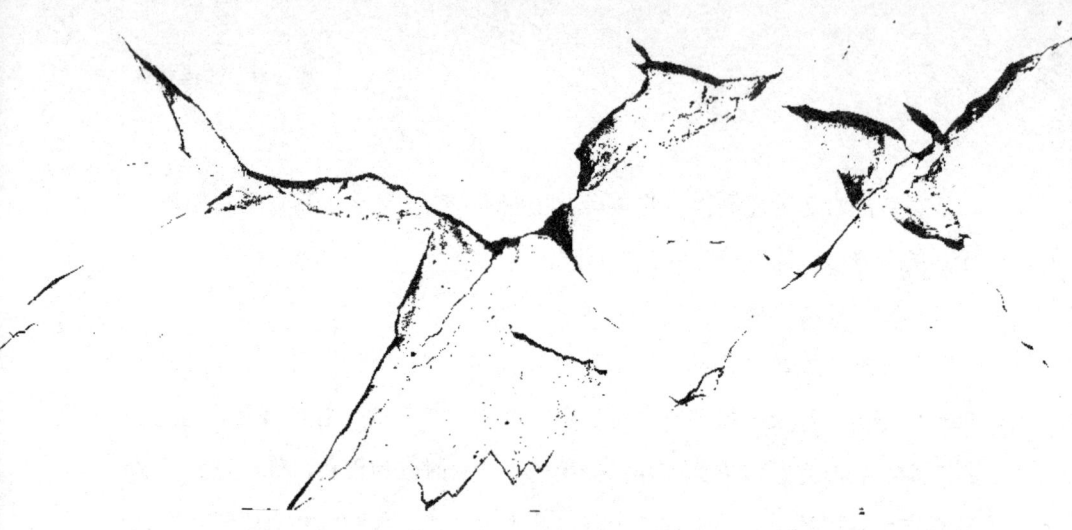

第三章 入伙

接下来几天,王坎满心忐忑地等着郭幺生的消息,生怕他撇下自己去赚大钱。

这天趁着天还没黑,王坎正给闺女搓尿布,就见郭幺生闪进门,说:"你个大男人,咋还干这个?"

"幺哥,"王坎连忙站起来,问,"是有门路?"

郭幺生低声:"换身能下地的衣裳,别声张,跟我走。"

王坎飞跑进屋换衣裳,媳妇追问他干啥,他顾不上答,只说:"晚上闩好门,我不回来了。"

在媳妇气急败坏的骂声里,两人匆匆走进渐深的夜色中。

山里天黑得快，不一会儿就只能看见前面人的模糊的影子，黑乎乎的，像鬼魅一样。王坎深一脚浅一脚地踏在荒草里，才想起自己出门急没带手电筒。他问郭幺生："幺哥，去哪儿啊？"

"别问！"郭幺生只顾埋头赶路。

好在王坎从小在山里长大，习惯走夜路，勉强能跟上郭幺生的速度。

走了差不多两个小时，估摸着爬了一段坡又下到个山坳里，郭幺生突然停下，从怀里摸出个手电，照着前头，有规律地晃几下。

对面也亮起光，晃悠悠走过来一个人。对面的人压着嗓子问："来了？"

"人来了，师父。"

王坎懵头懵脑地跟着叫了声师父，对面的人举起手电，光柱直直打在他脸上，王坎眯起眼别开头，心正慌时，只听对面一个关中口音问："新来的，敢不敢下去？"

20来岁的大小伙子，就算真怕也不能叫人看出来，王坎粗声说："有啥不敢？"

"行。"对面挪开手电，叫他看地上。

荒草里不知几时已挖好一个长不足两尺、宽一尺的长方形洞口，黑幽幽的不知有多深，洞口胡乱堆着湿土。

王坎心里一震，晓得镇上都传郭幺生在帮香港的大老板挖宝，只怕是真的。盗墓挖宝，他只听过没干过，也不知道地底下是不是真的有恶鬼，万一遇上个恶鬼，把他弄死，他可没处诉冤枉去。

郭幺生不耐烦地说："就是几根死人骨头，你看我是遗了魂还是丢了命？你能干就干，干不了就回去。我照样发财，你往后再有事情别找我。"

王坎穷怕了，一咬牙一狠心，捞起绳子就往腰间系，想闷头往下跳。

那关中人连忙扯住他，指点道："别说师父没教你，你看挖这洞的时候，两面留了脚窝方便上下，你踏着脚窝下去。七八米深的洞，直接跳下去，摔不死你才怪！"关中人又给他一支小手电，王坎只见过手腕粗的铁皮手电筒，还是头一回见这么小巧的。

在害怕和激动这两种情绪夹击下，王坎手脚都有点发抖，他嘴里叼着小手电，摸索着爬进洞里。

这洞窄得厉害，脚窝更是浅得只能容三分之一个脚掌，也就王坎这种瘦小的身子还能在里头活动，他原先也是上树摘果子、摸鸟蛋的一把好手，很快掌握了踩着脚窝往下走的技巧，飞快到达坑底。

坑底沉闷的土腥气灌进王坎的鼻子，他站在底下往上看，啥也看不见，倒还能听见关中人在说话："我把铲子跟桶吊放下来，你注意脑壳。"

由一根绳子吊下工具，王坎圪蹴在角落里，依照吩咐往旁边掏土，心说这也不是啥了不起的活儿，当农民的哪个不会挖土？这钱还是好赚的。

他年轻，动作也快，几十下就深深地掏进去，郭幺生跟关中人同时往上吊土，都应付不过来。

忽然，铲子"铛"一声碰到啥东西，王坎一喜：挖到宝贝了！

他不敢再用铲子，叼着手电凑过去，拿手刨浮土，一边刨一边估摸，到底是金还是银，刚才好像看到点白光，只怕是银的。手电光随着他的动作乱晃，王坎反应慢了一拍，把那个圆溜溜、白乎乎的东西拿着转了半圈，直到两个黑洞洞的眼眶对上他，一股凉气直冲天灵盖——人头！

"啊啊啊！"王坎惊叫，站起来就要往外跑，可这盗洞窄小，一下子撞得头晕眼花。再加上手电掉落，他两手乱扑，四面的土簌簌往下掉，听着像要把他埋到这里！

王坎也不知道自己是怎么挣扎着出来的，回过神时，人已经爬到了盗洞口，他的心肺火辣辣的，几乎要炸裂了。

关中人和郭幺生抱着肚子笑得几乎要断气,他才慢慢反应过来:腰里那根绳子没用,这两个人压根就没拉扯过他!

王坎又是惧怕,又是愤怒,又是惭愧,扑过去就狠狠给了郭幺生一拳。郭幺生立刻还手,那个关中人不笑了,连忙上来把王坎拉开,说:"要干这一行,这种事情少不了,胆子小没种的就别干。"

"我才不害怕呢!"王坎哪里受得了这种激将,粗喘几口气,再次下到盗洞里,在土里摸手电。这回先摸到的还是头骨,他强忍着没叫,想着鬼怕恶人,照老人的法子吐了口唾沫在骷髅上,咒骂着撇到一边,终于在一堆浮土下找着了手电。

"这还像个样子。"关中人在上面说,"你掏过了,在脑壳往外一尺多的地方,左右两边找一找。"

王坎定定神,依言往那个方向挖,不久就挖出几个罐子,擦掉一小块土看看,灰扑扑的,也不知道值不值钱。

罐子用塑料桶吊上去,王坎收起工具爬到地面上,躺在洞口直喘气。关中人踢踢他,他往旁边一滚,浑身发软。

看着关中人爬下去,王坎才发觉自己又犯了傻:"底下还有宝贝?"

郭幺生说:"当然,你还指望这几个破罐子能卖上钱?真正值钱的金银财宝,师父这种老手才知道在啥地方,你还得学。"

"幺哥,你学到多少了?"

"反正不少,再多学点我就单干,到时候赚的钱我独占。"王坎这才知道,原来"师父"带着他们干活,他们只能拿小头,毕竟能找着古墓和古董才是技术,他这样的多是给师父卖力气。头一次就碰到挖好的盗洞,是这个师父给他练胆子的,以后可没有这种轻巧事了。

"幺哥,吃烟。"郭幺生再怎么说都比他有经验有人脉,他还不敢得罪郭幺生,刚才打那一拳,他有点后悔。

郭幺生任由王坎给他点上烟，含混地说："你也吃一根。"

王坎点烟才吸半口，郭幺生一巴掌打过来，打得他人也歪了烟也掉了，半张脸一下子肿胀热烫。郭幺生口里还喝骂："驴日下的，烟都不会吃！"

王坎本要发作，闻言一愣，烟有啥不会吃的？

郭幺生冷笑道："你看我咋吃！"

普通人抽烟，都用食指、中指夹烟，烟头冲外。郭幺生却用大拇指和食指夹着烟，把明明灭灭的烟头藏在手心里，手掌遮住那一点通红。

"黑夜里一点烟头，万一有放羊的、住窝棚看瓜果的，眼睛好点的七八里外都看得见！"郭幺生也受过关中人的教训，这时候拿出过来人的气派训王坎，"吃烟可以，但不能叫人看出来，这是规矩！"

王坎连连点头，也学着他的样子，蹲在洞边，把烟头藏在手心，对着漆黑的天幕吞云吐雾。后来，这成了他改不掉的习惯。

又过了大半个小时，关中人带着一身土爬上来，哼哼两声，掉头就往山下走。

郭幺生连忙收拾好工具，和王坎追上去问："师父，挖着啥好宝贝了？"

关中人边走边说："下去再看。"又告诉王坎，本来按规矩，都是师父指点，徒弟下墓，墓里出的东西不问贵贱全交给师父，师父给分钱。念在王坎头一回干活儿，他当师父的又亲自下了坑，少不得给王坎看看宝贝。

三人下山，在距永兴镇两里路外的破庙里落脚，关中人从怀里摸出今晚的收获给王坎看。两支手电照着两个绿锈斑斑的物件，王坎有些失望："这看着也卖不上啥价钱。"

"你懂啥！"郭幺生说，"值不值钱，师父说了算。"

关中人冷笑道："是不值大钱,可也能卖个几十一百,不比卖力气种地划算?再说今天是给你练手,专门挑的小墓,啥时候挖着大墓,你才知道啥叫宝贝。"

那时的一个资深民办教师一个月的工资也就40元,王坎一听自己一晚上就能赚这么多,不由得兴奋起来,铁了心要跟师父和郭幺生干。

三人就地分别,王坎到家时鸡已叫过一遍,他不敢惊动四邻,悄悄翻墙进去,换下滚成泥疙瘩的衣裳,把它们塞到水缸后,钻进厨房将就到天亮。

天亮后,那衣裳难免又招来媳妇一顿骂,王坎也不还嘴。等到晌午,郭幺生送来一张大团结,王坎立即去供销社买了罐麦乳精,放到媳妇面前。媳妇哑口无言。自此,他的家庭地位大大提升。

昨夜拜了师,还不知道师父姓甚名谁、长啥样。王坎拿剩下的五元钱买了两包点心,提着去破庙看他师父,这才知道关中人就叫关仲义,借贩党参之名住在那里已有半年多,看着是个四五十岁的寻常老汉,镇上也没人在意。但人不可貌相,谁知道他师父在那破庙里往外倒腾了多少宝贝?

王坎正式入伙当盗墓贼后,除了他师父,又陆续认得几个同伙,有的是他师父的老熟人,有的是郭幺生在镇上和周围村里拉来的闲汉,都是身材瘦小但有一把力气的。几个人联手盗墓,就不像第一回那样小打小闹,一个月少说也要"开张"十几次,虽然有时挖一晚上也挖不到啥,但大部分时间都能碰到几件铜器。要是运气好,小件的金器、玉石也能遇到。

师父打着贩党参的幌子,有时跑到外地销赃,有时在本地悄悄约见天水来的古董贩子,自己拿大头,小头分给徒弟们,饶是如此,王坎也见到了此前从没见过的钱。

慢慢地,王坎练出些眼力,知道他头一回盗墓时,师父给他看的那两样东西,怪模怪样像鸭子回头的叫铜带钩,是古人腰间钩皮带用的;另一样是把青铜短剑，才一尺长，剑格上嵌着的绿莹莹的石头是绿松石。

几个月后，王坎已是一个经验丰富的盗墓贼，分得清秦墓、汉墓，认得出生土、熟土，能听声音分辨铲子碰到的是陶器还是铜器。就连师父那一手辨认古墓地的本事，他也摸索出五六成，在团伙中的地位俨然超越了郭幺生。

腊月下雪，土地上冻，不方便干活，师父回关中过年。王坎也张罗着翻修房子——手上有钱，在家里他说了算，他早就眼热城里人住楼房，这回翻修，也一定要把自家修成镇上头一栋二层小楼房。

他这钱来得蹊跷，多少人明里暗里打听，王坎都瞒得紧，只说是同亲戚借的。

刚过完年，王坎房子还没完工，师父就又来了，叫王坎跟他去一趟天水，见真正的大老板。

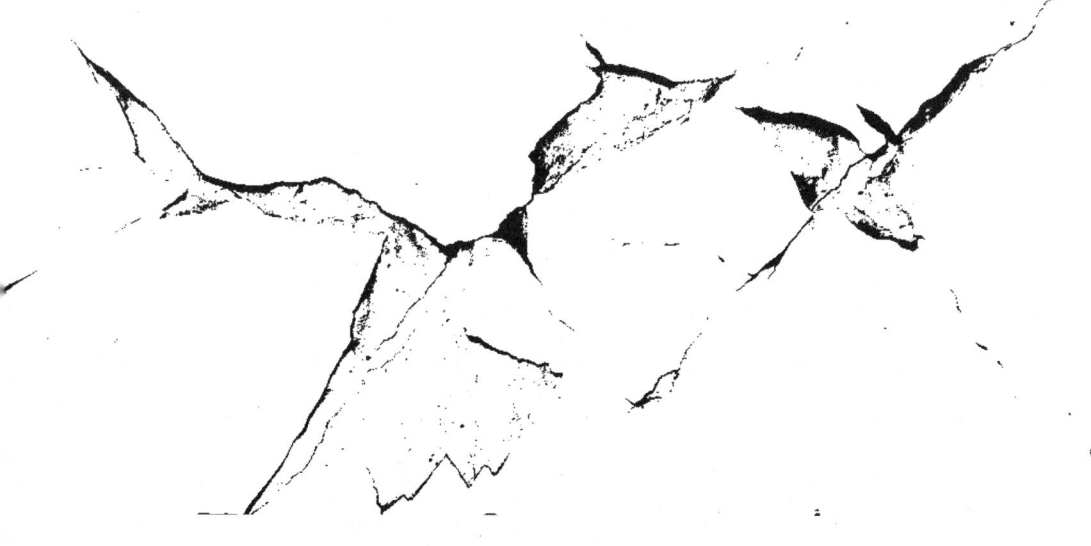

第四章 老板

西县产井盐,秦人曾凭借这一资源生存。西汉盐铁专营,设盐官,西县通往天水、冀县的东大门遂以盐官镇命名。

关仲义一早就带着郭幺生、王坎和一个老家来的侄子关红兵,提两条旧麻袋,搭拖拉机从永兴镇颠簸到盐官镇,然后缩在路边的避风处等车。

西县县城每天上午往天水发两趟班车,中途停靠在盐官镇上下人。路边人多,都缩着脖子跺着脚,向车来的方向张望,唯恐错过。王坎几个不便谈论他们见不得光的营生,只说些过年打牌的事,郭幺生一晚上输了两百多,提起来就肉疼,就指望这回老板能多给些好处。

盗墓这行当多是散干的,可有老板也不稀奇。1899年,清廷国子监祭酒王懿荣发现中药"龙骨"上有契刻的文字，甲骨文现世，就有无数古董商人和文物贩子雇盗墓贼四处盗掘甲骨。他们为垄断买卖，把持甲骨出土地的秘密，编造假信息，一度将许多学者引入歧途。《老残游记》的作者刘鹗在王懿荣去世后购买、整理甲骨，编成《铁云藏龟》，却因甲骨的来源模糊而遭受多方质疑，他的亲家罗振玉多方查证，耗时数年确认了大部分甲骨都出自河南安阳小屯，安阳殷墟这才为世人所知。1928年，历史语言研究所对殷墟开始大规模发掘，而在此之前，当地农民已私掘甲骨至少十五万片。

　　文物贩子少有亲自动手盗墓的，但有些人财大气粗，雇上一伙盗墓贼，专盗他看好的墓葬，效率高，损耗少，还能省去许多中间转手的麻烦。

　　关仲义原本是关中一带的盗墓贼，受老板指使去西县踩点，折腾大半年，把西县的地形、土质都摸熟了，零星的收获也不少，顺便训练出几个顶用的徒弟。正好开年老板召唤，让他把手头鸡零狗碎的活儿都停下，有个大活儿要他们去干。

　　大巴还未停稳，人群一拥而上，关红兵仗着年轻力壮先推搡着钻进车里给他二伯占座，等王坎和郭幺生把麻袋捆在车顶，早没座位了。他俩只好搬两个小板凳，跟一堆脏铺盖卷、锅盆等旧家什挤在过道，被汗臭、脚臭、呕吐物、鸡屎味熏得头昏眼花。

　　三个小时后，车到了天水，陇东南最大的城市。还没等大巴进站，沿途陆续有人要求下车，师父带着徒弟也趁机挤下去，深吸两口干冷的空气，走进市中心一家装修得金碧辉煌的酒店。

　　大理石、水晶灯、暖气滚热、地毯厚软，墙上一排钟表显示世界各大城市的时间，王坎没来过这种地方，一双眼睛简直不够看。他没出息的样子惹得服务员翻起白眼，服务员偏又不能驱赶这几个拖着麻袋弄脏地面的人——那个包了一年套房的香港老板交代过,凡是来找他的人,无论什么样,都得招待好。

师徒四人坐在酒店大堂喝茉莉花茶,都分出一只眼睛来盯着麻袋,服务员刚想把那碍眼的玩意儿挪到沙发背后去,王坎跳起来紧紧护着,服务员只好翻着白眼离开。

等了半个多小时,关仲义"噌"一下站起来,王坎见一个大高个朝他们走来。大高个还未近身,已先操着一口港味普通话同他们打招呼:"你们来得早啊!"

大高个也就30多岁的模样,脸白白净净,西服、领带、皮鞋、金表一样不少,可王坎看他像教书的多过像做生意的。

关仲义弯下腰,嘴角往上翘,摆出个恭敬又喜庆的姿态:"白老板,过年好,发财发财啊!"南方人讲究这个。

白老板后面跟着几个人,一照面,关仲义浑身紧绷——同行!

一伙人进了白老板包的套房,年轻人帮忙把麻袋送进里间后,就被师父撵到外间看电视。在这里关仲义打开麻袋,在地毯上把成卷的党参小心摊开,露出裹在里头的十几件铜器和玉器,老板拿个放大镜蹲下细看。

关仲义照老板指示把西县摸了个遍,好处没少落。毕竟隔着几百公里,只要给老板留着最好的东西,对他还有别的出货渠道的事,老板也就睁只眼闭只眼了。

白老板看完货,当场打开保险箱,取出几摞崭新的票子递给关仲义,这才给他介绍:"老李和老刘,这是老关,认识一下。"

"俺叫李三金,老刘叫刘保会。"老李一张嘴,关仲义就听出来了,这是个河南人。

陕西、河南两地自古有些不对付,东西二都处处相争,西安有"金疙瘩,银疙瘩,不如咸阳塬上土疙瘩"的三十来座汉唐帝陵,洛阳也有"死葬北邙"的无数名冢大墓。盗墓贼分成"井水不犯河水"的两派，就连盗洞都不一样——陕西盗墓贼挖方形盗洞，洛阳盗墓贼挖圆形盗洞。有经验的盗墓贼一看洞口就知道这墓是哪里的"同行"下的手。

但有一样，陕西人落在后面——洛阳铲可是洛阳人的发明。这东西用途广，不光盗墓贼用，1928年考古学家卫聚贤首次用它进行考古勘探，到如今，洛阳铲连建筑、地质行业也用上了。

李三金见关仲义不言语，补一句："李鸭子是俺祖上。"这下关仲义不好再冷脸相对了，相传李鸭子就是洛阳铲的发明者，用着人家祖宗的东西，多少要给点面子。

李三金是用洛阳铲探墓的高手，手下也有几个徒弟。刘保会从前却是在矿区搞爆破的，因事故右手齐腕炸没了，只得退下来，寻摸些其他营生，不知怎么混到了这里。

这些人竟还不是白老板召集的全部，晚上白老板在酒楼请吃饭，开了三桌宴，大伙儿相互打听，原来大家都是白老板养在各地的盗墓团伙。

酒过三巡，老板拍着关仲义的肩膀，说："老关，你是能干的！要不是你，我不能这么快就锁定大堡子山，你是我的功臣！这次的活儿，辛苦你做总指挥，我给你包大红包！"

关红兵拿胳膊肘撑郭幺生跟王坎，说："这么多人，一起干活儿怕不是得打起来，我看这老板有钱没智！"

"智？"老板听见，端起酒杯笑着说，"我有钱，要做大事。小打小闹还不放在眼里，这些人你嫌多？我还怕不够！"说着就要和关红兵碰杯，后者赶紧接着，不敢再说。

关仲义在这一行久了，另有顾虑："这么些人，一下子全到西县，太打眼。"他好歹已在本地混熟，其余的人可都是外来的，藏都没处藏。

"我已打好招呼，"老板胸有成竹地说，"上面有人，你们大胆干，跟着我不会吃亏。"

次日，白老板包车送一群人去西县，准备在永兴镇租房住，原想再请个女人做饭洗衣，王坎趁机推荐了自己媳妇，也算肥水不流外人田。

王坎琢磨了一路，趁着停车解手的机会问师父："咱们前头挖的那些都不算正经活儿，是给白老板探路的？"

关仲义提上裤子，接过徒弟送上的烟夹到耳后，趁心情不错，又传授他几句心得："我带着你们把西县都看遍了，红河乡汉墓多，可都是小墓，没奔头。你们永兴镇可有好东西，你靠亲手挖出来的三个鼎修起一院房子，也该看得出来，越往大堡子山那个方向，越有好东西。

"白老板一个香港人，跑到我们这地方来喝风吃土，为的可不是这几个鼎，大堡子山上有大家伙！"

王坎回想白老板请吃饭、喝酒、唱歌、洗浴，一掷千金，心都飞了，这要挖出一套五个鼎，他往后十年都不用发愁吃喝。他顺着师父的思路说："大墓肯定不能在山顶，没有往那么高的地方修墓的。大堡子山上，咱们之前动过那几座，都靠近山脚，我想着，大家伙怕是在半山腰平台那里。"

关仲义瞪他一眼："就你聪明？叫他们先钻去，钻上几天我再给指地方。"

白老板按他们香港人的习惯，择了个黄道吉日用三牲祭祀，白天破土。王坎自入行，就没见过也没听过盗墓还有在白天干的，这行当晦气，见不得人，谁不是趁晚上偷偷干？可白老板说打好招呼了，这还真不是说大话，李三金领着几个徒弟，带着怪模怪样的洛阳铲满山打洞，谁看了都觉得稀奇，可从镇上到村里都没人来管。

王坎跟他师父学过使用洛阳铲，只是还不太熟练，平时用工兵铲多些。看出师父不想再多教他，王坎索性借着打探消息的由头跟着李三金，一边帮忙一边偷师。

洛阳铲前端是个有特殊弧度的圆筒，后面接着一米长的杆子，打进土里提上来，圆筒里就能存一筒的土，磕出来看颜色、质地：墓土多是五花土，大墓准有木灰，要是一筒干干净净的黄土或红土，那就是啥也没有。探得越深，杆子就接得越长，数杆子节数就能知道深度，通常准备个十几米也就够用了。

李三金的手法确实不错，一样的铲子，在他手里就下得格外快，探洞笔直。他发现王坎偷师，也不怕看，把虎口亮出来，内侧厚厚的茧子活像个鹌鹑蛋，那手法可不是光看就能会的，得练。

五六天过去了，李三金探出不少小墓，但老板想要的大墓还没影。大堡子山这么大，他要一点一点探过去也不是不行，可老板那里等不及，只怕脾气上来就要换人。李三金遂找关仲义喝酒，话里话外赶着对方叫老哥，又恭维他教出的好徒弟："俺看他不笨，想叫他跟俺干，偏他只认你这个师父。"

关仲义占着地方熟的便宜押了人这么久，为的就是让过江龙向他这个地头蛇服软，他也担着干系，不敢真耽搁老板的事。当下见好就收，两人称兄道弟，第二天指点李三金绕开正在探的那片地方，直奔半山腰的一片台地。

当年全国"农业学大寨"，西县也跟风组织农民平田整地，破坏了原来的地形，李三金初来乍到，看不出哪里原本是平地，哪里是后来整平的，只好靠洛阳铲一点点摸索。他也是老手，就算关仲义不指点，过些日子也该找到这里了。

探墓时，七八个人间隔五米一字排开，人手一把洛阳铲，打上三四米不见五花土，挪五米再试。按关仲义先前的经验，四米深还没动静的，下面就不会有东西。有些盗墓贼传说神乎其神，看风水、星位就能找到墓穴，实际上除非是明晃晃挂在断崖上的残墓，或者有坟头，否则盗墓贼都只能估个大致方位，一点点探。

也是他们运气好，还不到半天，李三金的铲子就带了一筒五花土上来，连忙招呼众人以他为中心，向四面散开下铲。

第五章 大墓

墓土多是五花土，见着五花土，众人立刻干劲十足，不多时就探出一大片，大得关仲义心里直打鼓——这要是一座墓的范围，他们所有人都没见过这么大的。李三金也犯嘀咕，跟关仲义头凑头商量一阵，不再往外探了，往深里探。

打到十来米深，洛阳铲连带杆子、绳子已重到需要两个人帮忙才能提上来，可见着的还是五花土。李三金眉头皱得死紧，问关仲义："老哥，可别这一块的土就是五花土，白高兴一场。"

人没动过的土多是干干净净的黄土或红土，可也有例外。他在西安的芷阳就吃过大亏，那地方的土原本就黄中带花，他那时候还年轻，拿不准这究竟是不是墓土,接连打了十天,每个探洞都至少十五米深,累得半死,毛也没见着一根,从此就有些怵这种土质。

天已擦黑,此时众人的兴奋劲也差不多过去了。关仲义索性宣布收工,他得再寻思寻思。

第二天一早,他心中已有主意,叫李三金再往下探:"昨儿个想起来,我师父在雍城挖过一个顶级大墓,深有二三十米,我没赶上那时候。1976年政府的考古队在那里挖,我还去看过,那墓坑大得少说能装几栋楼!

"别看老板像个斯文人,心贪得很。能叫他动心,想法子凑了这些人,这墓小不了。你再往下钻,把这些钻杆都用完,要是再不出东西,就换地方,要是出了东西,给你记功!"

众人半是好奇半是偷懒,都围着李三金看他钻孔。昨天已经钻了十来米,这时候再往下,只会更难打,铲子每上下一回,都得花将近十分钟。

眼看又是七八米下去,四个人一齐扶着杆子才能保证探孔笔直,忽然李三金眉头一动——手感变了!

不同于之前土壤的厚重、沉滞,这一铲忽然轻快无比,如同用筷子扎穿刚出锅的酥脆油饼。

洛阳铲还没上来,李三金就笑开了花:"找着了!"果然,这铲土都不用磕出来,满满的,灰白间杂,不是木灰,又是什么?

木头易朽,薄棺难留痕迹,比如王坎挖的第一座坟,他都没看到木头,就挖穿棺材碰到了人头。棺外得有椁,椁还得够大够厚,才能有这么厚的木灰,有这种铲子探不到头的空腔感。

不用探到底,知道椁盖深18米,几个盗墓老手心里都有数,立刻组织人继续往四周钻洞卡边,也就一两天时间,卡出个东西,长120米,南北最宽处有30多米,最窄处也有将近20米。

天气还冷，草没长出来，石灰沿着边缘洒一圈，在深褐色的荒地上清晰勾勒出个横躺的"中"字。盗墓贼大都没怎么读过书，可凭经验也知道，这笔买卖小不了。

关仲义忙去县城给白老板摇电话，白老板大喜："总算找到了！"白老板许诺等他从四川回来，就给所有人发奖金。他又给关仲义新任务："别忙着挖，再在附近找一找，应该还有一座差不多大小的墓才对。"

"白老板，你又没在跟前看着，咋就说得这么确定？"关仲义咋舌。

白老板在电话那头笑，说："你们要是多读点考古报告，不等我说就会想到附近还有一座大墓，也不会问这种问题。"

要是能读得了书，他早坐办公室喝茶看报纸去了，还干这一行？关仲义小学勉强毕业，几十年盗墓干下来，那点文化早还给老师了，但他敏锐地意识到白老板掌握着他这个积年盗墓贼都没能学到的诀窍，顾不上心疼电话费，连忙恭维和追问。

白老板得意道："长一百五十米的大墓，不可能是小贵族，只可能是秦公。先秦贵族夫妻礼仪对等，葬地相隔不远，秦公和夫人的墓，多半在一起。"

关仲义恍然大悟，他盗墓时没少挖到并排的坟，可从来没想过那还能是夫妻墓，没想到别人都研究到这种程度了。

回到永兴镇，关仲义安排郭幺生带几个人挖那些前头钻出来的小墓。这一带小墓好挖，卡出范围，八成都是东西向的长方形，长不过三四米，墓主人头冲着西方，头边往往有个头箱或者壁龛，铜鼎、陶罐之类的就埋在这里。想再搜刮干净些，顺着脑袋摸到腰间带钩、短剑等佩饰，就再没了。

李三金又贴着大墓钻了几个地方，还真叫老板说中了，就在北边不远处有一座墓，略小，长九十来米。

第一卷　西垂有声

白老板也赶到西县，给众人发了些钱，叫他们加油干。众人答应得好，对着这种长达百米的庞然大物都麻爪，不知该从哪里下手。

关仲义听师父说过雍城那座大墓，挖它费了老鼻子劲，疲累不说，还死了好几个人。他想，这白老板不仅有钱有势，肚子里还有不少学问，遂将自己的顾虑说给他。

白老板一听就知道他说的是哪座墓，问："秦公一号大墓，是吧？那墓里二百多个盗洞，有几个是你师父打的？"二百四十三个盗洞，早起秦汉迟至二十世纪六七十年代，历朝历代的盗墓贼都没放过它。

"三个，前两个打下去没捞上来东西，倒把几个人闷死在里头。第三个才打通，弄到两条金链子，缠腰两圈，足有几斤沉！"关仲义说，"光那个洞，就挖了好几个月。"

"几个月不算什么，考古队挖了整整十年。"白老板冷笑道，"被人挖过二百多次的墓他们也能挖十年，真不知该说是笨还是慢。"

他们盗墓没那么多讲究，能挖出宝贝就行，自然以效率为上，不管墓道多长，打洞直通椁室，少则一晚，多则几个月，就能盗得干干净净。考古队从秦公一号大墓清出的三千多件东西，要么是好东西太多，盗墓贼看不上丢下的，要么是埋在犄角旮旯他们懒得翻动才留下的。

白老板指着这些日子都在偷懒的刘保会，说："我把老刘请来，是有大用处的。"

刘保会是爆破工人出身，又炸没了一只手，探墓他是不会的，混了好些天，早就想在老板这里露一手，拍胸脯道："白老板放心，你叫俺炸十五米，俺保准不炸十六米。"

要用炸的！关仲义跟李三金惊得张大嘴，先不说万一炸塌椁室、炸碎东西，就说炸药雷管从哪里来。再者，白天干活的动静已经很大了，再动用炸药，还能瞒得住，能没人来查、来管吗？

白老板语气轻松地说:"我们生意人,就好交朋友,我跟这里的大人物都是朋友,没有人来查的啦。"

看他全不把公家放在眼里,两个老盗墓贼都猜到他这是有钱能使鬼推磨,除了给镇上使钱,只怕还收买了身份更高的人。他们只得与刘保会合计,怎么着才能既炸开表层土,又不影响打盗洞进椁室——大堡子山是土山,要是把土全炸松动了,往下塌,反而难办。

炸墓的事王坎不懂,反正刘保会用他那只断手把胸脯拍得啪啪响。算好用量、位置,打洞埋好炸药和雷管,地面上引出导火线,通知所有人都躲远,他用那只好手拿打火机点上引线,扭头就跑。

导火线烧过去,好一会儿都没有动静,关红兵就问刘保会:"叔,你这药该不会受潮了吧?"说着起身张望。刘保会一脚把关红兵踹倒在地,众人还没反应过来,一声巨响,震得大伙都蹲不住,七扭八歪倒了一地,耳朵也嗡嗡直响。

"你娃差点就没命了!"关仲义劈头盖脸地打侄子,踢着他给刘保会道谢。关红兵两眼放光,说:"叔,你收我做徒弟吧!"这一说,又被他亲师父也是亲二伯踹倒。

漫天尘土散去,众人顶着满头满脸的土拥上去,只见定好的位置炸出个房子大的坑,深六七米,土都被冲击波带到旁边,边缘正簌簌地往下滑。

刘保会说:"坑底下有浮土,掏出来还能再有两米富余。"这一炸,炸掉了差不多一半深度的土,再打洞下去,很快就能到椁室。

二三十个壮劳力,用铁锹、推车齐上阵,小半天时间就把浮土收拾干净,露出了一层一层的五花土——这五花土可不光是填平、埋起来那么简单,一层夯打结实,再填一层。也难怪这片地不保墒,上头种不出好庄稼,开出"大寨田"没几年就撂荒了。连填土都夯过的墓,级别低不了。

论起打盗洞，关仲义和李三金各有手法，他们干不到一起，索性各自划定地方，带着机灵的徒弟往下挖。

王坎极麻利，一把工兵铲在他手中来回挥舞，夯过的五花土也禁不住他的几铲子，半个小时就挖下去一米多深，他爬上来喘口气，换关红兵继续。

郭幺生的体力和技术都不如这两个人，带着几个人还挖小墓。小墓多如牛毛，他实在干不过来，跟白老板商量："再雇几个人，按小工的钱，一天多不过三四毛，划算。"他想，炸药的动静大得全镇都晓得，这山上的事情再瞒不住人了，索性大方点。

"好啊，你去招人，当工头，工钱你定。"白老板还是一口慢悠悠的港味普通话，看着斯斯文文，贪心起来却让最无赖的光棍也出汗，"人要多，要能干，我要你们三班倒，日夜不要停。"

"黑天没法干。"

"拉电线！"老板挥挥手，"叫镇上拉根线过来，配几个100瓦的灯泡。"

郭幺生照做，去镇供电所花大价钱拉了电线，又当起工头，手底下管二十来号小工，要下力气挖土就叫小工干，到出货时，他和几个盗墓贼亲自动手，速度比往常夜里偷偷摸摸干又快了不知多少倍。

自此，镇上人都知道郭幺生为啥发达，王坎盖房的钱从哪里来，羡的妒的，都憋着气要赶上这两个人。也有荒地的原主偷偷摸摸去镇上、县里告状的，一概没人管，反遭到毒打，于是人们就知道那个香港大老板惹不得。

没过多少日子，关仲义和李三金各自挖到椁室，准备叫人进去。这墓太深，里头容易闷死人，关红兵往后缩，把王坎显出来。

王坎一来胆子大，二来想要赏钱——白老板说了，第一个进椁室的人奖200元——照例腰里拴上绳子下去，满鼻子湿土、朽木气味，椁盖板软绵绵的，直往下陷。

椁和棺不一样，打个比方，棺材相当于床，椁就是房子。古人修墓，挖好坑，贴着四壁用木头搭起房子样的木框，这叫椁室，椁室内分隔成多间，周围模拟厨、厩、仓库，最中间置棺。下棺后，随葬品放入椁室，木料封顶，再填土掩埋，因此椁室里有空隙。时间一长，木头朽烂、椁室坍塌，死气充溢，谁也不知道哪里走得通，哪里走不通。

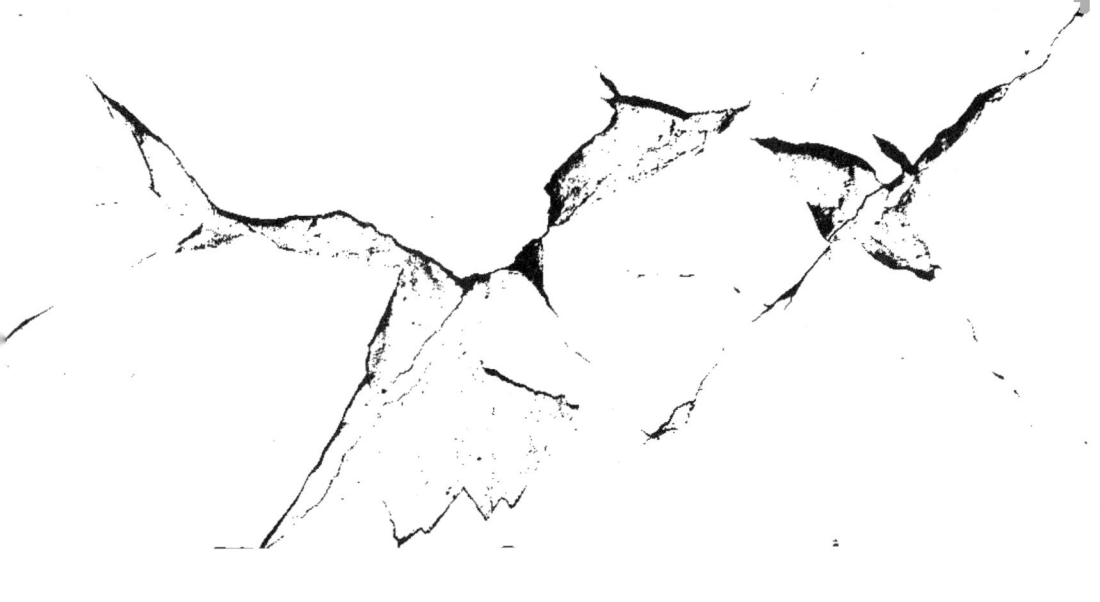

第六章 七鼎

　　王坎缩身蹲踞，观察脚下酥松欲陷的榑盖板——当年的好木头，朽烂成这样，依稀还能看出木料的轮廓，切成一拃厚的长方块，铺排垒砌。他提一根铁扦扎进盖板，深入半米，再扎不动，试着活动铁扦，戳击，传出的闷声中掺杂着铿然的金属音色。他不禁大喜。

　　这个盗洞打得巧，估摸位置当是头箱，按秦人风俗，最高档的铜器都葬在头端。

　　王坎再无迟疑，挥动工兵铲三两下挖穿榑盖板，手往下一掏，摸到个冰凉坚硬的东西，方中带圆。他顺着形状扒拉掉松软的泥土，看清楚是锈在一起的两个青铜方壶，高约两尺，蟠龙为饰，他先前戳到的正是其中一个壶盖，铁扦蹭掉一点绿锈，透出一丝金光。

摇动铜壶，十分吃力，两个壶加起来少说得有七八十斤，又高又大。"放粗绳下来！"王坎朝上喊一声，用铲子朝着两壶之间的缝隙掏进去，把泥土都抠出来，再垫着衣服用力一撬，两个壶终于分开了。小指粗的尼龙绳十字交叉放在地下，先挪一个壶上去，沿着壶身凹凸处捆紧打结，再和粗绳子绑到一起，狠拽两下，喊："上。"他在下面扶着，等铜壶升到比他还高才放手，躲到一旁，以免滑脱砸下来。

李三金那边贴着椁边打下去，本以为见着椁盖板，不想下去的人没一会儿就上来了："是个棺材，晦气！"原来他正好碰到椁外殉人，扒拉完骨头，已落后王坎一大截，这头铜壶都上来了，那头还没动静。关仲义相当得意，叫王坎把另一个铜壶也照这样吊上来，给他放了瓶雪花啤酒下去。

用工兵铲撬开啤酒瓶，王坎咕咚咕咚干掉大半瓶，这才喘着气一口一口细品。两个铜壶一上去，露出个横向的大洞——椁室原高接近两米，坍塌后仍存一定高度，尤其是铜壶后两面椁壁形成个夹角，结构稳固，如今还有约一米高的空腔。

盗洞里略散一散腐气，划根火柴扔下去，能正常燃烧。王坎钻进洞里，借着手电的光照，满眼红斑绿锈，铜器表面有细碎的反光，如无数星子，斑斓闪耀，他一时看呆了。

回过神，他能看到的铜鼎有五个，角落深处隐约还有，但看不清。鼎都是圆形，三只蹄足，口沿上立双耳，纹饰都一样，从大到小依次排列，最大的那个快赶上村里杀猪时烧水的毛边大锅了，对它来说，盗洞太窄小，肯定上不去。

王坎伸手先取三个中等大小的，每个也有平时做饭的锅那么大，里头落满填土。他挖掉填土，里面有几块大骨头，他也不在意，都扔了。他将它们一个个捆好吊上去，再侧身伸手去够角落，果然有两个鼎半陷进椁壁，扒出来一看，都更小巧，最小的那个比篮球还小一点。

王坎暂且停手，爬上地面，半个身子还在盗洞里，就听白老板急切地问："鼎有几个？"

"七个。"

"七个！天子九鼎，诸侯七鼎。好呀，好呀！"白老板大喜，迫不及待想看到他此行最大的收获，却见地上一溜只摆着五个，明显低了一级——大夫五鼎。

王坎说剩下两个鼎太大，必须扩大盗洞，否则上不来。关仲义立刻叫关红兵修整盗洞，关红兵见王坎顺利得着奖金，挺后悔，不大高兴地拿工兵锹去挖盗洞。关仲义和李三金站在一处，招手叫王坎："看看老李这儿出的东西。"

李三金的人打进边箱，取上来十几件兵器——青铜戈、矛、剑，原本戈上还连着红漆黑纹的木柄，他们觉得卖不了钱，就全给碾碎，只带铜头上来。

又有一堆两翼箭，与泥土和成一团，他们用个装啤酒的红塑料袋兜着。兵器锈蚀没铜鼎那么厉害，还能看到锐利的锋刃，王坎拿一把戈对着自己眉心比画一下，寒气逼人，他背上的汗毛都竖起来了。

关红兵把盗洞扩大不少，可容两个人上下，关仲义亲自下去，叔侄两个把大鼎捆好搬上来，顺手带出一个铜盘、一件铜匜，这就显出王坎经验不足，不知道铜鼎附近一定还有盘和匜。

七件铜鼎一字摆开，白老板再掩不住笑，动手擦掉内外壁的土，推着眼镜观察那内壁，又招王坎过去，问："你看这里，是不是有字？"

王坎连简体汉字都认得七零八落，哪里能认得几千年前的古字？不过，他拿指甲抠一抠，看着是凹陷下去的曲里拐弯的字迹。

白老板从他们手上收购铜鼎，1000元起，多一个字就加50元，见着字，王坎格外高兴。他不知道，这样一套七个鼎在海外市场起拍价以百万美元计，即便单个铜鼎的价格也在10万元以上，铭文每多一个字，底价上涨1万。

盗墓贼轮番下去，他们体力充沛，没过多久就把头箱扫荡得干干净净。除去鼎、壶、盘、匜，又取出六个一套的铜簋——鼎盛肉、簋盛饭，单数鼎与双数簋配合使用，双壶盛酒，盘、匜用来洗手和脸，正合周人钟鸣鼎食的礼仪。

至于陶豆、陶罐之类，它们的数量也不少。但他们并不费心去取。这些物件他们踩碎也不心疼，火气上来时还要摔两个出出气。

白老板带着一大包一大包的现金，一手交钱一手交货，才一天时间，王坎的口袋里就鼓囊囊装了上万元现金。他把钱带回家掖到被褥下，媳妇翻来覆去睡不着，反复问他："这真是你挣的？我心里咋这么不踏实。"

王坎拍拍褥子下厚厚的一捆子钱，乏得眼睛都睁不开，含含糊糊地说："我拿命挣来的。咋不是我挣的？"

别看头箱、边箱挖得顺利，再往主棺那里挖，上头压着十几米厚的土，只一层朽烂的椁盖板顶着，又炸过一回，难说啥时候就把他埋到里头。

前后加起来不过一个月，一百多米的大墓就被他们盗掘一空，铜的、玉的、金的各式器物流水般过手，就连墓主的耳玦、口琀、手中的玉璧，腰间的各色玛瑙、绿松石、金珠、白玉穿成的串饰都被摸了出来。

他们遇到过一回椁室塌方，王坎跑得快，没出事，关红兵动作慢了些，砸伤了腿，只好回老家休养。

现钱滚滚，就连帮手的小工的工钱都涨到一天5元了。一传十，十传

第一卷　西垂有声

百,满西县人都得了消息往大堡子山跑,有想赚工钱的,也有想跟在后头吃一口剩饭的,整座山热闹得像个大工地。

省里来人视察,远远望见山上热火朝天,只当村民在搞建设,还表扬当地建设热情高。

王坎每天成千上万地挣钱,都赚疯了。他家的二层小楼才粉刷好,外墙贴着明晃晃的瓷砖,水泥铺地,卧室用的是席梦思床,堂屋里摆上24寸彩色熊猫牌电视机,晚上一放《唐明皇》,院子里挤满带着花生、瓜子来看电视、闲聊的人,风头都盖过了棋牌室。

那是他这辈子最风光的时候。但随着他在县城被人堵到死巷子里,他的命运急转直下。

不久后,白老板再次用炸药开道,开挖那座九十来米的大墓,才挖到一半,赶上下大雨,停工两天。不用干活儿,王坎去县城享受他身为万元户的快乐,临走时媳妇还叫他记得去百货商店给娃买两身小衣裳。自从王坎赚了大钱,他闺女身上穿的都是16元一套的好衣裳,比一般大人的还贵。

被人堵到死巷子里的时候,王坎还以为对方想要钱。他看对方人多,个个人高马大,估摸着自己打不过,立刻服软,一面从兜里摸出卷烟来发,一面说好话:"我身上就揣了500元,兄弟们要是急着用钱,这些都给你们,要是不够,你说一声。要多少,只要能拿出来我都给。"

对方不多言,一拳把他打翻,提溜着他的衣服领子扔进拘留室,他才意识到事情的严重性。

虽然有了钱,但王坎毕竟没和公家打过交道,胆子还没壮到敢和公安对抗。那几个人拍着桌子吓唬他,又打开大灯照着他的眼睛,一晚上不让他睡觉,不许他上厕所。天亮时,王坎就撑不住了,问啥答啥,连他自己都不知道说出了多少不该说的东西。

后来王坎才知道，那几个人都是混黑道的，跟一个公安拜了把子，勾结起来。因为眼红大堡子山上王坎等人过手的大笔大笔的钱，已经盯梢了他好些日子。那天，趁着他落单，抓他来审问，又抓着从他这里诈出来的把柄直奔永兴镇，想从白老板身上敲一笔钱。

可是白老板背后也有人，那个人在西县说是一手遮天也不为过。大堡子山上又满是青壮年劳力，自己人竞争得都十分厉害，哪能叫外人来分利益？一方持钢管、菜刀，一方拿铁锹、钢叉，一言不合，就"乒乒乓乓"地打起来，好几个人被撂倒在地。那时候，枪支管理不严，那个公安偷偷带着手枪，挨打挨得急了，掏枪就打倒一个人，正是领着小工打群架的郭幺生。子弹正中胸膛，还没被送到县医院，郭幺生就断了气。

出了人命，还动了枪，再深厚的背景也瞒不住这种大事。事发后，白老板带着半卡车货连夜消失，他手底下的盗墓贼也树倒猢狲散了。王坎还蹲在拘留室，不知道外面发生了什么，被人提审时，直接面对的就是省里的专案组。

专案组一查到底。白老板拿了钱的"好朋友"、和黑道拜把子的公安等人，都被抓起来审，该判的判，该关的关。黑公安被判了死刑，公审之后当天就枪毙了。白老板那个"朋友"来头不小，牵连了半个西县官场，从上到下，撸下去十几个当官的。

关仲义、刘保会等没来得及逃跑的盗墓贼，连同王坎在内，各判刑五年到十五年不等，私藏在家的文物、赃款全部没收。还没抓到的人，调取照片，发通缉令，通报全国抓捕。

事发突然，王坎完全没反应过来，浑浑噩噩就被判了十二年。他媳妇获准去看守所探视他，每回都哭得死去活来。

王坎入狱后接受改造，被强制着学文化、学法律，才知道盗墓不但损

第一卷　西垂有声

阴德，还犯法。他的刑期仅次于几个老盗墓贼，也是因为别的盗墓贼指认，都说他干得最多最快，属于共犯。

次年，甘肃省考古所派一支考古队入驻大堡子山，清理被严重盗掘的遗址和墓地。与秦公一号大墓的情形相似，即便大堡子山大墓遭受严重损毁，墓葬形制、等级仍给历史研究提供了大量宝贵信息，研究残存的出土文物后，考古队的专家认为，两座大墓是春秋早期的秦公墓，可能属于秦国早期的某位君主。但令人痛心的是，破坏已然造成，盗墓贼肆无忌惮地破坏了原生地层、文物位置关系，以及大量虽然不贵重，却有重大历史价值的文物，有些谜团再也无法解开。

往后的十年里，考古队不断前往看守所和监狱，让当时的盗墓贼辨认文物、墓葬，王坎不得不一次又一次回想他从人生最辉煌时刻跌落的痛苦，一夜万元户，一夜阶下囚。就在那几年，他认识了向楚辞。

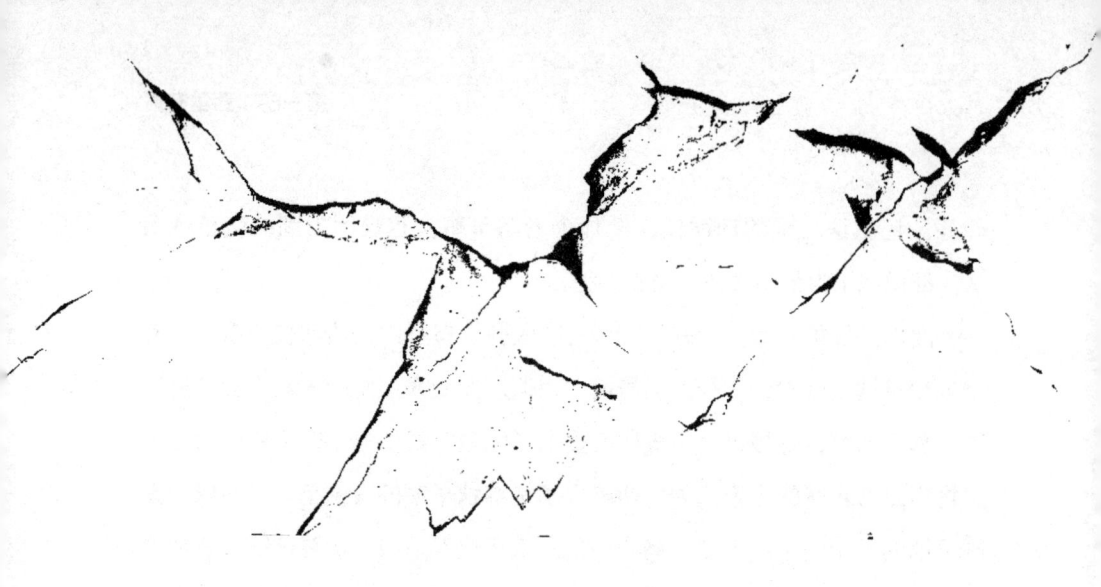

第七章　楚辞

由甘肃省考古所和北京大学考古文博学院组成的考古队进驻西县，展开大规模调查和勘探，抢救发掘了两座被盗大墓，确认它们是秦国早期国君级别的人的墓葬，陆续出土和追缴了三百多件文物。

多次被拉去指认盗墓现场和出土文物后，王坎也认得几个考古专家。不过，他打心眼儿里觉得，考古就是官方盗墓，打着国家的旗号，跟他们盗墓贼一样干挖坟掘墓的事。

他学了一些法律，知道自己盗墓犯法，出土文物都应该归国家。可是，他从来都不觉得考古队比他自己高明多少——就那两座大墓，考古队又挖了一年多，也没见他们挖出朵花来。

他也不明白那些专家、博士，考上大学，不去坐办公室，偏偏要跟老农民一样，在日头底下暴晒，在泥土里刨食，捡被他们砸碎的烂瓦片、破陶罐，洗干净，粘接起来，当宝贝似的成天抱着看，像是脑子有问题。

当时，考古队里有一个北大博士向楚辞，小伙子人长得精神，赶集的日子往街上一走，大姑娘、小媳妇都不看秦腔，不瞧衣裳，全都看他。他来监狱的次数最多，光要王坎配合工作不算，还次次都铆足了劲，想说服教育王坎。

王坎哪里有心思听这书呆子满嘴的大道理？他人进去了，媳妇、女儿没人可依靠，也不知道将来要怎么过日子。

媳妇告诉他，为了交罚款，家里的电视机都卖了。她用袖子抹着眼泪说："丢人！一家子都没有脸出门了，你娃饿得直啃草吃，要是哪天过不下去了，我抱着她喝药、跳河算了！"

王坎呆呆地看着媳妇，先怕她改嫁，后怕她寻死，后悔得恨不得一镢头把过去不学好的自己打个半死。

第二年，媳妇没来看他，老丈人来了。老丈人说，他媳妇去北京打工了，在大城市给人当保姆，留下老两口在家务农、看娃。

这一回被抓进去的人多，许多年轻媳妇眼看日子过不下去，虽然她们连字也不识几个，就连天水城都没去过，但为了养家糊口，还是两眼一抹黑地往外闯。后来，西县的保姆和月嫂闯出了名气，用堂堂正正的劳动养活了一个又一个家庭。

王坎老老实实地劳动改造，希望自己表现得好，能获得减刑，早点出去。一次，向楚辞又来了，拿着他导师从一个国外收藏家手中拿到的照片，让王坎辨认是不是他盗挖的那套铜鼎。

王坎仔细辨认，确实是他亲手挖出的七个鼎。当初他铲子挥得太急，在其中一个鼎耳上留下了磕伤。擦洗掉泥土，清理掉锈迹后，铜鼎和出土时的样子已经大不相同，但王坎依稀还记得铜鼎腹部的纹饰图样。

向楚辞指着铜鼎腹部内侧的两排铭文问他："知道这是什么意思吗？"

"不认得。"

"秦公作宝鼎，孙孙子子永宝用。"向楚辞的脸色有些难看，"正规的考古发掘，从来没有出土过成套的秦公鼎，你可知道这套鼎有多重大的研究价值？'孙孙子子永宝用'，可我们这些子子孙孙保不住它们！我的老师也只能辗转拿到几张照片，那种私人收藏家绝不会留下把柄。因为你，它们再也回不来了。"

王坎不耐烦地说："你跟我说这些，有用吗？我就知道我需要钱，我的娃要吃饭、要穿衣裳。白老板给钱，我就干活儿，天经地义。我挖了祖宗的坟，是不对，可那时候我也不知道做这事犯法！"

向楚辞一时无言以对，王坎又问："白老板还没抓着？"

一群跟过白老板的盗墓贼早就把白老板供得一干二净，可是他们本来就没有掌握白老板的身份，只知道老板姓白，连名字都不清楚。几年过去，白某某、名不详的通缉令还挂着。

这次过后，考古队很久没有人再来过问王坎。年后，老丈人又来探视，说眼看外孙女就要上学，镇上风言风语太多，恐怕她在学校挨欺负，娃她妈打电话回来，叫一家子搬到县里租房住。

老丈人又说，自家的房子被考古队租去了，一层当库房，二层住人。考古队原来租住在别人家，但那家人不叫考古队往屋子里带死人骨头。他们家日子艰难，况且王坎当初也没少往家里带死人身上的东西，老两口不忌讳考古队那些瓶瓶罐罐、死人骨头，着急用钱，就租出去了。

王坎再次见到向楚辞时，后者已经当上西北大学的老师，带着学生到西县实习了。省考古队在被盗大墓的西南侧又钻探出一个坑，当年李三金着急找大墓，没发现这个小坑。坑虽然小，却没有被盗墓贼扰动过。考古队发掘下去，竟收获不少。

几年里，向楚辞变得更沉稳了。等到发掘结束，他背着一大包资料去见王坎，先给王坎看出土文物的照片：三件造型华美的镈钟、八件甬钟、两组石磬，还有一些小件。向楚辞说："这是盗墓贼会拿走的东西。"

向楚辞又拿出几张照片，是文物还躺在坑里的样子，它们原本分成南北两列，悬挂在木架上，虽然木架倒塌、腐朽，深灰色的痕迹却保存了下来。考古人员将灰痕周围的土壤剔除，木架的形态便凸显出来。2700年前的钟磬怎样排列，它们如何被铜钩悬挂在架子上，木架与铜钩各自是什么样，镈钟与铜虎的组合关系又是什么……"我的发掘现场能回答很多未解之谜，这是你们不在乎的，也挖不出的东西。"

最后，是两本页边已经被尘泥浸染成土黄色的笔记本——《领队发掘日志》和《探方发掘日志》。向楚辞随手翻开一页，只见纸上密密麻麻记着发掘当日所见的迹象、收集的遗物和在此基础上的猜测，每一页都附有手绘示意图。即便是从未到过发掘现场的人，也可以通过笔记来想象、还原发掘现场的情况。

"还有很多资料，探方平剖面图、遗迹平剖面图、遗物登记表，太多了，我都没带。"向楚辞说，"你总说考古发掘是官方盗墓。我问你，盗墓会考虑遗迹之间的层位关系吗？会解剖墓葬来了解它的修建过程吗？会保证不破坏遗物之间的组合关系吗？会登记研究它所携带的历史信息吗？会利用这些东西去探索古代人类的生活吗？

"这件回头虎，你以前也见过类似的东西吧？可是，你知道它是用来做什么的吗？古书上说，有一种乐器叫'敔'，形如木虎，所以止乐也。单凭文献记载，现代人推测不出它的实际模样，许多人误以为敔是奏乐时最后演奏的乐器，代表乐曲结束。直到这次发掘，铜虎与镈钟同出，我们终于明白敔的形制和用途：演奏编钟时用它接触钟身，它能够吸收编钟的余音，防止余音干扰乐曲。它很小，但很有意思，不是吗？如果这个乐器坑也被盗了，这件敔只会作为一件普通小铜虎流落到市场上，没有人了解它的作用，我也会错过秦人的这个生活细节。

"还有大墓的那组列鼎，你盗掘时看到里面有骨头，顺手就扔了。后来，我把墓里所有的填土都筛过一遍，筛出了不少动物骨骼，送到动物考古实验室做鉴定，有牛骨，也有猪骨。诸侯七鼎六簋，列鼎、列簋中盛装不同的肉食和谷物，如果你没扔掉骨头，我们本来可以知道秦公吃什么肉，不同种类的肉分别放在什么规格的鼎中。也许，铜簋中也有痕迹能证明他吃什么粮食，铜壶能让我们知道秦国的国君喝什么酒。但是，你们盗墓贼不在乎这些。"

王坎有些愧悔，但他当时想的却是："关我啥事？"如果不盗墓，他一个农民，一辈子都摸不着这些珍贵的东西。

向楚辞看着他，慢慢地说："你学了《文物保护法》，我国境内一切出土文物属于国家，可是，你觉得国家那么大、那么富有，偷东西固然错了，你稍微偷一点也没什么要紧，是不是？可你没想过，出土文物的主人是人民，它们原本属于你，属于我，属于每一个普通人。任何单个的人不能持有，也无力保存文物，于是由国家委托给博物馆、研究所这些收藏单位来保存和研究。博物馆让尽可能多的人能够看到它们，拥有这份祖先遗产带来的文化享受。

"文物一旦被盗掘，脱离它的原生环境，器物组合关系被破坏，文物本体之外的历史信息基本都会消失。你知道有些人为了销赃，会磨掉铭文，会私自刻字，用汽油清洗文物，甚至把文物熔化成铜块卖给废品收购站。除了盗墓贼、文物贩子和最终把它们藏在密室的收藏家，还有几个人有福气看到它们？

第一卷　西垂有声

"我们正在与西县博物馆筹划新建展览馆，到时候，所有这些发掘出的文物、我们研究出的结果，都会展示出来。只要想看，走进免费的博物馆就能看到，只要想听，就会有人讲解。

"你的女儿已经在上小学了。你很多年没见她了吧？你盗挖出的鼎、簋、壶、盘，我能想象它们有多美丽、多庄严，它们原本也属于你的女儿，她只要去博物馆就能看到，不比那些生在北京、上海的城里小孩儿差什么；但是，你帮着白老板把它们偷走了，于是你和你的女儿再也不可能看到那些文物。城里小孩儿能享受到的文化，你的女儿享受不到了。王坎，你帮其他人偷了本来就属于你和你女儿的东西。"

向楚辞还是那个文绉绉、满口大道理的博士，说话叫人听得半懂不懂的，但这一次，王坎听进去了。

挨过最后几年刑期，王坎出狱那天，太阳挺大，老丈人开着辆小三轮来接他。外面自由的空气让他浑身紧绷。

镇上的房子早就卖掉了，在县城新安的家，他完全不熟悉。媳妇还在外头打工，女儿十几岁了，见着他，认不出来。后来知道了他是谁，也不肯开口叫爸爸，女儿低头沉默，王坎的手都不知道该往哪里放。

王坎不敢再混日子，想抓紧时间找一个能养家糊口的活儿。可是坐过牢的人，打零工都难，他一时找不到出路。

就在这时，有几个以往在郭幺生手底下帮忙挖土的小工找到王坎，邀他一起盗墓。当年大堡子山上花钱如流水，到底迷了当地人的眼，盗墓是无本买卖，开张吃三年，郭幺生的死、王坎入狱的结果都没能让他们彻底死心。

当年犯事的人太多，真懂盗墓的都被抓了，对打小工帮忙挖土的只罚了钱，批评教育了事。考古队一撤走，小工立刻凑到一起，商量继续干旧营生。他们虽然没正经学过盗墓，见得多了也就有了经验，慢慢摸索着，竟然摸索出一些门道。

现在，西县的盗墓活动比王坎入狱前还要猖獗。公家来查，盗墓贼就消停两天，一没人查，他们就满山打洞。镇上家家户户造起新房，没几个是正经赚来的钱。

"王哥，"他们说，"我们都知道你正经拜过师学过艺，有技术的人走到哪里都不怕饿肚子。你带我们干，我们一定不叫你吃亏！"

王坎移开目光，说："十几年没干，早忘了。"

可王坎也没完全脱离这一行。那几个人盗墓摸到东西，拿来给他看，他凭着经验掌眼，关于时代、价格都能说个八九不离十，免得他们贱卖给文物贩子。几个小工赚了钱，会给他一点回扣。

有一天，老丈人翻箱倒柜寻出一张字条，对王坎说："这是向博士留的电话。我看他像个好人，先前租我们房子，也算帮衬过咱们家。如今你在这地方找不到正经活儿，再跟那帮人混下去，我怕你又混进监狱里去，不如问问向博士有没有门路。"

王坎想起那个话多又爱掉书袋的博士，脑袋都大了。但他没有正经工作，终究不能长久，他还是找个电话亭，拨了号。

向楚辞立刻答复他："下个月我又要去西县开个新工地，你愿意的话，来给我当技工——包吃住，工资不高，好歹是条正道。你家现在搬到城里了？正好，我还租你家的房子。"

王坎抓着公用电话，不自觉地抠绳圈上的泥垢，吃惊向博士答应得这么快。

"王坎，你给我打电话，就证明你不想再跳进污泥里去。我想，我能帮就帮你一把。"向楚辞说。他给王坎讲了很多道理，好不容易才把人从盗墓贼群里拉出来，怎么能让他再次陷下去？

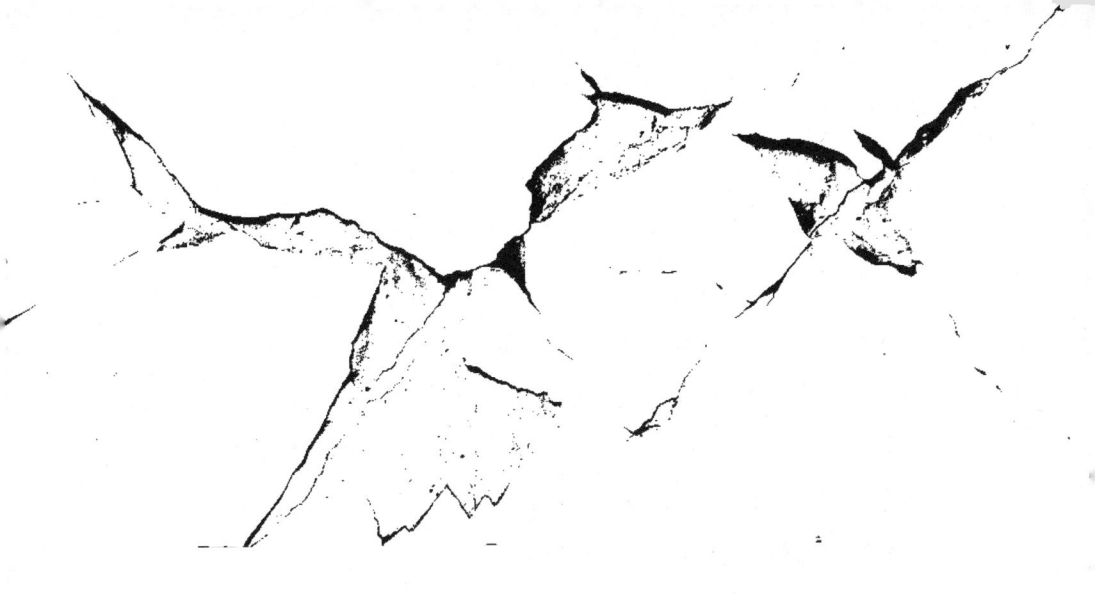

第八章　推托

向楚辞30岁出头时成了西北大学最年轻的副教授，掌握着一个早期秦文化研究的国家级课题，长年累月地盘桓在陇东南一带。他在清水、张川、冀县都发掘过，为了学术目标，又回到西县。

向楚辞沿着西汉水跑了两个月田野调查后，给国家文物局打报告，申请发掘西县县城旁边的西山遗址。他怀疑那里很有可能就是秦人最早的都城——西犬丘。

考古队的组建过程相当复杂：需要负责人拥有考古领队资质，且负责人所在的单位有集体领队资质，这些资质都得经过国家文物局审批。拿到发掘许可后，要准备资金——通常来自国家文物局拨款或者项目资金；物资——大到帐篷，小到铅笔；人员——包括拥有发掘经验的正式工作人员、技工和学生。

先头部队到达发掘地点后，要寻找驻地，一般选择租用民房或者当地废弃的学校，在新疆、内蒙古等地，有相当大的可能性会住羊圈。随后，物资和其他人员陆续到位，同时在当地招募民工、厨师、门卫等。比起组建队伍、保证后勤、控制支出、管理学生和民工等琐碎的困难，顶着烈日、狂风在田野发掘，反而是最简单的事。

王坎这个曾经的盗墓贼被招收进向楚辞的考古队。他是本地人，凡是招工、采购等需要和当地打交道的事，总少不了他去办。他被向楚辞支使得像个停不下的陀螺。等到终于开工干活儿，他傻眼了：从前的经验一点用都没有，考古队用的那套探方分区、逐层下挖、遗迹编号的发掘方法，在他听来好比天书。他身为资深盗墓贼，在挖墓这事上还得跟着学生蛋子从头学起。

好在向楚辞对学生们隐瞒了王坎的过往，学生们都尊称他一声"王师"，很大程度上满足了他那点虚荣心。从此，王坎就一直跟着向楚辞的考古队，将命运拉回到正路上。

"我十几岁时，假期跟叔叔来西县玩，认识了王坎和梁师兄他们。"向晚从旧事中抽出思绪，看着眼前的乐游说，"王坎人在考古队，不再干违法犯罪的事，但一直没有和盗墓贼断掉联系，他总能打听到我们接触不到的情报。"

乐游知道大堡子山曾经被盗掘过，但公开资料上对遗址破坏情况的描述仅有寥寥几行，如果没有深知内情的人讲述，实在难以想象其后竟隐藏着这么多人和事。他一时沉默。向晚讲完往事，也沉默了，专心行走在崎岖泥泞的山间小径上。

群山莽莽，密匝匝的浓绿树冠遮蔽道路，透出某种令人不安的气氛，虫鸣和风籁愈显其静。靴子摩擦碎石的声响在寂静中格外突兀。面对自然，人会觉察到自身的渺小。

村庄是人类与植物搏杀的战场，一旦人类退去，植物会立刻进军，瓦松淹没房顶，藤蔓缠绕梁柱，树根扎穿墙壁。在这样的村庄里，三五个孤寡老人在野草侵袭中勉强度日，仿若退守孤岛的末日战士。

房屋挨着断崖修建，呈现出一座立体的村庄。向晚看不出草棵树丛中，哪座房子还有人居住，哪些早已被野鸡、蛇、兔占据。她跟着乐游穿过及膝的荒草，踏进门倒墙塌的庭院，环顾四周，思考这里究竟还能不能住人。

忽然，草丛里扑出一条黑狗，冲两人龇牙咆哮，向晚急忙后退，乐游闪身挡在她前面，大喝："坐下！"黑狗迟疑了一下，警惕地盯着乐游，慢慢后退，随即夹起尾巴逃走。

"这是有人喂的家狗。"乐游说。野狗更凶悍，而且喜欢成群结队地行动，更难对付。

向晚强作镇静，解释自己刚才的失态："我们跑调查最怕遇到狗，脾气凶的会咬人，胆子小的又容易受惊。"然而，乐游有点想笑，他已经看穿她虽然表情严肃，却在为自己怕狗失态而感到难为情。

两人放下提了一路的烟、酒和牛奶，向晚揉着手心的勒痕，好一会儿才看出人类活动的蛛丝马迹：草里堆着柴，厨房上着锁，木板拼成的房门用塑料布糊得严严实实，墙角还有两窝大葱鬼鬼祟祟地冒头。

正看着，从墙外转进来一个男人，短小精悍，手提铁锹，问："你们找谁？"黑狗跟在他身边，得了主人的势，冲上前一通狂吠。

"坎叔，是我——向晚。"话音未落，男人扭头便跑，乐游三两步赶上，拧着胳膊将人摁进草丛里。黑狗还没反应过来，仍冲向晚示威似的大叫。

王坎没能逃走，悻悻地拴上狗，摸出钥匙开门，把两人让进被柴火熏得乌七八黑的厨房，拿出两个四脚不太平稳的旧板凳给他们坐，烧火，烧水，泡茶，总算有了待客的礼数。

王坎一会儿提壶灌水，一会儿翻找茶叶，一会儿又张罗挖几棵菜来做饭，忙得没工夫与人说话，连乐游道歉他都听不见。向晚也不急躁，等他再也找不出活计来，才笑眯眯地问："坎叔，我这么远来看您，您跑什么？"

王坎精瘦的脸上明显浮起窘迫的表情，搓搓手，说："你都长这么大了，我没认出来。这个小伙子看着像公安，我还当是又来抓我的。"

"没做违法的事，您怕什么？"向晚手里端着掉漆的搪瓷茶缸，不顺着他兜圈子，说明自己的来意，"有座大墓被盗，我要找到被盗地点和相关的人，坎叔，您得帮我。"

王坎缩在山里，还是要抽烟、要吃米、要用油，山上可不产这些东西，他定然要不时下山去采购。再怎么躲着人，永兴镇有些老相识他也躲不开。

王坎点起烟，拇指和食指捏着烟嘴，把烟头掩在手心，慢悠悠地拉起家常："早多少年我就跟你说，考古又穷又苦，不要学考古。你一个女娃娃，长得秀气，学习又好，坐办公室多舒服，咋就不听人劝，非死犟着学这个？"说着，他瞟乐游一眼，"我记得你就比我家李莉小几岁，谈对象了没有？李莉二胎都生了，两个男娃，又要念书，又要买房，也够愁人的。"

"您觉得这墓在哪儿呢？我没听说大堡子山、西山、圆顶山这几处有异常情况，鸾亭山的可能性更小——那是个汉代祭天遗址。整个西县，再没有比您更知道地下都有些什么的人了。坎叔，您怕我吃苦就指点一下，免得我没头没脑地瞎碰，撞上不好惹的人。"

"我都多少年不干这个了，早忘了！"王坎站起来说，"我这里有条好腊肉，蒸上了，我们美美地吃一顿。吃完你就回去，别再往这个地方乱窜。"

"您要真跟这行彻底断了，怎么不跟李莉去市里住，反而躲到这里来？您在躲谁？"山上是王坎19岁就离开的"老家"，到老了，他不跟着女儿，不住县城，卖掉房子，隐居荒村，实在奇怪。"坎叔，您不肯告诉我地方也不要紧，我慢慢找，总能找到。到那时候，就当我叔叔白认识您一场。"

乐游旁观二人你来我往打太极。他从王坎那张朴实的面孔品味出农民的狡狯，暗暗替向晚着急。忽然，王坎怒道："你少管点闲事，别跟你叔一样，死都不知道为啥死的！"

王坎猛然闭嘴。

向晚眼中骤然泛起一层泪花，死一般的沉寂中，只有王坎的粗喘声。

好一会儿，向晚吐出一口气，说："坎叔，我叔叔怎么了？您怎么知道他死了？"

王坎狼狈不堪地躲闪向晚的眼神，拔腿就往外走，嘴里说："你去红河撞撞运气，撞不到也别再来找我，我啥都不知道！你就算再抓住我，打死我，我也不知道！"

乐游停下追赶的脚步，回头看向晚："向老师？"

"不追了，走吧。"

下山途中向晚一言不发，乐游体味过缓慢失去至亲的滋味，知道那是何等漫长而痛苦的折磨，希望与绝望反复交替，足以使最坚强的人崩溃。乐游默默地把车开得更平稳一些。

接近县城时，向晚振作起来，翻着通讯录打电话："王叔叔，我是向晚呀。是呀，我来西县了，有点事想求您帮个忙，今晚我请您吃饭。嗯，我已经到西县了，就住在县城招待所。我带着朋友，还是不去您家打扰阿姨了，在外面吃吧。晚上7点，地方您挑，我带好酒过去。蓉香居是吧？我能找到，您就放心吧。"

两人回宾馆换衣服，向晚从行李箱里拎出个十分有年代感的玻璃瓶，瓶身上连标签都没有，迎着乐游震惊的眼神解释："十年西凤原浆，这是曹老师在雍城，从酒厂直接灌出来的。"雍城考古基地近水楼台先得月，招待同行有两大特色，豆腐村的豆腐宴和酒厂原产的西凤酒。

"我们要去见西县秦文化博物馆馆长王晓君。你开车，不要喝酒，如果我喝醉了，麻烦你带我回宾馆。"

"我喝吧。"考古界有个不成文的规矩，堪称陋俗，和地方上打交道必得有美酒开路，不同单位之间联络感情也必须喝酒。有青年学者开玩笑说，学习田野考古，只有十分之一的时间在学知识，另外十分之九的时间都在练喝酒。

西县当地酒桌的风俗非常剽悍，主人一上来就干三杯，亮杯底，客人至少得喝六杯才合礼数——梁戈读书那会儿，被当时还是博物馆藏品部主任的王晓君狠灌过，深知这地方喝酒厉害，嘱咐乐游照顾他师妹，自然也没忘记叫他挡酒。乐游也觉得向晚并不像很能喝酒、喜欢喝酒的样子。

向晚像在做一道数学证明题，认真道："要是我喝醉了，你能带我回来。可是，要是你喝醉了，我没办法带你回来。"

乐游无言以对，这样的安排最合理。他与向晚身份不同，向晚是女孩子，又是晚辈，那位王馆长多少要手下留情。他的分量不够，要想代为喝酒，恐怕要大醉一场才能让王馆长喝得满意。

偏偏乐游心里有些地方憋得慌。向老师是很好的甲方，不吝啬、不多事、不迁怒，有问必答，合作起来非常省心。他却隐隐期待她不要那么公事公办，提要求前不要考虑他会不会为难。

西县博物馆原本是个没什么名气的县级博物馆，级别低、经费少，收藏着不到二百件清末民窑青花瓷、农民交献的灰陶、有点年头的家具等。

当初，高中肄业后当兵，再转业分配到西县博物馆的王晓君是整个单位学历最高的人。

20世纪90年代，考古队在西县展开发掘后，将文物全部移交给博物馆，博物馆藏品才骤然增加到五百多件。地方上依托这批文物筹建秦文化博物馆，配备了资金和编制。

21世纪刚开头那几年，县里在新城区划了一块地给博物馆，建起五层大楼，秦文化博物馆从门可罗雀的破旧单位，一下子变成西县的门面。随着考古队陆续移交文物，如今，博物馆的馆藏文物数量已经超过五千件，在博物馆领域，这个数量不算多，但秦文化博物馆的一级文物占比高，仅珍贵的一级文物就有一百五十件，比许多市级博物馆的同等级文物都多。

北京大学、西北大学先后在西县开过工地。王晓君与程云峰、向楚辞也都相熟，他待向晚十分热情，不住地劝酒、劝菜，滔滔不绝地问各位老师的近况，感谢西北大学对他工作的支持和贡献，回忆当年程云峰和梁戈等人的趣事。四人一桌，比七八个人还热闹。

向晚在王晓君殷切的目光里喝下六杯白酒，只觉得脸上滚烫、胃里烧灼，急忙吃几口菜压一压。还没来得及说话，向晚就听王晓君说："辰老在周原那个青铜车一出来，新闻上都炸锅了。我看了研讨会的照片，全是北大、社科院、陕西考古院的大牛，当中就数你最年轻，前途似锦，一准儿能接你叔叔的班！"

"我替老师去的，当时他在中亚，回不来。"向晚说，"后来车马坑整体打包，拉回考古院的泾渭基地，去年冬天才打开做细致发掘，辰老借我去考古院做了三个月的室内清理，前段时间我刚整理完资料。等发掘报告出版，我给您寄一本辰老的签名本，还请您指正。"

"整体打包得花不少钱吧？"

"材料和人工费20万元，有几十吨重，为把它运回西安花了50万，在泾渭基地院子里专门给它盖了个实验室，设备和各种分析实验花费更大。另外考古院还打算做马车复原，我做的数据复原，外面的公司只用建模和3D打印，还是花出去70多万元。"

王馆长听得直咋舌："考古院还是有钱，这一个项目就够我们花好几年！"

向晚笑着跟王馆长碰杯，说起正事："王叔叔，程老师让我来跑个短期调查。您看，我这儿一共就两个人，能跑几个地方？您能不能借我几个人，帮忙把这个调查跑完？"

王馆长笑道："都好说，就凭我跟你老师的关系，能委屈了你？"接着，他对跟来的年轻人说："小刘，给你师妹敬酒。——向晚，你这个师兄也是西北大学文博学院毕业，你们认识一下，别生分了。"

小刘个子不高，一张和气的"团团脸"在黑框眼镜的衬托下显得越发圆润。他端着酒起身说："欢迎师妹！我是学历史的，一直都很佩服考古人，往后还请师妹多指教。"

两人各自干杯，王馆长不依不饶："小刘，你礼数不周到啊！一杯不行，至少得三杯！别说师妹喝不了，你做师兄的，师妹还能连这点面子都不给你？"

向晚抿抿嘴，看着小刘说："我要是喝了，师兄帮我跑调查吗？"

"喝酒喝酒，这时候不谈工作！"王晓君只管起哄。小刘背对馆长，冲向晚露出个苦笑，轻声说了句抱歉，然后敬了向晚三杯酒。

乐游已经看穿王晓君这个人，喜欢大包大揽，好听话说得响亮，不断地试探向晚的关系网，谈到实质性的帮助却只管推托，甚至有恶意灌酒的嫌疑。乐游几乎要忍不住挺身而出，替向晚挡酒，但在向晚的眼神示意下，他用力压下冲动，出门叫服务员调蜂蜜番茄汁来解酒。

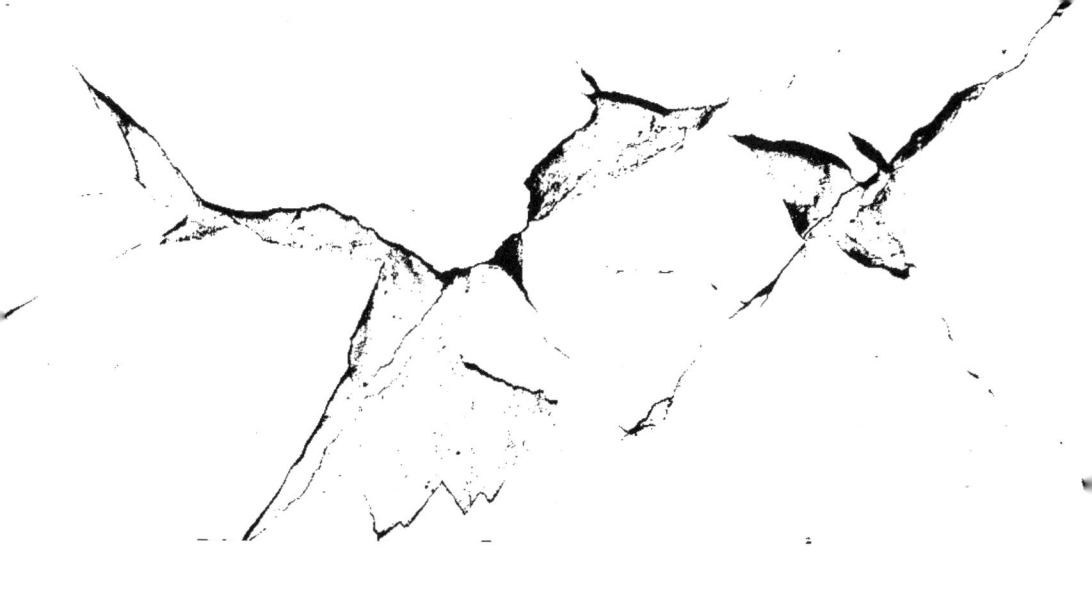

第九章 调查

送走王晓君和小刘后,向晚显得不胜酒力,乐游跟她说话,好一会儿她才反应过来,问:"你说什么?"

"把药吃了,会好受一点。"知道要喝酒,乐游提前准备了解酒药。他倒了半杯水,用手背试一下温度,感觉太烫,又掺了半杯矿泉水进去,放到向晚手边。

向晚吞掉药,闭眼伏在桌上一动也不动,就在乐游怀疑她睡着了的时候,她小声开口:"博物馆不给人,没有他们支持,接下来我们会很辛苦。"

乐游不急不躁地说:"没关系。"

古人也不爱用它。

罗盘和地图——用于辨认方向、地形，标注遗迹地点，不过现在这两样都可以用手机暂时代替。正经的田野调查需要从测绘部门购买高精度地图，但手续相当耗费时间。手机上的奥维地图精度不错，可以直接在手机上标注地点、导入导出坐标，与谷歌地球高度兼容，是田野调查中最常使用的一款电子地图。

相机、笔记本、标签本、铅笔、中性笔、钢卷尺——用来测量、记录、绘制遗迹。需要的笔记本规格特殊，每一页只印一半横格用于写文字，另一半空白，用来画图。

各种规格的自封袋、蛇皮袋——盛放采集到的标本。

对讲机——方便队员随时沟通。

还有望远镜等零碎小物件，向晚没有一一介绍。"正式调查需要记录我们发现的所有古代地层、灰坑、陶窑、房址和墓葬，大量采集陶片，方便以后做分析，但我们这次只看墓葬。我会带你一个上午，之后咱们分头调查，节省时间。还有，注意不要踩踏麦苗。"

说话间，两人到达位于半山腰的目标地点。层层梯田从村落后方向高处收缩，每层梯田边缘的断崖高三四米，只有顶端和底部生着些杂草树木，中间有大片裸露在外的土壤。考古人在野外进行调查时最喜欢看断崖，有没有遗迹一目了然，比在平地上看直观许多。

向晚沿着断崖前行，她的目光在崖壁上扫视，忽然停住，说："那里就有一座墓，秦墓，开口被灰坑扰动过，不过不要紧，形制还算完整。"

乐游没有经验，在他眼里，崖壁上的黄土都是一个颜色。他心中不禁打鼓：书上讲土质、土色时，用的示意图和现在亲眼见到的完全不同，他什么都看不出来。

"早期秦墓以东西向竖穴土圹墓居多——从地面向下竖直挖坑，下葬后填埋——这样的墓葬在垂直面上通常呈长方形。"向晚翻开笔记本，边讲解边勾画简单的墓葬平剖面图，这也是他们考古人的习惯，遇到不太好描述的东西，画个图对方就明白了。要是手头没有纸笔，在地上画也行。"战国中晚期，秦墓中出现偏洞室墓，墓道截面仍然是长方形，一部分墓室有弧形的顶部。汉墓的话，多半是砖券顶或穹隆顶，在垂直面上的形状接近倒扣的碗，和秦墓很不一样。"

初步了解了秦汉墓葬的不同形制，乐游再看断崖，黄土的垂直节理中存在无数纵向裂隙，他还是辨不出哪些裂隙是人工营建的墓葬造成的，哪些裂隙是天然形成的。

向晚耐心地说："自然形成的线条可能没头没尾，会突然消失，但遗迹的边缘线条一定是闭合的。你再看土色，墓葬填土通常是五花土——当然断崖长期经受风吹雨淋，表面土色差距很小，但墓葬填土部分的颜色还是要深一些。"

向晚说着，拿手铲刮掉一部分表土，露出底下新鲜的土壤，手铲尖端一划，一道纵向直线出现在崖壁上。乐游竭力辨认，终于看出直线两侧细微的色差，一侧是匀净的淡黄，另一侧黄中微微泛灰。沿着那道直线看，下方有一个转角，横向延伸一段后又拐上去，在黄土中框出个细长的竖长方形。两条平行竖线的上端向外画弧，形成另外一道形状如同锅底的线条，应该就是向晚说的扰动灰坑。

乐游比画着他看到的线条，问："是这样吗，向老师？"

"对，你学得很快。"向晚眼中微露笑意，即便是经过几年学术训练的本科生，大部分人第一次下田野时，也要迷惑很久才能把理论和野外的实际情况结合起来。

这是一座很小的秦墓，深度超过六米，宽度不足一米，只能盛下一口薄棺、几件陶器，因为太小而缺乏挖开的价值，是它幸存至今还没有被盗掘的唯一原因。在经验丰富的人眼里,它就明晃晃地挂在崖壁上,像是在对每一个路过的人招手说:"来挖我。"

两人记录好小墓,前行十多米,发现崖壁上有一个黑漆漆的洞口,洞口被半米高的杂草半掩住。向晚叹口气:"盗洞。"这是个横向盗洞,因为墓室已暴露得相当明显,从侧面打洞盗掘比从顶面垂直打洞方便得多。

乐游在心中试着勾勒墓壁轮廓,发现它不是长方形,而是个倒扣的半圆,立刻应用刚刚学到的知识,问:"这是汉墓吗?"

向晚点点头,道:"是一座汉墓。"她有条不紊地拿起相机拍照,记录坐标,采集盗洞周围的陶片。

乐游的余光掠过一块惨白的东西,他心头一震,不动声色地移步,挡住向晚的视线,但已经迟了,她看到了散落在麦田里的白骨。

端丽的姑娘走近白骨,捡起骨头端详,在乐游看来,这幅画面实在震撼人心。

向晚认真地说:"这是人的左侧肱骨。"肱骨就是上臂骨。她好像怕乐游不了解人体骨骼,就拿骨头在自己的上臂位置比画了一下,说:"就是这里。"

通常,骨骼标本也是田野调查的收集对象。但他们此次的目标很明确,是秦墓。如果收集全部标本,负重很快就会超标,工作效率也会下降,因此,向晚仅仅对汉墓做了简单的记录。

向晚戴上手套,拾起被盗墓贼丢弃在附近的白骨,填写标签,把骨骼和标签一起装进自封袋,又用马克笔在袋外写上日期和记录者的名字,放回盗洞,覆土掩埋。

她是唯物主义者,不信鬼神。考古学的学科伦理要求每一个考古工作者慎重地对待遗体,发掘出土的遗骨,要么带回实验室做研究,妥善保存,要么就地掩埋,绝不会任由墓主曝尸荒野。这是对人类本身的尊重。

第一卷　西垂有声

"我们的调查行为也会造成扰动。如果多年以后，再有研究人员发现这个盗洞，标签信息能告诉他们这些骨骸埋进盗洞的时间和原因，他们就不会错误地把这种现象判断为二次葬、曝骨葬之类的葬俗。"

乐游捡到一根大腿骨，自封袋装不下，只好直接压在标签袋上。"有一个简易的身高测算公式，"向晚兴致勃勃地科普，"股骨的长度乘以四，就是人的大致身高。"

股骨也就是大腿骨，是人体最强壮的一根长骨，通常保存得比较好。如果其他骨骸已经消失不见或者遭到破坏，只要有股骨在，通过计算就能得到这个人完整的身高数据。

乐游知道考古人不忌讳生死，但看到向晚完全不怕尸骨，还是感觉很奇妙。

不久后，他们遇到第二个盗洞，乐游拦住向晚，自己承担了收集、掩埋骨骸的工作，让她只做记录。

这一层梯田长度只有二三百米，才短短几步路，乐游就亲眼见到六个盗洞，全部从断崖直通到墓室。洞口内部已经有些坍塌，墓砖和白骨残片被丢得满地都是。乐游不禁叹口气，说："现在，我明白西县盗墓活动到底有多猖獗了。"

向晚神色抑郁，咬着牙说："往后，我们还会看到更多。"

梯田的尽头没有道路，巨大的洪水冲沟将山体表面截断，冲沟这一边是梯田，另一边有老树、野藤纠缠，没有一点人类活动的迹象。要继续调查，就得前往下一层梯田。

两层梯田之间的高差接近四米。乐游猜测向晚要往回走，回到他们上山时走的小路上，沿着小路往下，到达下一层梯田。不料，向晚低头看看断崖，放下背包，将手铲插入崖壁做缓冲，眼也不眨地往下跳。

崖壁陡滑，连能用来缓冲的草木也没几根，乐游抓了个空，惊出了一身冷汗，几乎以为她郁闷之下要寻短见。再看向晚，她已经半跳半滑到崖壁下部，屈膝一跳，稳稳落地，正一边拍打身上的土，一边抬头叫他："把我的背包扔下来，小心相机。"

乐游定定神，没扔包，将它与自己的背包固定在一起，踩着向晚刚踏出的脚印跳下去。

为了避免绕路浪费时间，此后两人跳了不少断崖，一开始乐游每次都因为向晚的举动而心惊肉跳，到后来，不得不习惯了。

调查过几层梯田后，向晚渐渐摸到了规律："这个海拔高度还是以汉墓居多，秦墓应该再低一些。我们下去往东走，一人一层，在梯田东头会合，有情况及时联系。"

这么快就要"出师"，独当一面，乐游始料未及，只得调动自己所有的聪明才智，不敢放过崖壁上的任何可疑迹象。

在梯田上反复来回几十次后，两人终于将半座山调查完毕，回到车旁边时，已经过了中午，除了记录了上百个盗洞，还没有值得一提的收获。向晚看看地图，提议："这里距离乡镇有半个小时车程，开车去镇上吃饭太费时了，我们吃牛肉吧。"

她长相秀美，性格文静，书店也打理得很精致，但在野外不叫苦不喊累，行动间显露出考古人实用性至上的"不讲究"，完全不打算浪费时间在吃饭上。

车里备有好几箱矿泉水，乐游先拧开一瓶给向晚洗手，等他自己也冲干净手上的灰土后，才取出早上打包好的面饼和牛肉，坐在村里的打谷场上用餐。

吃完午餐，稍事休息后，他们驱车赶赴下一个地点。那个地点有不一样的地形和盗洞，但调查程序和结果和上午很相似，整整一个下午，他们都没有新的收获。

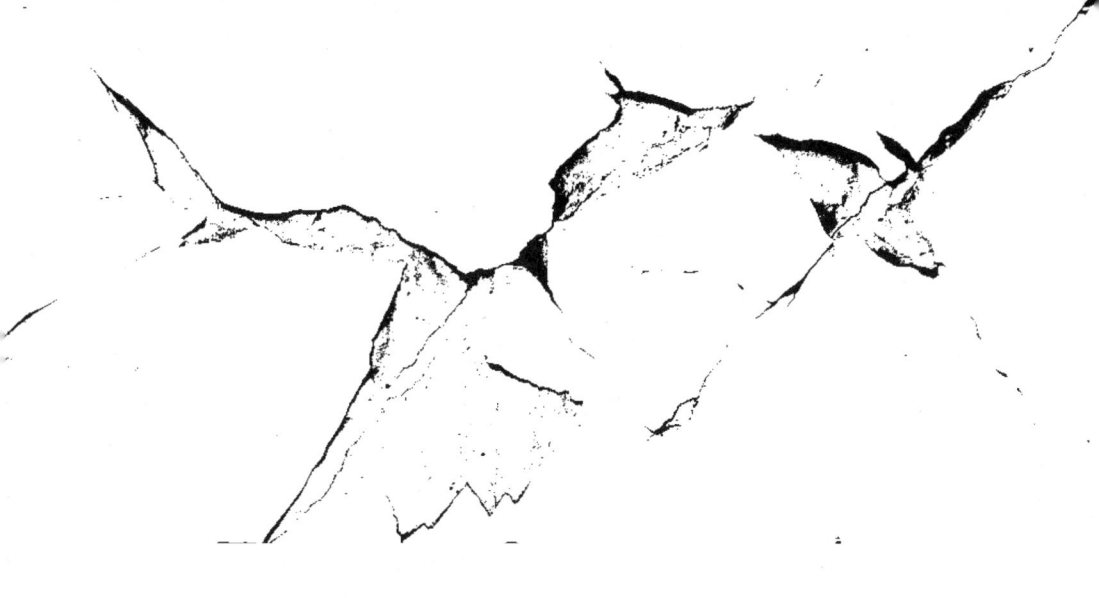

第十章 线索

调查第一天收获寥寥，向晚和乐游两个人都有些疲惫，刚踏进招待所光线昏暗、铺着暗红地毯的走廊，忽然，一个矮胖的人影从走廊暗处跳出来："你们可算回来了！"

向晚吃惊之下差点给这个人一手铲，她险险收住手，问："刘……师兄？"此人正是王晓君馆长的心腹爱将小刘。

乐游走在向晚后面，要是反应再快一点，准把刘超摁地上。"你有什么事？"他沉着脸，记着昨晚灌酒的事，语气不怎么好，假装没看见向晚下意识拔手铲的动作。

刘超结巴地说："我……我来帮忙！跑调查的事，带我一个！"

外头不方便说话，乐游开门，招呼人进了他的房间，烧水泡茶。刘超不等坐下就跟向晚聊上了，他本科毕业于西北大学历史系，老家在甘肃宕昌，女朋友考到西县二中当老师，他跟着女朋友到了西县。正好那年秦文化博物馆缺专业技术人员，他都不用考试，直接走人才引进计划，就在本地扎下了根。

考古文博系统的人相识，有一套固定程序：先通过学校、年级排出大小，再在关系网中寻找共同的熟人，场面宛如认亲。刘超本科只比向晚高三级，选修过考古学系开设的考古学前沿动态课程，向晚也修过历史系最受欢迎的世界古代史。刘超的一个舍友跨专业考上了文物保护学硕士，舍友的结婚对象恰是向晚的某个师姐。

算起来，刘超和向晚不是外人，许多事情便用不着遮遮掩掩。早期秦文化联合考古队已经撤出西县多年，全国性的关注度过去后，本地的文保力量严重不足。刘超自工作以来，年年听说各乡镇发生盗墓案件，但管不了——博物馆没有执法权。他守着宝山，却只能眼睁睁看着文物流失，愧对前人、愧对后人，刘超半夜想起来都要出一身冷汗。

"师兄，你愿意帮我跑调查，我很感激，但王叔叔那里，我怕你不好交代。"向晚不确定刘超是真的热心事业，还是被派来当眼线的。

刘超嘿嘿一笑，说："我说家里有事，请了几天年假，假期里领导可管不着我。"他语气诚挚，"师妹，我虽然不上进，荒废了这么些年，也没做出什么学术成果，可我也是西北大学的毕业生，正经有过理想。我入了这一行，想为文物保护事业做点事，天经地义。领导的决定我不好评价，他有他的顾虑，可我还是想出点力。我在西县也不是白混的，一定不会拖你后腿。"

刘超把话说到这份上，向晚岂能再推辞，她点点头，笑着说："欢迎师兄加入。"

第一卷　西垂有声

晚上七八点钟，正是一个县城最热闹的时候：遛弯的，跳广场舞的，支起桌子打麻将的，河边就着啤酒撸串的……大半条滨河路上全是悠闲的居民，人们自得其乐，互不干扰。西汉水的河面縠皱，映着璀璨的灯光，像一条缠绕着群山的彩带。

充满人间烟火气息的街道上，向晚和乐游两个人与刘超约定明天的行程后，挥手告别。两人路过体育场，一群少年正借着路灯光打球，传出阵阵大呼小叫声。另外一群少年踩着滑板呼啸而过，乐游刚把向晚让到道路外侧，踩滑板的少年身上浮夸的外套就兜着风打到了他的胳膊上，要是向晚还站在原地，准会被撞到。

乐游没当回事，笑着说："他们不是什么坏孩子。我像他们这么大时，整天不学好，书包里装着三棱刺，有时候骑着自行车，去几十里外帮人打架。"

向晚侧头看他一眼，还没说话，就被乐游一把拉到旁边——他空着的手猛地截住一只斜飞来的篮球。

满球场跑动的少年都停下了，因为差点砸到人，他们理亏，忐忑不安地喊："把球还我！"

乐游把篮球上下抛了两下，找到手感，隔着球场边的栏杆投出去。篮球在空中划出优美的弧线，稳稳落入篮筐。只听一个正处在变声期的破锣嗓子叫好："3分！"

"什么3分？他在场外！"破锣嗓子的同伴大怒，但也不敢再摆出嚣张的姿态。少年慕强，乐游用这一手镇住所有人，这样他的劝说才会被听进去："传球小心点，砸到人好玩吗？"

少年们忙不迭地点头，表示自己记住了。破锣嗓子热情相邀："哥们儿，来一场？"同伴一肘捣在他后背上，叫道："来什么来，没见大哥正带着女朋友逛街呢？"随即堆出笑容，甜腻腻地说好话，"姐姐，让你的男朋友跟我们过过招呗。"

他们肆无忌惮。两个成年人略觉尴尬，乐游赶紧推说改天有空再打。两人走出老远，还能听见破锣嗓子夸张地感叹："啊！老天爷，也赐我一个漂亮女朋友吧！"在夜色的掩护下，乐游成功隐藏了自己的脸红。

回到招待所，乐游目送向晚进屋，踌躇了一下，叫住她："向老师，晚上烫完脚，用褥垫高小腿，躺半个小时，能缓解肌肉酸痛。"

向晚转过身，抬眸看他，语气认真地道："谢谢。还有，你投篮很厉害。"她说毕飞快地关上门。

乐游愣了片刻才找回理智，暗暗告诫自己不要把普通道谢误解出乱七八糟的意思，回屋闷头研读《西汉水流域调查报告》。如果他能帮更多忙，向晚也许能稍微轻松一些。

不幸的是，他一直在走神，半晚上才读了几页，被专业名词和枯燥的器物描述折磨得头疼。乐游打开冷水龙头，狠狠地搓了搓脸。

次日上午，刘超加入调查队，别看他是西北大学历史系毕业的，实际上没有田野调查和发掘经验。整个秦文化博物馆，就王馆长当年跟考古工作者混过，算是比较了解他们的工作流程。

为增加野外工作的情调，让自己显得更专业，刘超特意穿了一身迷彩服，连水壶都是配套的橄榄绿色。向晚提醒他："跑调查要穿跟环境对比大的颜色，我们不需要保密，如果遇到意外，亮眼的颜色更容易被救援者找到。"她的冲锋衣就是大红色。

"我们这个地方能有啥危险？"刘超哈哈大笑着说。他心想，又不是爬雪山、过草地，就西县这山，还怕把人跑丢了吗？不过，看向晚表情严肃，他好脾气地回家换了件颜色鲜艳的柠檬黄色T恤。向晚还想说黄色在野外最容易招虫子，但是忍住了。

向晚带着两个新手，边调查边培训，遇到的情况和前一天差不多。

半个上午刚过，刘超已经累得满头大汗，T恤的背后、腋下也被汗湿透了。忧虑将他本来快乐的圆脸揉得一团愁苦，他大声叹气："盗墓太严重了！"

墓葬区的现状远比他预想的坏百倍，刘超的痛心很快转化为疲惫，忍不住对向晚嘀咕："你们做考古的，看到这些，到底是什么心情？"

"愤怒。但长期保持愤怒会很累。多做事，能救一点是一点。"向晚说。

盗墓这个古老的行当从商周时代就存在，历朝历代都无法禁绝。到了现代，文明不但没有让盗墓活动消亡，反而给盗墓贼提供了新的工具和手段。所有考古人都对盗墓活动感到愤怒，也许有很多人不便表露出来，但没有人会真正地无动于衷。

野外工作体力消耗大，刘超叉着腰，直喘粗气："你……你们不累吗？"乐游是个身体很棒的大小伙子，他自然比不过，可为什么就连向晚都显得比他轻松？

"我和乐游继续，你休息一会儿，慢慢往山下走，跟我们会合。"按现在的速度，一天能调查两到三个地点已经到了极限，运气不好遇上下雨的话，调查完二十个地点需要十天以上。时间紧迫，向晚表面平静，实际上工作节奏明显加快，这工作量又大，刘超一不小心就被甩在后面一大截，也难怪他叫苦不迭。

乐游不声不响，紧跟向晚，选择一块相邻的台地，隔着一层断崖，与她平行推进。寻找墓葬、记录盗洞的同时，乐游确保自己随时能听到她的动静，以免他一不留神，这个胆量异乎寻常的姑娘又做出什么危险举动，万一受伤就糟了。

刘超喘息了半个小时，不好意思再歇着，一跃而起，给自己鼓劲："来，继续！我就当减肥了！"

下半日，天气突变，看着乌云叠上来，他们立刻奔往停车处，但还是被夹杂着冰雹的大雨浇得湿透了。

向晚还好，冲锋衣防水。乐游与刘超的短袖拧一拧，水流成线。在山区，遭遇暴雨是相当危险的事，哪怕是当地人也说不清山洪、泥石流会在哪里突然暴发。暴雨也会带来急剧失温的风险，乐游当初伤了腿去救的老乡，就是因为贸然下溪水摸鱼，差点在盛夏时节冻死。天气不允许继续工作，他们只得开车返回。

谁知，刚到县城，云收雨霁，阳光从碧空洒下，太阳比先前更加明亮灼人。刘超生怕向晚坚持再跑一个点，连忙先发制人："快4点了，不如我们找个地方坐一坐，商量一下接下来怎么办。"

说是商量对策，其实他们都清楚，跑田野调查没有捷径，只能老老实实走过每一个地点。向晚道："都累了，今天早点休息吧。"刘超脊背一松，露出个"可算结束了"的表情。

向晚故意说："刘师兄，晚上回去记得把盗洞的坐标和照片导出来，按顺序编号，打包发给我。明天早上8点钟准时出发，不要迟到。"

平时朝九晚五、按点打卡、绝不加班的刘超无言以对，寻思这个师妹究竟是什么品种的魔鬼，周扒皮吗？

乐游想要请假："今晚我约了那几个小孩儿打场篮球。"

"这种事情不用跟我报备。"向晚莞尔，他是助理，又不是二十四小时待命的保镖。

考古人长期在田野活动，有时候一待就是半年，几乎与正常人类社会脱节，得发展点爱好才能对抗日常的寂寞和枯燥。球类运动是各种爱好中最健康的，有的人喜欢打游戏、听相声、做饭、调酒，也不算稀奇，向晚还有过捉住老鼠养在大可乐瓶里，美其名曰"做老鼠的瓶装养殖技术难点探索"的同学。

"那些孩子多半来自附近的乡镇和农村,也许会知道点什么。"乐游怕向晚误会,解释道。

乐游是兰州人,知道甘肃教育界普遍存在一个现象:县城条件较好的学生,会早早转学去地级市甚至省会兰州,县城中学生源一般、师资寻常,升学率堪忧。这地方的许多家长送孩子读高中,并不指望他们能考个好大学,主要是为约束半大小子们,免得学坏。这些孩子时常回家帮忙干活儿,镇上、村里有什么新鲜事,他们不会错过。

现在田野调查进度缓慢,乐游在专业上帮不上什么忙,就想尝试用自己的办法打开突破口。向晚的学科背景放在那里,惯用学术思维解决一切问题,从未设想过还能这样剑走偏锋,不禁盯着他看了几秒钟,看得人想落荒而逃。

也不知道破锣嗓子吹了什么牛,引来了学校篮球队成员,非要跟乐游一较高下。乐游带着几个菜鸟,面对训练有素、配合默契的校队,艰难腾挪,在最后十几秒接连投进两个三分球,才勉强打平。

乐游天生有一种令人信赖的气质,两场球打下来,少年们都叫他大哥。他再请他们吃烧烤,虽然不给他们喝酒,几罐饮料下去,少年们油然生出满腔的江湖义气,恨不得连自己最后一次尿裤子的时间都告诉乐游。

少年们戒心少,又处在格外想显摆自己能力的年龄段。乐游向他们打听前几个月有没有陌生人在山上,尤其是红河乡一带的山上活动。少年们七嘴八舌地说了好一会儿,却没想起什么头绪。破锣嗓子拍着胸脯保证:"我家就是红河的,虽然我不太回家,但是我可以打电话回去问我爸妈。"

乐游不抱太大希望,留下电话号码,带少年们回学校,看着他们翻墙溜回宿舍,没被老师抓住,才走进夜色里。

站在自己的房门前,乐游听见隔壁房间隐隐的说话声,迟疑片刻,敲响隔壁的门。几秒后，向晚开门，打手势示意他稍等，同电话那头继续说："好，明天我们去庙山。一切都好，您放心。"向晚挂掉电话问他："怎么样？"

乐游摇摇头，向晚也沮丧，他那个破题角度很新鲜，但过于依赖运气，没结果也很正常。

"我倒有点新发现，"向晚让乐游取来文物地图集，指给他看，"以往红河乡没有发现过大型聚落，也未见大墓。但传说国博所藏的秦公簋就出自这里。当年秦公簋辗转流落天津、北京。1923年，王国维先生见到秦公簋，判定它是秦人西垂陵庙的祭器，王先生想寻找它的出土地，可惜具体地点早已模糊不清，当地人含糊地指向庙山。"

庙山是秦岭的南北分界线，地图上，它北接天水冀县，将红河乡分隔成东西两半，向南遥望西县的永兴镇。

"我叔叔他们在西县工作时，跑过庙山调查，没能发现大型遗址，当时以为红河出秦公簋是以讹传讹的结果，还是把工作重点放在县城、永兴镇一带。

"秦人本来是东夷民族，在商末周初时西迁，周孝王时被封到秦地，以封地为氏，才有了秦这个族名。我的老师认为秦亭在清水县，秦人最早聚居在那里，后来其中的一支沿河谷南迁到西犬丘，在西县立国。"向晚的眼睛亮得惊人，"庙山正处在冀县与西犬丘之间，是从清水南下的必经之路，也许，我叔叔他们当年的工作漏掉了重要的遗址——老师也支持我的猜想，明天我们去这里看看，说不定会发现新的线索。"

乐游意识到向晚在指点自己，向晚不提复杂的类型学证据和史料，刻意讲得简单明了。他在脑中模拟庙山附近的地形、水势，跟上思路，赞同道："逻辑很顺畅，我看不出漏洞。"

他看着兴奋的向晚，感觉向晚整个人都在发光。

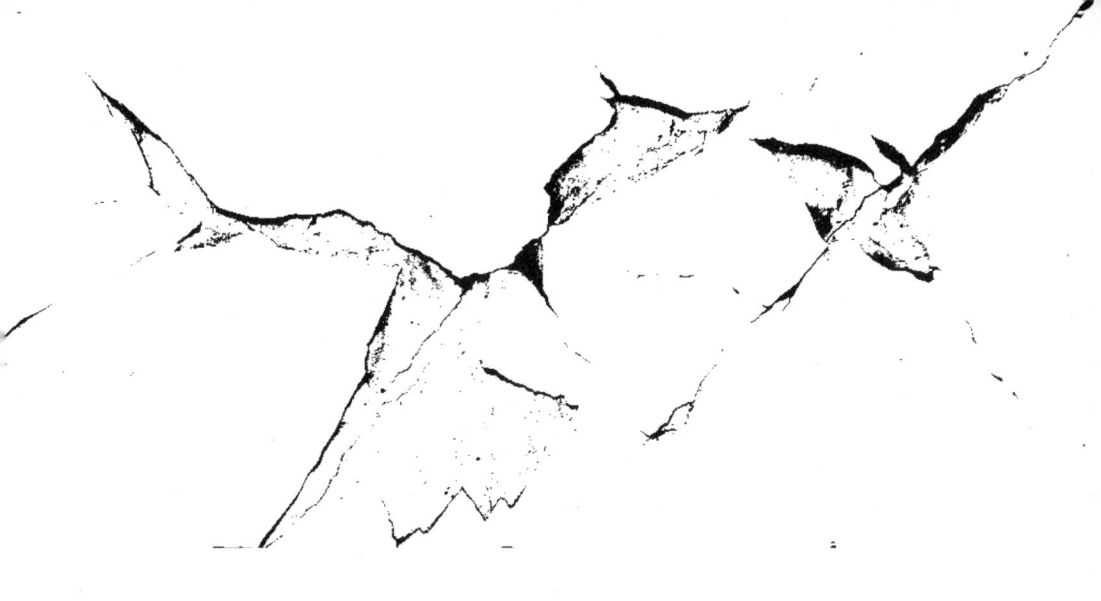

第十一章　盗洞

庙山高而陡，因靠近山顶处有一座玉皇庙得名。山上不通公路，供奉玉皇庙的是山下两座村庄的村民。两座村庄被山脊隔开，相距十多里，东边的叫八图村，西边的叫六图村，合成一个行政村六八图。要上山，必须经过六图与八图后山，徒步穿越开垦荒山形成的农田，再折往玉皇庙。

昨天刚下过雨，山路湿滑，耕地泥泞不堪，一脚踩下去，半只鞋都陷进了土里，像在黏稠的糨糊中走路。刘超昨天运动过量，一迈步就疼得龇牙咧嘴，猛地用力拔出鞋子，顿时从大腿根部传来一阵撕裂般的酸痛，疼得他嗷嗷直叫。向晚、乐游的鞋底也粘上了一层又一层的黄泥，来不及刮去，积了足有一寸来厚，触感如同脚心踩了个熟鸡蛋，他们的行进速度大大减缓。

两个田野新手望向朦胧的雾气里若隐若现的庙山，怎么都和刚学的"大河支流的二级台地多居址、三级台地多墓葬"对不上号，倒是六图与八图后山的地形比较平缓，有好几个大型平台。

刘超信誓旦旦地说："我有一种预感，庙山上啥也没有。"

乐游尝试分析："庙山地形不适合居住，附近有条件更好的平台，如果我是南下的秦人，不会选择定居在山上。早期秦文化考古队做过调查，也证实了庙山没有大型居址和墓葬区。向老师讲过，曾经有古董商人为了垄断殷墟甲骨买卖，故意放出'甲骨出土地'的烟幕弹，那么，有没有可能，在当年秦公簋的出土地的说法上，庙山也只是个迷惑人的幌子？"

他的成长速度惊人，刘超不禁对他刮目相看，叹道："你可以啊！"

向晚点点头，她也有类似的猜测："六八图才是重点，我们取道八图后山，经过庙山去六图，从那边下山。"

在众多可能的地点里寻找目标，就像大海捞针，相比之下，被庙山分隔开的六八图只能算一个小池塘，他们的工作量大为减轻。

八图村的后山没什么汉墓，却有秦墓，都是文物地图集未收录的，意味着这里是第二次、第三次全国文物普查的漏网之鱼。

他们记录相应坐标，采集陶片，将来形成的调查报告能够填补先前工作的不足，颇具学术价值。但这不是他们此行的目的。

陇南的地形俗称"望山跑死马"，他们吃午饭时远眺玉皇庙，觉得不算远，靠双脚走过去却花了两个多小时，沿途有许多根本过不去的深沟壑谷，必须要绕路，放羊人走过的小路也需要砍掉挡路的藤木才能钻过去。向晚承认自己路线规划失误，对两位同伴道歉："应该先下山，从六图再上山。"

"只看地图，谁会知道这么难走？"刘超摆了摆手，急喘两口气，又兴高采烈地问，"你们看我瘦了没？"

礼貌起见，向晚默默地别开眼，拧开水瓶喝了一口。

好在从玉皇庙到六图后山，一路都是下坡，不像上山时那样艰难。站在山顶往下看，六图后山比八图后山更平缓，有一大片平坦台地，三人对视，心中隐隐有所触动。

一下到台地，这支小小的调查队就看到满地探孔，向晚喃喃自语："这个规模的勘探……"探眼又多又密，这不像是普探，几乎能够媲美正式发掘前的大规模钻探。但整个甘肃省有发掘勘探资质的单位，没有任何一个在这里展开过工作。

探眼有规律地分布开，用梅花探孔卡出遗迹边线，一望即知墓葬规模，每座墓葬头箱位置都有一个盗洞，直通地下。几个月来风吹、日晒、雨淋，大部分的探芯土已经化作泥浆，只有少量还大致保持着圆柱形的原状。向晚捏起一块探芯土，掰开观察断面："五花土，有木灰，底下是墓葬。"

乐游捡起一块表面明显带花的探芯土，才要观察，就听向晚说："探芯土圆柱表面可能被探铲带下去的土样污染，一定得看内芯。"乐游掰开土块，果然，这块土表面驳杂，内里却是纯净的淡黄色——是生土。

所谓生土，就是未经人类扰动的天然土壤，与之相对的，受人类活动影响过的土壤是熟土，五花土也是熟土的一种。

在这块台地上，边长超过四米的墓葬数量并不多，向晚很快确定了目标，一座位于台地中心、边长约六米的被盗墓葬。

刘超指着不远处那个长度超过十米的遗迹："那个更大，我觉得那才是大墓！"

"那是随葬车马坑，你看它的盗洞周围，骨头太多了。"他们走到刘超所指的那边，只见盗洞周围堆满白骨，就连探芯土中也夹杂着大块骨碴。五六米这个规模的秦墓，除墓主外，殉人不会超过六个，钻探和盗墓不太可能翻出那么多骨头。而车马坑大量埋葬马匹，骨骸自然丰富。

"秦人国君和其他阶层的墓葬规模悬殊，国君墓葬长度超过百米，但卿、大夫级别的五鼎墓的边长通常只有五六米。不像东方列国，国君墓与各级贵族墓的规模存在等差数列式的差距，秦墓自公以下，断崖式缩小，边长在四米以上就算大墓了。"

向晚又举出一重证据："你看，这样的扁骨是肋骨，人的肋骨大小、弧度都不是这样的，这是马骨。"

"哦，对，你学过。"刘超想起西北大学文博学院的新生入学仪式的一部分，就是参观位于学院四楼的人骨实验室。体质人类学是考古专业的基本课程，他们历史专业不用学。

"我的研究方向就是商周车马埋葬制度，比我更了解车马坑的人不算很多。"向晚没有吹牛，全国研究车马坑与古代马车的人不超过三百人，她为了撰写博士学位论文，收集了几乎所有的相关资料，在这个领域，很少有人比她掌握得更全面。

向晚辨认了一下方位。"秦人车马坑通常位于主墓东侧或东南侧，换句话说，我们确认这个遗迹是车马坑，车马坑西北方向十多米的那个盗洞，就通往主墓。

"车马坑边长十米，可容三车纵列，对应五鼎墓。那座墓方位、大小都很合理，全部巧合叠加起来就是答案，所以——"

向晚放下背包，把相机挂在脖子上，检查了一下腰间皮套里的手铲和手电筒，说："我下去看看。"

乐游下意识地阻拦："向老师，我下去！"刘超跟着反应过来，说："谁知道底下是什么情况，哪儿能让你一个小姑娘下去？你在地面上等着，我们去。"

第一卷　西垂有声

向晚目测了一下盗洞的大小，方形的洞口本来就窄，仅仅能容纳一个瘦小的人进出，几个月下来，洞口局部坍塌堵塞，更加难以通过。她又看一眼两个男人，乐游个儿高、腿长，刘超发福，在盗洞中活动都不如她灵活。

况且，两个新手的专业基础并不牢靠，让他们下去恐怕会忽略她想要的信息，她不亲自看看，是不能放心的。

"我下去，你们在附近找找其他线索。"做田野考古，女生并不会得到额外优待，探索盗洞、发掘空间狭小的遗迹这种事，向晚占据体形优势，比同门的男生们干得还多。

两个男人看着向晚，只见她手脚并用地沿着脚窝钻进盗洞，前几步还能看清，再往下，身影融入一片漆黑之中。

几分钟后，听到轻轻的磕碰声，刘超打开对讲机，问："师妹，怎么样？"

超短波频段中，向晚的声音有些失真："顺利。"

这个盗洞深约十米，底部落满杂草、腐叶，几个绿玻璃瓶和卤蛋、槟榔之类的小吃包装袋有一大半都被土和杂草埋了起来。向晚用手铲撬出一个啤酒瓶，标签还在，一看生产日期，半年前的，卤蛋的生产日期在四个月前。她做出一个简单的推理：这座墓被盗的时间，绝对不超过四个月。

角落里散落着几块红褐色的枯叶模样的东西，向晚隔着手套拈起来细看，是干燥卷起的漆皮。不知道是墓中随葬漆器遭到了破坏，还是车马坑里的漆皮被探铲带出，后来又落进了盗洞。

椁室的头箱早已被劫掠一空，勉强还能看到一点樟木的痕迹。盗洞横向掏入棺室，已经完全坍塌，向晚无法继续深入，试着清理了几下，从头箱和棺室之间取出了一件半残的陶鬲，断碴还很新，显然不是老伤，而是被盗墓贼打碎的。

向晚咬住后槽牙，深吸一口气，换了几个角度，拍下盗洞内部的情形，再测量记录了几个数据，打开对讲机叫乐游放一个塑料袋下来，她装好陶鬲，让上面的人用绳子吊上去。她再次打量盗洞，确保自己没有遗漏重要信息，这才沿着脚窝往上爬。

从先秦到现代，无论是修墓人还是盗墓贼，所挖的脚窝都十分相似：修墓人大多会挖两排浅浅的坑，纵向分布在墓葬一个夹角的两侧，人上下时，背对夹角，手脚撑开伸进脚窝里固定身体。盗洞小，有的盗墓贼只挖一列脚窝，脚尖踩着脚窝，背靠着洞壁增加摩擦力，也能顺利上下。

十来米深的盗洞，下来容易，上去可不太轻松。向晚臂力较弱，中途停下歇了一会儿，仰起头，看见一小块碧蓝的天，亮得刺眼。

盗洞口的那几个脚窝跨度最大，向晚伸手，道："拉我一下。"话音未落，乐游握住她的手用力，她蹬着脚窝，借力翻上地面。

向晚的头发、衣服和鞋子上都蹭满了泥土，活像刚洗过泥土浴，只有脸还算干净。她站在原地拍灰，自己拍不到后背，乐游还在犹豫帮忙是否会冒犯她，刘超已经跑上去帮忙拍背。

向晚问："你们有什么发现？"

台地上到处都是碎陶片，乐游和刘超一会儿就收集了一大堆，向晚蹲身拣选，只挑带有明显器形特征的部分：豆盘、豆柄、罐口、盆口、鬲。她又给两人展示她带上来的那件陶鬲，虽然残破，但是口、颈、肩、腹、裆和足都还在，完全可以修复完整。

"瘪裆鬲，也叫复古式大鬲，炊煮器。口沿有两道凹弦纹，高瘪裆，裆上部带横錾，足底饰横向粗绳纹，带有明显的秦文化风格，年代应该在西周晚期到春秋早期。鬲、盆、豆、罐，这是早期秦墓最典型的器物组合，从级别最高的秦公墓到最小的平民墓葬，都会随葬这几种陶器。"

刘超嘿嘿地笑，说："师妹，把这些陶器标本留给我吧，够我跟领导交差了。"

前几十年的考古发掘通常由大单位展开，地方上缺乏科研力量，考古队会带走大部分出土文物。这些年，地方上观念更新，逐渐重视起文化事业，考古队只取研究资料，把文物最终移交给地方。但地方上层级多，究竟是给省里、市里还是县里，文物保护法和田野考古规程都没有明确的规定，相关人员仍难免为文物归属问题扯皮。

这些陶器标本可以带回秦文化博物馆，修复后用来充实库存，或者对公众展出。刘超跟着向晚跑调查的这些日子，肯定瞒不过王馆长，能带回点成绩，总好过空手而归。

向晚知道地方博物馆的日子不好过，地方上既盼着考古队能来，多发现点东西，又怕他们来，以研究的名义带走文物，地方什么也落不下。她答应："回头洗干净，做完陶系分析，陶片移交给你们馆，我只留照片和线图。"

"还有，这个级别的墓葬应当有壁龛殉人。"向晚道，"盗洞直通椁室，没打到壁龛，壁龛可能幸存下来了。等我把资料交给甘肃省考古所，他们申请抢救性发掘的话，应该还能发掘出一批东西。到时候你记得参加，跟方师兄要个简报署名。"

甘肃地形狭长，其省考古所的主力部队分为西北和东南两支，东南那一队常驻天水，工作范围辐射冀县、张川、西县等地，队长方向东也是西北大学毕业生，参加过向楚辞带队的西山发掘。

文物博物系列的职称评审需要实绩，刘超发表的论文足够了，只是差业绩，如果能在发掘简报上署名，副高级职称（副研究馆员）指日可待。向晚送机会上门，他自然欢喜不迭。

他们登记完这批资料，太阳已经斜坠在西边的山头，像枝头成熟的果子一般逐渐坠落。刘超满心以为今天的工作圆满结束了，不料向晚又钻进了车马坑的那个盗洞。

"师妹，天快黑了，你当心啊。"刘超看乐游还在四周搜寻陶片标本，他也不甘示弱，蹲在那里扒拉草根，不知是在说乐游还是在劝自己："跟向师妹干活儿，累是累，但收获也多，算下来不吃亏，对吧？"

乐游不动声色地回答："嗯，我学到了很多。"

半个小时后，向晚爬上来，跟两人解释："流落海外那批鹰形饰片，学术界一般认为是主棺上的装饰，但我一直有疑问，觉得那些应该是马身上的装饰。"

向晚张开手，余晖映着她手心里的两枚玉片。正方形的白玉片光润优美，阳刻云雷纹，线条流畅优美。她又从兜里掏出一个巴掌大小的青铜兽面，兽面大耳、圆眼、方口，古朴狞厉，背面有横錾。

"这群盗墓贼把车马坑当墓葬挖，盗洞打下去不是头箱，而是马头，他们乱翻乱动，下面被破坏得很厉害。不过，就算他们能掠走黄金饰片，但青铜车马器的位置很分散，他们盗不完，总会遗漏几件。"

向晚熟悉车马坑，知道车马器所在的位置，没怎么费力就采集到几件车饰。汉代，只有天子才能用金、玉装饰马车，称为"金根玉辂"；先秦的贵族也能以金玉为车饰，同样只有少数人才用得起。

向晚把玉片、铜兽面分别装进带标签的密封袋，对乐游和刘超宣布："被盗的墓葬和车马坑，我们找到了！"

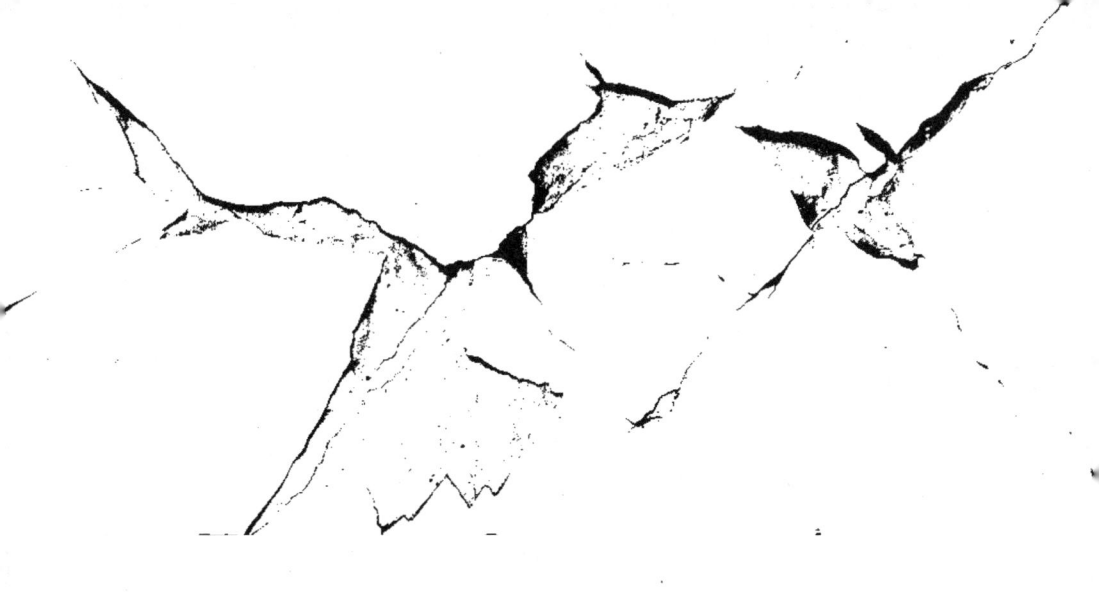

第十二章 冲突

　　山下，六图村升起炊烟，袅袅上升、弥散，与降下的暮色交融，如同墨汁在水中洇开，把天空染成深黛色。山里的黄昏转瞬即逝，三个人紧赶慢赶，下到村里时已经天黑，必须用手电筒照明才能看清路面。

　　零食、饮用水都已耗尽。他们携带的标本分量不轻，人又渴又乏，偏偏车停在八图村，从六图步行去八图，至少还需要四十分钟。

　　"要不要找个老乡家借宿——"乐游话没说完，猛地停下脚步。

　　晒谷场是村民消闲的场所。吃过饭，点上烟，人们聚集在晒谷场闲聊，等天全黑下来，就差不多该散了，各自回家看电视。这个时候，晒谷场上不应该有这么多人——不说不笑、阴沉沉地盯着他们的人。

乐游眼尖，一看到几个村民手中拿着铁锹，立刻拦住向晚和刘超，放下标本袋，环顾四周，想寻找退路。出村的路只有这一条，村民们算准他们必定会从这里经过，已经等了很久。

刘超汗流浃背，他没想到跑个调查还会遇上这种阵仗，从乐游身后探个头出来，说方言套近乎："几位叔，啥事？"

没人理他，人堆里忽然有人说："就是这几个男女，鬼鬼祟祟地在山上乱窜。"

"绑了！"

"对，绑了搜身！"

刘超慌忙大叫："你们干啥？我是县上的，找个能说话的人来，认一认，我不是啥外头来的人！"

没人听刘超解释，村民们一拥而上，要把他们绑起来。

乐游喉头发干，他本来以为离开兰州，找到正经工作后，就不会再面对这种情形。全师大比武亚军的身手，不该用来与老百姓斗殴。他的衣襟后摆忽然被人拉了一把，向晚压低声音说："跑！去报警。"

三个人中，唯独乐游还保存了一些体力，让他冲出村民的包围去报警，回来救另外两人，是最理智的选择。但乐游尽力把向晚往后推去，迎着向他们冲来的人群，沉默地挥拳。

拳头击中肉体的闷响声，人摔在地上的摩擦声，木棒与铁锹砸落带起的风声，掺杂着村民的痛呼和怒喝："打他！"

向晚刚拨出报警电话，还没有听到应答，手机就被打落在地，几只脚踩过去，屏幕碎裂成几块。她扭头就跑，可是后路早已被人堵死，几个中年男人轻松地把她推倒，她摔得半边身子都麻了。

刘超的眼镜掉了，看不清周围的情形，仗着体形左冲右突，惊声尖叫："打人了！杀人了！我是公家的人，你们这是在犯法！犯法懂不

第一卷 西垂有声

懂？"没多久，他也被人两拳干翻，趴在地上，捂着肚子哀号。

乐游双拳难敌四手，身上不知挨了多少下。对方人多，又占据天时地利，抽冷子一铁锨砸在乐游的后脑勺，他晃了晃，扑通一下倒地了。

他们被扔进一间黑漆漆、臭烘烘的屋子，村民收走了他们所有的装备，锁上了门。这时向晚才觉察到自己在发抖。

"刘师兄，你还好吗？"向晚迫切地需要确认同伴的安危。

刘超哼唧两声，疼得直冒汗，勉强动弹了一下，碰到一条长腿，连忙小声回答："我还行，乐游就在我旁边。师妹你怎么样？"

他们三个人都被绑成了粽子。向晚身上的绳子少一些，听音辨位，屈起腿，以脚跟和臀部为支点，一蹭一蹭地往刘超那边挪去。眼睛逐渐适应了黑暗，就着门缝里漏进的一线灯光，向晚朦胧地看见了刘超，心安了一点。向晚又挪到乐游脑袋边，凑近他听一听，他的呼吸还算平稳。

向晚苦笑着说："这可真是……"说到一半，也不知道该怎么形容刚才的遭遇，索性闭上嘴。

刘超慢慢地回过神，抽着气说："他们二话不说先把我们绑了，我看啊，他们心里有鬼，是盗墓贼！说不定，这村里家家都私藏了文物，怕我们追究，才会兴风作浪。"

向晚心中认同刘超的说法，嘴上却说："也不一定，前年我参加红河流域调查，那是在宁夏南部的彭阳，那地方的老乡警惕性可高了，见我们带着工兵铲和手铲，又是拍照又是满地捡东西的，放羊的大爷直接就报警了。'喂？是公安吗？这里有特务！六个男的，还有两个女的！'"

若是换个环境，刘超准得被向晚逗笑，可他此时完全笑不出来。不过，有人讲故事听，总比自己在黑暗中胡思乱想好，刘超追问："然后呢？"

向晚继续说："全村老少一起出动，扛着镢头把我们围起来，不许我们走。给他们看证件,他们也不信,说:'我们不知道啥是考古队考今队,你们看着就不像好人!现在的技术,啥假证造不出来?等警察来,把你们这些坏特务抓去!'等警察同志赶到,查验了我们的证件,又跟宁夏所和彭阳县文广局联系,核实了我们的身份,我们才摆脱嫌疑。警察同志还得跟老乡解释我们真不是坏人,等把我们解救出来,大半天都过去了。

"我们沿着红河从下游往上游跑,今天这个村的人报警,好不容易才解释清楚我们是考古队,明天换个地方,那里的老乡又报警,把我们和派出所都给折腾坏了。"

黑暗中传来一声闷笑,向晚只当是刘超笑的,却听见刘超惊喜道:"乐游,你醒了?"

乐游的后脑勺疼得像是碎裂了,他勉强说道:"刚醒,正好听见向老师讲故事。"他想爬起来,可是被绑得很紧,外伤又使他一动弹就头晕、恶心,眼前五光十色,全是斑斓的雪花点,他只得闭上眼,追问:"后来呢?"

"后来,我们发现了一个西周时期北方边境上的大型遗址,秋天发掘,第二年就获了全国考古十大新发现奖,总算没白吃苦头。"向晚简短地总结道。

聊天有效缓解了他们恐惧和焦灼的情绪,刘超又乐观起来:"我媳妇知道我来了红河,晚上不见我回去,她一定会找。我不信这些人敢杀人,咱们最多受点为难、损失点钱,不会有事的。"

三个人正互相宽解,忽然听见外面的说话声大起来,似乎在争执。又过了一会儿,那些人陆陆续续地散去,只听院子里传来零星的狗吠声。

不知过了多久,万籁俱寂之时,门再次被推开,刺眼的灯光骤然亮起。等他们适应了光线,才看清电灯下站着一个面色阴沉的中年男人。中年男人打量他们一阵,开口:"三个贼。做贼被我们抓住,打死不论,就是闹到公安跟前,我们也有理。"

刘超忙道:"不是贼!我是县博物馆的,工作证就在包里,不信你自己看!退一万步说,就算我是个贼,也没在你们村里偷东西,你们二话不说把我们绑了,一点道理都不讲。"

"你没偷东西,袋子里的那是啥?人赃都在,你赖不掉。"中年男人冷笑着说。刘超一愣,他们随身带着标本,还真不太容易说清楚。

刘超跟男人扯皮的时候,乐游在观察这间屋子。泥土的地面,墙上挂着农具,角落里胡乱扔着几个塑料脸盆,破袜子塞在旧胶鞋里,腐臭的气味掩不住扑鼻的土腥味,正是这几天他在盗洞边一次又一次感受到的阴冷气息。

"师傅,给支烟。"乐游插话。

中年男人脸色难看,可烟民之间多半有互助的默契,抽烟的人几乎从来都不拒绝别人要烟。他从怀里摸出一支烟,递到乐游嘴里,问:"要火不?"

"不用。"乐游摇摇头,牵动伤势,又是一阵耳鸣,胸口痛。

等这阵眩晕过去,乐游叫住男人,说:"外来的盗墓贼心黑手狠,挖得满地都是盗洞,把这地方的好东西都掏完了。地里坑坑洼洼的,连粮食都不好种,谁看了不可气?怪不得你们窝火,把我们三个也当成贼。"

乐游语气里有一种格外使人信赖的东西,男人脸色略微缓和了一些,说:"什么盗墓不盗墓的,我们不懂那些。"

"懂不懂都无所谓,好歹给一口水喝,就是真贼也不能渴死吧。"

男人想了一想,走出去关上门。

"你怎么知道盗墓贼是外来的?"向晚先前没说话,因为村里人多半轻视女人,她说话不如乐游和刘超有分量。事实也是如此,那个男人只问刘超、乐游话,把她当成添头,只是看了她两眼,没理她。

乐游吐掉烟。他不抽烟，要烟只是为了确认一个猜想。搜索大墓的盗洞边缘时，他在土壤中捡到几枚烟蒂，卷烟根部印着两个小字：石狮。侦察兵的本能使然，他记下了这个线索，只是还没来得及思考周全，就遭到了袭击。

这个房间的地上，同样有半支没打扫干净的石狮烟。甘肃人都抽兰州烟，有多个价位、多种档次供选择，连陕西的烟都打不开甘肃市场，遑论福建产的石狮烟。刚才乐游跟中年男人要烟，对方给他的是一支紫兰州。

"盗掘大墓的盗墓贼，要么是南方人，要么长期在南方生活。那么大的墓葬和车马坑不可能一夜就挖干挖尽，盗墓贼肯定跟村里人打过照面，也许还在村里住过。"中年男人不抽石狮烟，这屋子里又沾着盗洞中的泥腥味，盗墓贼住的大概就是这间屋子。

向晚若有所悟，说："村民拿了盗墓贼的好处，也许还跟在他们后面喝了些汤。他们不知道我们的目标，怕我们查出什么来，对他们不利，所以敌视我们。"盗墓贼跑了，村里人可跑不掉，他们害怕被追究，全村一起倒霉。

刘超不禁咒骂出声："还真是一村子的贼！没准儿，他们还打着黑吃黑的主意，如果我们不是公家的人，是做违法勾当的，撞到他们手里，咱们肯定不敢报警，他们抢走我们的标本、器材，我们也只能吃下这个哑巴亏。"

中年男人端着一碗水走进来，乐游看看向晚，说："先给她喝。"这时候，怕暴露向晚的身份，他也不敢叫她老师。

生水没煮过，有些土腥气。向晚含了一大口，徐徐吞咽，这样能更有效地缓解焦渴。中年男人又给刘超和乐游喝了水，拉过来一个板凳，坐下慢慢地问："你说你是博物馆的，这两个人看着也是文化人，我就相信你一回。我们没念过书的人就是睁眼的盲人，跟你们文化人不一样。文化人,你会挖坟?"

刘超一愣,下意识地看着向晚,中年男人却还是盯着他和乐游,问:"会不会?给句准话。"

"会,会!"刘超来不及多想,赶紧应声,"我们都挖过。"

乐游猜到几分中年人的目的,试探着说:"会挖,秦墓、汉墓、唐墓都会挖,也会探墓,也会看东西的年代估价钱。"

中年男人起身,掀开墙角的彩条布,从土豆堆里搬出两个陶罐,说:"我家祖上传下来几个罐子,我也不晓得啥时候的,值几个钱,你们给我看看。"

只需要一眼,向晚便认出器形和时代:春秋中期秦墓最常见的大口罐。谁家传下来的陶罐,能从两千六百年前传到现在?况且,罐上还沾着土壤,口沿、底部等位置有白色结晶盐析出——刚刚脱离湿润环境不久的陶器才会呈现这种外观。这两个陶罐,多半就是几个月前,这个中年男人跟在盗墓贼身后捡的漏。

通过器形判断年代并不是一件简单的事,在外行眼中,春秋时期的陶罐与唐代的陶罐可能是同一种东西。而在专业人士看来,春秋早期与中期的器物都有着显著的区别。刘超与乐游没有掌握相应的知识,只好拼命回忆这几天的紧急培训,再加上一些猜测与胡诌,试图蒙混过关。

"东周……"

余光瞄到向晚轻轻点头,刘超自信了些,说:"东周你知道吧?夏商与西周,东周分两段,春秋和战国,一统秦两汉。道德三皇五帝,功名夏后商周;英雄五霸闹春秋,顷刻兴亡过手!"他觑着中年男人的表情有些不耐烦,及时改口,"细说下来,春秋时期距离现在少说也有两千五百年,是秦始皇的祖宗所在的年代,你这个罐子就是春秋时期的。"

乐游接着说:"这种大口罐在当时很常见。"他记得向晚说过,鬲、盆、豆、罐是春秋秦墓随葬品的基本组合。"数量多，值不了多少钱，你要是往外卖，顶天能卖两三百元。"

"你们倒没扯谎，确实是懂行的。"中年男人嘿嘿一笑，他看过鉴宝节目，有的人拿着一个灰扑扑的破烂，也能卖出几十万天价，他得到这几个罐子后，也曾指望靠它们发财。路过的文物贩子想收，开价太低，他不肯卖，想等识货的买家上门。

不过他打错了主意，文物贩子们会互通消息，几个上门的人开价都差不多，最高也不超过200元，他就知道了这东西确实只值这个价。他想发财，还得找别的法子，恰好，这三个男女到了他手上。

中年男人冲刘超皮笑肉不笑地说："我相信你是公家的人，可现如今，打也打了，绑也绑了，要是把你们放了，你们要报复我，倒是个麻烦事。"

刘超有气无力地道："我写个绝对不报复的保证书，我们再每人给你3000元，就算是买这两个罐子的钱，对别人就说我是来你这里收古董的，没有打人的事，就算我媳妇问，我也不说漏嘴，你看如何？"

"用不着，你们带我们去挖个墓，挖出好东西来，就放你们走。"

"带你们盗墓？"刘超吃惊地问。

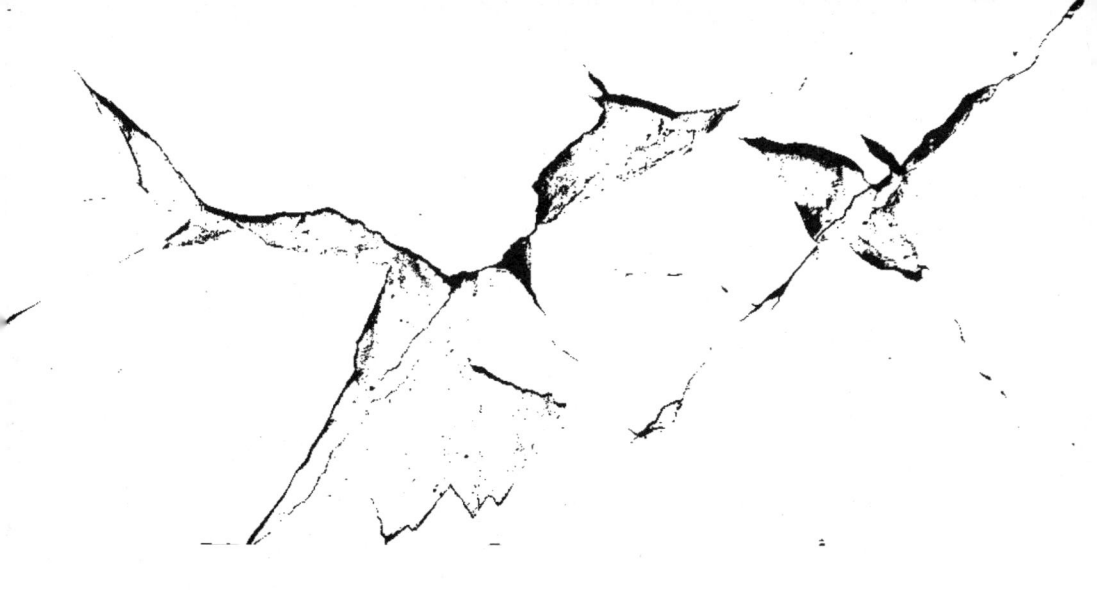

第十三章　妥协

　　三个多月前，有一伙操着南方口音的外地人来到六八图，自称是探矿队的，要在村里住两天。村里人心明眼亮，西县只产井盐，要找金矿、重晶石矿，得往南边的阴平县去，这伙人在西县能探出来什么矿？

　　中年男人是村主任，村里的大事小情都归他管。那几个人提着水果登门，水果袋子里塞着2000块钱。送上门的好处，为啥不要？村主任明知道这里头有猫腻，还是睁一只眼闭一只眼，让他们租自家的房子住下，扛着金属探测仪满山遍野地跑。

　　西县有"手艺"的人多是永兴镇的，抱团得厉害，一般人插不进去手。红河乡没有那样的"能人"。偶尔，大雨从山上冲出几件绿锈斑斑的东西来，村民捡了去换钱。村民都知道山里有东西，苦于不会挖，守着山，却不能吃山，看到永兴镇挖墓挖得热火朝天，眼睛都红了。现在，来了一伙有"手艺"的，虽然偷不到师，"探矿队"在前面吃肉，村民偷偷跟在后头喝汤，大家都得了利润，捂着好处不敢声张。

人的贪欲永无止境，这种没本的买卖，一旦开了口子，就很难再回到老实赚嚼裹儿的正路上去。几个月后，盗墓贼走了，后山可不会走，村里的人想，他们总不会把整座后山挖空，于是闲来无事就带上镐头、铁锹去掘两下，万一能挖出点啥，可就赚了。

可惜，三个月过去，他们没什么收获。村民们就盼着再来一伙盗墓贼，这一次，他们一定要把盗墓的技术学到手。

向晚他们三个人势单力薄，一踏进六图村就被盯上了。村民们不懂啥叫"调查"，只害怕公家追查"探矿队"追查到自己身上。大伙儿商量着布置好人手，把人绑了起来。三个大活人，总得想个法子处置了。

他们闹哄哄地商议了半天，终于下定决心：叫这三个人做同谋，教村民盗墓。如此一来，村里人学会了"手艺"，多了一条赚钱的路子；那三个人被村民捏住这么大的把柄，肯定也不敢说出去。把三个公家的人一齐拉下水，大家都脏了，才能都安全。

刘超犹犹豫豫地说："我可是有公职的人，万一叫人知道了……"

中年男人笑呵呵地说："这事情，我们也担着风险，不敢叫人知道。再说，你们在我们村里，黄土一掩，谁能知道这里的事？"

中年男人眼里凶光毕露，刘超清楚，自己要是不答应他，很难全须全尾地走出这个村子。要是村里人把标本袋里的东西当成赃物报警，就算自己最后能洗脱罪名，也得落个前途尽毁的下场。况且，听中年人的语气，那黄土，很难说要掩盖的是盗洞，还是他们三个人。

然而盗墓是犯罪，单就他们的身份而言，知法犯法，哪怕是被胁迫参与盗墓，职业生涯都将毁得一干二净。尤其是向晚，还会牵连她的老师和同门，甚至是整个学院的声誉。

刘超想虚与委蛇，做出妥协的姿态，换得喘息的机会。但是，多年所受的专业教育和个人的道德底线都在疯狂示警，他张张嘴，舌头上像压着千斤巨石，再也没有了以往的伶俐。

三个人当中，乐游是最不像读书人的那个。他答应得最快："我没有公职，没问题。"乐游又挣扎着拿脚尖踢刘超，"是工作要紧，还是命要紧？"

刘超的脸色变幻不定，眼神在乐游和中年男人之间溜来溜去，最终一咬牙，说："叔，你给我个保证，就干这一回，别叫人说出去，将来也别拿这个威胁我们。我绝不给你们找麻烦，这回过后，就断得干干净净，成不成？"

"成，怎么不成？"中年男人从墙角拉出一条看不出本来颜色的破毯子，展开，给他们三个人盖上，笑着说，"别怪叔委屈你们，忍一忍，明天就好了。"

毯子浊臭熏人。向晚忍不住侧过头干呕了一下，中年男人恶意地把毯子往她下巴处拉了拉，关上灯，重新锁上了门。

静了片刻后，刘超悄声催乐游："快想个法子！难不成真的要带他们盗墓吗？"

他俩压根没挖过墓。而向晚从刚才起就一直不吭声。刘超真怕她看不出他们是在一唱一和地糊弄中年男人，犟劲上来坏了事——这几天相处下来，刘超算是对向晚有了一定的了解，这姑娘看着脾气不错，但内在性格是有些强硬的。

再说了，这事危险，一不小心他们可就真成了盗墓贼的同伙。到了法庭上，不是说自己假意配合就能解释清楚的，法律论迹不论心。

"我在想办法。"乐游道。

隔了一会儿,刘超又念叨起来:"我错了,我不该叫你想办法,想有什么用?兄弟,咱们得行动,得行动啊!"

回应刘超的,是一种啮齿目动物磨牙的细碎声响,他不禁毛骨悚然,叫道:"老鼠!"紧接着,话音生生转了个弯,试图强撑起男子汉的颜面,"老鼠而已,师妹别怕。"

"我不怕。"向晚屏住呼吸。刘超一抖,那毯子就随着他的动作簌簌而动,臭气一阵阵进入她鼻子,熏得她头昏脑涨。

"不是老鼠,是我在割绳子。"乐游小声说,活动一下因太过用力而变得僵硬的手指。

"拿什么割?"那个中年男人狡猾得很,农具都挂在他们够不着的地方,地上只有土豆、塑料盆、臭毯子等杂物,连倒水的碗都被收走了。刘超瞪着高度近视的眼睛找了半天,也没能寻觅到可以用来割麻绳的东西。

刚才,乐游借着踢刘超的动作,从泥土地的缝隙里摸出一枚易拉罐拉环,用两根可活动的手指夹住,用拉环薄软的边缘去割拇指粗的捆绳。他专注地割磨绳子,有好一阵子不说话,直到拉环从痉挛的手指间滑落,才屈伸手指,积攒力气。

乐游问:"向老师,你怕我们真的和盗墓贼同流合污吗?"

向晚沉默了一会儿,答道:"是我考虑不周到,连累了你们。"她明白形势不由人的道理,为了人身安全,他们必须暂时妥协。

实际上,考古学并不像很多人想的那样,是个单纯做学术研究的学科,学者都是书呆子。考古队长是个非常特殊的职业,要和三教九流打交道,上得了庙堂,下得了探方。前一天还和村霸称兄道弟,喝酒时"拎壶冲",把自己和对方都喝趴下,以免村霸总来骚扰工地,干扰正常工作;第二天可能就要西装革履地飞到北京,向领导汇报考古成果,甚至讲课。

很多人怀揣着最纯洁的理想进入这个行业，却在现实中处处碰壁，能坚持到最后的，都是在风尘和泥土中打滚、取舍、妥协、平衡的，小心翼翼地维护着那一点初心，努力在做实事的人。

因此，向晚不会苛责刘超和乐游，但她仍为如今的局面感到懊恼。她本来希望自己能够做得更好。跑调查遇到危险，她和刘超还可以说是职责所在，乐游只是梁戈的司机兼助理，如果不是跟她来跑这趟调查，绝不会落到这种遍体鳞伤还受人胁迫的凄惨境地。

乐游重新摸到拉环，继续切割，压着嗓子说："去年的这个时候，我在建筑工地拧钢筋，几十层高的大厦，几乎没有安全措施，掉下去就什么都没有了。现在的老板给我交五险一金，跟向老师出差的这一路也很有意思，向老师一直在教我，这份工作，我没有什么可抱怨的。"他说着说着笑起来，"向老师、刘老师，你们最好休息一下，后半夜我们得跑出去。"

乐游定下的目标是逃跑，而不是为了安全，和村民合作盗墓。向晚心里猛地一松，眼前一阵发黑，她白天消耗过度，从傍晚到此刻一直处在高度紧张的状态，强撑到这时候，终于撑不住了。在乐游的劝说下，向晚竭力忽略旧毯子的臭气，闭上眼胡乱睡着了。

这一觉睡得并不安稳，向晚是被刘超的鼾声惊醒的，酸痛像无孔不入的蚂蚁，爬进她身体的每一个细胞里。她先是下意识地低哼了两声，随后才反应过来，哑声问："我睡了多久？"

"一个多小时，可能接近两个小时。"乐游语气里透着一种令人安心的笃定，"别急，我就快解开了。"

薄软的易拉罐拉环早就变形，变成了一团皱巴巴的金属，好在乐游用它割出了一道豁口，他又用自己的指甲一点点撕裂、揪断结实的麻绳纤维。刚刚过去的一个多小时里，他在黑暗中，用春蚕食叶的速度和耐心破坏着束缚他手腕的绳子。

终于,他感到绳子还连着的部分已经不是很粗了,乐游双手用力,"啪"的一声挣断麻绳。他麻利地解开自己身上其余的绳子,靠近向晚朦胧的轮廓,说:"向老师,我帮你解开绳子,请你……"

乐游还没说完,向晚已经会意——光线不好,乐游看不太清楚,只能顺着她肩膀与手臂的线条滑下去,几乎将她被绑在身后的双手包覆起来,才摸索到绳结的位置。

向晚的双臂刚刚重获自由,血液奔流,酸、麻、胀、痛的感觉齐齐袭来,她顿时倒抽一口凉气。她忍着难受,活动了一下手臂,弯腰去解自己腿上的绳结。

刘超还在熟睡,乐游伸手推了推他。刘超整个人剧烈地弹动起来,要不是被五花大绑,只怕要从地上一跃而起。幸好乐游早有准备,急忙捂住刘超的嘴巴,把他的惊叫按回喉咙里。

三个人相互搀扶着起身,默默地活动身体。乐游查看了一下门锁,说:"是木门和老式的碰锁,原本可以从屋里打开,但外头应该加装了挂锁,要出去就得破门,破门的动静会很大。"

"所以,等一下我们必须跑得非常快。"乐游侧耳听狗叫,"院子里有一条狗,向老师,我会挡住狗,你直接跑,不要迟疑,好吗?"

向晚没有立即回答,她年纪还小的时候,有一次跟叔叔去考古院泾渭基地玩,叔叔开会时,她被一只比她还高的大黑背犬扑到墙角,热腾腾的气息从狗的利齿间喷到她的颈动脉上,她第一次意识到狗这种动物猎食时的可怕。从那以后,向晚就害怕所有的狗。平时在路上遇到小狗,她都会绕路避开,想到院子里那条狗,她不敢保证自己能克服恐惧。

刘超挺起胸膛说:"狗有什么好怕的?放心,师兄也帮你挡着!"

乐游对刘超说:"你和向老师一起去开大门,如果大门打不开,立刻想办法翻墙出去。向老师，我保证过，会平安送你回家，请你相信我。"

向晚终于开口："好。"

木门是内开门，踢、撞都打不开它，乐游取下挂在墙上的镬头，将镬头的平头插入木门铰链的缝隙，用力撬动，铰链发出令人牙酸的声响，门外的狗乱吠起来。

乐游加大力度，木门"砰"一声从门框里掉下，狗吓得暂时失声，卧房那边已经传出人起身的动静。

乐游挪开了木门，闪电般地把镬头掷了出去，却砸了个空，大狗避开镬头柄，换个方向扑上来，恶狠狠地把他撞倒在地。乐游顺势倒地翻滚，扼住大狗的颈部，将它尖利的牙齿拉开，低声喊："跑！"

向晚和刘超辨了一下方向，冲向大门。铁皮大门一拉就发出巨大的响声，在寂静的夜里传出很远，附近的狗都狂叫起来。

中年男人一直防备着他们，听见声音不对，立刻惊醒，跑出卧房，抓起一件东西就朝大门丢去。向晚急忙躲闪，那东西擦着她的前襟掉在地上，在暗淡的月色下闪烁着寒光，竟然是一柄斩骨刀！

大门反锁着，没有钥匙打不开。刘超抬头看了看院墙，有两米多高，沿墙有一排葡萄架。为了防盗，墙头竖满敲碎的啤酒瓶碴儿，人要想翻墙，非被玻璃碴儿扎流血不可！

刘超急了，捡起地上的菜刀。他一只手攀着葡萄架猛地跳起来，另一只手持着菜刀，猛砍墙头的啤酒瓶碴儿。

乐游已经解决了大狗，和冲过来的中年男人撞到一起，撞得对方铁锹脱手，二人滚在地上，赤手空拳地搏斗。

向晚脱下冲锋衣扔给刘超，喊道："这个厚，垫着！"后者将结实的衣服甩上墙头，作为隔离玻璃碴儿的防护，借葡萄架的力，拼命挣扎着爬上去，急忙叫向晚："快！"

向晚助跑几步，一跃而起，刘超用力一拉，她蹬着墙壁，半个身子已经翻了过去，玻璃碴儿扎进身体里，她根本顾不上喊疼，一边从墙头跳下，一边催乐游跟上。

此时，整个村子都被惊醒了，附近的几户人家灯火通明，男人们叫喊着往这里赶。刘超拉上向晚发力狂奔，跑出百十来米，听见后面"扑通"一声。两人回头，只见乐游翻墙出来，跟跄了一下，半跪在地。

"快快快！"刘超跳着脚喃喃自语，向晚朝乐游奔去。刘超愣了一下，连忙跟着她往回跑。

追兵从四面八方拥来，乐游却只能蹲在地上呕吐——先前后脑勺挨的那一下给他造成了轻度脑震荡。在充斥着耳腔的轰鸣中，向晚的声音显得邈远而微弱："乐游，你还能动吗？"

乐游竭力爬起来，天旋地转，他每迈出一步，腿脚的震动沿着神经传导至颈后，钝痛像一把烧红的长刀，直直切入大脑深处，带来阵阵抽搐。

刘超、向晚二人一边一个，架起乐游，在暗到看不清前路的月光下，向茫茫黑暗走去。

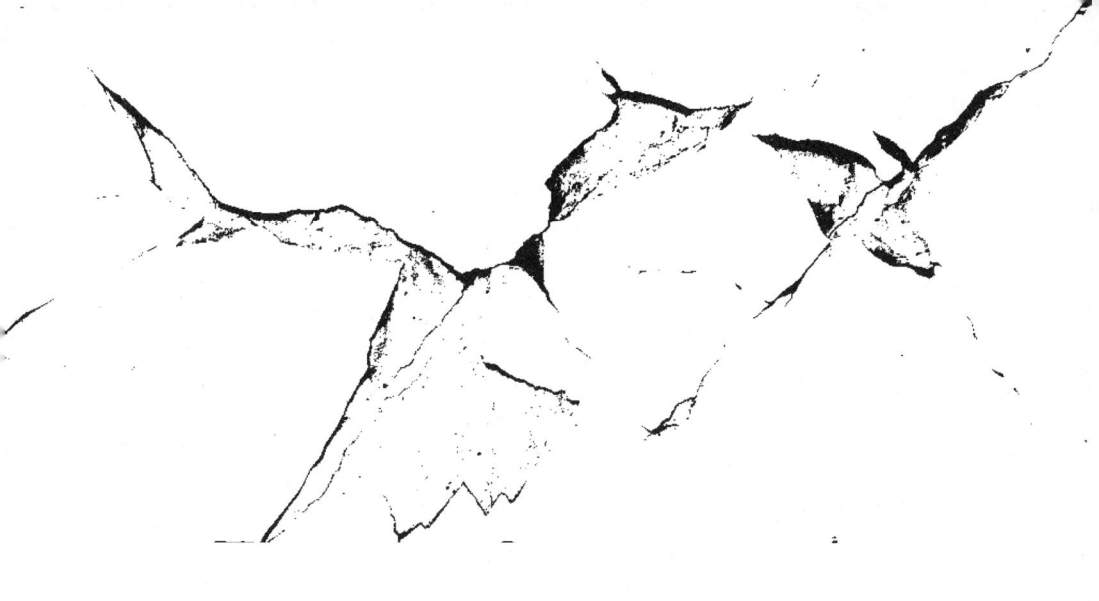

第十四章 逃离

几道手电光在身后穷追不舍,把黑暗分割成晃动的块状。前方,黑色的泥坑、灰白色的水泥路面、反光的水渠,小路两侧的树木形状奇怪的影子如同蹲伏的凶兽。

他们从未奔跑得如此急切、艰难,肺部胀痛到几乎要炸裂,大口吸入冰凉的空气还是难以缓解呼吸道的烧灼感。他们用意志力压榨着沉重腿脚的最后的潜力,肌肉发出不堪重负的信号,体力在迅速流失。

向晚脚下一个踉跄,险些在高速跑动中摔倒。她的手臂被牢牢扯住,人歪斜地跑了几步,总算调整过来。不知从什么时候起,情形反转,现在是乐游拉着她和刘超飞奔。

村庄背山面河，县道贴着河流平行延展，路基之下的沿河地种着大片油菜花。这时节，金黄的花朵早已落了，半人多高的茎上结出油菜籽。三人一头扎进油菜花田，被密匝匝的植物茎叶缠住腿脚，回头看来时的路，田地里有几道明显的踩踏痕迹。

"回头！"乐游果断换了个方向，没跑出多远便放开了手。田埂边堆着半腐烂的去年的秸秆、稻草，乐游扒拉出一个可容人缩身隐藏在当中的空隙，推一推还在弯腰剧烈喘息的向晚，说："向老师，躲起来。"

伪装潜伏是侦察兵的特长，仓促间，乐游只能尽力做出一个粗糙的藏身处，好在晚上光线差，只要没有人打着光一寸一寸地仔细查看，应当不会发现她。

"向老师，等到天亮，马路上车多了再出来。拦一辆不是本地牌照的车。"乐游匆匆嘱咐向晚，然后与刘超贴着田埂躬身跑动，很快消失在向晚的视线中。

他们才跑开两三分钟，村里人已经追上来，村民们更熟悉这一带的地形，一面喊人从小路包抄，一面打着手电查看大树上、田埂下能藏人的地方。

忽然前面响起喊声："看到他们了，在前头！"村民们丢下这里，呼喝着追上去，有几个人跑动时甚至隔着秸秆踩到了向晚的脊背，她死死咬住牙，一声也不敢吭。

喧嚣远去。山里的夜一直都是寒冷的。向晚的冲锋衣早就丢了，身上只剩下一件运动T恤，刚才跑出一身热汗，被山风一吹，身体迅速冷下去，她不禁战栗起来。

她暂时安全了，可是，暴露在追兵视线中的乐游和刘超怎么样了？

乐游和刘超发现村民追到了向晚藏身的地方附近，怕她被找到，于是不再隐藏行踪，边跑边弄出点动静，引起注意。两人穿过油菜花田，逃到河边的卵石滩,在滔滔浊流前刹住脚步。

乐游的胸膛急速起伏,扶着一块大石头又吐了一回。他把额头抵在冰凉的石头上,用石头的冰冷给突突直跳、快要爆炸的太阳穴降温。

乐游哑声叫刘超:"找路。"他不敢动,最简单的扭头动作,都会带来难以承受的痛楚。

河滩地不算开阔,有田埂、地坎挡着,暂时还看不到"追兵"的身影,但听声音,"追兵"已经离得很近了。上游有"追兵",下游有堵截,刘超挠着脸,一横心:"我们游过去!"

这条小河宽度只有七八米,但水流速度很快,河道里横亘着巨大的石块,水拍打在巨石上,激起半人高的水花,水底下暗藏着漩涡,平安泅渡的概率不超过一成。刘超抱来一截枯树树干,试探着扔进水中,树干瞬间被冲出十几米远,然后被漩涡吃了进去。

乐游熬过一波眩晕,勉强抬起头,叫刘超脱下T恤,到泥坑里打个滚,浑身上下沾满泥浆,然后趴在暗处的泥坑里。乐游扯下一些树叶给泥坑做了伪装,把刘超的T恤套在一块浮木上,推进河里。他对刘超做了个手势,摇摇晃晃地朝下游跑去。

浮木套着刘超的衣服,在水面上载沉载浮,黑夜里看不太清楚。村民以为刘超在泅渡小河,他们都知道河水凶险,不敢再追,转而去围堵摇摇欲坠的乐游。

在无边的寂静与黑暗中,天地间仿佛只剩下自己,向晚感到山峦无限庞大,而自己前所未有地渺小,小得像一粒芥子,马上就要被陌生的环境碾碎。

最保险的做法,当然是躲在草堆里,等到天亮再去求救。但她的两个同伴引走了追兵,同伴和她一样筋疲力尽,乐游还受了伤,她在这里多耽搁一分钟,他们的危险都在成倍增加。

向晚从草堆中爬出来,在清寒的空气里狠狠地打了个寒噤。借着朦胧的月色和星光,她辨认了一下方向,一瘸一拐地往上游走去——她记得六图村上游还有好几个村庄。

她只能赌,赌六图村的人不敢把事情闹得太大,赌上游的村庄和六八图沾亲带故的人不会抓到她,赌她有一半的机会能够得到帮助,而不是踏进陷阱。

伤势减慢了乐游的行进速度,他始终甩不掉追他的人。他只能拼尽全力阻碍对方,跑一阵子,歇一阵子,不远不近地吊着他们。有好几次,对方差点就要抓住他,他凶蛮地撞上去,抱着人要一起坠落到河水中,对方被他的不要命吓住,他才抓住机会逃脱了。

等到天亮,天亮就好了。乐游想,只要天亮时还抓不到他,这些人的体力、耐力就都该耗尽了,到那时,他们必须放弃追捕,回去销毁证据了。

可是,他撑得到天亮吗?

他不记得自己跑出了多远。他的后颈像装了一根不该存在的弹簧,稍微一动作,弹簧就嗡嗡地响,扯得脑仁儿生疼。胃中的内容物早已吐空,他的胸腹间翻江倒海,吐出的不过是几点又腥又苦的胆汁。

那些人又迫近了,乐游不再同他们兜圈子,他朝县道方向逃去,就算被抓住,他也要在县道旁留下一点痕迹,不能在河滩上被他们悄悄处理掉。

追他的人也在呼哧呼哧地喘着粗气。他们从来没有见过这样的人,眼看就要倒下了,却一次又一次地爬起来,引着他追了大半夜、几十里。

乐游抓着防撞栏爬上县道,倚着栏杆坐倒。摩托车灯光雪亮,朝他撞过来,他闪不开——村民在县道上也布置了人,骑着摩托车来回巡视,他一上县道就被发现了。

村民们死死摁住乐游,踢他的肋骨,破口大骂。但在乐游耳中,只有巨大的轰鸣声，怒骂仿佛只是一些被轰鸣盖住的遥远的杂音。

彻底倒下去之前，乐游产生了错觉，他好像听到了警报声。

那不是错觉。警笛大作，红蓝光交替闪烁的警灯一出现在县道，村民们立刻作鸟兽散。一辆警车在路边停下，捡起昏迷不醒的乐游，掉头往县城去了，其余车辆继续前行，直奔六八图。

警方控制了六图村。河边的泥坑里，接近失温的刘超扑腾着爬起来，一步三晃地朝有灯光的方向挪去，身后是一排混着泥水的足迹。

村主任家狼藉的小院里，七八个人正双手抱头蹲在墙角，被两名警察看管着。两个人陪着向晚走进来。王晓君连忙上前，他被向晚的狼狈模样吓了一大跳，说："你受伤了？快快，去医院！"

"我没事。"向晚摇了摇头。从秸秆堆里爬出来后，她摸黑赶到了邻村，敲开路边一家小商店的窗户，借电话报了警。她满身血迹、泥土，活像是才从坟墓里爬出来的，把店主吓得够呛。那时她才意识到，除去擦伤、割伤，她身上还沾了不少乐游的血。她问："乐游和刘超怎么样了？"

"乐游已经被送去医院抢救了。刘超，我们还在找。"

王晓君一个劲地叹气，说："怎么会搞成这个样子？我怎么跟你程老师交代？"说着，他递过手机，"给你老师打个电话报平安吧。"

向晚整个人都在发抖，几乎要拿不住电话。王晓君无奈，替她拨了号，举着手机放到她耳边。

"找到人没有？"铃声才响了一遍，程云峰就立刻接起电话。

"老师，是我。"听到程云峰熟悉的声音，向晚鼻子一酸。

"向晚，你人没事就好。别怕，你先跟王馆长去医院，明天我去接你回来。"

向晚哽咽着说："老师，我没事，您不用赶过来。资料……我会尽快把资料发给您，您得去把咱们的文物接回来。"

程云峰沉吟了一下，说："我叫梁戈去接你。资料的事不要着急，等你养好身体再说。"

一个警察走过来，等王晓君帮向晚挂掉电话，叫向晚去认人。"嫌疑人都在这里了吗？"

向晚三人被抓住时天已经黑了，向晚没看清村民们的脸，只粗略记得有十几个人。这会儿墙角蹲着七八个人，人数显然不对。

警察从向晚口中得知她被村民抢走了标本和相机，连忙追问东西的下落，村主任——先前逼他们带村民盗墓的中年男人——垂头丧气地带着向晚和警察，指认了藏东西的地方。

向晚取回相机，查看内存卡，见内存卡完好无损，才松了一口气。幸好她没有用手机拍照，手机在冲突中已经彻底报废了，要是手机上存着照片，损失就大了。

没过多久，刘超也被找了回来。他裹着一床毛毯，在初夏的夜晚冻得脸色铁青，哆哆嗦嗦地冲着王晓君赔笑："领导，我就是趁着休年假，带着师妹和朋友在咱们县逛逛，可没做违反纪律的事。"结果这一逛，他差点把小命逛掉半条。

刘超喝了几口热水，感觉自己好点了，又笑嘻嘻地跟向晚说："幸好这回警察同志来得及时，要是跟电视剧里一样迟到，咱们仨可就麻烦了。"

王晓君恶狠狠地瞪了刘超好几眼，又看他哆嗦得实在可怜，对警察说："我先送这两个人到医院做检查，明天再配合你们调查。"

警察笑着说："什么明天？再过一个小时，天就该亮了。"

王晓君打开车上的暖气，让整个车里都热烘烘的。他一边开车，一边给向晚讲述这个晚上都发生了什么：程云峰不放心向晚来西县，与她约定，每晚11点通话，了解她的进度。今晚过了约定时间向晚还没打电话，程云峰打给她也打不通，就有些担心。程云峰又叫梁戈联系乐游，也没有任何音讯，焦急之下，程教授把已经睡下的王晓君叫起来，请他帮忙寻找自己的学生。

王晓君先问了招待所，得知向晚还没有回去，心里也是一突。县城一共就这么大，他其实知道刘超请年假去做什么了，打电话给刘超的爱人，才知道她人已经在派出所报案了——刘超迟迟不回来，她问过了所有熟人，都说没有看见他。

王晓君估摸着三个年轻人遇上事了，只是不清楚他们是被困在野外，还是遇到了人为造成的麻烦。人失踪不满二十四小时，派出所没法立案，好在王晓君和西县现任公安局局长关系不错，打了个电话过去，说好天一亮就派几个干警到庙山去找人。

凌晨4点多，向晚拨通了110报警电话，警方立刻意识到她就是上头要找的人。没等到天亮，他们用最快的速度赶到了红河乡，路上救下了乐游，按住几个没跑掉的嫌疑人，接回向晚，找到刘超，并封存了一大批物证。

到这时候，三个年轻人才算真正安全了。

向晚不记得自己是什么时候睡过去的，一睁眼，梁戈的脸就在眼前晃动。她腾地坐起，梁戈连忙按住她，叫道："挂着水呢，别动！"

"师兄，你怎么来得这么快？"向晚反应过来，这里是医院，她的伤口都已得到妥善处理。刘超在旁边的病床上呼呼大睡，同样挂着吊瓶。

梁戈脸上挂着两个眼袋，伸着懒腰撇嘴，说："警察一找到你，老师就催命似的叫我赶过来。我要是敢说半个不字，他能生吃了我！可怜我陪客户喝酒喝到两点，才睡下，就被老师叫起来赶路了。这会儿还头昏脑涨的。——幸好你没什么事，要不然，我得敲断他们几条腿才能出了这口恶气。"

师兄妹二人正在说话，一个年轻女人提着饭盒走进病房，梁戈热情洋溢地给向晚介绍："这是你刘师兄的媳妇，张媛媛。一大早多亏她照看你，还不快谢谢人家。"

"嫂子，"向晚惭愧地说，"对不起，我没想到会出这种事，连累刘师兄受了伤，还让您也担惊受怕。"

张媛媛一晚上没睡，既担心丈夫，又要帮忙照顾向晚——梁戈来得着急，只带了个男下属，像换衣服、帮忙处理伤口这些事，都是张媛媛搭手做的。

这会儿张媛媛情绪已经稳定了，她面带疲惫，但还是笑着说："没事，你们都平安就好。我天天催刘超跑步，他全当成耳旁风，到头来，体力还不如你，活该他倒霉！他肉厚，落不下大毛病，你别往心里去。"张媛媛一边说话，一边打开饭盒，"你饿坏了吧？这里是黑米粥、小笼包，你先垫点。"

"乐游这个坏蛋，我叫他保护你，他倒好，仗着自己练过，反而把你往危险的地方引。"梁戈骂骂咧咧，"你这瓶药挂完就差不多了，看着点，叫护士拔针，我去教训乐游。"

向晚抿着嘴微笑，她这位大师兄尊敬师长、爱护师妹，对手下的人也很护短。别看他嘴上骂乐游骂得凶，实际上他不会拿乐游怎么样。

梁戈走出两步，又回头警告向晚："你再歇一会儿。我叫人取你的笔记本去了，你吃完饭，拔了针再干活儿。"

"知道了。"

向晚含着汤匙，在脑中整合、分析她获取的资料。她要上交一份缜密、严谨的调查报告，为老师在听证会上说服外国专家、追回文物做准备。时间紧迫，她不能休息太久。

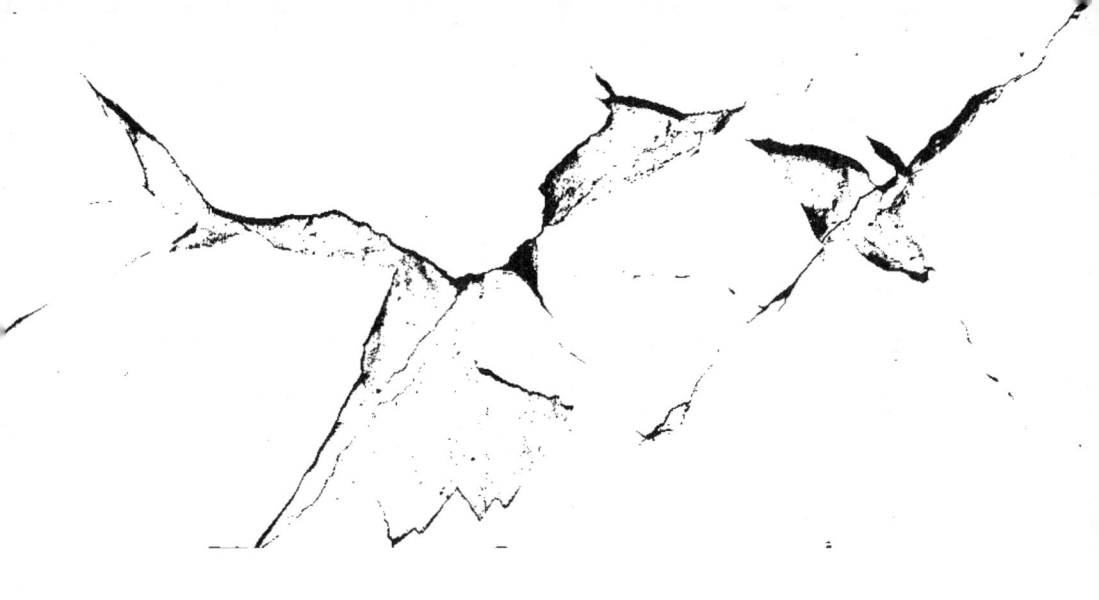

第十五章 口供

向晚坐在病床上,对着笔记本噼里啪啦地敲字。刘超醒过一次,吃过饭又睡下了。张媛媛赶着回学校去上课,临走时还给向晚削了个苹果。

梁戈带着两个穿警服的人走进病房。向晚知道没法再干活儿了,关掉文档,收起笔记本,听她师兄介绍道:"这位是西县公安局刑警大队的李队长,就是他带人把你们救出来的。这位是咸阳公安局刑警支队文物分队的队长老萧,萧锷。"

向晚先看看萧队长,根据文物属地管理原则,西县的事情应该归西县公安局和文管局负责,怎么咸阳警方也参与了进来,还来得这么快?萧队长看起来有30多岁,身姿笔挺,他冲向晚点点头,说:"我们分队主抓文物犯罪。我追一伙盗墓贼一年多了，听说这边有新发现，过来看看和我的案子有没有联系。"

其实这里还牵扯了一点私人关系——文物分队经常与西北大学、考古院、文保中心以及各博物馆的专家打交道。今天凌晨程云峰为了寻找向晚四处托关系，他人脉广，一施加影响，萧锷的手机直接被专家和上级打爆了，天刚亮他就出发往西县赶，只比梁戈晚到两个小时，协办函反而落在他后面。

好在萧锷到西县时，这边已经收到了传真，他才与西县同行顺利会合。萧锷看案卷时，发现案件相关人员中还有一个乐游，跑去一看，还真是旧识：当年在部队，他是乐游的新兵排排长，因为乐这个姓氏不常见，乐游天赋又好，萧锷对他印象比较深刻。

萧锷转业后被安排到咸阳公安局。他本来以为乐游那小子会提干，留在部队，没想到乐游也转业了，还稀里糊涂成了案件受害者。

李队长和蔼可亲地关怀了向晚几句，接着询问她籍贯、年龄、职业。这位警官有点职业病，话从他嘴里说出来显得咄咄逼人，日常寒暄都像审讯似的。

李队长一来是替上级领导看看向晚的情况，二来是想让向晚去录个口供——西县警方又抓获了几个嫌疑人，不过嫌疑人众口一词，咬定是因为向晚等人鬼鬼祟祟，村民们只是把他们当成了贼，想教训一番，没有想伤害他们。并且，村民还闹着说是乐游打人在先，要追究乐游的责任。

梁戈沉下脸，冷冷地说："乐游还躺在那里，受了那么重的伤，总不会是他自己摔出来的。就算动了手，那也是正当防卫，我还没告他们非法拘禁、故意伤害，他们倒恶人先告状了！"说着，他连两名警察也怨上了，"向晚也受了伤，怕是不方便去局里，有什么话就在这里问吧。"

萧锷跟梁戈也是认识的，打圆场道："要是向博士身体状况不允许，叫人来录口供也行。不过，最好还是去局里，顺便旁听一下审讯。也许那几个嫌疑人还能再交代点什么。"

李队长瞟了萧锷一眼，这大地方来的同行有点霸道，说话间就把本地的事情给安排了。不过他知道这帮搞学问的都清高，脾气上来，谁的面子都不顶用。萧锷的几句话算是把他的面子保住了，李队长便默认萧锷说的话有效。

梁戈看着向晚，等她做决定。向晚点点头，说："去局里。我们的案子是小事，得重点追查三个月前那伙盗墓贼的行踪。"

李队长一直忙着救人、抓人，这时候才知道还有盗墓的事，不禁愕然。他想起本地有些邪性，凡是与文物相关的案子都小不了，当年那个在大堡子山上动了枪的倒霉鬼，至今还是县局最离奇的传说。这回又遇到盗墓案，他要么趁机立功，要么运气差，破不了案，被上级问责，总之都不是小事。

西县公安局的审讯室没有装单反玻璃，但在隔壁房间，可以通过摄像头观察审讯室内的情况。向晚录完口供，和李队长、萧队长一起，看刑警审讯六图村的村民。

大部分村民对警察比较敬畏，但又心存侥幸，在自己的事情上不肯说实话，一直嚷嚷向晚等人偷盗、打人，试图颠倒黑白。刑警问起三个月前的"探矿队"，村民们却交代得飞快："有七八个人，年龄都不小。为首的那个人，叫'老关'还是'老倌'，说一口关中话。其余几个人，不知道是哪里来的，有点像南方人，说话洋腔洋调的，叫人听不懂。"

萧锷一拍桌子，叫道："老关！这老坏蛋，简直阴魂不散，我好几个案子背后都有他的影子！"这趟来西县，他真是来对了，西县盗墓案能与他手上的悬案合并，原本已走进死胡同的案情，说不定就能在这里找到突破口。

审讯室里，村主任继续说："他们在我家里住了几天，白天上山找矿，夜里也出门，不叫人跟着。他们每天用麻袋装着矿石回来，到底是啥矿石我就不知道了。"

警察追问："他们离开你们村后去哪里了？"

村主任说："说是去天水，经过天水去西安。"他想了想，又补上一句，"有一个人，我听他们说，他老家是磐安的。磐安人是啥样，我还不知道？从来没有那样的口音！"冀县的磐安镇只与红河乡隔着一座大山，山两边来往多，他不可能弄错口音。

监控室里，向晚皱眉思索："不是磐安镇，可能是磐安县——浙江有个磐安县，没准儿是异地同名的巧合。"这条信息暂时没什么用，向晚将它记在心里。

盗墓贼途经西安，那是萧锷的工作范围地，他坐不住了，起身去红河乡勘查现场，采集盗墓贼留存的生物痕迹。向晚也无心再听村民交代杂七杂八的情况，从警方处要回了标本，到秦文化博物馆，借地方整理资料。

王晓君走进资料室时，梁戈和向晚师兄妹已经清洗完陶片，每人手边一瓶502胶水、一盒粉笔，正一边拼对、粘接陶片，一边进行陶系统计。

陶系统计是考古研究中最枯燥的活计之一，要先按质地把陶片分类——夹砂陶、泥质陶；再分颜色——黑陶、灰陶、红褐陶和红陶，颜色取决于烧成温度；最后统计纹饰——篮纹、席纹、弦纹、绳纹，绳纹有粗细之分，另外还有戳印、堆塑、抹带等装饰手段。这些信息全部统计出来，就能得到一个遗址的陶系特征，与其他已知的遗址比较，可以相对准确地判断出遗址的文化类型和年代。

像北京大学的刘绪先生那样经验丰富、天赋过人的人，上手一摸，就能准确说出陶片属于什么文化、在哪个时间段甚至出自哪个遗址。目前采集到的这批陶片，属于向晚熟悉的文化类型，她不用做陶系统计也能分析得八九不离十，不过，基础工作还是要做的。

"王叔叔，过段时间西北大学和甘肃所联合申请抢救发掘，您这儿又要热闹了。"

"那我一定全力配合，哈哈哈。"

王馆长溜达一圈又走了，向晚望着他的背影，直犯嘀咕：要说这位馆长可信吧，他仿佛总在藏着掖着什么；要说他不可信吧，救她的时候他也没少出力，不像怀有恶意。

梁戈憋着笑说："别看了，我知道他为什么不对劲。"

梁戈有个好处，向晚不捧哏，他也能独自说得热热闹闹："当年，西山发掘时勘探出一段城墙，你是知道的。这对学术界来说很重要。向老师他们都认为这段城墙内就是西犬丘城址，可惜没能申请上国保，一直都是县级文物保护单位，归西县文管局管辖。

"县级文保单位，级别上不去，保护措施自然跟不上。去年夏天，西山发生了几次泥石流。国土资源局害怕这段城墙影响到山下民房，派推土机来把城墙给推了，用混凝土加固了山体。王馆长还兼着文管局副局长的职务，但文管局属于弱势群体，哪里扛得住国土局、住建局给的压力？强势单位联合起来行动，他只能捏着鼻子认下了。

"我的人经常在冀县、西县这一带做项目。我听他们说过西山的事，但我现在改行做生意了，不好把这事捅出来，只好装作不知道。老师也不知道西山的情况，你就更不知道了。老师让你来做田野调查，打的主意是，想让王馆长看在和向老师的交情上帮你一把，可是王馆长心虚，怕你发现西山的事。万一你热血上头，曝光出来，到时候他要倒大霉了。可不是得一直敷衍你吗？"

向晚简直要喘不过气来，高声道："西山城墙没了？三千年前的城墙，秦人最早的城址，说推就推了？"对她而言，西山还有另一层意义，那是向楚辞主持发掘的遗址，是为数不多的可以让她怀念叔叔的地方。

"别激动，先干活儿，老师还等着你的调查报告。"

考古这个专业游走在活人与死人之间，既不能站在古人的立场上责怪活人开拓生存空间、破坏古遗址，又不能眼睁睁看着文物、遗址遭毁坏而无动于衷。文物保护与经济发展的矛盾始终存在，当矛盾落到具体的事情上，身处其中的人实在悲哀。

类似西山的事，向晚见过、听过不少，她生了一会儿气，还是收拾好情绪，埋头工作——动手工作胜过枯坐哀叹。沉浸在无力感中很简单，做事却很困难。能多做一点是一点，能保护多少就保护多少。早一日寻回流失的文物，启动抢救发掘，西县当地的遗址就能早一日免遭更严重的破坏。

萧锷去六图村走访村民，打听盗墓贼的相关情况，县公安局这边却有了意料之外的进展。

这天，向晚又一次去公安局旁听审讯，跟一个半大少年擦肩而过。少年差点跳起来，叫道："姐姐！"

少年的破锣嗓子很有特色。向晚立刻认出他正是前几天撺掇乐游和校队打篮球的少年，便问："你怎么在这里？"

少年的脸一红，说他在学校接到父母打来的电话，他大舅出了点事，让他来给大舅送衣裳。他大舅就是六图村的村主任，带领村民非法拘禁向晚三人，又逼迫他们带村民盗墓的那个中年人。

少年原本答应乐游，要帮乐游打听村里有没有进过外人，这两天联系不上乐游，少年本来已经把这个任务给忘了，这会儿一见向晚，又想起来了。

少年没想到，他要打听的事跟他大舅有关系，认识的大哥在大舅手中受了重伤，少年羞耻心重，低下头，红着脸就要跑开。

李队长知道少年和嫌疑人的关系，眼明手快，一把揪住少年的后衣领。"你大舅的事可不轻，要是有点立功行为，还能减点刑。你知道些啥？说出来，我算你大舅立功。"

向晚也问："你打听到了什么？乐游在医院，你告诉我也是一样的。"

少年犹豫了一下，单纯的正义感最终占了上风，他说："游哥让我帮他打听的那些人在我大舅家住过，我大舅肯定把他们姓甚名谁、长啥样都记得清清楚楚。我大舅精着呢，他是主任，以前来往的客商都住他家。什么贩党参的、收花椒的、采茯苓的，我小时候见过他跟客人收住宿费和饭钱。这两年很多人都开车来，愿意住在村里的人少了。他还抱怨少了一份收入。他有一本账，我帮他盘过账，知道账本放在哪里！"

李队长眼前一亮，拍打着少年的肩膀说："你这是立功啊，能给你舅减刑！"

少年得到肯定，背叛大舅的那点愧疚感也没了，还跟向晚道歉，又说："早知道你们要去六八图，我就带你们回去了。"他深信，自己在村里有几分面子，带回去的人肯定不会被关起来打。

向晚带少年去医院探视乐游。李队长告知萧锷那边出现了新线索，萧锷按照少年提供的线索，从村主任家的五斗橱背面掏出一个塑料袋裹着的小本子。在这本账目里，除了"老关"，警方又得到几个新名字，叫村主任配合警方绘制画像。

第十六章 故人

获救后,巨大的工作量立刻淹没了向晚。直到半天前,她才写好调查报告,发给程云峰。文字工作暂告一段落,只等警方的新进展。眼下,程云峰已经在办理出国手续,向晚也终于有了闲暇时间。

这是几天以来向晚第一次见到乐游,于情于理她都应该早点来探望,但仍延宕到此时——扪心自问,她有点想躲着乐游。

乐游伤得相当严重,只能卧床静养,视频、文字等一切耗脑力的东西,都会引起他眩晕,因此医生严禁他接触电视节目和书籍,连手机也不许他多用。他整天躺着,无聊得骨头缝直发痒。

向晚带着破锣嗓子——少年名叫罗秋晨——提着一袋水果走进病房

时，乐游正借着阳光把手影投在墙上，变幻出狼、鹰、鸽子的形状。他手上有伤，包扎得严严实实，做手影也不灵巧。一见有人来，他迅速收手，连腮带耳逐渐发红，窘迫得无处可藏。

"游哥！"罗秋晨迫不及待地表功，"我给你打听到消息啦！"少年一屁股坐在床边，滔滔不绝地说起自己怎么问遍同学都没有消息，又怎么打算回家询问亲朋，最后怎么靠优秀的观察力和记忆力挖出了大舅的秘密。

最后，少年摆出一脸为难之态，欲言又止。乐游失笑，说："你想问什么？"

"我做的这些，真能给大舅减罪吗？"在少年心中，大舅仍是精明又疼他的村主任。先前听警察说他差点打死人，少年并没有实感，见到乐游，才意识到乐游浑身的伤都是大舅导致的。

不提脑震荡、骨裂和其他大大小小的伤口，乐游的十根手指都被包扎成了粽子模样——他用指甲代替刀具强行割断绳索的后果。若说谁最有资格追究村主任的责任，非乐游莫属。罗秋晨想替他大舅求受害人谅解，一路都在心里盘算说辞，这时看着乐游，却又说不出口了。

乐游拍拍少年，说："这件事，不是我原谅他，他就能脱罪的，没有那么简单。你要相信法律，也要相信你大舅是个聪明人。"是聪明人，就一定会全力配合警方，争取从轻发落。

罗秋晨没留多久。他一走，这间病房就只剩乐游一个病人，冷清得有点可怜。向晚本来打算露一面就离开，又不忍心丢下乐游一个人。向晚想起梁戈透露过，乐游和自己差不多，双亲俱亡，唯一比较亲近的表姐最近在跟一个经济峰会，还不知道乐游受伤的消息。梁戈和同事来了西县也有业务要跑，能照看乐游的衣食，但绝对没有时间相陪。于是，向晚鬼使神差地坐了回去。

乐游半边脸还青肿着，给他的英俊平添几分狼狈，但他眉眼一弯，流露出掩饰不住的愉快。

向晚为自己的姗姗来迟心生愧疚。她说起这几天的工作进展，并真诚地向乐游道谢。她很清楚，如果没有乐游的全程保护，她绝对无法全身而退。

乐游望着向晚笑，说："向老师，我知道自己在做什么，这是我的本职工作。你不用放在心上。"说着，他活动了一下胳膊，"我之前遇到过一些糟糕的事，那时候的情形要苦得多，相比之下，我很满意现在的工作和生活。这伤看着吓人，其实不严重。就是大夫不让我看书，我有点无聊。"

向晚迟疑着问："那，我读书给你听？"

"好啊。"乐游没有告诉向晚，她的声音很容易让他走神。

在村主任和村民的配合下，嫌疑人的画像很快被绘制出来。萧锷如获至宝，用内部系统一对比，发现盗墓贼中至少有两个人是在逃多年的通缉犯，其中一个是山西人，盗掘过晋侯墓地，长年逃亡；另外一个人，则是西县的"老熟人"关红兵。

当年盗掘大堡子山墓地的盗墓贼当中，关红兵是骨干之一，他有"家学渊源"，如果顺利混下去，等关仲义年老干不动时，他会变成盗墓贼的头目。后来盗墓事发，几个老盗墓贼和王坎等人都被抓捕了，关红兵却在事发之前被坍塌的椁室砸伤了腿，回老家养伤，侥幸逃过一劫。等宝鸡警方上门查他，才知道这个人一听说他二伯出事，就连夜跑得无影无踪。通缉令发出去，过了这么多年，都没能抓到这个盗墓贼。

要不是还有几个人对那桩陈年大案有印象，人们几乎要忘掉关红兵这个名字了。没想到，如今关红兵换了个身份，又继续干盗墓这个行当了。

听萧锷说，这个老关在关中也有不少案子，他这几年一直在关中西北一带

第一卷 西垂有声

流窜。

顺着老关的新身份查下去，线索到天水就断了。警方推测，关红兵有多个假身份，他在天水改用别的身份到了西安，带着盗掘的文物销声匿迹。

好在，萧锷从村主任家的杂物房里那堆脏兮兮的破烂里头，获得了不少生物信息。萧锷把文物分队动员起来，大家分头往几个省份追查嫌疑人，而他自己得到向晚邀请，去见一个人。

向晚指路，梁戈开车，萧锷和刚出院的乐游坐在后座。车往山里去。山路颠簸，乐游尚未痊愈，被晃得脸色发白。他闭上眼，靠着车窗，强忍眩晕的感觉。

向晚轻声说："师兄，开慢点，我有点晕车。"梁戈闻言减速，眼睛通过后视镜恶狠狠地瞪着乐游，偏偏乐游闭着眼，接收不到老板的警告。

自从关红兵这个名字重新出现在警方的视野里，萧锷就调取了当年大堡子山盗墓案的卷宗，了解了当年的案情。向晚邀请萧锷一起去见王坎，他毫不犹豫地跟了来。路上听向晚简单讲述了王坎的经历，萧锷唏嘘不已："我经手的盗墓案，十起里头有八起都是想发财的农民干的，像'老关'这样的惯犯其实很少。"

对很多农民而言，贫穷是压在他们头顶的大山。保护文化遗产却是看不见摸不着的东西，没有几个人能经受住发横财的诱惑。

这一次，王坎没跑。他认出车子，就在荒草丛生的院子里等着向晚和乐游，连狗都提前拴好了。不过向晚还是离狗远远的。

王坎看到乐游和向晚都带着伤，咂嘴道："都这样了，还来找我干啥？赶紧回西安去，少往这种地方乱跑。"

萧锷没穿警服，跟在向晚后面，亮出警官证，说："有事找你。"

老头儿一跃而起，对向晚说："你引警察来抓我！"

向晚连忙道："不是来抓你的！"

"王师，别紧张，就是找你问几句话，问完就走。"梁戈也连忙解释，他实习那会儿，跟王坎厮混过好几个月，不是陌生人。

王坎耷拉着脑袋蹲到地上，叹口气，说："问吧，我一个半死的老家伙，能知道啥？"

萧锷取出关红兵现在的画像，问："认得这是谁吗？"

王坎的面部肌肉抽搐了一下，说："这个人看起来像关红兵，可他脸上这道疤太大了，又叫我不敢认。"

"这就是关红兵，说说他的事。"

"他是我师父的侄子，当年跟我一起盗过墓。我坐牢，他跑了，后面再没见过。"

"真没有再见过？"

"没有！"

"我看不见得吧。"萧锷见过太多抵赖的嫌疑人，很快看穿王坎藏着某些秘密。

"真没见过！"王坎有些恼怒。

"你在躲什么？"向晚突然问，"什么让你怕成这样，躲到山里来？永兴镇的盗墓贼你见得多了，不该这么害怕。"

王坎哀求似的看着向晚，低声道："你别问这个，我不知道。"

三个男人逼视王坎，给他带来了巨大的心理压力。向晚也不肯放过他。她卷起袖子，露出胳膊上大片的擦伤和淤青。"我没有改行的打算。你要是不想让向楚辞唯一的亲人也死得不明不白，就说实话。"

矮小枯瘦的王坎像突然被抽光了精气神，皱纹都深了三分，沉默良久，他终于开口道："我和你叔叔一道去的马鬃山，这么多年了，是该给你个交代。"

第一卷　西垂有声

向晚一怔，叔叔失踪十来年了，她渐渐地相信了警方和学校的说法，以为他在野外调查途中遇难了。她提及叔叔，是因为王坎和叔叔有交情，想以此击溃王坎的心理防线，没想到王坎仿佛真的知道些什么。她叔叔的失踪，并不是那么简单。

王坎抬眼看着上方，说："那年马鬃山调查，我跟着你叔叔，还有甘肃所、西北大学的几个人。我当了几十年农民，又跟向博士跑过很多地方，可我从来没见过比马鬃山更险恶的地方。那地方，石头都是黑的，像刀子一样竖着插在地上，一脚踩下去，能割破鞋底，一双新鞋最多穿三天就变得稀烂。那里不分白天黑夜地刮大风，吹得人站不住。

"还有狼。白天能听见远处有狼嚎，到晚上，我们扎好帐篷，人在帐篷里，狼就在帐篷外头跑。离得最近的一回，我看到狼鼻子顶在帐篷上，距离我不到一尺。所以，人们后来都说你叔叔是叫野狼给害了。

"但马鬃山最危险的其实不是狼，是盗猎的。蒙古野驴、红羊、野骆驼，都能卖大价钱。我们有时也能看到那些动物，生怕惊动它们，都想办法避开了。可是，盗猎的就是冲着它们去的，盗猎的有枪，离得大老远就开枪警告我们。我们还真不敢撞上去。

"那天，天气格外恶劣。8月份就下雪，天黑了，风又大，没法开车，我们只好在一个山窝子里扎帐篷。我们有睡袋，还是冷，得有火才能保温、烧水，我们带的酒精块不够烧，就出去捡一些柴草。我和你叔叔两个人一起出的门，都没走远，可风雪太大了，我一不留神，就看不到他的影子了。

"我以为他回帐篷了，就又走远了些。捡够柴，走回去，才知道他没回帐篷。问人，都说没见到他。等了半个小时，不见人回来，我们都等不住了，打着手电筒出去找他。我远远听见一声枪响，又听不真切——我见过真枪打死人的事，多少回梦里都是那声音，可别人都说没听见，倒是听见了狼嚎，不敢再走远。

"第二天天亮，雪停了，我们到处找你叔叔，哪里还找得到？大雪过后，啥都看不见，没有脚印，没有遗物。我们赶去县里报警，警察也没找着人，说马鬃山的狼吃人，你叔叔怕是叫狼扑走了。我给警察说了听见枪响的事，他们要查，可是，当天晚上我就见到了一个没想到的人。"

众人都猜到了是谁，并不打断王坎，听他继续说："那天晚上，我一进招待所的门，就看见关红兵坐在我的床上。十几年没见，他倒没变，跟现在的照片上一样，当时他就有那一道长疤。

"他说要跟我叙旧，我就问他当年跑去哪里了。他说，他在秦岭里躲了几天，感觉躲不过警察搜捕，就往南边跑。那时候身份证不联网，坐车又查得不严，他跑到了深圳。他在深圳混了几个月，又偷偷跑到九龙，混进城寨。城寨里乱，他被人砍了一刀，差点削掉半张脸，眼看就要活不成了，直挺挺躺在那里等死。没想到，恰好遇上城寨拆迁，他被施工队送进了医院，活下来，又趁机弄到了一个合法的身份。

"再后来，他在香港找到了白老板，就又在白老板手底下混。他先在云南、贵州一带盗墓，慢慢地，又摸回西北来。说完这些，他警告我，枪是他放的，打死了向博士。他叫我给警察说，是我听错了，其实没有枪声，要不然，他知道我家在哪儿，见过我的媳妇和娃，知道她们长什么样。"

王坎慢慢地把眼神放到向晚脸上，说："我的胆子，早在1992年就吓破了。不敢拿我娃冒险，只好照他教的说，是我听错了，没有枪声。公安信了我的话，找了几个狼群，没找着你叔叔。我没脸再跟着考古队干活儿，回来西县，守着娃。前几年，我娃考到武都，我本来想跟着她，可她从来都不跟我亲近。再加上有人说，有个叫老关的打听我的情况，我就知道关红兵又找来了，不敢再跟着我娃。我只好躲到这山里，就让别人当我死了，别连累了我娃。"

向晚咬着牙，下颌绷出一条僵硬的线。她眼圈绯红，眼睛一眨不眨地盯着王坎。王坎承受不住，目光闪烁着，低下头。

向楚辞是王坎的恩人，王坎但凡是个有良心的人，就应该在那天晚上把人找回来，更不应该误导警方。可他是一个贪生怕死的人，念着自家媳妇、女儿的安危，害得向楚辞死得不明不白，让这个女娃娃成了无依无靠的孤儿。

"向博士，我还有几个问题要问，你看……"萧锷说，暗示乐游带向晚出去缓一缓。萧锷对向晚的称呼，让王坎又一阵悚然——当年他们也称呼向楚辞为"向博士"。

"我不出去。你问，我听着。"向晚从唇缝里挤出几个字。

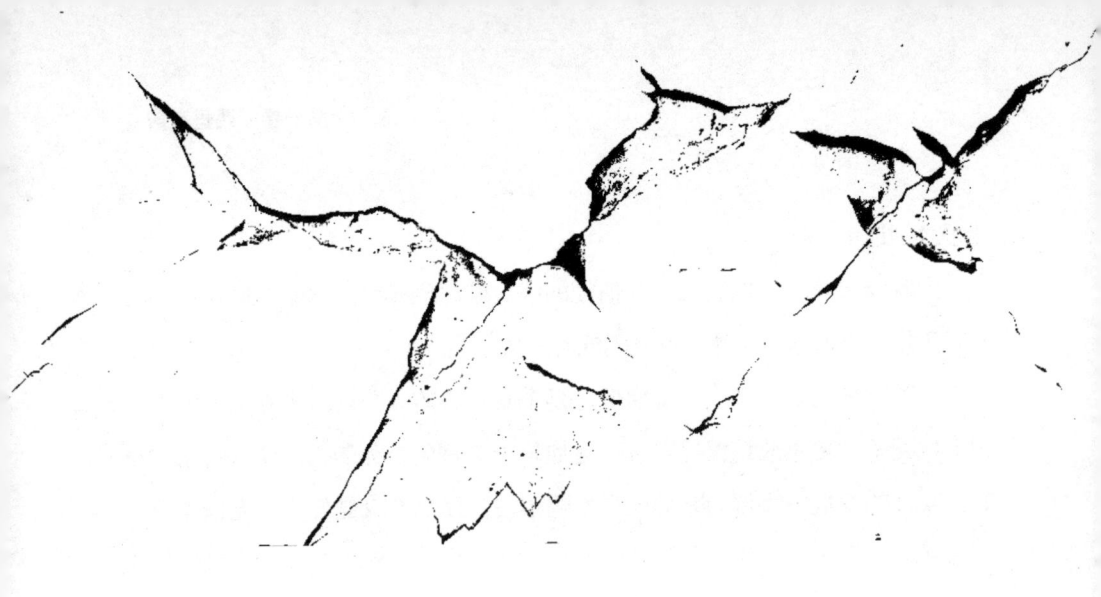

第十七章　归国

　　向晚带萧锷来见王坎，本来是为了红河乡的盗墓案，毕竟主谋"老关"就是当年大堡子山盗墓案在逃的主犯之一关红兵。王坎和关红兵是旧交，也许能提供一些线索。没想到一番逼问，他们竟然问出了向楚辞失踪的内幕。向晚失去最后一个亲人的伤疤被翻出来，依旧是血淋淋的，从未痊愈。

　　后面萧锷问了什么、王坎说了什么，向晚其实都没有听清楚。向楚辞出事时她才15岁，之前的许多个暑假，她都跟着叔叔的考古队在外面跑，那年夏天也一样，她兴冲冲地打包好了行李，就等叔叔邀请她一起出发。可是，叔叔说马鬃山的条件太恶劣，不能带她，会把她送到程叔叔家和赵

第一卷　西垂有声

曼阿姨做伴。

向晚很不高兴，几天不跟向楚辞说话。临别，向楚辞叮嘱她好好听赵曼阿姨的话，她也不理他。

那是向晚最后一次见到叔叔。他有点头痛她的脾气，跟她保证下个学期不开工地、不跑调查，除了在学校上课，就在家陪她。她抱着胳膊，翻着白眼，放言："陪你的工作去吧，我才不稀罕！"

向楚辞抬手摸向晚的脑袋，她一弯腰，从他的胳肢窝底下钻过去，头也不回地摔上门，看她的漫画去了。过了一会儿，赵曼阿姨叫她吃水果，有点伤感地对她说："干考古的都这样，我们家老程和你叔叔，一年365天，总有200多天在工地，在余下的时间里，也要先忙完学校的事情，最后才能陪家人。气是气不过来的，我都习惯了。"

向晚说："阿姨，您的脾气也太好了。我就不一样，等他回来我就让他发现我在早恋，气死他。"

可是，向晚再也没有等到向楚辞回家，甚至连他的遗体都没见到。校长、院长、程叔叔，还有许多她不认识的人都来看她，许多张嘴巴在她面前一张一合，告诉她："你的叔叔因公牺牲，我们只带回了他的遗物。"

"好孩子，不要难过。以后你就是我们的孩子，我们会好好照顾你的。"他们说。

可她在7岁就成了孤儿，又在这一天失去了最后一个亲人，她怎么才能不难过？

也许是因为在少年时代已经经历了令人肝肠寸断的死别，向晚没有放任自己沉溺在痛苦中。萧锷带着线索启程后，她也跟梁戈、乐游还有鹿鸣文化的另外一名工作人员回到了西安。

这次调查惊险万分，但收获颇丰。向晚自忖调查报告并无太大纰漏。红河乡被盗文物能否归国，就看程云峰等人能否在听证会上说服美国人了。

　　向晚回西安的同一天，程云峰和曹武与国家文物局、外交部、国际刑警组织中国分部的工作人员从北京乘飞机抵达洛杉矶，中国驻美大使馆的工作人员接待了他们。他们还有一天时间来准备即将面对的质询。

　　当天，程云峰和曹武赶往UCLA——美国加州大学洛杉矶分校，这所学校有世界顶尖的考古学专业，几位研究中国考古学的外国学者长期与中国考古界保持着友好关系。事实上，最早意识到有中国文物流到美国，想方设法搞到照片，通知中国陕西省考古院的，就是UCLA的一位学者。而考古院一收到消息就联系国家文物局，通过中国驻美大使馆与美方交涉，大使馆的中方工作人员强硬地要求美方停止拍卖，否则就召开新闻发布会，在全世界面前揭露拍卖行违反国际公约，非法拍卖中国出土文物，这才赶在拍卖开始前半小时叫停了拍卖会，为国内赢得了半个月的时间。

　　次日，中国专家团又拜访了几家研究机构，与多位学者见面交流。

　　第三天，听证会正式开始。由美国海关、拍卖公司的人和美国弗利尔美术馆的东方学者组成的委员会，要求中方回答一系列问题，并提供证明材料。此时此刻，中方证据链尚缺重要一环。

　　程云峰站出来，说："专业的问题，先由我来回答。"

　　仅仅关于文物本身的问题，就有十一项之多——如何证明这些出现在拍卖会上的文物是中国的？如何证明它们是春秋时期的？如何证明它们属于甘肃地区的秦人？

　　程云峰先从形制、纹饰、铭文、制作工艺等方面，论证了几件铜鼎与金箔片具有明显的中国春秋时期的秦文化风格。他举出大量同时代同类型的秦国器物照片，分析它们与待拍卖文物的相似度，每一个特征都对应得严丝合缝。在他发言时，由一位在UCLA访学的中国考古学者担任翻译，将答案准确地传递给委员会。

接着，曹武出示UCLA、KCL（英国伦敦国王学院）、LMU（德国慕尼黑大学）的考古学者出具的意见书，和纽约大都会艺术博物馆、日本美秀美术馆等收藏机构的中国艺术史学者的鉴定意见，学者们均认定这批文物出自中国春秋时期的秦国。这些证明也得到了美国弗利尔美术馆的认可——美国弗利尔美术馆的东方学者同样对这批文物做过鉴定，结论没有出入。

程云峰打开投影仪，阐述西县早期秦文化遗址的分布情况、发掘过程和保护现状，当六图村后山台地密集的盗洞出现在屏幕上时，在场所有人都在惊叹。

被盗大墓的照片一张一张被呈现在委员会面前。程云峰旁征博引，解释为什么六八图会有秦墓，被盗大墓的规格对应着五鼎墓葬，这样的秦墓包含哪些随葬品。向晚撰写的近万字调查报告，也已经被翻译成英文，提交给委员会。

对于十一项专业问题，程云峰和曹武花了六七个小时，给出了详尽而有力的答案，无懈可击。

但中方的优势到此为止。美方委员会要求中方提供更直接的证据，例如盗墓者的证词、文物走私的路径等，而这正是中方尚未补齐的证据链的重要环节。中国驻美大使馆的工作人员以超时为由，要求将听证会延期到次日。

这个晚上，许多人彻夜无眠，无数电话与信息在太平洋上空交换，所有压力都集中到追查盗墓贼的萧锷身上。

次日，第一缕阳光照亮洛杉矶时，一封邮件从处在另一个半球的中国发出，缓缓收拢翅膀，像鸽子一样飞到中国专家团的邮箱中。

听证会再次召开，这一天的主要证词由中国警方提供。萧锷抓获"老关"手下的一名盗墓贼，取得口供：正在美国等待拍卖的这批文物，是

"老关"带着他们从西县六图村盗掘的。三个月时间里，文物经过西安，抵达香港，又经香港转卖至洛杉矶。

盗墓贼手机中有几张凌乱的现场照片，与向晚拍摄的明显是同一个现场，只是相差几个月。盗墓贼手中还留有少量文物，同样有着鲜明的秦文化特色，与待拍卖文物风格一致。

附加证明材料还包括六图村前村主任指认这名盗墓贼的证词、警方在当地提取到的生物信息的检测报告等。

面对如此详尽且环环相扣的证据链，美方委员会终于承认这批待拍卖文物属于中国，因为被非法盗掘而流失。美方承诺，将在一个月内与中国驻美大使馆签署文物移交协议，三个月内将文物归还中国。

中国驻美大使指出，被盗文物不到三个月时间就流入美国，这中间必然存在一个犯罪经验丰富、转运效率极高的国际走私链。美国海关承诺，将与中国合作打击文物走私行为。

听证会结束后，美国弗利尔美术馆的一位学者问程云峰和曹武："你们既然重视自己国家的历史和文物，为什么不保护好它？"

沉默了良久，程云峰才回答："我们正在全力以赴地保护它。事情再难，我们也不会放弃。我们不会停下，会一直竭尽所能地做下去。"

同年6月，中美双方签署文物移交协议。

8月，西县红河乡大墓被盗的五鼎、鹰形金箔饰片与其余文物正式回归中国。

9月，数十位华人捐款，共同赎买一批文物，归还中国。

10月1日，由中国国家文物局主办的文物归国展览在中国国家博物馆开幕。

第二卷

雀离浮图

西安有三大古玩交易市场：八仙庵、书院门和朱雀市场（西安古玩城）。其中八仙庵市场在八仙宫对面，由庙会发展而来；书院门市场距向晚家不远，背靠西安碑林，曾是有名的"鬼市"；朱雀市场则是西安形成最早、规模最大的一处古玩市场。

第一章　笨贼

从西县回来后，向晚休养了几天，就被刚回国的程云峰叫去家里吃饭。老师耳提面命，不许她再鲁莽涉险。她唯唯诺诺，从老师那里拿到尚属内部机密的美方即将归还文物的资料，要尽快写一份文物说明供策展人员参考，也可以补充一部分资料进红河乡墓葬调查报告，好及时发表。

向晚本科毕业后保送本校直博，硕博加起来五年学制。五年看似漫长，她除了做学位论文，还要在核心学术期刊上发表至少三篇文章才能顺利毕业。考古学专业期刊少，发表周期长，留给她的时间并不多。

向晚不在西安的日子，刘潇潇负责书店的日常运营，一手包办进货、盘点、去库存等工作，不过也积攒了一堆她自己不能做主的事等向晚处理，尤其以本月的学术分享沙龙的安排最为要紧。

向晚从十几岁起接手书店，过了一段左支右绌的艰难时光。程云峰的妻子赵曼意识到，向楚辞的余荫总有耗尽的时候，向晚需要维持和发展自己的人脉，便手把手教她组织了一个学术分享沙龙。最初的沙龙嘉宾是西北大学的教授和考古院的队长们，等到向晚上大学后，自己接手沙龙，邀请范围扩大到硕、博士等青年从业者。沙龙渐渐地走上正轨。刘潇潇自从成了店员，做了几个线上宣传计划，拓展了书店的网上业务，也让许多文博爱好者参与了每月的沙龙。

在每月一次的沙龙中，参与者交换学术前沿动态、业内奇闻逸事，考古书店成了陕西考古、文博青年的固定聚会场所之一。店里印制的学术动态小册子大受欢迎。其实，要获取业内相关消息并不困难，但长期、系统地梳理它们是一项大工程，几年下来，向晚掌握的信息并不比梁戈少。

这个月的特邀嘉宾是一位从事动物考古的女博士。沙龙海报已经提前一周做好——刘潇潇有一个身为画家的男朋友张铭，不对着画板时，他就在店里兼职，与美术设计相关的活儿都以计件的方式外包给他。

向晚把海报发给嘉宾，确认时间和主题无误，等嘉宾同意后再发布出去。她划掉这行待办事项，翻了翻记事本，问刘潇潇："鹿鸣的器材费和差旅费打过去没有？"

书店二楼的面积不小，有一个足够举办小型沙龙的大客厅，主卧被封存起来，向晚和刘潇潇各占一间次卧，还能余出一间书房。刘潇潇从自己的卧室里探出个脑袋，她脸上敷着面膜，咬着牙小幅度翕动嘴唇，说："照你说的，打过去了。"

乐游收到了超出正常标准的差旅补助，第二天发消息问向晚，是不是算错了金额。向晚回复："正常标准的补助还不够压惊，多出来的部分算险情补偿。我给刘师兄的谢礼是调查报告二作，你不用觉得拿多了。"

梁戈也劝乐游，说向晚不缺钱，倒是他自己早点解决债务问题比较好，乐游这才收下补助。

沙龙的时间固定在每月第三个周六的下午。萧锷给向晚打电话时，她刚刚介绍完主讲人姚博士，后者正拿一则趣闻打开话题："动物考古有什么用？那年，我们在郑州开第二届动物考古学年会，休息时间，我们跑去吃烤全羊。羊肉一端上来，我们就感觉分量不对。老板发誓说这就是全羊，要是缺了一两肉，他就给我们免单。我现场卷起袖子，把羊骨拼了起来，一看，果然少了一条腿……"

做主持人的向晚悄悄退出客厅，接起电话："萧队？"

萧锷大概开着免提，说话的声音格外大："向博士，我再有半个小时到你那里，你能联系上那位朋友吗？"

"他就在我这里。你到的时候给我消息，我去接你。"

因为有活动，书店闭店半日，萧锷从一旁的小巷子绕进去，找到后门——严格来说应该是民居的正门。向晚带着一个青年在门前迎接警官，介绍道："这是夏冰冰。"

夏冰冰长着一双笑眯眯的桃花眼，乌黑柔软的头发留到颈下，喷着香水，皮肤白皙，像个女孩子。萧锷出身部队，不太能接受这种不够阳刚的男孩子，他心里直犯嘀咕：这个人说话靠谱吗？

二楼客厅里人多，向晚把萧锷带到院子里的紫藤架下落座，藤椅背靠着一墙蔷薇，满院花木葳蕤。萧锷即使心里存着事，也忍不住赞了一句："这院子真好看！"

"都是潇潇在收拾。"向晚没多客套，说起了正事，"小夏他们摄影师有个交流群，前两天，有人在群里发了一件东西，自称是祖传的，想找个门路估个价。"

夏冰冰接口道："群里共有三百多人，有摄影师，也有模特，还有租

第二卷　雀离浮图

衣服、租场地的，人太多，我也认不全，这个人我就不认识。我说了句'你这件东西上还带着土'，他就撤回了图片，还把我拉黑了。幸亏我手快，截了图。"

夏冰冰一边说，一边翻出截图给萧锷看："要是一般人，也就忽略过去了，可我认识晚晚，敏锐度可不是一般人能比的。我当时就感觉不对劲。我给晚晚看了图，她说我可能遇到活的盗墓贼了，所以请您跑这一趟，跟您报告一下这件事。"

萧锷长期接触文物案件，队里也经常请专家学者来讲课，他虽然不是科班出身，但识别常见器形是没问题的。看见照片，萧锷浓眉一皱，说："青铜簋？"

簋是周代贵族的盛食器，用途相当于现在的碗。

向晚补充说："方座，附耳下垂长珥，是典型的西周早期风格。从这个角度看不出有没有铭文，但看器物表面附着的土锈，必然刚出土没多久。器表绿中泛金，是周原出土青铜器的特色。想要顺着这条线索查下去，调取聊天记录和实名信息，就只能靠你了。"

萧锷没有犹豫，跟夏冰冰要了群号，就开始给相关科室打电话。向晚抽空上楼，看了看讲座的进度，夏冰冰笑容灿烂地跟了上去。

沙龙结束，向晚送走听众，答应大家两天内会做好纪要发到公众号上，又要留姚博士吃饭。姚博士看她还有别的客人，笑着说："下次吧。下次我要吃北门那家泡姜鸡，你可别忘了。"西北大学北门附近有一家泡姜鸡，又香又辣，姚博士是陕南人，喜欢那个味道。

没过多久，萧锷终于得到答复，兴奋地道："巧了，这个青铜簋跟宝鸡的一个案子有关系。"

萧锷说起这案子，简直哭笑不得："也就几天前，宝鸡那边的同行半夜里接到一个报案电话。报案人自称是盗墓贼，正在盗墓，请警察去救他们。"

当地警方惊讶万分，赶到地方一看，原来有两名盗墓贼被困在墓中，同伴想尽办法也没能把人救上来，只好向警方求救。民警确认了情况，赶忙联系消防，折腾了半夜，把人救出来，一个已经死亡，另一个重度昏迷。把重度昏迷的送去医院急救，大夫说病人缺氧太久，就算能醒来，恐怕也会失去行动能力。

报警的是三个人。警方审讯了他们，得知原来他们三个人和被困在墓里的两个人有亲戚关系，不是表兄弟，就是连襟。五个人因为听说隔壁村有人盗墓发了大财，也有样学样。他们看了几本盗墓小说，自以为准备得很充分，就挑了个没有月亮的晚上动手。

这一次是他们第一次盗墓，没敢把目标定得太远，就在村子附近选了一座墓。他们花了几个晚上，打出了一条十二米深的盗洞，留三个人望风，两个人进墓取东西。他们害怕墓里有尸气，还专门用鼓风机往里头送风，又学着盗墓小说里的"规矩"，在墓里头点了一根蜡烛。

前面的过程都非常顺利。没想到，柴油鼓风机造成了二氧化碳倒灌，蜡烛又消耗了墓里本就不多的氧气。两个人刚进去二十分钟，就没有了声音。外面的人叫他们，没反应，感觉不太对劲，连忙关掉鼓风机，叫人出来透气。可是已经迟了，进墓的两个人，一个直接闭过气去了，另一个往出口跑时，又把盗洞扒拉塌了半边，直接卡在那里进退不得。外头的同伙用铁锹挖、用绳子拽，都没能成功救人，没法子了，只好报了警。

因为盗墓贼向警方求救的事情实在好笑，三名盗墓贼被刑拘后，这件事当天就在警方内部传开了，听者无不捧腹。萧锷刚刚跨省抓捕了"老关"的一名手下，结束西县红河乡盗墓的案子，回家休整了两天，从同事口中听说了这个案子，笑得半死。

几个笨贼的口供中有一点引起了萧锷的注意——隔壁村有人盗墓发

财。萧锷便托宝鸡的同行查一查隔壁村，这一查，又查出了一个盗掘案。

周原是一个文化概念，它是周人的发祥地和武王克商以前的聚居地，位置就在宝鸡的岐山、扶风两县交界处，素有"凤鸣岐山"的说法。《诗经》说"周原膴膴，堇荼如饴"，就是赞美周原水土肥美、草木繁茂。周原的面积不大，可是光青铜器窖藏就发现了一百多处，密如繁星。有时候，两个相邻窖藏之间的距离还不足一百米，是真正的挖一镬头就会碰到文物的宝地。

清朝以来出土的大宗青铜器多半出自周原。扶风县任家村窖藏出土了大克鼎，鼎鼎大名的庄白窖藏中有史墙盘，眉县杨家村窖藏发现了逨盘、逨鼎，都是西周中晚期的标准器形，青铜器铭文大量记录了周王的世系和器物主人的家族事迹，具有极其重要的历史价值。何尊、禹鼎、虢季子白盘等著名文物也都出自周原。

如此密集的青铜器窖藏，不像正常瘗埋的结果。学术界推测，它们是西周末年时，申侯联合犬戎入侵关中，杀幽王于骊山下，周人贵族仓皇出逃时埋下的。后来，周平王东迁到洛邑，将岐山以西的土地分封给派兵护送他的秦襄公，周王室和王畿的贵族再也没能回到周原故地，没能取回埋藏在地下的珍宝。

昔日，青铜器刚刚铸造出来时，金光灿烂。因为周原水土丰厚，酸碱性质调和，即便生了铜锈，青铜器也依旧闪烁着金色，让人一眼就能认出它们的出土地。

周原本地的村民，有种地时无意中挖出青铜器窖藏的，也有通过歪门邪道专靠盗掘窖藏赚钱的。经过萧锷提醒，宝鸡的警方重视起来，查到隔壁村有一伙盗墓贼，四个人合伙盗挖了一个窖藏，抓到两个人，还有两个人带着东西跑到了西安，警方正在搜捕他们。

西安是一个常住人口超过一千二百万的大城市。只要那两个人不动用身份证、银行卡和手机，人海茫茫，警方一时半会儿还真拿不出足够多的警力全力寻找他们。

夏冰冰这条线索算机缘巧合。萧锷原本没把他截图的青铜簋和宝鸡那个案子联系到一起，网络信息部门的同事们查了一下，发现发图的号主是都城隍庙外一个戏服店的老板，宝鸡人。出于刑警的直觉，萧锷追查了一番，意外查到老板和宝鸡盗掘窖藏案的一个在逃嫌疑人是高中同学。

萧锷在这里跟向晚说话的工夫，警方已经上门，请戏服店老板配合工作了。

晚上，萧锷执意要请向晚和夏冰冰吃饭，火锅涮到一半，他接了个电话，回来对向晚笑着说："向博士，又要麻烦你一件事。"

"请说。"向晚放下了筷子。

"我们的人在戏服店抓获了一名嫌疑人，收缴了几件青铜礼器，其中就有小夏截图的铜簋。据嫌疑人交代，另一名嫌疑人与他不在一起行动，而是带着几件东西去市场脱手。我们的人太打眼，也不熟悉古玩市场的规矩，就算能混进去，也怕惊动了嫌疑人，所以，我想请你带我进入市场。"

在火锅的蒸汽里，向晚一顿，说："一行有一行的规矩。我们考古专业有规矩，不介入文物买卖。"

1928年，历史语言研究所正式启动殷墟的发掘，不久后，自美国哈佛大学人类学系学成归来的李济博士主持了发掘。当时，有记者问起李济先生，考古发掘和盗墓有什么不同。李济先生回答，在考古者眼中，地下的骨头瓦砾和黄金珠宝并无区别。

当时，全世界的考古工作都还未完全摆脱挖宝范畴，出土文物被私人占有的现象比比皆是。作为中国考古学的奠基人之一，李济先生曾与历史语言研究所的董作宾、梁思永等同人约法三章：考古人不收藏古物，考古人不鉴定古物，考古人不买卖古物。一切文物归全民所有。

其中，董作宾是"甲骨四堂"之一，天才地创造了释读甲骨文的"定位"分析法，推导出了甲骨卜辞的基本文例；而梁思永是梁启超之子、梁思成之弟，是中国接受西方正规考古学训练的第一人，也是中国考古学的另一位奠基人。

有这样的先例在，虽然从来没有成文的规定，后来的中国考古人仍将这三条规则奉为圭臬，自觉自愿地遵守。

萧锷不急不慢地道："我认识很多考古专家，当然知道这条规矩。可是，我相信你不会放着近在手边的文物市场不闻不问，也不会拒绝履行公民义务，协助警方。是不是啊，向博士？"

"明天凌晨三点半来接我。我对那里也并不是很熟，碰碰运气吧。"向晚无奈地道。

"我也去！"夏冰冰连忙举起手说。

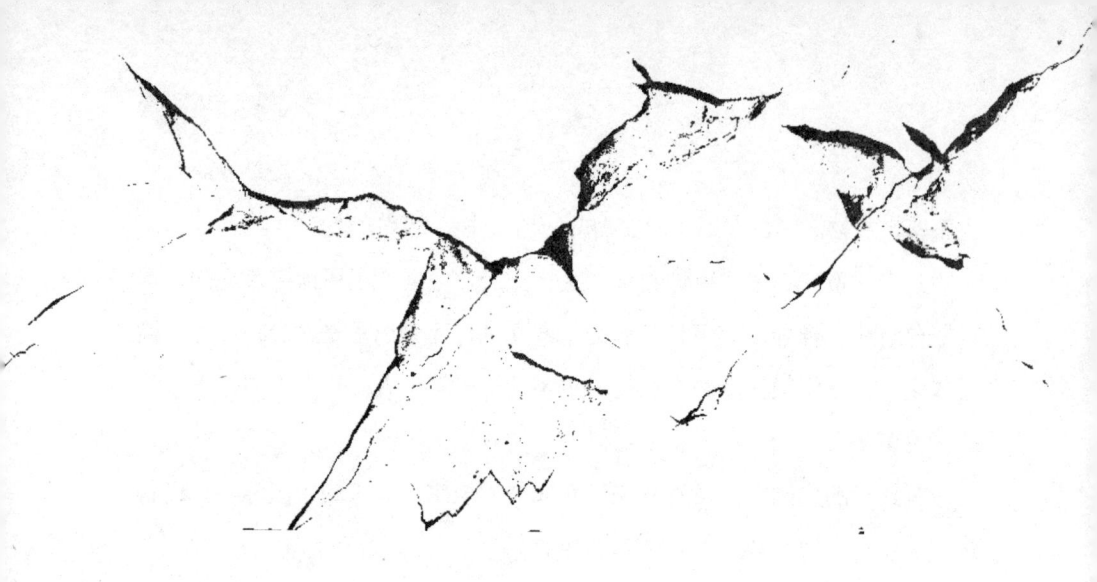

第二章 鬼市

西安有三大古玩交易市场：八仙庵、书院门和朱雀市场（西安古玩城）。其中八仙庵市场在八仙宫对面，由庙会发展而来；书院门市场距向晚家不远，背靠西安碑林，曾是有名的"鬼市"；朱雀市场则是西安形成最早、规模最大的一处古玩市场。

这三处市场都有大量固定经营的店铺。若在白天逛，只能看到工艺品和近代传世文物，连1840年以前的东西都难以见到，想在赝品的海洋里淘出一件正品，比在沙里淘金还难。在特殊的日子里，交点钱就可以开张的地摊才是人们最向往的地方，捡漏的概率大，不过风险也大。

各个市场都有真正的交易时间，没有行家带着，外人想找到门道可不容易。生人就算有几分眼力，看出店铺里的东西都是"工艺品"，说不对话，店主也不可能亮出真货给他们看。朱雀市场在周日凌晨4点到6点开市，是名副其实的"鬼市"。

"鬼市"指黑市。因为物品来路多半不正规，交易者藏头露尾，见不得人，故选在天亮前交易。这个时间段，好人都在家睡觉，孤魂野鬼才在外游荡，所以得名。

随着西安旅游业的发展，书院门市场整顿后，朱雀市场的鬼市就成了全西安最繁荣的。向晚算了算时间，宝鸡那个盗墓贼等不到其他两个市场真正开市，要想把手上的东西卖个好价钱，十有八九要去朱雀市场。

萧锷穿着一身不起眼的黑色运动装，接到凌晨还戴着鸭舌帽的向晚和刘潇潇，开车到省体育场附近。停好车，三人下车步行。向晚原本还担心萧锷举手投足间带出职业痕迹，好在警官不像乐游那么端正，后者无论穿成什么样都能被一眼瞧出军人气质，萧锷大约是因为转业的时间长，要放松得多。不过，细看之下，还是能感觉出他的气质和平常人不同。

向晚对萧锷解释："考古人不太逛古玩市场，但也不是完全不逛。我的老师曾经在天水古玩城偶遇一个秦鼎，店主开价20万元，当时西北大学考古系一年的实习经费也就2万元。等老师想法子筹集到经费，那个鼎早就被卖了，他为此耿耿于怀了十几年。学文物学的同学来古玩市场的多一些，没准现在里头就有我们的熟人。"

刘潇潇补充说："比起白天的市场，鬼市的真品率高一些。我认识一位陕师大的师兄，专攻铜镜，光在朱雀市场就前后收了六面镜子。"

考古、文博专业内部也是隔行如隔山，考古学、博物馆学、文物学、文物保护学各自有不同的细分领域，考古人和博物馆人为了避嫌不涉及收藏，搞文物学尤其是鉴定专业的人，手上却多少有几件不错的小玩意儿，他们逛古玩市场相当于考古人跑田野调查，算练手艺。

天黑漆漆的，只有昏黄的路灯投下一束束光。许多人沉默着，埋头往一个方向走。衣料摩擦、鞋底踩过路面的声音，营造出做梦般恍惚的气氛。

夏冰冰站在路灯下，隔着几个人头冲三个人招手，笑容清爽。萧锷挤过去，说："你来得倒早。"

"这算什么？我为了拍日出，能连着一个月两点多就起床呢。"摄影师追逐光线，就是追着时间跑。

"是啊，然后白天约拍总找不着你人。"刘潇潇笑着说。严格来说，夏冰冰是她的朋友，他们两人一个是摄影师，一个是本地小有名气的汉服妆造师，在一次汉服活动上认识后，就成了约拍搭档。

有一次夏冰冰来店里找刘潇潇，恰好向晚在店里，他对向晚一见倾心，声称向晚是他的缪斯，一定要给她拍写真。他这个人有一种自来熟的劲头，跟谁都能笑眯眯地搭上话，还一点也不把别人的拒绝当回事，于是成了书店的常客，和向晚也慢慢熟起来。

向晚以前来古玩市场，有刘潇潇做伴。刘潇潇知道这里的规矩，因此向晚只对两个新人强调："进去以后少说话，看出赝品不要喊出来，遇上真文物也别激动。还有，不要轻易碰东西，如果一定要上手看，拿地上、柜台上的，别从旁人手里接东西，也别轻易把东西翻倒过来看。有盖子的东西，取下盖子再看。还有，最要紧的，别问来由——免得我们走不出这个地方。"

以往几次，她看到疑似刚出土的文物，都报给导师，由程云峰把消息转交陕西省考古院或西安市考古所查访处理。这个地方鱼龙混杂，普通人最好不要惹人注意。

见两个新人不住点头，表示记住了，向晚又问萧锷："要是直接撞上了那个盗墓贼，怎么处理？"

萧锷早有了预案，说："留神别叫他成交，想办法拖住他，等散市再按住他。"

古玩市场里头"地形复杂"，零碎物件又多，万一闹起来不好收场。除去萧锷，警方还派便衣混进了市场，他们有秘密交流的方式，只是没让向晚他们几个知道，以免露馅。

萧锷等人是卡着时间来的，没过几分钟，市场就开门了。买家人头攒动，互相推挤着往里拥——卖家早就通过别的门进去摆好摊位了。

朱雀古玩市场有两层楼，三百多家店铺，另外还有两个交易大厅供散户摆摊。古玩市场不算规范市场，买卖的价格没有规定，真伪没有保证，同一对东西，拆开后分别成交的价格可能有天壤之别，每一次买卖都近乎赌博。

卖家想要保险一些，可以在店铺里寄卖东西，缺点是店铺要抽成。要是想自己博一博，就在大厅里摆摊，期待有买家愿意出高价。对买家而言，在大店铺容易买到真品，但价格昂贵。小地摊的东西价格便宜，可良莠不齐，质量没有保证。

还有一种特殊的店铺，摆明了只卖"工艺品"，却能开出天价，总有冤大头乐呵呵地来上当，名为卖假，实际上是在洗钱。也有人购买真文物，冒充赝品行贿，店铺附赠工艺品证书以免除藏家责任。花样百出，没多少人能真正摸透其中的门道。

有的买家目标明确，目不斜视，大步流星地直奔某个区域而去。大部分人还是一个摊位一个摊位地看过去，希望捡到漏。还有少数人，东张西望，不知道该看什么，不出意外就是来长见识的新人。

为了不引人注目，萧锷等四人先在一楼的大厅随意逛了逛。厅里光线不好，地上、墙上都好像蒙着灰扑扑的土。讲究一点的地摊，还能铺块毡子，不讲究的就垫着彩条布、编织袋，甚至有人拿粉笔画个圈就算摊位的界线。有的人卖东西也不分类，东西更谈不上光鲜，铜钱、瓷碗、灯台、花瓶、钟表，乱糟糟地摆在一起，随买家自己挑拣。买家行走时必须格外注意，要是一不小心碰着了什么，难免发生一场纠纷。

这里的氛围也和别的市场不同，没有人吆喝着招揽顾客，大部分摊主都懒洋洋地席地而坐，有客人上手看物件，他才蹲着，两眼冒光地盯着客人看。摊主不开价，等着买家报价，掂量买家的斤两。买卖双方都藏头遮脸，谈价的声音也很小，生怕被别人听到。如果双方都十分懂行，索性在袖中用手势比画着杀价。

人多，开市没多久大厅就燥热起来，交谈声交织成一片"嗡嗡"的低鸣。夏冰冰看上一个内画鼻烟壶，蹲在那里，翻来覆去地看鼻烟壶，又抬头问："晚晚，你觉得这个怎么样？"

向晚抱着双臂，不冷不热地道："我不懂。"

她不是在敷衍。学考古的只见过真文物，没见过几件赝品。向晚只选修过几节文物鉴定课程，虽能凭田野经验分辨出刚出土的器物，可是，文物鉴定是一个深邃复杂的学科，没有几年时间全身心投入，就不可能有所成就。而且，文物鉴定中书画和杂项最难，鼻烟壶就属于杂项，向晚在这方面的知识储备不多。

夏冰冰露出委屈的神色，把鼻烟壶放回去，说："这个我看不好，去别处吧。"

在古玩市场上，"假货""赝品"等词是绝对的禁忌，一不小心说出口，是会被打出去的。哪怕买家看出东西是赝品，也只能说"看不好"。这么一说，店主、摊主就知道买家是行内人，会拿一两件真品出来，请买家过眼，买家如果没兴趣，就可以走开了。

不远处的一个地摊上，有两个人正在遮遮掩掩地激烈杀价。夏冰冰饶有兴致地凑近，被还以警惕的瞪视。夏冰冰假装把玩起几枚铜钱，用余光瞧他们杀价的东西，是个竹臂搁，属于文房玩器。卖家一口咬定，竹臂搁上的几行小字是于右任亲笔书写，低于10 000元不卖。买家则说，一个好好的东西，卖家不知道从哪里找人乱涂乱画了几笔，自己回去还得洗，只肯出200元。卖家从10 000元往下，五百一千地降价；买家从200元往上，五十五十地加价，两人说得很热闹。

最后，双方以750元的价格成交，卖家还附送了三枚五铢钱——五铢钱从汉武帝时期沿用到唐高祖武德四年（621年），存世量极大，相应地，价格也不高。这几枚五铢钱品相一般，恐怕等到明年也卖不出去，当添头，卖家不亏，买家也能接受。

四个人借着看文物的由头，绕行一楼大厅一周后，碰了个头。萧锷没看到嫌疑人，向晚也没见着真正的商周青铜器，遂决定往二楼去。他们穿过拥挤的人群，走到一半，向晚忽然换了个方向，径直走向一个小摊，在摊子前蹲下，其他几个人连忙跟上。

这个小摊上的东西以造像居多，明朝的汉白玉弥勒、清朝的景德镇观音都还算平常，最妙的是有两尊"三星堆玉佛像"，头部造型与三星堆青铜人面一模一样，脖子下方接的身体结跏趺坐，双手结禅定印，赫然是佛像的身体。

夏冰冰嘿嘿笑着说："回头我也搞两尊南无奥特曼菩萨、南无加特林菩萨来卖。"

向晚没管夏冰冰胡说八道，指着一件断臂裸体陶俑、一个黑漆漆的金属疙瘩说："我看看这两个。"摊主点点头，随便她看。

向晚从衣兜里掏出医用橡胶手套戴上，双手托起裸体俑，先看了看断臂处的小圆孔，再细看面容和头发，打着小手电筒观察半剥落的彩绘层，看毕，放回原处；又拿起那件灰黑色的金属疙瘩，翻来覆去地端详。

摊主有些不耐烦了，问："要不要？"

"算了，上楼吧。"向晚站起身，带头往楼上走。

楼梯上也有人就地摆摊，实在没有适合说话的地方。向晚只得抽空跟萧锷耳语："这种断臂裸体陶俑叫着衣式陶俑，只有西汉帝陵出土，现在看起来不怎么起眼，实际上，当年下葬时，它们穿着真正的丝绸小衣服、牛皮小铠甲，装有可以活动的木质胳膊，手里拿着按比例缩小的金属武器。这种着衣式陶俑比直接把衣物塑出来的塑衣式陶俑更奢侈，是皇家专用的陪葬品。不过，这件着衣俑的人体比例不对，重量更不对，一上手就知道有问题，应该是仿汉阳陵出土的着衣式陶俑制造的，可以不用管。重点是后面那件，虽然氧化得很厉害，可是能看出来是一个纯银小棺，上面錾刻有佛陀涅槃像，缝隙里的土沁还没除干净，多半是从哪个佛塔地宫出土的。"

萧锷刹住脚，问："宝函？"

"我觉得像，但不能百分百确定，得找真研究这个方向的人来看看。"

"回头再说，你们先上去。"萧锷转身往外走，找同事来盯住那个卖造像的摊主。

朱雀市场二楼的情形和一楼相似，连卖的东西种类都差不多。这几年，西安修地铁，民间风传挖隧道的挖掘机每一铲都能毁灭一座唐墓，市场上也出现了格外多的唐俑。

其实学考古的人都清楚，现在的西安市与唐长安城大面积重合，唐代没有在都城中营造墓葬的习惯，所以西安市区有唐墓的可能性不大。再者，西安四郊都有汉唐墓地没错，但地铁的深度已经超过一般墓葬的深度，除了地铁站需要打通到地面，会扰动遗址，地下隧道的部分很少会干扰到古墓葬。

西安市内基建开始前，必须进行勘探和发掘，西安市考古所为此忙得不可开交。在这种工作强度下，就算有少量唐俑意外流入市场，也不会有如此惊人的数量。朱雀市场上这些唐俑，少量来自被盗唐墓，更多的则是赝品。

刘潇潇一路走来，已经看到了十几件双鬟高髻舞女俑、镇墓俑和天王俑，都是陕西历史博物馆和西安博物院的著名文物同款，她上学时熟得不能再熟的东西。

萧锷上楼来，不动声色地道："我们的人已经找到了嫌疑人，就在那边柱子后面摆摊。向博士，请你去确认一下他手上的东西，是不是刚出土的西周墓随葬品。问完价就走，别惹他疑心，然后你的任务就完成了。"

向晚了然，叫上刘潇潇和夏冰冰，一路走一路看。她在萧锷的指示下靠近那根粗大的混凝土承重柱。

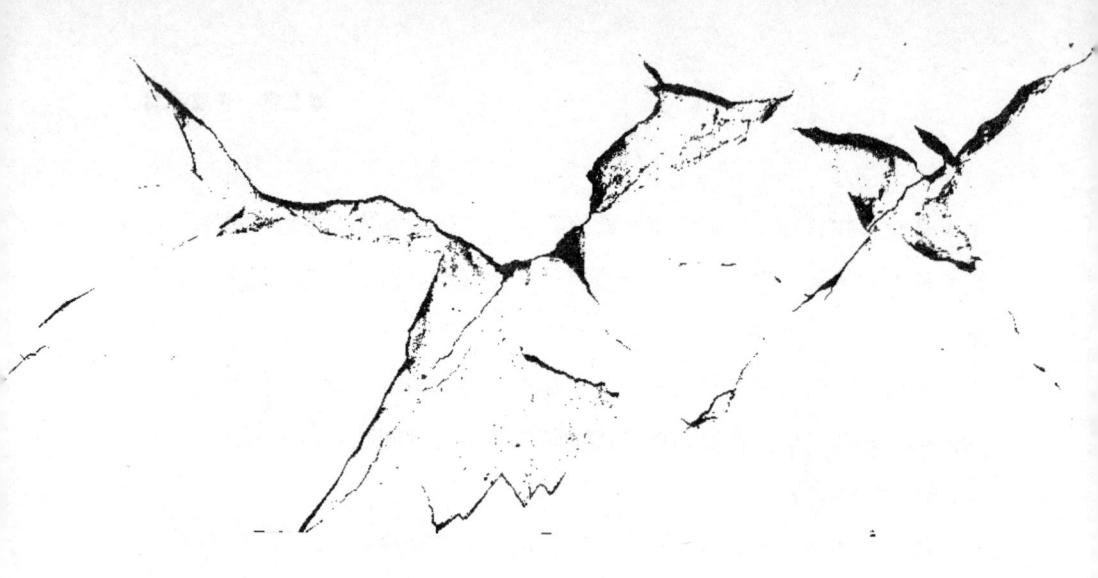

第三章　悬案

先前报警请警察去救命的那伙笨贼是新手。邻村的盗墓贼却不是，他们有着相当出色的反侦查能力，尤其是今天的这个人。他躲藏得很隐蔽，要不是着急出手这批东西，恐怕警方还得再下力气找，需要好些日子才能摸着他的踪迹。

老手出货不会只出新货，也不会把手头的真东西全亮出来，把新盗出的铜器、旧掘来的小件和掩人耳目的赝品混在一起，这样的小摊在市场才不打眼。

向晚装作才看到的样子，走过去，佯装对一件青铜爵很感兴趣，跟摊主打了声招呼，拿起来细看。

这件爵腹部椭圆，形如鸡卵，流窄而长，流和口之间有凤柱，侧錾圆浑。

夏冰冰帮向晚拖时间，故意问东问西："这口这么细、这么长，喝酒不会洒出来吗？"

"会啊，所以爵不是用来喝酒的，是祭祀时用来奠酒的。周人祭祀要经历一个'缩酒'的过程，把香酒'秬鬯'浇灌在'包茅'上，通过加热使香气上升，供神灵和祖先享用，这就是'歆'。爵正是用来浇灌包茅的器物。"向晚习惯性地发散知识点，"口沿上的小柱，以前有几种说法，认为它是用来挂住饮酒人的胡须，以免沾湿，或是主人看到小柱抵到饮酒人的脸，就明白该添酒了，这些都不太准确。小柱应该是用来悬挂纱布滤酒的，当时的粮食酒应该不是很清澈——毕竟直到唐代还'绿蚁新醅酒'，看得出杂质不少。"

刘潇潇笑着接过话题："《左传》记载齐桓公伐楚，齐国找的借口就是'尔贡包茅不入，王祭不共，无以缩酒，寡人是征'，责备楚人不好好进贡包茅，导致周天子的祭祀无法正常举行。后面还有一句，'昭王南征而不复，寡人是问'，楚人的回答是'至于昭王南征为什么没有回去，你去问淹死他的河流啊'。"

两个姑娘说得热闹，摊主听得不耐烦了。主要是三个年轻人蹲在那里看东西，差不多占据了他整个摊位，别人想看东西也插不进来。年轻人看着又不像有钱的主儿，鬼市一共才开市两个小时，他们占着摊位东摸西看，就是不谈价，这不是耽搁他出货赚钱吗？

摊主清清喉咙，用眼神赶客，问："你们到底要不要？"

"我看不好，再看看。"向晚丢下铜爵，顺手捞起一件铜豆，又跟刘潇潇唧唧哝哝地说起豆的断代依据，怎么看都不像是来买货的，反而像来长见识的大学生。

眼看摊主的脸色越来越差，再耽搁下去，他要发怒赶人了，夏冰冰连忙指着几件小玩意儿问价。夏冰冰用上了刚刚学到的技巧，十块二十块地加价。

夏冰冰缠住摊主，向晚抽空走到隐蔽处，对等着她的萧锷说："年代、风格都对得上，就是西周早期周人腹地会有的器形，刚出土没多久。"

萧锷点了点头，看了看时间，道："向博士，你还得再拖一会儿。"

向晚没多说话，回去一看，摊主对夏冰冰也没了耐心，胡乱开价想把小件器物卖给他，只求这个话痨赶紧走，别耽误他做别的生意。偏偏夏冰冰又不想要那几个小东西了，也不掏钱，笑嘻嘻地跟人死缠烂打："这几样我都看不上，有没有更好的？"

刘潇潇指着夏冰冰的手腕，不知道是拆台还是帮腔，说："老板，你看他那表，'绿水鬼'。玩单反的，还能买得起'绿水鬼'，他能没点身家吗？小件没什么看头，怎么着也要比这表贵的古玩，才不枉我们摸着黑大老远跑来玩这一趟吧。"

夏冰冰一本正经地点头，附和说："就是，要有鼎我才买，弄回家给长辈当生日礼物，有九鼎就最好啦。"

摊主怒从心头起，指着他俩叱道："不买就到别处去，少给我捣乱！年轻娃不知道天高地厚，等下出去叫你好看！"

按周礼，九鼎是周天子才能使用的东西，象征着至高无上的君权。春秋时期，楚庄王伐陆浑之戎，在洛阳郊外举行军事演习。周天子派王孙满慰劳楚军，楚庄王便问王孙满鼎之轻重——问鼎，是觊觎天子的权力。夏冰冰问鼎，则明显是在捣乱，九鼎那样贵重的东西，怎么会出现在这个小摊位上？

见向晚回来，捣乱的两人一溜烟躲到她身后，夏冰冰丝毫不以为耻地告状:"晚晚,他骂我!"

向晚没理夏冰冰,指着爵和豆说:"这两个,我要了,一共这个数。"说着,身体挡住别处投来的目光,竖起几根手指,做了个手势。

摊主见终于有了一笔像样的买卖,狠狠瞪了夏冰冰几眼,不再计较向晚之前的啰唆,摆出手势叫价。

古玩市场的交易者有默契,一根手指代表的单位是万元,向晚从万元起叫价,显然认定那爵和豆是真品,真心想买,她还是有几分识货的。但正因为她识货,摊主才不会轻易松口,打出了20万元的手势。

按照常理,向晚会慢慢加钱,摊主会逐渐降价,要么谈到双方都能接受的价格后成交,要么有一方不能接受出价,谈判破裂。

但向晚不是真心来买文物的,加价到6万便不肯再谈。按照传统套路,买家贬低一番东西,试图让摊主降价。令人意外的是,摊主不肯再降低价格,反而开始收拾东西,露出要走的意思。

萧锷的人还没有赶到,向晚怕摊主离开,一咬牙,咄咄逼人地问:"你这东西来路清白吗?"

鬼市的东西,默认来路都是不清白的,钱货两讫,不问来处,出了门买卖双方再无丝毫瓜葛。向晚这么问,犯忌讳。摊主当场翻了脸,一下子站起,把向晚和另外两人一起推开,吼道:"咋?找事?"

这一声怒喝,至少吸引来了半个大厅人的目光。有人好奇,张望着看热闹,也有人鬼鬼祟祟地观察形势,如果感觉不对,就要溜——反正已经到了散市时间,不少人正在陆陆续续地往外走。

向晚被推得跟跄了一下,萧锷大步赶来,抓住摊主的手腕,大声说:"我劝你别动手。"萧锷身形魁梧,长相也颇有震慑力,不穿制服时看起来不怎么像好人。

向晚把帽檐压低一些,把正在左顾右盼,将一张漂亮脸蛋暴露得一清二楚的夏冰冰推进看热闹的人群，抬高声音说："我就问问价，谈不拢就谈不拢，发什么火啊？"

摊主见小年轻有靠山，收回了手，愤然道："一点规矩都不懂！"他低声骂骂咧咧，但在萧锷瞪视下不敢再动手，卷起东西就要收摊。

"老板先别走，我妹子看上啥东西了，我给她买。"萧锷按住了摊主，看似在和和气气地商量，摊主挣了一下，没能挣脱萧锷的大掌，顿时脸色大变。

萧锷这个魁梧大汉身上有煞气，做见不得光的生意的人尤其容易感受到。摊主看看萧锷，再看看人群里笑嘻嘻的夏冰冰，猛然意识到自己落进了圈套。他想大喊大叫，引起混乱，好趁机逃脱，可是张了张嘴，却被萧锷压制住，直愣愣地坐到了地上。

萧锷还在演戏，问向晚："你看上啥了？"

"那个爵，这个豆。"向晚指指点点，还不忘问刘潇潇的意见，"你还喜欢啥？叫我哥都买下，咱俩慢慢分。"

关中人的性格生撑楞偪，一言不合闹起来也不算稀奇，只要不闹大，这点骚乱很快就平息下去了，没有人再注意这个看上去风平浪静的小摊。

"行了，我知道了，你先出去吧。"萧锷随口打发了向晚，蹲在摊位前低声恐吓摊主，"你随便跑，能跑掉算我输。"

摊主不知道萧锷是黑是白，只看出了这人难惹。他不能跑，又不能叫，不一会儿，就煎熬得满头大汗。

向晚收到暗示，和刘潇潇混进人群，离开了朱雀市场。大约半个小时后，萧锷找到正在二号线地铁口等早班车的三个人，说："你们干得不错，让我们的人有机会悄悄围住他，没惊动人就收了网。这会儿我们已经把人塞车里，拉去派出所关了。我们找着他之前，他还卖了东西，时间拖得越长，越不好寻找买家，得抓紧审他。我送你们回去，回来就提

第二卷 雀离浮图

审他。"

"我们坐地铁回去，二号线正好顺路。"向晚替萧锷省时间，"在我之前的买家应该不多，不然他不至于这么心浮气躁，稍微一耽搁就上火。既然买家不多，开张的头一两单生意，他的印象应该会很深刻，不会轻易忘掉。"

刘潇潇困得满眼都是泪花，精神却兴奋得很，跟着说："您赶紧查案子去吧，追回文物，早日破案，才不枉我们这么辛苦。"

几天后，萧锷带来案件的后续结果：案子破得还算顺利，嫌疑人交代得很快，大部分赃物很快都追回了。但在向晚问价之前，有一个民间收藏家从摊位上买走了一只铜鼎。民间收藏家开着一家民营博物馆，警方上门交涉时，他坚称自己是通过合法渠道买到的文物，不肯退赃。警方暂时收缴文物，作为办案证据，但收藏家坚持不放弃文物的所有权，哪怕警方想通过退款的方式回购赃物也没用，为了这只鼎，还有许多笔墨官司要打。

不过，萧锷透露案情只是顺便，他真正的目的是另一件事——那天向晚在鬼市看到的银函，经过专家鉴定，确定出自佛塔地宫。然而卖家是个文物贩子，银函到他手上前，经历过几次转手，早已不能确定东西出自哪里。

萧锷手上有个追了一年多的团伙盗掘佛塔地宫案，很可能是"老关"关红兵和一个叫"老卫"的老盗墓贼联手作案。萧锷知道向楚辞的失踪和老关有关系，向晚肯定会对这个案子感兴趣，遂给向晚申请了一个顾问身份，带着卷宗来找向晚，看她能否从专业角度给出建议，破获这个悬案。

去年春节刚过，咸阳警方接到报警，彬县开元寺塔地宫被盗。开元寺塔建于北宋皇祐五年（1053年），是全国重点文物保护单位之一。咸阳警方立即成立了专案组，彻查可疑人员。在查访过程中，各地文物部门陆续通报了兴平清梵寺塔、旬邑泰塔的地宫都有盗洞痕迹。邻省也传来消息，山西代县阿育王塔同样被盗掘，幸好盗墓贼没有发现地宫，阿育王塔勉强躲过一劫。

萧锷通过塌陷的地面进入过开元寺塔盗洞。盗洞宽度不足半米，高度只到他的大腿中段。他叼着手电筒，手脚并用地在洞里爬行了五十多米，进入地宫，看到里面早已被盗掘一空。盗洞的另一侧则因为填埋和塌陷无法进入，找不到具体的开口位置。无法锁定嫌疑人，案件一时陷入僵局。

要挖地道通往佛塔地宫，不是一两个人能做到的，必然是大团伙作案。这伙人甚至称得上"眼光独到"：经过历代盗墓贼洗劫，关中地区十墓九空。现代盗墓贼打盗洞下去盗墓，很多时候只能吃到"前辈"吃剩的残羹冷炙。但佛塔不同，佛塔地宫装填、堆叠了许多宝物，有僧众护持，历史上的盗墓贼难以下手，直到近些年，寺庙才逐渐荒芜。因此现代盗墓贼盗掘古塔，只要能成功进入地宫，就不会空手而归。

萧锷带着特案组，攻坚了三个月，辗转晋、陕、豫三省的二十多个县市，都没能抓住这个盗墓团伙的把柄，只在山西打听到有个叫"老卫"的盗墓贼，在圈内很有名气，但寻觅不到老卫的下落。

后来因为有别的紧急案件，佛塔地宫案只能悬置。一年过去了，直到西县红河乡秦墓被盗案，萧锷才重新抓住"老卫"和其同伙"老关"的线索，了解到这伙资深盗墓贼的情况。

根据六图村前村主任偷偷记的账目，老关的同伙老卫是山西人，身上有案底。萧锷把老卫和代县阿育王塔的案子联系起来，隐隐勾勒出一条线索：老关从云贵高原一带回到关中，流窜到陕西、甘肃一带作案，又勾结了山西盗墓贼老卫，先试图盗掘山西佛塔，未果，后把目标转向了关中的佛塔。

这伙盗墓贼的成员很可能拥有多个假身份，每次作案都会更名换姓，很难把他们的新身份与通缉犯关联起来，也难怪警方追查线索，总是查到

第二卷　雀离浮图

一半就断掉了。

最近，萧锷刚在红河乡秦墓案中立功，亲手抓获了老关手下的盗墓贼，向中国外交部和美国方面提供了讯问记录，保证了文物顺利归国。紧接着，他又顺藤摸瓜，翻出了宝鸡周原盗墓案，结案后总算能轻松一段时间了。所以，萧锷的注意力又回到了悬置一年的盗掘佛塔地宫案上。

"可惜盗墓团伙很多都是单线联系的。红河案那个嫌疑人从前在江浙一带活动，第一次来北方，就参与了红河案，不了解关中佛塔案的情况，能提供的线索非常有限。"萧锷的职业素养使他在法院审判并定罪前都只称呼那些人为嫌疑人，不像向晚等人，直接叫那些人为盗墓贼。

"能给你看的卷宗都在这里了，"萧锷拿出一个鼓囊囊的文件袋，"其实大部分都是地宫被盗后的状况报告，关于作案手法和嫌疑人身份的信息非常少。"

向晚秉持着学者的谨慎，说："我不敢保证一定能看出点什么，只能尽力。"

"这就很好了，"萧锷笑着说，"破案是我的职责。向博士愿意帮忙，我感激不尽。"

向晚的目光已经落到了卷宗上，说："保护文物是我们的责任，萧警官愿意竭诚合作，我也感激不尽。"

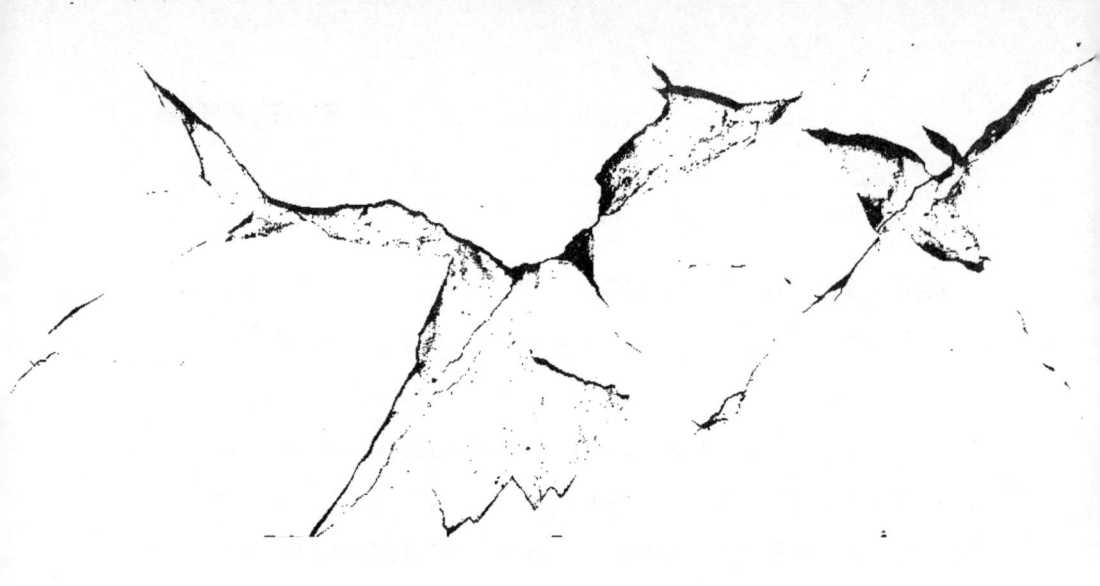

第四章　浮图

　　几座被盗佛塔都不在人迹罕至的地段。彬县开元寺塔始建于北宋，俗称"雷峰塔"，是一座八角七层楼阁式砖塔，位于彬县最繁华的西大街上，四周被开元广场环绕，东、西两侧分别是人民医院和中学，隔着一条西大街，对面就是政府办公楼。

　　兴平清梵寺塔始建于唐贞观元年（627年），历经宋、明、清几代，多次修复，也是八角形的七层砖塔，塔身微微向东倾斜，是陕西省第二批省级重点文物保护单位。其位置在兴平县美术馆南侧，被居民区包围。

　　旬邑泰塔始建于北宋嘉祐四年（1059年），八面七层楼阁式青砖塔，也是全国重点文物保护单位之一。其位置稍偏，但也距离旬邑县党校和东关小学不远，塔南侧就是旬邑县体育场。

山西代县阿育王塔原本是一座始建于隋仁寿元年（601年）的木塔，毁于唐武宗灭佛运动，唐末重建，又在北宋、南宋两次遭劫，元朝改建为藏传佛教式样的覆钵式砖塔。位置在代县县城的东大街附近，不远处就是代县中学。这座塔遭到盗掘，地宫却幸免于难，与它不同于汉式砖塔的形制不无关系。

盗掘墓葬比盗掘佛塔普遍得多。除去少数名人墓葬和被现代城市扩张吞噬的古墓葬区，大部分古墓的位置都比较偏远，与居民区有一定距离，某种程度上为盗墓贼的活动提供了便利。佛塔依佛寺而建，佛寺的存在则靠人的聚居。换句话说，寺庙与佛塔通常修建在市井繁华处或名山大川中。哪怕时移世易，佛寺周边也很少出现荒无人烟的情形，这非常不利于盗墓贼的活动。再加上民间敬畏神佛，具备明显佛教风格的物品不好流通，历代盗墓贼很少有能够成功盗掘佛塔地宫的。

"佛塔地宫中有宝物"这一概念，还是1986年法门寺地宫被发现后才普及开来。法门寺地宫出土了八重宝函和佛骨舍利，同出的物账碑与清理出的金银茶具、香具、琉璃器、秘色瓷、丝织物等一一对应，甚至有属于武则天的"武后绣裙"一件。

现在，警方发现了多个佛塔地宫被盗，市面上也出现了本该深埋在地宫中的宝函。老关和老卫这伙盗墓贼到底作案多少起、盗掘了多少佛塔，还是个未知数。

盗墓贼选择偷挖地道进入佛塔地宫，没有在地宫内部留下多少可供追踪的痕迹。萧锷给的资料清晰地显示出地宫被盗掘后混乱的惨状，直接导致向晚的心情变得非常恶劣。

向晚把佛塔周边街区的大比例地图打印出来，挂在白板上，标注出地宫和盗洞的位置，每天盯着地图冥思苦想。思路枯竭时，她就做数学题换换脑子。然而，就连经验丰富的警方都没能锁定地道开口处和作案手法，仅仅依靠手头的图文资料，向晚又能看出多少有效信息？

向晚心里憋着气，刘潇潇请假时声音都低了八度——西安南郊王莽乡有号称千亩荷塘的旅游基地，旺季将至，最近正值前期宣传，邀请了许多汉服模特前去拍照取景。刘潇潇作为妆造师，差不多每天都要提着箱子出去半天，她不在，兼职店员的男朋友张铭回了川北老家写生，向晚就得独自看店。

"过两天小夏有空，我跟他商量过了，他可以来帮忙看店。"刘潇潇知道向晚最近不算特别忙，但过不了多久，向晚就得去工地带本科生实习，那是个辛苦活儿。到时候，店里只剩刘潇潇一个人，她肯定应付不过来，所以正在考虑让夏冰冰来做一段时间的兼职。

向晚比出个"OK"的手势，把白板搬到楼下，安放在柜台边。在招到刘潇潇之前，她一边上学一边打理书店，早就习惯了在收银台后面写作业、看书。

西安的春天与秋天都很短促。才初夏，整座城市就被燥热"统治"，刺眼的阳光反复涂抹着青砖墙与石板路，直到它们的颜色像照片过曝一样发白。好在，店里的温度四季都保持恒定，循环了一季度的勃拉姆斯换成了巴赫，临街的百叶窗半拉了下来，以免强烈的紫外线造成纸张发黄、发脆。

向晚把案件当作一道题目去解析。已知条件太少而变量太多，她在稿纸上列出多个思路，却都在半途走进了死胡同。她强烈地感觉到，自己需要全新的视角，需要一个既不被她专业所限制，又能跳出警方固有思路，同时还拥有足够的洞察力的好助手。

风铃叮当作响。向晚边抬头边招呼道："欢迎光——"话音未落，向晚看清了进来的人，笑容不自觉地加深了。西安这地方真邪门。在西安这地界，人和事都经不起念叨，她的念头才在那个人的名字上打了个转，还没有细想，那个人就已经站在她面前了。

"打扰了，向老师。"乐游看上去比第一次来书店时放松多了，但身姿还是挺拔如松柏。乐游拿出一张字条，说："我想找几本书，据说已经绝版了，不知道在您这里能不能找到？"

向晚接过字条，纸上用整齐、有力的字抄录着书名、作者、出版社和出版年份。这几本书她都很熟，是西北大学考古学专业指定的考研参考书。西北大学考古学专业没有教科书，上课全凭老师发挥，复习时只能依赖课堂笔记。看考研参考书是非本专业出身的初学者建立起学科框架的最快途径，但这一类专业书籍印量小、出版时间早，目前市面上基本都找不到了，要买二手书也异常费力。

"张老师这本《中国考古学十八讲》是十几年前的版本，书不太好找，他后来又增补了很多内容，但还没来得及再版。你与其买书，不如看我的笔记，等以后买新版。"

向晚莞尔，语气温和地说："不过我的笔记是本科时记的，要更新到最新版本，你得去西北大学自己听课补充。"

另外两本书，虽然在别处不容易买到，但是向晚的店里还有少量存货。向晚穿过与墙壁同色的暗门进入库房，不一会儿，带着书出来。她先把书放在柜台上，上楼找自己本科时代的课堂笔记。

向晚再下楼时，就看见夏冰冰正跟一只猫似的，蜷在她的椅子上，歪着头，盘问乐游："你是做什么工作的？晚晚怎么从来没有说起过你？"

"小夏，你不是过几天才有空吗？"向晚制止夏冰冰胡闹，把笔记本递给乐游，"你可以拿去复印，有空还我就行。"

"晚晚需要我，我什么时候都有空！"夏冰冰理直气壮，像川剧变脸一样换上假笑，"不好意思呀，原来你是顾客。我还以为是哪儿来的狂蜂浪蝶，打我们晚晚的主意呢，我寻思，这也太不自量力了。上帝，您松松手，我给书扫个码。"

夏冰冰展现出的与向晚的熟稔和主人翁姿态把乐游拽入了一片冰冷的海。

乐游一直很会克制自己，面对向晚时，更不敢有半点不尊重。从西县回来，养好伤后，他专心工作，仿佛从来没有在西县的夜空下抓着她的手奔逃过。

因为向晚，乐游对考古产生了兴趣。退伍这么久，他第一次找到能激发他的热情的东西。这门学科的每一个知识点，对他而言都是陌生的，这也就意味着，它们全都是新鲜、有趣的。他没有固定的研究方向，如果对某个问题感到好奇，就顺着相关论文、著作，追着读一切能够找到的资料，知识谱系像树根一样蔓延开来。

乐游抓住每一点碎片时间读书。开车送梁戈去酒局时，别人的司机玩手机、刷短视频，而他捧着一本《考古学：理论、方法与实践》读得废寝忘食。他就像沙漠中饥渴的旅人，贪婪地吸取着知识。"我考研都没有这么用功过。"梁戈评价说。梁戈没有发觉，乐游的刻苦一半是因为兴趣，另一半则是因为说不出口的恋慕。

回到西安后的很长一段时间里，乐游都不敢再次踏足这家书店。直到今天，他终于找到一个正当理由。他想，如果有幸能与向晚交谈片刻，他会喜悦很久。

乐游听过一个故事：一个人被老虎追赶，落下悬崖，他抓住脆弱的藤蔓，低头看见悬崖下方盘踞着蟒蛇，抬头看到悬崖上方有饿虎徘徊，与此同时，有一只老鼠正在啃噬救命的藤蔓。就在这时，高处的蜂巢滴下蜂蜜，这个人完全忘记了蟒蛇、老虎和即将断裂的藤蔓，他忘记了一切危险，去舔舐那滴蜂蜜。

第二卷　雀离浮图

他背着沉重而苦涩的负担，今天的见面就是他的蜂蜜。他不敢放纵自己太久，只想把这淡到几不可辨的甘甜保持得长久一些。但夏冰冰出现得太过突兀，寒意沁入乐游的肺泡，让他连呼吸都变得艰难。惊愕过后，乐游命令自己保持镇定，打开付款码。

旁边伸过来一只素白的手，盖住扫码器。向晚说："书送你了。"

忽略临时收银员喋喋不休的"你不要对谁都这么大方"，向晚问乐游："你忙不忙？不忙的话，我有件事想要请你帮个忙。"

海冰的浮力增大，托着乐游浮上海面。乐游小小地松了一口气，说："不忙，没问题。"

夏冰冰满脸委屈，不解道："难道我帮不到你吗？我很没用吗？为什么要让外人来帮忙？"

"你也来。"

向晚简单地介绍了自己遇到的难题后，三个人对着那块令人头疼的白板，齐齐沉默。

"能看出什么吗？"

乐游赧然，说："向老师，我还没有开始学习佛教考古。"

"没事，提问也可以。"向晚只是想借乐游来厘清自己的思路，并没有期待他能够立刻指出解题的关键所在。

"关中被盗的这三座佛塔都是七层，是有什么讲究吗？"

夏冰冰立刻轻哼道："七级浮屠，连这都不懂？"

"小夏说得对。佛塔起源于印度，用于珍藏佛陀或高僧舍利，根据梵文stupa或巴利文thupo，音译作'窣堵波''浮图'或者'浮屠'，有时候也意译成'方坟'。南北朝之际，译经的僧人专门创造了'塔'字，用来代指这种方座、圆身的特殊建筑。佛塔传入中原后，摆脱了印度原有的建筑形式，变成中国式的木构、砖构建筑。

"佛塔的层数遵循印度传统，一般为单数，三、五、七、九。俗语说'救人一命，胜造七级浮屠'，七级浮屠，就是七层佛塔。在佛教观念中，修建七层塔是莫大的功德。恰好这三座塔都是楼阁式七层塔，形制与大雁塔相同——大雁塔你应该看过，它的名字源于佛经故事，也叫'大慈恩寺塔'。"

"但小雁塔不止七层。"乐游回忆起西安的另一座地标建筑。

"小雁塔——也叫荐福寺塔——是原高十五层的密檐式塔。"

乐游点点头，表示自己记下了，又问："舍利真的是佛陀尸身烧成的吗？"他听说过舍利子，种种传说过于神奇，反而使舍利子的本来面目变得模糊不清。

"舍利也源于梵语sarira，遗骨的意思。佛传故事说，佛陀在拘尸那迦城的娑罗双树下涅槃，弟子们举行了盛大的荼毗法会，烧出舍利八万四千枚。有八位国王赶来瓜分了舍利，分别建塔供养。"那天在朱雀市场，银函的特殊造型引起了向晚的注意，而她之所以能确定那是一件佛教用品，正是因为银函上錾刻着佛陀涅槃和八王分舍利的图像。这种宝函原本该藏在佛塔地宫中。

乐游的思路在交谈中逐渐变得明晰："有没有可能，佛塔地宫中宝物的去向，并不是普通藏家，而是有特殊需求的收藏者？"

"有道理！"

对考古工作者而言，文物位列第一的价值，是它们作为历史见证物和信息承载物的价值。向晚还没有从象牙塔里走出来，完全忽略了在大众眼中，地宫文物的宗教属性完全压倒其他属性这一现实问题。专办文物案件的萧锷显然也深受顾问专家们的影响，把一系列佛塔盗掘案当成了普通的墓葬盗掘案件，没有考虑到买家有特殊需求的可能性。

对大部分人而言，传说中的舍利具有不可思议的力量，的确有一些特殊藏家疯狂地迷信舍利。几十年前，法门寺地宫发掘，出土了三枚佛陀的指骨舍利，一枚真骨、两枚影骨，围绕真假之辨，引发了轩然大波。当年的考古队长差点因此受到牵连。后来，真骨一度暂存在陕西历史博物馆，还有政界人物千里迢迢地赶来参拜。甚至还有人贪婪压倒了敬畏感，试图将其据为己有。

如果乐游的假设成立，那么"老卫"等人盗掘佛塔很可能不是漫无目的的，而是事先就找好了买家，根据买家的需求"定制服务"。地宫中的文物也不是通过普通渠道销赃的，应该有某一固定且隐秘的渠道。

"至于盗墓贼的手法，我也有了一点猜测。"乐游说。

第五章　地道

老卫这伙盗墓贼究竟是从哪里下手，打隧道进入佛塔地宫的？在这个问题上，向晚几乎考虑过所有的可能性。但是，依据警方的调查结果，她又否定了全部思路。

乐游在历史、考古方面的知识储备远远不如向晚。但西县一行，他展现出的敏锐观察力令她印象深刻。乐游很聪明，但人们通常只会观察到他的沉默和诚恳，而忽略了他的聪明。

夏冰冰哼哼唧唧地说："你就吹牛吧！"从见到乐游起，摄影师就冷嘲热讽，全无风度可言。但夏冰冰长相英俊，玩世不恭又有些天真的气质让他看上去比实际年龄更小，即便冒犯别人也不显得过于讨厌，也让人没法跟他认真计较。乐游仿佛听不见夏冰冰的哼唧，只专注地看着向晚。

向晚不得不警告夏冰冰："小夏，不要打岔。"夏冰冰立刻收声，做了个拉上嘴巴拉链的动作。

"抱歉，你继续说。他们到底用了什么手法？"

"其实你也想到了。"乐游的手指在向晚列出的某条思路上点了一下，她的字迹不像她的长相那样秀气，而是棱角分明，微微向一侧倾斜，好像要从纸面上飞出来。

"盗墓贼租赁了佛塔周围的商铺——不是民房。在民房居住和出入的人数都会受到限制，过多的人会引起邻居的注意，甚至会被当成传销组织，举报给警方。偷挖地道的动静也会惊扰邻居，所以只能是商铺。盗墓贼用开店作为掩护，人流量大，生面孔多，都不会引起怀疑。"

在自己擅长的领域，乐游一扫往日的拘谨，神采奕奕。

"什么样的商店，就算晚上有动静，也不会让人怀疑他们在做不法的事？什么样的商店晚上会有货车出入？是饭店。开饭店的人，经常半夜就开始准备食材，凌晨时分，泔水车来拉走废料。聘用大量的厨师和服务员，让他们常住在店里，都很正常。商铺与周围的民居有一定距离，更没有几个人会留意饭店后厨的动静。"

"可是，警方首先怀疑的对象就是佛塔周围的商户，他们没有发现问题。"向晚提出了疑问，她的解题思路正是被这个问题拦腰截断的。

乐游轻轻笑了一下，说："向老师，时间。"

向晚看着乐游，等他解释。

"盗墓贼并没有一得手就撤离。他们在得手一段时间后才放弃商铺，这段时间足够他们填平商铺下的地道，抹去痕迹，营造经营不善、正常关店的形象，打消警方的怀疑。另外，地图更新也需要时间。"

向晚恍然大悟——她常用的奥维地图在野外好用，在城市里它多样化的功能反而有些冗余。为了了解被盗佛塔周边的情形，她选择打印的是一款国产地图。地图更新需要时间，少则几个月，多则几年。如果商户不主动提请更新信息，或者有地图用户报错，这种小县城的非地标建筑的信息往往很久都不会更新。在她看来与案发时警方的记录毫无二致的商铺，可能已经更换了好几任经营者，只是没有在地图上体现出来。

向晚几乎要为乐游的推论喝彩，实际上她也这么说了："漂亮！"

乐游一怔，发现自己刚才有些得意忘形，简直像一只努力开屏的孔雀，不遗余力地展示着自己，想吸引向晚的目光。可是，当向晚真的将目光投过来时，他猛然想起现实的巨大落差。

被冷落了很久的夏冰冰噼里啪啦地鼓掌，追问："那到底是哪一家有问题，你看出来了吗？"

向晚用马克笔在白板上简要记录下乐游的猜想，没让夏冰冰继续刁难乐游，放下笔说："纸上得来终觉浅。到底是哪一家，去看看就知道了。"

考虑到乐游出众的观察力和行动力，向晚把他连人带车从她师兄那里借了过来。梁戈没什么意见。鹿鸣文化的业务员大部分时间都在外面跑项目，经常帮甲方做一些合同规定之外的琐事以维持良好关系，更何况一向大方的师妹开口，他没有不答应的道理。

不过，想起上一次乐游陪向晚出门时发生的事，梁戈还是警告了乐游一回："危险的地方不要去，不安全的事情不要做。"幸好，这次的目的地都在西安周边，最远的地方也不过两个多小时车程，万一有什么事，梁戈他们也能及时赶到支援。

"对了，你表姐是不是回来了？我给你物色了一个对象，等会儿把联系方式发给你。你见一下，让你表姐也把把关。"

乐游舌根一阵发苦，好一会儿才说："我这种情况，就不要耽误人家姑娘了吧。"

"你还年轻，一时的困难不算什么，遇到合适的人不要错过……"

梁戈语重心长地说到一半，乐游打断他："明天萧队也去。"

梁戈顿时哑然——乐游与向晚的不相配如此明显，他这个做老板兼师兄的枉做了一回小人，试图旁敲侧击地叫乐游打消念头，结果却被乐游一眼看穿。

彬县、兴平、旬邑三地都归咸阳管辖。佛塔盗掘案是萧锷的案子，好不容易有了新的突破方向，他肯定不会错过。

还是乐游开车，先到考古书店接上向晚，再去咸阳与萧锷会合。第一站是兴平——这里距离西安最近，而且被盗佛塔周围的环境较为单纯，调查起来比较方便。

兴平古称"槐里"，是西汉孝景王皇后的家乡，汉武帝选择将自己的陵寝修建在母亲的故乡。西汉十一陵中，只有位于西安东南郊的汉宣帝杜陵，和咸阳塬上的汉景帝阳陵、汉武帝茂陵建有配套的博物馆，开发出了旅游路线。得益于汉武帝的遗泽，茂陵线最为热闹。

汉武帝茂陵和环绕霍去病墓建成的茂陵博物馆是热门旅游景点，西兴高速沿途停满绿色的旅游大巴。夹道的树荫下，当地村民支起小摊卖西瓜，路上挤得寸步难行。从咸阳到兴平，短短二十公里，开车竟然花了一个小时。

兴平清梵寺原本有南北双塔，嘉靖三十四年（1556年），关中大地震导致南塔崩毁，南塔在20世纪60年代被拆除。现在的清梵寺塔是幸存的北塔。佛塔位于清梵寺东北角，一墙之隔就是西街村。灰黄色的墙围合成社区，周边分布着大大小小的杂货店、便利店、古玩店和小饭馆。

保险起见，萧锷还是找人打听了一下租住民房的行情。这个县城不大，这一带也不算繁华，很少有外来人口在这周围租房。做生意的倒不少，再往东二百多米就是县城北大街，沿街全都是商铺。

萧锷自言自语:"他们打的地道,该不会穿过整个街区吧。"那样的话,地道至少长二百米,远远超出了警方此前的预计,也就不在重点排查范围内。

萧锷曾经在这一带办过案,相对熟悉环境,但他仍然看不出街上和之前来调查时有什么区别。不过,转瞬间萧锷就想通了——他上次来时,彬县开元寺塔刚刚被盗不久。清梵寺塔被盗只会早于开元寺塔,虽然还不知道到底是什么时候被盗的,但嫌疑人一定早就洗清了嫌疑,从清梵寺附近顺利转移到了下一个目标附近。

三个人只得选择了几家看上去比较新的店面,打听租赁情形。北大街的街口向南第四家是卖户县软面的,这家红底黄字的招牌是整条街上最新的,看起来开门不过两三年。萧锷上一次就简单调查过这家店铺,他额外补充道:"蘸汁的味儿还挺不错,面也筋道。"

还不到饭点,店刚刚开门,店里正在打扫卫生。三人刚撩开有点油污的绿色塑料门帘,服务员就头也不抬地喊:"还没营业,过一阵再来。"

萧锷走进去,挑了张桌子坐下,说:"有点事情,叫你们老板出来说话。"

时隔一年,老板对萧警官还有点印象,不怎么热情——老实做生意的人,就怕警察和消防上门检查。但老板也很配合,萧锷问,他就一五一十地回答自己什么时候盘下的这家店、怎么装修的、如何营业的。上一家是干啥的,他不太清楚,他租下这个店面时,上一户已经搬走好几个月了。

萧锷第一次来调查时,这家店不是重点。那时候这家店刚开业,老板也没发现什么问题。这几年经营下来,老板对里里外外都熟悉了,在萧锷的提示下,老板确实想起一点不对劲的事。"灶台前面那块儿,走起路来总有些响声,像是水泥没填好,下面有空鼓。"

老板领着三个人去厨房,挪开满地大葱和芹菜,指出有空鼓的地方。

为了打扫方便，厨房墙面用白瓷砖通铺，地面却为了省钱，沿用了上一任租户留下的虾粉色地砖。

萧锷上前，跺了跺脚，的确有空腔声。他又气又喜，气的是自己曾经离线索这么近，却没有抓住线索；喜的自然是今天有所收获，没有白跑一趟。

老板在旁边，蹙着眉，直搓手——万一下面真有点啥，他的灶台可就没法用了，这店还怎么开？他不愿意耽误做生意，可又不敢和警察对着干，只好一个劲地叹气。

萧锷找来一把铁锤，先轻轻敲击地面，利用回音确定了空腔的范围，再用力挥锤砸向地面，几下就砸坏了三块地砖，露出凹凸不平的水泥基底。预料中的洞口没有出现。萧锷长久不干这种粗活儿，手心被震出几个血泡，只好让乐游接手。

乐游敲打着水泥基底，水泥的比例不好，质地不算很结实，很快就碎裂了，残渣直往下掉——说明下方还有空隙。但那个空隙并不大，也不规则，乐游向老板借来火钳，一边敲，一边把大块水泥夹出来，逐渐清理出一个直径约半米的圆形竖洞。

竖洞被编织袋、土和水泥块填实了，要不是水泥比例调得浮皮潦草，出现空腔，还真不容易发现。不用再往下清理，萧锷已经基本能够确定，在户县软面之前租下这间店面的商户有问题。

萧锷立刻打电话给同事，叫人赶过来继续清理盗洞，看能不能找到更多物证。他则带着乐游和向晚直奔县工商局，查找商户的注册记录。

工商局的记录显示，上一任店主名叫魏刚，店就叫"老魏饼店"。人名、照片都与"老卫"团伙对不上。萧锷却并不气馁，分析道："我们已经知道这伙人有多个假身份，这个魏刚也许就是其中之一。打饼子可是个好幌子，活儿又累，声音又大，半夜里折腾出噪声也不惹人怀疑。"

萧锷想，这伙盗墓贼还真是耐心卓绝，竟然花了好几个月时间开起一家看似正常的饭店，白天营业，晚上偷挖了两百多米长的地道。盗空清梵寺塔地宫后，他们又神不知鬼不觉地填平地道。要不是彬县那场大雨造成地道坍塌，刑警支队通报各地巡查，兴平这里还发现不了佛塔地宫已经被搬空了。

三人紧接着往北，去旬邑。泰塔周边的商铺更多，情况更复杂一些，好在三人都已经有了经验，萧锷直接送向晚去工商局查资料，先筛选出可疑的商铺，再让他的队员跑现场，两边合作，没花太长时间就找到了第二个地道。

这个通往泰塔的地道并不长，才二十多米。可以说，就在所有人的眼皮子底下，盗墓团伙偷光了泰塔里的宝贝。这家伪装的店铺，老板同样姓魏，名字虽然不是"魏刚"，登记照片却是兴平那个"魏刚"的照片。萧锷把照片发到山西，希望邻省的同行能提供更多线索。

第二天，警方通过彬县开元寺塔附近的打饼店的开店、关店时间，找到了盗洞开口，和盗墓团伙在彬县的相应登记信息。

山西警方很快给出了反馈：开店的"魏刚"真名叫卫新民，他有个堂兄弟叫卫新刚。卫新刚身上有盗墓案底，在盗掘闻喜县上郭村墓地被抓后判了十年，是几年前出狱的。山西警方还提供了卫新刚的照片，他正是西县红河乡盗墓案中关红兵的同伙"老卫"。

至此，所有线索像拼图一样拼合完整——老盗墓贼卫新刚出狱后重操旧业，拉起了一支盗墓团队。作案手段也基本明晰：老卫团伙每选定一个佛塔，就在目标附近开饼店，用开店掩护盗掘行为。正像乐游推测的那样，打饼子的动静遮掩了挖掘的动静，挖出的土趁着运泔水的机会用三轮车运走，没有引起任何人的注意。盗掘得手后，他们还会在当地再待一段时间，从容扫尾。作案时间最长的一次，他们开店开了将近一年，其中光用来挖地道的时间就长达八个月。

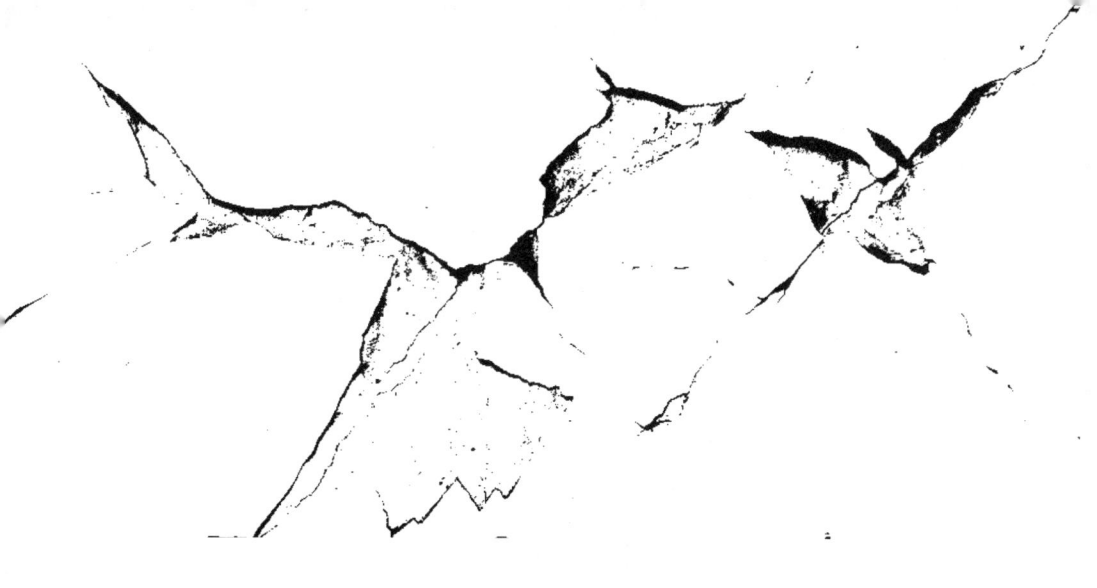

第六章　销赃

"地下文物看陕西，地上文物看山西"，山西是与陕西、河南并列的文物大省。相传，尧都平阳就在襄汾。周成王将弟弟唐叔虞封到唐，也就是后来的晋国。从西周到春秋，晋都是诸侯中的大国，春秋晋的都城绛位于现在的侯马。太原古称晋阳，战国赵、北汉均定都在这里，李渊也从此地起兵。大同古称平城，是北魏都城，也是辽、金的五京之一。临汾古称平阳，夏县古称安邑，都曾是有名的大都城。山西的地上木构建筑、石窟寺数量多、保存完好，不可移动文物数量稳居全国第一。

汉武帝时，在汾阴发现了一只宝鼎，人们认为宝鼎是周天子的至宝，视其为祥瑞。汉武帝迎鼎到甘泉宫，又营建汾阴后土祠祭地。后人推测，汾阴宝鼎极有可能是晋器，也有属于晋六卿，即后来的韩、赵、魏三家和先后被灭的范氏、中行氏、知伯的可能性，又或者是通过战争从楚国掠夺来的楚鼎。历史上，山西出宝鼎的记载层出不穷，文物资源之丰富可见一斑。

文物大省必然是盗墓大省。自古以来，盗墓就是一种无本的买卖，山西的盗墓组织也相当发达。开元寺塔被盗后，萧锷带着专案组跑了二十多个县、市。因为盗墓团伙手段隐秘，扫尾彻底，警方只抓住了几个外围人员，组织的核心成员全都逃之夭夭。

大部分盗墓贼，即便称不上目不识丁，阅读范围也仅限于地摊文学，能够进行"研究"的从来都是少数。因此，关于各地历史、风俗，古代墓葬形制、葬俗、葬式，文物种类、市场价格等"核心技术"，都只掌握在核心成员，尤其是头目的手中。

从选取目标到购买设备，从赃物处理到利益分配，都是头目即"师父"的一言堂。头目与买家单线联系，外围成员通常只干苦力，连棺椁、地宫都进不去，更不会知道被盗文物的去向和出售价格。

在这种情况下，哪怕警方掌握了老卫一伙盗墓贼的作案手法，要追寻文物去向，仍困难重重。

好在这伙盗墓贼的来路很清晰。萧锷坚信，一个人的现在取决于他的过去，卫新刚、卫新民兄弟的身份已经暴露，距离他们被抓也就不远了。

卫新刚今年53岁。根据山西警方的资料，他从14岁开始就混在盗墓贼中，拜过三任师父，参与过多次盗墓活动。38岁那年，卫新刚在闻喜县被抓，当时他持有一件西周的"刖人守囿青铜车"，经鉴定，是一级文物。因此，他入狱十年。

萧锷等人兵分两路，一路重点排查卫新刚的族人和姻亲，另一路负责追踪他在狱中结识的"狱友"的下落。

第二卷 雀离浮图

卫新刚没结过婚，出狱后就寄宿在堂弟卫新民家中，不到一个月，说服了卫新民跟着他盗墓。卫新民又拉拢了一个妹夫、一个外甥。村里多的是没营生但又梦想着一夜暴富的后生，卫新刚挑选了一些亲戚关系近，又老实听话、身强力壮的年轻人当徒弟，对外宣称带他们出去打工赚钱。

卫氏族人未必不清楚卫新刚的真实目的是什么，但农村还有着亲亲相隐的传统，警方只询问出这么多。再问，卫新刚的亲戚只说不知道。卫新刚等人现在在什么地方，联系方式是什么，有没有回来过，有没有带回过不寻常的物品……村民们全都摇头不答。

萧锷则从卫新刚的"狱友"那边得知，卫新刚在狱中也没有停止"学习"，经常找到同样因为盗墓入狱的人，切磋交流盗墓技术。卫新刚还笼络了一批低级盗墓贼，有几个跟他前后脚出狱的，都约定一出去就投奔他，重操旧业，有福同享，一起发财。

萧锷鼻子都气歪了，破口大骂："还是判得太轻，就该统统枪毙！"

监狱是劳动改造的地方，可架不住脑子活络的犯罪分子把这里当成进修场所。"同行"在外面相互提防，在里头倒同仇敌忾起来，纷纷互通有无，教学相长。他们出来时，也还称得上年富力强，带着比入狱前更丰富的经验和人脉，又有了一定的反侦查意识，破坏力比以前更大。

调查过程中，萧锷抽了个空，请乐游和向晚去他家吃饭，感谢二人对案件的协助。

萧锷转业后落户咸阳。他的妻子任宝晴出身中医世家，一说起两人的相识过程，仍会脸红。"那时候，我上夜班，遇到了坏人，他正好路过，救了我。第二天我下班，发现还有人跟着我，都快吓死了，用防狼电击器狠狠给了他一下，才发现打错人了。他也没生气，还是每天晚上来医院门口等着，护送我下班，送了一个月。"

"第二个月，她跑来问我：'要处对象吗？'我说：'当然想啊！'"

萧锷大笑着接过了话头,"交换联系方式的时候才发现,我们还不知道对方叫什么。我悄悄给她起了个外号'小大夫',她给我备注的是'八公'。"

乐游一愣,倒是向晚抿了抿嘴,脸上飞快地闪过笑容——任宝晴说萧锷是忠犬八公。

不小心窥见人家夫妻的乐事,向晚有点不好意思,生硬地转移话题,说:"接下来,佛塔的案子我怕是帮不上什么忙了。"

警方正在追查曾经和卫新刚一同服刑的盗墓贼,萧锷三天两头出差。向晚觉得自己做不了更多,只能祝他马到成功。

"向博士,有了老关的消息,我一定通知你,但你千万不要自己对付他们。那伙坏蛋已经成了势,不好惹。"原本,去被盗佛塔现场寻找地道的事也不需要向晚亲自去做,但这个案子与老关有关系,萧锷揣度,向晚一定会私自追查,不如把她拉进来当顾问,以免出事。

向晚慎重地点点头,说:"我知道了。你有什么需要帮忙的,尽管来找我。"

"那就好,以后合作的机会很多,你可别嫌我麻烦。"就算刑警队邀请,考古专家也不是能随叫随到的。有向晚这么一个好打交道的外援,他可以省很多事。

考古队靠喝酒来联络感情,部队也差不多。萧锷身上还带着部队的习惯,喝了点啤酒,兴致上来,又开了一瓶白酒。乐游要开车,不能相陪,向晚和任宝晴喝不了多少,萧锷一个人也喝得有滋有味。

几杯白酒下肚之后,萧锷就开始叹气,指责乐游转业安置得潦草,自毁前程,给梁戈当司机太浪费,这样的好小伙子就应该在自己手底下震慑不法分子,继续为人民服务。

萧锷虚点着乐游,满脸的恨铁不成钢,说:"这几年你落下了什么?

第二卷　雀离浮图

没学历、没家底、没编制，想在西安安家是那么容易的？"

"长安居，大不易。"乐游好脾气地笑了笑，并不应声。他知道萧锷是一片好意。只是，这种好意就像醉汉胡乱挥舞着长矛，总是在无意间戳中他的伤疤。

任宝晴对丈夫说："才喝了两口，你又张狂起来了。再这样，你以后别喝了！"她又对乐游道歉："他嘴上没个把门的，一喝酒就爱指点别人，但是没坏心，你千万别往心里去。"

从萧锷家出来时，正值傍晚，晚风吹散白天的灼热，渭河滩涂地里的荷花摇曳，花香、水汽从开着的车窗扑进车里。兰池大道两侧绿树荫浓，不时有一两座高大封土闪过，那是西汉帝陵的坟山。

咸阳原也称五陵原，因为汉高祖长陵、惠帝安陵、景帝阳陵、武帝茂陵和昭帝平陵都在这里，并且设有陵邑而得名。陵邑供奉陵园，相当于长安的卫星城，其中可以居住数万人。西汉皇帝将关东富户、大族迁往陵邑，防备他们在关东谋反。西汉时，陵邑中冠盖如云，唐诗有"五陵年少金市东，银鞍白马度春风""五陵年少争缠头，一曲红绡不知数"的说法，就是用五陵年少来代指权贵子弟。

向晚望着一闪而过的封土，想起一则逸事："清乾隆年间的毕沅也是一位金石学者，他凭借史籍记载和实地考察，确定了西汉十一陵的名位，其中大部分都没什么问题。但其中也有一些谬误，比如，他认为文帝霸陵在白鹿原凤凰嘴，又把阳陵的后陵认成了惠帝的安陵，现在去这两个地方，还能看到他立的石碑。后来，有一位洛阳知县龚松林，非常佩服毕沅，学着他在洛阳给东汉帝陵立碑。"

"结果呢？"

"龚松林的学问不到家，没有一个对的。"向晚的语气原本一本正经，忽然来了个急转弯，乐游一下子没忍住，笑了出来。他低落的情绪如同在燠热的天气遇到了一阵凉风，不知不觉消散了一大半。

"东汉帝陵有南、北两个陵区，龚老先生却把陵墓的位置全部定在了北邙山上，把北魏陵墓和唐墓也混进了东汉帝陵。"向晚又补充道，"不过东汉帝陵名位的确定比西汉帝陵艰难，到现在还没有定论。"

"向老师。"

"嗯？"

"谢谢。"向晚真的不太会安慰人，但乐游懂得了她的意思，并且有了伤疤被疗愈的温暖感觉。

向晚把手伸到窗外，感受风在指缝间流淌的触觉，不再说话。

几天后，向晚整理好美国即将归还的西县被盗文物说明，发给程云峰。教授表示很满意，让她准备一下，去古豳地遗址指导本科生实习。

各大高校的田野实习时间不尽相同，北京大学从大二开始，利用暑假完成实习；吉林大学的封闭实习期则长达半年。不过，实习时间大抵都遵循时令，在北方地区的实习会选在没有冻土的3月到11月，只有岭南地区可以不受季节限制。各高校也都有基本固定的实习基地。

西北大学考古系的田野实习，按照惯例从大三下学期的4月开始，视发掘情况在7月或8月结束。早在4月，实习队就已经抵达古豳地，向晚是最近才被她的导师塞进去的。

程云峰给向晚这个带实习的任务，一是因为这几年报考考古学专业的学生越来越多，三名带队老师忙不过来；二是出于私心——他想安排向晚留校任教，早早就开始为她铺路。

向晚花了两天时间处理店里的事，安排好刘潇潇和夏冰冰各自的工作内容，应付后者过分热情的"示爱"。还没出发，她就收到了萧锷的信息：警方揪住了老卫团伙销赃者的"尾巴"。

大型盗墓团伙往往有一个或几个固定的销赃人，因为实力不足的个体文物贩子吃不下他们的赃物，没有长时间交往的人也不可信。有的盗墓团伙规模小，赃物数量也比较少，几个团伙共用一个销赃人。这种销赃人与盗墓团伙的关系非常亲密，但明面上往来不多，以免出事时被警方一网打尽。销赃人掌握着买家的信息，本身资金也充足，甚至可以一口气支出几十万现金给盗墓贼，买断赃物，再花几年时间慢慢销赃。

萧锷排查老卫的狱友时，发现了一个古董贩子曾在看守所和卫新刚做过半个月邻居。单看表面上的人际关系，这个贩子甚至上不了警方的排查名单，但他特殊的身份引起了萧锷的注意。警方查了一下，果然查出了一些东西。

"这个人长年在杭州经营，据说近期将要做成一笔大买卖，接触的藏家都是宗教文物爱好者。我怀疑他这次要卖出的正是地宫被盗的文物。"萧锷在电话里提要求，"向博士，我打算找人假扮成买家接近他。但这个家伙警惕性非常高，根本不和不懂行的买家打交道。如果我没拿到证据就要求他配合调查，只会打草惊蛇。我们需要你赶来杭州，假扮成买家，搅了这个局。"

向晚踌躇了片刻，说："我不太适合扮成买家，可信度太低了。"

文博从业者与收藏家并不是完全的竞争或敌对关系，搞文物鉴定与收藏的学者自不必说，博物馆也要主动维护与藏家的关系，许多藏家会将所藏捐赠给关系好的博物馆。但考古人比较纯粹，因为有不收藏、不鉴定、不参与文物买卖的行规，除去少数异类，喜欢与收藏家打交道的考古人不多。

萧锷一阵沉默。向晚又说："不过，我可以试着找一找更合适的人。"

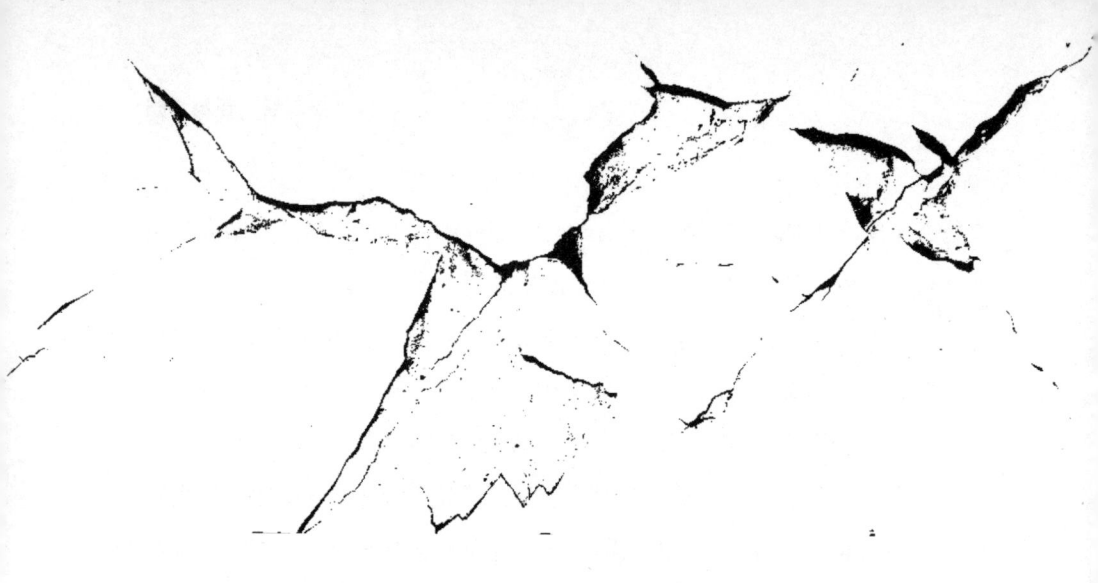

第七章　买家

南门附近的一间茶楼，细竹帘半垂半卷，窗外便是护城河，荡漾出柔软的绿波。现在是工作日的白天，客人不多，茶室里格外幽静。

高跟鞋激出一串脆响，一个女人大步走进茶室。她穿着一身光泽感极好的黑色缎面长裙，帽檐垂下齐肩的黑色网纱，暗红如熟樱桃的嘴唇在网纱后若隐若现，叫人忍不住想要窥探她的容颜。

向晚站起身，叫："学姐？"

女人取下了帽子，撩起一侧弧度妩媚的卷发，露出美艳且气场十足的脸，说："向晚，你好。我是花茶蘼。"

这次会面原本不在向晚的计划内。她答应萧锷找人假扮成买家，第一个想到的人选就是梁戈。理由很简单，自己太年轻，外表文弱，很难令人相信她有足够的购买力。

向晚的大部分同行更是学者气质明显，简直把"贫穷"两个字刻在了脸上，以至于传出了"远看像逃难的，近看像收破烂的，仔细一看是考古队的"这种笑话。有一年全网直播全国考古十大发现终评会，在场的专家们全都不修边幅，有几位教授刚从考古工地回来，连冲锋衣都没换就去参会了，让对考古这个行业充满向往的观众大失所望。

梁戈改行做生意以后，居移气，养移体，很有富翁的派头。而且，他灵活机变，知识储备足够，向晚觉得他应对个把文物贩子与收藏家不成问题。

偏偏梁戈抽不开身。他忙着参加陕西考古博物馆的展陈设计评审会。这是个投资3亿多元的大项目，只要能吃下一小部分展厅设计业务，就够鹿鸣文化滋润好几年的。梁戈本来就是考古院出身，对考古院很有感情，干脆亲身上阵写文案、盯设计。向晚打视频给他的时候，只见他胡子也不刮，衣服也没换，眼含血丝，头发乱蓬蓬的，形象仿佛回到了还在考古院当领队的时候。

真买家不一定具备很有说服力的外表，但萧锷想要的假扮的买家，必须第一眼看上去就很有钱，要能应付突发事件，还要可靠。梁戈听完需求，给向晚推荐了一个人。

花荼蘼女士，省内最好的财经记者之一，也是他们的校友。花荼蘼毕业于西北大学新闻传播学院，先后供职于《中国经营报》和《财经》杂志，目前经营着一家财经自媒体公司。据说，她的每一篇稿子都角度犀利、文字精准，极具参考价值，会被第一时间送到省内富豪和主抓经济的官员眼前。

花荼蘼是梁戈大学时代的女朋友，向晚甚至知道她喜欢喝茶，但讨厌香片。

　　作为一名已实现了财务自由的女性，花荼蘼喜欢一切能令她感到新鲜刺激的工作和冒险。她没有思考太久，就答应假扮成买家，并为自己的演技做出担保："我的第二学位是戏剧表演。我17岁的时候，就能凭这张脸混进北大的图书馆，沿途有人尊敬地喊'老师好'，没人敢查我的证件。"向晚也听梁戈说过，花荼蘼还是一个一穷二白的新人记者时，采访某经济论坛，因为长相端庄大气，姿态气定神闲，被各路企业家认作大型企业掌舵人，纷纷前来结交。

　　"我会暂时充当你的助理。"向晚说。毕竟花荼蘼缺少文玩知识，要骗过文物贩子，她不但得表现出足够的兴趣和财力，身边也应该有懂行的人。

　　"行，我自带一个保镖兼司机。什么时候出发？"

　　"明天早上。请把身份证信息发给我，我去订票。"

　　"你发我吧，我有里程优惠。"

　　次日一早，在咸阳国际机场航站楼会合时，向晚才发现提着花荼蘼的行李箱的"保镖兼司机"是乐游。乐游的神情格外严肃，叫了声"向老师"后，就默默地搬运行李，打登机牌，像是已经提前进入了角色。

　　花荼蘼有一种在任何场合都能泰然自若的风度，招呼向晚跟她坐到一起，说："你得给我补补课——我给自己搞了个迷信的富婆人设，热爱求神拜佛。但我对佛教的了解仅限于电视剧《西游记》，我连《心经》都背不出来，一戳就穿了。"

　　"没关系，大部分迷信的人也就是这个水平。"

　　花荼蘼大笑，承认自己只是想听向晚讲故事。

　　距离登机还有半个多小时，向晚想了想，这时间可能刚好够讲佛传故事。花荼蘼用手撑着下巴，笑盈盈地听她说话，还不忘叫乐游坐近一点：

"别坐那么远,过来一起听。"

乐游一言不发地靠近她们,花荼蘼笑着说:"我们是去买菩萨,不是自己要出家。你不用从现在起就不近女色——就坐这儿,放松一点,我还能吃了你吗?"

向晚奇怪地看了乐游一眼,他比以往任何时候都要紧张,既不说话,也不和向晚有目光接触。

机票买得仓促,座位分散,登机后三人再没有机会交流,各自做着自己的事。飞机一落地,他们就被萧锷接走了。

夏天的杭州明显比西安更加潮湿闷热,三人还没来得及欣赏风景,就先被拉去讨论案情。

警方已经先行接触过销赃人,透露出己方有购买他手头古董的意愿,销赃人则坚定地表示不和陌生人做生意。线人再三强调这一次是个大主顾,笃信佛法,为了这批东西大老远从外省赶来。销赃人这才松了口,但必须先见到主顾,才能决定要不要做这笔生意。

"约他来酒店。"花荼蘼订了一家位于西湖景区内的五星级豪华酒店,园林式建筑,闹中取静,仿古院落在西湖的远山近水的映衬下,古韵十足。

萧锷住的是快捷酒店,他酸溜溜地嘀咕:"这里的景色比西湖还好,有钱人也太会享受了。"

花荼蘼笑道:"做戏要做全套,买得起上千万文物的人,当然要住一天两万的酒店。要不是太麻烦,我还想让您给我安排一座别墅呢。"

想起销赃人已经把价格开到八位数,仍然有几名买家兴趣十足,萧锷连忙闭上嘴。

安顿好了行李,萧锷安排线人通知销赃人来见买家。花荼蘼三人抓紧时间装扮自己。向晚的装扮比较简单,穿上了西装套裙,头发一丝不苟地绾起，化完淡妆，戴上金丝边眼镜后，仍透出几分学者气息，正好符合"顾问"的定位。

乐游还穿着简单的T恤加运动裤，花荼蘼摇了摇头，从她自己的箱子里拎出一套西装，扔给乐游。萧锷讶异地看了旧日战友一眼，待乐游换好衣服出来，萧锷心中的疑虑更是往上翻了两番——太合身了，这种合身程度根本不是成衣能做到的。

警官见多了人性丑恶，思维脱缰般朝奇怪的地方狂奔，怀疑乐游这个司机兼保镖是不是还兼任了其他取悦女主人的工作，才会让花荼蘼乐意出资给他定制西装。

向晚也在看乐游。西装完美衬托出他的宽肩、细腰、长腿，白衬衫不松不紧地把身体严严实实地包裹住，仅仅露出腕部的一小截蜜色肌肤。衬衫最上面一颗纽扣敞开着，乐游清瘦的喉结在衣领后滑动，既禁欲，又性感。

他像一头豹子，衣服越端正，越凸显出他的野性。

很好看。

乐游不太习惯西装的束缚感，大伙儿的目光让他更加不自在。尤其，萧锷的眼神那么古怪，是个人都能看出这位警官的脑子里正转着一些不太适合说出来的念头。

"转个身给我看看。"花荼蘼满不在乎地命令。

乐游抿抿嘴，依言转身，窄腰和长腿引得花荼蘼流氓似的吹了声口哨。乐游只得回头，窘迫地望着花荼蘼，用眼神传达请她不要再捉弄自己的祈求。

花荼蘼换了个表情，满脸洋溢着如假包换的慈爱，活像个家有儿女初长成的老母亲，说："好孩子，几日不见，竟出落得这么好了，不枉我一向疼你。"

第二卷　雀离浮图

萧锷的眉毛都要从脸上飞出去了。

"花姐，"最后还是向晚出声救了乐游，"来挑一挑首饰吧。"

乐游这才松了一口气，萧锷走过来，沉痛地拍了拍他的肩膀，惋惜、规劝之意尽在不言中。

销赃人名叫唐万春。他从30岁起就蓄起了山羊胡，冒充60岁的老人，增加自己在古董这个极度需要经验的行当里的可信度。现在，他的年纪终于赶上了外貌，却意外地发胖了，脂肪撑开皱纹，笑口常开、红光满面的脸反而像只有40来岁。

唐万春把头发全染成了银白色，经常穿一身米白色的竖领对襟唐装，手中盘着一对油润发亮的核桃，完全符合人们对"大师"的预期。他对外的身份是收藏家，大部分时间都活跃在各种拍卖会和展会上，寻找潜在客户。有需要的时候，他也会改头换面，深入中原诸省，从相熟的盗墓贼手中接过赃物，输送到客户的收藏室里。

这一次，唐万春有一套好东西要卖出去，才稍微放出了一点风声，就有许多买家来联络他。他一再提价，仍然有三四名买家坚持竞价，更有从山东赶来的富豪表示绝对不会放手。他有预感，这一次自己一定会大赚。

不过，唐万春一贯谨慎，坚持亲自考察买家，他是不肯直接和来路不明的人做买卖的。

从外省赶来的买家，是一个漂亮得叫人意外的女人，她颈间戴着一块老坑冰种翡翠弥勒像；左腕上，春带彩手镯挨着金丝老琉璃串珠，另外一边戴着由璀璨的黄钻和各色蓝宝石攒成的二指宽的镯子；她右手上还有两枚戒指，青金石和红宝石的戒面浓艳、饱满。珠光宝气没能淹没这个女人，宝石折射出的每一缕光芒，都在诉说着她的富有。她把玩着一枚白玉蝉，几米开外，唐万春就能认出标准的汉八刀工艺和蝉翼上沁的土色，那肯定是一块汉玉。

买卖双方初次见面，自然要探问底细。唐万春谙熟各地方言，打过招呼就换上济南话套近乎，但被称为花姐的女人并不买账，翻了个白眼，用方言道："你这济南话说得不错，可我是菏泽的。"

唐万春一点也不尴尬，顺势赞美起了菏泽的风物："不知花姐在哪一行高就？这笔生意无论成不成，能交个朋友，就是老朽的荣幸了。"

花荼蘼红唇微启，似笑非笑地说："做棺材的，升'棺'发财。"山东菏泽的龙头产业正是棺材制造业，垄断了日本90%的棺材市场，那座进出口贸易发达的小城集结许多名不见经传的富豪。

花荼蘼抬手把白玉蝉扔给保镖，后者一把接住，随手把玉件弹向空中，再接住，揣进了兜里，继续背手跨立。花荼蘼凑近唐万春，身上沾着的檀香气味和压低的声音一齐袭向他："我听说舍利很灵，镇得住。只要你帮我请到真的，亏待不了你。"

棺材生意做得再大，也是死人的生意，许多人嫌晦气，商家忌讳也多。这样的背景，信佛、供佛再顺理成章不过。也许花荼蘼的生意遇到了波折，也许是家事不太顺利，也许是某个重要人物身体抱恙，总之，她需要有法力的东西去"镇"。最好是有来历的东西，才能安抚花荼蘼，消弭她张扬表象下偶然流露出的惊惧与焦灼。

"花姐，别说笑，那种东西哪儿是轻易能请到的？"

"要是容易，我找你干什么？这一两年，我找了不少人，都没请到合适的，在西安还被截了一次和——那回是我那个废物老公去的，眼睁睁让人夺走了。还是有个朋友和你打过交道，说你老唐是个有本事的人，我人在日本福冈，公公一天打十个电话，火急火燎地催我回国找你。我这么大老远地来回折腾，要是空着手回去，可不好交代。都说你有门路，钱，我不缺，东西，我要最灵验的。"

"过奖，过奖，不过是混口饭吃，淘换点爱物。朋友们赏脸，有看得上的就拿去玩玩，其实不值什么。"

老狐狸还在兜圈子，不肯接话。花荼蘼略一沉吟，抛出萧锷提供的信息："徐州的王总家里那件磁州窑三彩孩儿枕，也是你见他喜欢，随手送的？"

警方的调查工作做得非常深入，据线人介绍，去年这位王总的儿子结婚，王总把一件三彩孩儿枕当礼物送给了儿子和儿媳，那件枕头恰好经过唐万春的手。

"花姐认识王总？"

"不熟，他做杭州房地产的，又不卖墓地，跟我家没什么来往。我跟叶姐比较说得来，去年在迪拜，一起玩过几天，她也喜欢宝格丽。"王总的太太姓叶，她的喜好并不在警方的资料中，花荼蘼赌的是唐万春与王总夫妇也只有过一两次往来，并没有熟悉到完全了解对方喜好的程度。

听到曾经的主顾的名字与生活细节，老狐狸少了几分疑心，花荼蘼又不断强调自己的诚意，稍稍推托后，唐万春答应下来，说道："明天晚上，我在泉亭山庄请几个朋友吃饭，聊聊佛法，请花姐务必赏光。"

顿了一下，唐万春暗示想要东西的不止花荼蘼一家，她必须和其他几名买家竞争："那几位朋友都爱抢着买单，每次都这么热情，老朽实在过意不去。"

"论砸钱，我怕过谁？明儿这顿必须我请！"花荼蘼一副志在必得的表情。要不是唐万春人老成精，几乎要以为她不敬畏任何东西。"来之前，我公公一再嘱咐，一定要结交好唐先生这样精通佛法的能人，有他老人家在后头给我撑腰，谁都别想越过我买单。"

至此，唐万春才初步相信了花荼蘼的诚意与实力，笑眯眯地应声："唐某不胜荣幸。"

"大家都是朋友，唐先生不妨给我透个口风，那舍利……"花荼蘼打量着唐万春,说。她扮演着一个见过尔虞我诈的商人,要先确认他手上有她要的东西,才能往下谈。

对此,唐万春早有准备。唐万春拿出几张照片,花荼蘼皱起眉,看了两眼,看不懂,把照片递给站在一旁的向晚,说:"这是我请的专家,别看她年轻,可是有传承,打小学的。我那公公只信得过她师父,偏偏这一次运气不好,我们老爷子病了,她师父也病了,只好带小的出来。——你可要仔细看!"

向晚不动声色地看完了照片,挑出两张,对着花荼蘼耳语了几句。花荼蘼脸色一沉,质问唐万春道:"当我不懂,糊弄我是吧?这是什么?"

唐万春心头一跳:这个漂亮富婆身边的人,还真有几分本事。

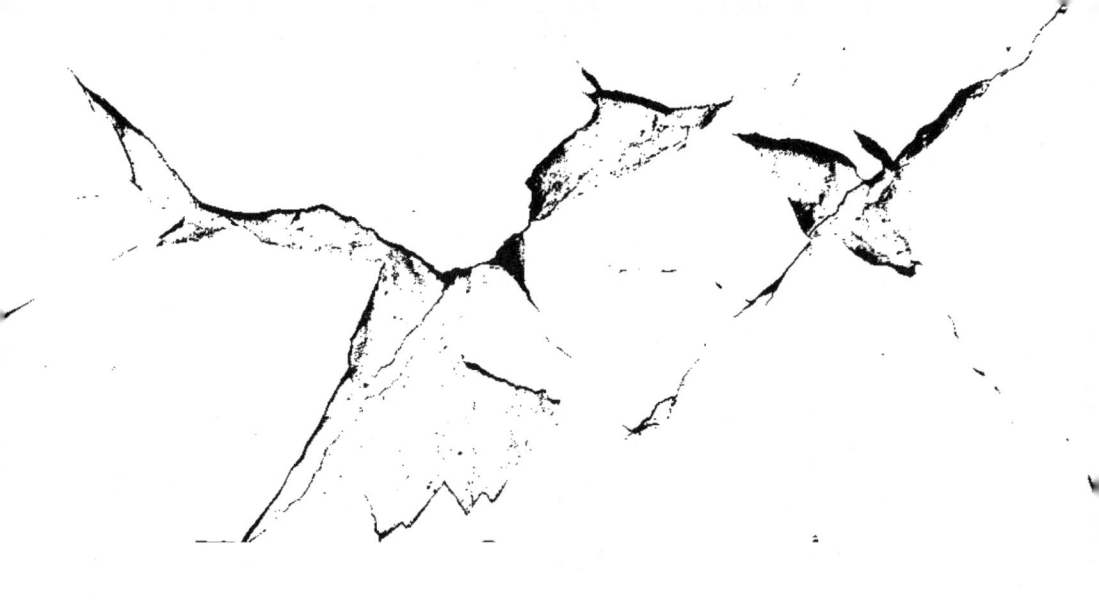

第八章 雀离

　　唐万春拿出的照片既是保证，也是试探。此前，花荼蘼从未与他有过生意上的来往，他怀疑花荼蘼的底细，多番试探，花荼蘼也定然怀疑他手上东西的真假。拿照片出来，能让花荼蘼心里有个底，更方便后面的交易。他还在照片里掺了点别的东西，如果认不出来，就说明花荼蘼完全不懂行，要么是来搅局的，要么是空有钱、没见识的冤大头，他可以任意宰割。如果能看出来，至少是个行内人，他就不能随意对待了。

　　花荼蘼扬了扬下巴，向晚会意，开口说："阿育王塔的照片里混进了汉代的盖弓帽和琴轸，唐先生可不该犯这种错。是不是最近太忙，看花了眼？"

向晚挑出来的两张照片，一张上面是几十根散乱放置着的管状物，一头密封，上面有倒钩的牙。这东西叫盖弓帽，也叫"金华蚤"，是马车上用来张伞盖的零部件，位置在伞骨末端，市面上并不常见，却恰好在向晚的研究范围内。

另一张，是几个小小的、铜蘑菇似的东西，只不过顶面是平的，叫"琴轸"。这是古琴上用来固定琴弦的小轴，现在流行的古琴，样式与先秦及秦汉时期的区别很大，琴轸也完全变样了，这东西很少有人认识。

虽然盖弓帽和琴轸的用途、时代都和舍利塔风马牛不相及，但巧合的是，它们色泽相似，猛然看上去，当成银塔部件或同出物品也不是没可能。不过，在内行人的眼中，它们的区别就像咖啡和牛奶那么大。

花荼蘼得意道："我说了，这是专家，要是眼神不亮，我那公公能把这么重要的事托付给她吗？唐先生，你也别欺我是个女流之辈，见识短浅。生意场上，我经过的事情多着呢，你当那些日本人是好打交道的？做人不要太精明，谁知道将来山东地面上，你有没有用到我的时候，对不对？"

唐万春连连道歉，说："是我忙糊涂了，这两套是要给别的朋友看的东西，不当心混到一起了，可不是成心欺瞒您。花姐能打理那么大的生意，什么小伎俩看不穿，我哪儿敢在您面前班门弄斧？您大人有大量，不要和我这种老糊涂计较——"

"这套盖弓帽，"向晚笑了笑，暗示的意味非常明显，"唐先生，那位'朋友'得罪过你？"

"小姐好眼力！"这套镏金铜盖弓帽确实是故意做旧的赝品，是另一个用来试探对方深浅的陷阱，"干我这行的，总会有打眼的时候，我是在这套东西上吃过亏，正要提醒那位朋友多多留神，可不是要蒙骗朋友。花姐放心，对您，我是一点都不敢糊弄的，已经仔仔细细看过所有的零部件。要是东西有一点靠不住，叫菩萨活劈了我！"

唐万春赌咒发誓，花荼蘼一个劲地冷笑："是吗？"

"老朽也算朋友遍天下。但凡是个靠不住的人，朋友哪儿能容我蹦跶到现在？"

"干你们这行的，不都说什么'一经售出，概不负责'吗？就算打了眼，吃了亏，也只怪自己眼力不济，论理，可怪不到你——是不是？"

"您看看那个银塔，我告诉您出处。"唐万春到底不想错过花荼蘼这个大客户，凑上前，小声说了几个字，问："您还满意吗？"

一番耳语的效果好得出奇，花荼蘼的笑容真诚了好几倍，她捏着照片指指点点，说："原来这塔还挺有来历。金棺银椁和里头的东西，也都在你手里？"

"都在，这是一套，不拆开。"唐万春道，"花姐若诚心请舍利，积攒功德，明天准时到泉亭山庄来。"

"好。"花荼蘼接下请柬。

唐万春一离开，乐游立刻捧着玉蝉到里间还给萧锷——这枚玉蝉是警方之前起获的赃物，还没有移交给文物收藏机构。这次它被萧锷专门从物证科借出来充当道具，天晓得乐游抛接玉蝉时，背上出了多少冷汗。

花荼蘼冲去盥洗室洗手，说："什么死人含过的东西，硌硬死我了！"

"金玉在九窍，则死人为之不朽"，汉代人相信，人体内的魂、魄可以分离，玉有特殊功效，置于死者口中，保证他们的身体能够继续容纳"魄"，"魂"则脱离肉体，上升到天际。绝大部分汉代玉蝉都是口琀，出自墓葬中。某些痴迷的收藏家并不在乎汉玉是口琀还是窍塞，整天用面颊、鼻子去摩挲汉玉，试图用自身的油脂养玉。但花荼蘼很介意玉蝉曾经被放置在死者口中这件事。

乐游想了想，也去洗手了。萧锷本来不觉得有什么，被花荼蘼一说，也浑身发毛，看玉蝉的眼神都不对劲了。

向晚帮花荼蘼解下翡翠佛，用软布擦拭后放进专门用来装珠宝的弹性膜盒。花荼蘼浑身披挂的珠宝，只有那只春带彩镯子和青金石、红宝石两枚戒指是她自己的，其余东西或是借朋友的来充门面，或是萧锷提供的道具。

"刚才唐万春说了什么？"

"哦，他说，那个阿育王塔出自陕西的清梵寺地宫。"

清梵寺号称佛教东传第一寺。相传，汉明帝刘庄因为夜梦金人，问策群臣，臣子说，金人象征西方圣贤，因此，明帝派人到西域求佛法。后来，汉朝使节与印度高僧摄摩腾、竺法兰用白马驮着佛经、佛像来到东土，途经兴平时驻锡，为众人宣讲《佛说四十二章经》。而后，一行人到了洛阳，明帝下诏为他们造道场，供他们居住、修行。为了纪念白马驮经，这座道场被命名为"白马寺"。

佛教庙宇之所以称"寺"，也是因为最初接待高僧的是汉朝负责对外事务的官署"鸿胪寺"。明帝视二僧为宾客，他们的禅居之所便因袭称寺。清梵寺是为了纪念高僧驻锡而建的，与佛教东传有关，寺塔地宫出土的阿育王塔与舍利函的珍贵程度不言而喻。

萧锷猛拍大腿，说："果然！这个唐万春，就是经手地宫被盗文物的销赃人。"

"但凡真有神佛，早该降下天雷，劈死这帮坏蛋！"向晚咬着牙说。一个无神论者说出了天打雷劈这种话，可见她气得有多厉害。

向晚早就知道佛塔地宫被盗，也知道唐万春很可能就是销赃人，还目睹并且参与了"做买卖"的过程，但她仍然满腔愤怒。好在，向晚善于隐忍，没有在演戏时被看穿。

第二卷　雀离浮图

"天网恢恢，疏而不漏，他逍遥不了多久了。"花荼蘼安慰着向晚，扯开话题，要她解释一下什么是阿育王塔。

向晚不爱迁怒于人，对花荼蘼这个本校学姐的态度相当好，只是，她有些犯难："我要是讲起来，又会拉拉杂杂地说很多，半天都说不完。"

向晚知道自己有时候过于掉书袋，说到感兴趣的话题，也不管别人的接受程度如何，总是容易说多。先前在机场，她讲佛传故事时，就牵扯进了太多的知识点，再加上花荼蘼热衷于打岔和提问，到登机时，她才讲到夜半逾城，距离佛陀开悟还远得很。再让她讲一次，历史只会重演。

"我就喜欢听这种！"花荼蘼根本不容向晚拒绝，"反正时间多的是，你慢慢讲，我慢慢听。"

花记者采访过无数城府很深的人，与他们相比，向晚的脾气并不难揣摩。尽管向晚温和礼貌的表象下，真实性格有些冷淡疏离，不好接近，但痴迷专业的人往往都比较单纯。在做与本职研究相关的事情，或者给人答疑解惑、讲解知识点时，向晚比较容易快乐，连眼睛都是亮晶晶的，格外有神采。

"我想想从哪里说起……差不多与汉朝同时，古印度也有一个强大的王朝。你知道马其顿的亚历山大大帝，他是人类历史上最强大的征服者之一，他的东征一直入侵到印度西北部，沿途把几百个城市命名为'亚历山大里亚'，也就是亚历山大城。亚历山大在旁遮普设立了总督，那时候，相当于中国的战国晚期。大约在前4世纪，出身摩揭陀国的青年旃陀罗笈多击败了马其顿人的军队，占领了华氏城，推翻了难陀王朝，建立起孔雀王朝——旃陀罗笈多出身一个饲养孔雀的家族，又称'月护王'。

"月护王生子宾头娑罗，宾头娑罗生阿育王。佛教传说，阿育王杀死了九十九名兄弟才继承了王位，即位后也是暴君，征服羯陵伽国时，曾一次杀死了十万人。不过，佛教一向喜欢夸大皈依者在皈依前的凶残，好显示佛法高深、广大，从传说反推历史原型，可能阿育王确实经过一番争夺才即位，扩张过程中也没少流血，但不至于穷凶极恶到这种程度。

"阿育王的前半生南征北战，通过武力基本统一了印度北部。据说，他在征服羯陵伽时目睹了屠杀，受到震动，停止了武力扩张，从此皈依佛教。阿育王立佛教为国教，召集僧人整理、编纂佛经。佛经最初有点像《论语》，由佛陀口头阐述，没有文本，被弟子们分别记忆和传播。时间长了，不同弟子对佛经的理解产生了偏差，于是在佛陀寂灭后不久，大迦叶召集了佛教史上第一次大结集，回忆和梳理了经文，背诵佛经最多的，就是聪明灵秀的小弟子阿难。所以，很多佛经开头都是'如是我闻'，相当于《论语》中的'子曰'。对，迦叶和阿难就是《西游记》里向唐僧索贿的那两名弟子，有些石窟寺中，佛陀身边有一老一少两位弟子，就是他们。

"佛陀入灭一百年后，佛教诸派之间的分歧已经很严重，于是举行了第二次大结集。这次集结没能弥合裂隙，反而造成了上座部与大众部的分裂。简单地说，上座部认为，应当遵守过去的一切戒律，将释迦牟尼佛视为教主而非万能的神；而大众部则认为戒律应当随时事变化，强调佛陀是神明，他的威力无边无涯。二百年后，就到了阿育王的时代。

"阿育王召集了第三次结集，向僧团捐赠了大量财产和土地，将他的诏令和正法刻在石柱上。阿育王柱的基本标志是柱头的狮子，现在上海静安寺门口就立着一根阿育王柱；印度国徽上的狮子图案，也来自鹿野苑的阿育王柱，鹿野苑就是佛陀初转法轮的地方。另外，阿育王还兴建了大量奉祀佛骨的舍利塔，就是阿育王塔。这也就是为什么中原佛塔地宫中会有阿育王塔——我们把一切舍利塔都称作阿育王塔。

"阿育王死后不久，孔雀王朝衰落，印度再次分裂。1到3世纪，位于印度西北部的贵霜帝国崛起——这个帝国与大月氏的关系相当密切。贵霜的第四代君主迦腻色伽自称转轮王，既是尘世的最高统治者，又是佛陀在人间的象征和代言人。佛教最初不立偶像，在贵霜，也就是犍陀罗地区，与古希腊文化融合后，才有了佛像，并将佛经书写成文。典型的犍陀罗佛像受到古希腊雕塑艺术影响，衣褶厚重，面容深刻俊美，这种风格向东传播，影响到了北魏时期的云冈石窟。

"相传，迦腻色伽外出游观时，见到帝释天化成的小孩用牛粪堆垒小塔，心有所悟，于是迦腻色伽王在粪堆上修造了一座高七十丈、周三百步的西域第一巨塔，安置佛骨舍利，这座塔名叫'雀离浮图'，意思是'转轮王塔'。之后，西域和中原普遍用'雀离'指代佛寺和佛塔。

"十六国时期，来到汉地译经的鸠摩罗什，他的母亲在怀孕期间曾经到龟兹的雀离大清净寺聆听佛法，后来母子俩都在这座寺庙出家。前些年，西北大学的冉老师在库车发掘昭怙厘大寺，'昭怙厘'是"雀离"的梵文音译，昭怙厘大寺就是雀离大清净寺，也就是转轮王寺。我听过冉老师的佛教考古课，出发前又从冉老师的学生那里借了两本相关著作，了解就这么多，很难再深入了。"

"那个迦……"花荼蘼试图重复迦腻色伽的名字，但以失败告终，颓然道，"有些时候，你的嘴上仿佛打了马赛克。"

向晚眨眨眼，明显比刚才愉快得多，说："学姐，我没有说辛塔什塔-彼得罗夫卡文化，就不算拗口。"

"等哪天有空了，我给你讲讲埃斯库罗斯、索福克勒斯和欧里庇得斯。"

两个女人严肃地对视，似乎在用眼神进行一场考古学与戏剧学的巅峰对决，很快双双忍不住大笑起来。

花荼蘼是记者，也学过戏剧。向晚顺势问起她一些学科内情与工作运转方式，眼中满是纯然的好奇。向晚的爱好之一，是了解其他行业的运作方式。好奇心不够强的人，是不会有多少动力做学术的。

萧锷听向晚上课，听得头昏脑涨，只好把这一长串拗口的说辞当成背景音乐，拆开请柬，埋头研究起来。

请柬的封面、内容都十分简单，毫无特色的机打文字写明时间、地点，看起来完全配不上这桩大买卖的价值。

"明晚七点一刻，泉亭山庄。"请柬里另外附了一张字条，说明参与者必须携带200万元现金作为保证金。

三位"演员"齐刷刷地看向萧锷，警官不禁一阵头痛，揉着太阳穴说："我去申请现金。"

花茶蘼今天的戏已经演完。她露出了几分倦意，伸伸懒腰，说："先休息。睡醒后夜游西湖，灯影桨声，烟波画船，一定很美。"

乐游不用花茶蘼吩咐，自觉地联系酒店服务员去订船。一想到表姐在他身后又露出慈母般的微笑，当着向晚的面叫他好孩子，有生以来第一次，他想逃跑。

第九章　宝函

"上有天堂，下有苏杭"，自古以来，杭州就是一座充满风花雪月的城市。西湖水光潋滟，如同美人的眼波。湖上风荷亭亭，碧叶清圆，熏风软绵绵地把人包裹住。

花荼蘼不是乐于吃苦的人，虽然身负任务，但仍然要享受湖光山色、美酒佳肴。前一天晚上游湖到半夜，第二天她还有精力踩着高跟鞋，跨过苏小小曾经驻车的西泠桥，造访孤山的西泠印社。通过向晚认识的一位西泠印社的工作人员，花荼蘼为自己订了一方"明月清风我"的闲章。

燠热的下午，三位"演员"在酒店养足了精神，梳妆打扮。花荼蘼仍旧戴上翡翠弥勒像，其余的行头则全部换过，不变的是她明艳奢华的气质。萧锷准备好了车和现金，乐游开车，载着两位女士前往约定地点。

泉亭山庄是杭州近郊的一家会所，只开放给会员，私密性不错。虽然叫山庄，建筑与花园却都是西式的，巴洛克风格的白楼前，整齐对称的灌木丛把庭院分隔开，其间点缀着造型各异的大理石雕像，一比一复刻米洛斯的阿芙洛狄忒和无头的命运三女神。无所依托的古希腊科林斯式柱，环绕着仿凡尔赛宫式样的金色喷泉，试图在暮色中营造出宫殿的庄重氛围。但这所园林里堆砌了太多的经典元素，反而显得不伦不类。

穿着白衬衫、黑马甲的门童打开车门，花荼蘼下了车，四下打量一圈，道："泉是喷泉，也没有亭，这里名不副实啊。"

"钱塘古称泉亭。"在杭州的诸多旧称中，这是比较生僻的一个。乐游提前做过功课，这时候顺嘴一答，接收到花荼蘼半是惊讶、半是戏谑的眼神，不说话了。

为了保证客人的隐私，白楼里没有设大堂，一走进建筑，便有一条长长的走廊通往不同方向。

顺着指示，三人沿走廊走了一段路。唐万春满面堆笑，快步上前来迎接，喊道："花姐！"他神色殷勤，又稍微有些为难，斜眼看了乐游一眼，说："这……您还带了保镖？"

花荼蘼满不在乎地往里走，冷冷地说："不然呢？"

乐游拎着一个手提保险箱，里面装着200万元人民币现金，重20多公斤。花荼蘼看上去养尊处优，这辈子只怕没提过比手袋更重的东西；走在花荼蘼身后半步的向晚，也不像能干体力活儿的样子。

"花姐息怒，您身份贵重，带保镖也是应该的。"女老板出行，带保镖是常有的事——谁知道竞拍会上有什么妖魔鬼怪？唐万春心思一转，笑着把他们带到一个布置得相当舒服的小厅。"竞拍会8点钟准时开始，您先在这里休息一会儿。茶是正宗的西湖龙井，狮峰山那十八棵树上的头茬明

194

前,也有从日本、法国进口的好酒。"

花茶蘼傲慢地一扬下巴,说:"嗯,这里还成。"

唐万春招呼乐游道:"小兄弟,那边有保险柜,你不用一直这么辛苦。"

这是要验看资金的暗示,乐游看了花茶蘼一眼,后者冷淡地点了点头。乐游走到保险箱旁边,打开手提箱,当着唐万春的面随手点了几沓纸币,都是实打实崭新的百元大钞。

提取大额款项的纸币需要提前向银行预约,花茶蘼能在短时间里轻松地拿出这笔钱,不仅展示了她雄厚的财力,更说明她有某种能够得到特权的关系。唐万春打消了所有疑虑,笑呵呵地转过身,不看乐游设定的保险箱密码,又对花茶蘼告罪说:"还有客人到了,我失陪一下,还请花姐恕我招待不周。"

"你倒是谨慎。"花茶蘼睨了他一眼。

这人给买家的请柬上,约定的时间一定都是不一样的。客人错开时间到达泉亭山庄,唐万春分别把人带到不同的小厅等候,竞拍会开始前,客人都不会打照面,避免了他们互相试探底细,更杜绝了客人联手压价的可能性。

不知道这小厅里有没有监控设备,花茶蘼三人都维持着人设。乐游尽职尽责地站在门边,观察着四周,向晚慢慢地欣赏着墙上的印象派油画,花茶蘼则按铃叫人给她调了一杯低度酒,靠在沙发里啜饮,不时调笑乐游两句。

花茶蘼第三次看时间后,一名服务员进来,收走手机,带领他们进入一间新中式风格的大厅。

这间大厅有多个门,连接着不同的小厅,几批人几乎是同时走进大厅的。唐万春在大厅中央的玻璃柜前等候众人,与竞价者一一打招呼,满面春风，看不出有什么偏向。

一共有四方参与竞价。隔着大厅，与花荼蘼脸对脸的，是一名40来岁的男子，比乐游还高，短络腮胡，穿着一身运动装，看起来像是健身教练或者户外运动爱好者，只有手腕上的一串绿檀数珠配着羊脂白玉莲花坠角，有些许古玩爱好者的影子。唐万春叫他阮先生。

左边门里进来的，是一名容貌、气质再普通不过的老人，满脸、满手都生着老人斑，拄着拐杖。老人带着一个浑身名牌、眼神乱飘的年轻人，后者一进门就频频注目花荼蘼与向晚，显然他对美女的兴趣远远超过对古玩的。这爷孙俩姓胡。

右面是一对生意人模样的男女，女人神色拘谨，男人则过分傲慢，多半是刚富起来的想要弄些古董附庸风雅的夫妻，第一次参与这种活动。这两位是白先生与白太太，因为自身不懂行，带着一个掌眼的帮手。帮手正是警方的线人黄浩，外号黄耗子，他的主要业务是和手里有钱但没人脉、门路的商人打交道，把他们介绍给各路古董贩子和销赃人。

几个人客气地颔首示意，各自找座位坐下，暗暗掂量着其他人的身份与身家。唐万春清清嗓子，高声说："承蒙诸位不弃，给老朽几分薄面，赏脸拨冗赴宴，老朽不胜喜悦。我对朋友一向大方，要是只有一个人想要这些东西，白送给他也可以。但几位都是我的朋友，偏心这个，就难免冷落那个。思来想去，还是请大伙儿一起吃顿饭，谁最喜欢，东西就给谁。这次没得到东西的朋友也别着急，往后有的是机会。老朽是不会叫朋友吃亏的。"

唐万春说得天花乱坠，但众人都明白，说到底，判断谁"最喜欢"的依据还是看谁出价最高。姓胡的年轻人很不耐烦，拖长声音叫道："什么时候看东西？"

唐万春的笑容不变，做了个"请"的手势，"阿育王塔和一整套宝函

第二卷 雀离浮图

都在这里,各位现在就可以走近观看。它们究竟值不值得出手,值多少,各位想必心里都有数,老朽就不再多话讨嫌了。"

大厅正中的玻璃柜并不是博物馆的专业展柜,没有使用低反射玻璃和专业灯具,只是商场常见的珠宝柜台。十几件文物静静地躺在衬底的红丝绒布上,在灯光的映照下,某些角度的反光有点刺眼。

银质阿育王塔的总高度接近一米,表面镏金,通体镶嵌水晶、玛瑙、玻璃和青金石,已经被拆成三段。塔盖顶部为火焰形的光轮环绕着宝珠;方形的塔身已然被清空,塔身四面錾刻着四幅佛本生故事:舍身饲虎、割肉贸鸽、燃臂引路和月光王施头——本生故事的主角并非释迦牟尼本身,而是佛陀的前世,宣扬他用种种不同身份做出的善行;塔座由四头雄狮共同支撑,正呼应阿育王柱的形制,上部装饰着金翅大鹏迦楼罗。

众人都已经通过照片看过这座银塔,但此时目睹,才知道它的大小与精美程度,其产生的震撼绝对不是看照片能够比拟的。

塔身中装藏的宝函已经被取了出来,从大到小一字排开。宝函的形状都接近正方体,顶面与四个侧面连接处形成四个梯形的小斜面,这种顶式叫作盝顶,是仿照宫殿屋顶的常用顶式。

宝函中最大的一件是檀香木制成的,木质脆弱易朽,有多处干裂、剥落。幸好,金箔贴出的花纹还可以辨认。向晚轻声提示花荼蘼注意木盒外壁的图案:"佛陀入灭,在娑罗双树下圆寂,身边诸弟子环绕佛陀痛哭。背景中,骑马赶来的八位国王即将瓜分舍利。"

第二件宝函的质地为铜镏金,雕刻的图案是佛陀降伏魔军,魔王波旬先派魔军恐吓佛陀,向佛陀施放毒箭,佛陀不生恐怖心,魔军因此四散。魔王又派魔女引诱佛陀,佛陀仍然不受诱惑。

第三件是纯银宝函,细密的线条錾刻出两头灵动的鹿,它们相对而跪,中间有一枚轮宝,轮宝之上,佛陀端坐说法。这是鹿野苑初转法轮,即佛陀成道后,第一次宣传他的学说的景象。

接下来那件银镏金宝函,刻着佛陀在菩提树下成道的图案。

余下三件宝函,体积都不大,但材质都是纯金或者纯金嵌宝石的。花荼蘼笑起来,说:"这我就认识了,夜半逾城、四门游观和右肋降生。"正是佛传故事中,释迦太子从母亲的右肋下降生在蓝毗尼花园;长大后,太子在四座城门分别见识生、老、病、死;为了超脱人世的种种苦难,他半夜骑马越过毗罗卫城入山修行的故事。前几天向晚刚刚给花荼蘼讲过。

最后一件宝函不是正方体的金属盒,而是水晶瓶。水晶的纯净度不高,带有絮状杂质,但在古代,这样的天然水晶的贵重程度远远超过同等重量的黄金。花荼蘼屏住呼吸,目光从水晶瓶上雕刻的白象入胎图案上滑过,看向向晚,向晚神色郑重,轻轻地点了点头——水晶瓶里装着的灰白色不规则物体,正是佛骨舍利。

八重宝函层层嵌套,自内向外有八幅图案,正好组成了完整的佛传故事,讲述了释迦牟尼佛的一生。即便抛开它特殊的内涵不谈,贵重的材料、精湛的技艺和精美的风格,也决定了这套宝函的价格不可能低。更何况,在场众人真正的目标都是佛骨舍利,它所附加的宗教和文化价值更是惊人的。

向晚拿出放大镜,低头看文物的细节。她辨认阿育王塔底座上的刻铭,有"清梵寺"几个字。向晚借机摸了摸项链,那里藏着一枚特制的摄像头,她调整好角度,确保摄像头能拍到阿育王塔与宝函的全貌。

向晚呼吸有些急促,牙齿咬着嘴唇内部的软肉。她并不是因见着了被盗文物而雀跃,而是在痛心——宝函之间的夹层里,原本填充着黄色的写经丝绸,盗墓贼可不会爱惜卖不上价的东西,把丝绸当作破烂,粗暴地取出并丢弃了,只有水晶瓶底部还粘着一小块织物。

这套精美的文物已经脱离了它们的原生埋藏环境,在这个过程中,它们所携带的许多历史信息被有意或无意地磨损了。

花荼蘼双手合十，拜了一拜。她不信神佛，但也不像向晚那样，全无敬畏地只把佛像和舍利当成研究对象。她们不能在玻璃柜前停留太久，以免影响他人观赏。得到足够信息后，向晚直起身，把位置让给后面的人。

面对这种至宝，再深沉矜持的人也难免露出激动的神色。阮先生与花荼蘼还算克制，白先生夫妻在听完黄耗子的解说后，直接对舍利顶礼膜拜。

唐万春察言观色，在场的众人中，除了没有走近宝物的乐游，只有小胡先生不识货，他的眼睛粘在花荼蘼身上的时间，远远超过观察宝函的时间。但是，胡老先生的手都在打战，可见他十分明白东西的价值。

知道这一把稳赚不赔，唐万春的心情十分愉快，招呼众人移步到宴会厅，说："老朽已经备下了薄酒淡菜，咱们慢慢谈。"

东西就在眼前，老狐狸突然提出离开，众人都不大愿意。但是，买卖场上先亮底牌的必然被动，有经验的人都会按捺住躁动，越是接近目标，越要沉得住气。阮先生率先应声说："都是老交情了，我知道你有好酒，可别拿二流货色糊弄我。等一下我买单。"

这俩人认识。乐游凑近花荼蘼，小声道："一号买家。"乐游之前推测老关盗墓集团事先找好了买家，有目的地盗取特定文物。这个通过唐万春向老关、老卫盗墓团伙"下单"的买家，代号就是"一号买家"，他的信息只掌握在销赃人手中，就连线人黄浩也没能打听到线索。直到此刻，他的身份才第一次浮出水面。

其他人，包括花荼蘼在内，都是半路插进来竞价的，和唐万春之间的信任度不高，阮先生在这个时候透露他与唐万春的关系，有示威的意思。竞价还未开始，心理战已经打响。

花荼蘼风情万种地笑起来，说："那还等什么？"她越过阮先生向厅外走去，擦身而过的瞬间，撩起发回首，说道："也许阮先生愿意让我挣这份颜面，今天的单，我来买。"

第十章 竞价

一笔大生意近在眼前，唐万春毫不吝啬地置办了醇酒珍馐，招呼贵客。雅致的包厢，如果有需要，甚至可以叫一个小型西洋乐队来现场演奏，不过，今天这桌宴席越少人知道越好，连服务员都不怎么出现。

有资格出价的人坐上了主桌，跟着来见世面的小胡先生、负责掌眼的向晚和黄浩，以及担任保镖的乐游都在副桌，身份泾渭分明。为此，小胡先生很不高兴，他是胡老先生的宝贝孙子，其余几个人的身份都是雇员，同席让他有一种被迫和"下等人"平起平坐的屈辱感。好在，向晚足够美丽，勉强可以安抚他那颗亢进的自尊心。

刚刚看过宝光熠熠、震撼人心的古董，此时满桌美酒佳肴显得滋味平淡了，没有人在吃喝上用心。在"咯咯咯"盘核桃的声响里，主桌的气氛有些紧绷。

四面八方都是探询和催促的眼神，唐万春不再吊胃口，把核桃换到左手中，笑呵呵地伸出右手，展开了大拇指与食指。

800万元，是阿育王塔与整套宝函的底价。

很多时候，唐万春会用暗标，尤其是不太好估值的东西，他不设底价，几方买家把意向价格写在纸上，价高者得。这种做法对买家而言，没有哄抬价格的风险，但买家需要对古董本身的价值和其余竞价者的身家、心理都有所把握，才能成功竞价。对卖家而言，买家的出价通常不会低于市价，如果买家估价失误，给出偏离市价过多的高价，他更是赚了。更何况，唐万春从来都不是以市价收购古董的，他的上游渠道是"物美价廉"的盗墓贼。

不过，宝函这种宝物，即便不是行内人，也看得出其珍贵，用暗标反而吃亏。为了抬高成交价，唐万春仿照拍卖行的规则，把所有人的出价都亮在明处。一个人的贪婪会激发其他人的好胜心和占有欲，每个人都清楚，最后的成交价一定比底价高出许多。

竞价者在互相观察。阮先生最习惯唐万春的把戏，他对这批东西志在必得，他坐在那里时，魁梧得像个王者，也如王者出巡一般，逐一扫视着其他人，增加他们的心理压力。

花茶蘼小口啜着酒，她的酒量很好，几杯红酒只会让她的嘴唇更红、眼睛更亮、思维更敏捷、头脑更清晰、气势更大。

胡老先生在激动过后有些困倦，似乎在闭目养神，但他皱纹纵横的眼窝里装着一双不甘沉寂的、微睁的眼睛。

白先生与白太太则在小声商议，方言说得急且快，牛毛细雨般飞速滑过，听不分明。

最早耐不住性子出价的是白先生，自从他享受到了财富带来的特权和便利，他就相信这世上没有钱办不到的事，如果有，那一定是因为钱还不够。他的发家一度依赖运气，正因为这样，当他想要购买一些古董来彰显品位时，首先便选择能够增强运气的东西。舍利就很好，佛光普照，聚气生财，如果灵验到能让他生出儿子，真是再好不过了。夫妻俩的谈话暂告一段落，白先生开口说："12。"

朱雀市场谈价，以万为单位，这小小桌边的价格，单位却是百万。12，就是1200万元。白先生有些得意地左顾右盼，像他这样不依靠祖上余荫就能创业成功的人并不多，很多人即便有一份产业，也拿不出这样一大笔闲钱。

小胡先生正在试图与向晚搭话，但后者的态度冷若冰霜，丝毫没有给他和他高贵的家世应有的尊重。听到白先生喊价，小胡先生从鼻孔里发出一声响亮的"嗤"，白先生黄胖的脸立刻涨红，对小胡先生怒目而视。

小胡先生根本不把土大款的愤怒放在眼里，兴致勃勃地问向晚："你猜，我爷爷会出价多少？"向晚不说话。

胡老先生不理会孙子在一旁上蹿下跳，他沉得住气。花茶蘼看看胡老先生，再看看阮先生，他们都没有要跟价的意思，显然在等着试她的深浅，于是她开口道："15。"花茶蘼在扮演一个很能花钱，也很会花钱的女人。

胡老先生与阮先生对视了片刻，像是刚惊醒，颤巍巍地加价："16。"这个价格有些保守，他的孙子发出了失望的嘟囔声。但老人最不缺的就是谨慎和经验，胡老先生不会为年轻人的所谓面子而让自己的利益蒙受损失。

众人看向阮先生，他敲敲桌面，微笑着说："16.5。"

这样贴着最高出价加价的行为堪称无赖，但并不违反规则。第一轮出价已经结束,如果没有人用更高的价格开启第二轮竞价,阮先生将以1650万元的价格拿到宝函和舍利。

白先生收起轻视的姿态,说:"17。"阮先生能耍无赖,他也可以。

胡老先生紧随其后:"18。"苍老的声音尚未完全落下,花荼蘼刚刚张开嘴,阮先生抢先道:"25。"

2500万元!

相比底价,已经翻了三倍还多,这个出其不意的高价骤然打乱了其他人的节奏,白太太的脸色变得不太好看。胡老先生又闭上了眼睛,手指微微抖动,似乎在进行着某种计算。

花荼蘼顿了一下,慢条斯理地跟价:"30。"

阮先生意味深长地看了花荼蘼一眼,他原本以为,自己最大的障碍会是胡老先生。同在杭州,阮先生对这个老人有所耳闻,对他的能量甚至性格都有一定的了解,他相信,自己的出价方式能够击退大部分竞争者,也会让胡老先生变得更慎重,甚至胆怯。然而,眼前这个漂亮女人非但不受影响,竟然还敢大胆地加价,其冒进程度实在出乎他意料。

花荼蘼招手叫来乐游,说:"给我盛碗莼菜羹。"后者顺从地盛好,放到花荼蘼手边,摆好汤匙。

碧绿滑嫩的汤羹入口,花荼蘼的心情也如莼菜羹般舒展开来,她隔着桌子问向晚:"吃得惯吗?有想吃的自己点,反正这顿我买单,你不用替我省钱。"态度之随意,语气之从容,俨然坐稳了主人翁的位子。

乐游回去时,和向晚换了一下座位,把她和小胡先生隔开。向晚这才露出一个笑脸,回答花荼蘼道:"不用麻烦。"不过,乐游还是给她也盛了一碗汤羹。

向晚本来坐在黄浩对面,一直在分心观察这个古董掮客兼警方线人,后者可能对这次行动有所预感,虽然没见过从西安来的几个人,不知道他们的身份，但还是通过竞价时各人不同的表现猜出些许端倪。换座后，两人相邻，黄浩便对向晚释放善意，低声聊起杭州文物圈子里的小道消息。

小胡先生简直连鼻子都要气歪了：放着年少多金、潇洒风流的自己不理，竟然去理会那个黄耗子，这个美女是不是眼瞎？

主桌那边，胡老先生才贴着30加了0.5，阮先生立刻把价格喊到33，老人犹豫再三，叹气说："后生可畏，吾衰矣，吾衰矣！"年轻人气势如虹，论强横完全压过他。

小胡先生先被向晚冷落，再看到爷爷被阮先生逼得认输，感觉自己的尊严一再受到挑衅，跳起来就要喊价，却被爷爷一拐杖打得低眉顺眼——老人余威犹存。

白先生也颓然地摇着头，他不是拿不出这么多钱，但是，再跟下去就要影响到正经生意的周转了，头一次玩古董就伤筋动骨，不划算。白先生握住白太太的手，他们夫妻俩初次涉及古玩行当，称不上痴迷，放弃起来最容易。

至此，只有花茶蘼和阮先生还在角逐宝函的归属权。这两人明显都是野心勃勃的类型，一个在本地经营多年，一个有家族产业为后盾，局势一时胶着。

花茶蘼摆出"随你出多少，我只比你多0.5"的无赖态度，接连三四次喊价后，阮先生明显被自己用过的手段激怒了，灌下了一大口酒，盯着花茶蘼，语气森然地说："花姐好魄力。不过，宝贝招人眼，花姐持宝过街市，我担心你的安危。"

花茶蘼完全不把"盘外招"放在心上，笑着说："好说，阮先生也是人中俊杰，我一个女人家，在外行走确实艰难，遇到事情，多亏各路朋友相帮。相逢是缘，有缘就是朋友，等我求到阮先生时，您千万别推辞才好。"

参与竞价的四方里，只有花荼蘼的出价是虚拟数字，在合理范围内吹多大的牛都不怕。无论阮先生怎么加价，她都跟得毫无负担，还能游刃有余地应对阮先生的威胁。

"38.5。"阮先生说。这个价格近乎五倍于底价，已经超过预期，直逼阮先生的底线。毕竟，这不是正规的拍卖，他与唐万春打交道，图的就是老唐手上有拍卖行见不到的好东西，价格也比正规拍卖便宜。

一直没能将花荼蘼的气焰打压下去，阮先生失去了胸有成竹的轻松，鼻尖、额头微微见汗。

"39。"花荼蘼的身体前倾，双手按在桌上，酒精让她的双颊绯红，锋利的眉梢下，看人的眼神像挑逗，更像绝杀。

"41。"

"41.5。"

"42。"

阮先生的耐心在拉锯中一点一滴地耗尽，眼中瞪出几条血丝。花荼蘼傲慢的态度，比她是竞价者这个事实更加激怒他，他暗自发誓，绝不会让这个女人顺利地走出杭州。阮先生眼中的恶意如此明显，以至于乐游站到了花荼蘼身边，防备他当场发作，伤害花荼蘼。

花荼蘼迎着阮先生堪称暴戾的目光，泰然自若地呷一口酒，徐徐咽下。看到她的动作，阮先生就知道她又要用"永远比你高50万"这一招来折磨他了。他甚至一度怀疑，这个女人在虚张声势，但一贯的自负与傲慢让他绝对不允许自己输给她，哪怕只是在口头上。

下一轮，阮先生会喊一个比现在的价格高得多的数字，看她敢不敢接招。

仅剩的两名竞价者已有要撕破脸的架势。唐万春试图打圆场，但被阮先生瞪了一眼后，就讪讪地坐了回去，不敢再发言。

乐游姿态戒备，而胡氏祖孙、白氏夫妻都表情麻木。那是一种竞争失败后，只能仰望更高层次的争夺战的平静表情。

黄浩有些不安，小声提醒向晚："阮先生不是普通人，最好别把他惹急了。"

"我劝不住花姐。"向晚也难免感到紧张，怀疑花荼蘼是不是入戏太深了。萧锷给他们的任务是假扮买家，搅了这场竞拍。从手机被收走后，他们与警方就只剩下摄像头单向联系，她很想问萧锷现在行动到了哪一步。再僵持下去，阮先生会不会爆发？花荼蘼会不会露馅？

花荼蘼忽然向后一仰，靠到椅背上，比乐游的位置还要靠后一些，保镖敬业地替她顶住阮先生扑面而来的威胁。

花荼蘼挥挥手，说："不加了，我放弃。"她放弃得毫无预兆，众人齐刷刷地愣住了。

见状，花荼蘼又强调了一遍："我不要了，要不起。阮先生，宝函跟舍利，你还要吗？"

胜利并未带来喜悦，阮先生的心中充满了被捉弄的迷茫和愤怒，好像蓄满力道的一拳没能打出效果，他反而闪了腰一样。但他还是点了点头，对唐万春报出最终价格："42。"

4200万，这是陕西兴平清梵寺佛塔地宫出土的阿育王塔、宝函和舍利在黑市上竞拍出的最终价格。

尽管过程一波三折，这个成交价格还是让唐万春喜出望外。这一单做成后，即便他立刻金盆洗手，后半辈子也有了着落。他应该感谢花荼蘼，如果没有花荼蘼参与竞争，哪怕阮先生一向是他的大客户，也不可能把价格推到这么高的地步，几乎能与正规拍卖媲美——然而，佛骨舍利永远不可能出现在正规拍卖会上。

要知道，唐万春从老卫手中收购这套舍利宝函，只花了300万，耗费了他三分之一的存款。老卫那里至少还有两套质量相当的宝函,当时唐万春吃不下,今天之后,再吃一套则很轻易。花荼蘼竞争这一套不成,肯定会对别的舍利感兴趣,他牵线搭桥,从中取利,至少又是一两千万的进账,也算还了花荼蘼一个人情。

唐万春的小算盘打得啪啪响,面上则敷衍得滴水不漏,先对其余人告罪,叫服务员端上精致的甜点,而后亲自带着阮先生去看他的战利品。

花荼蘼与乐游、向晚对视了一眼,叫服务员:"我的手机呢?"

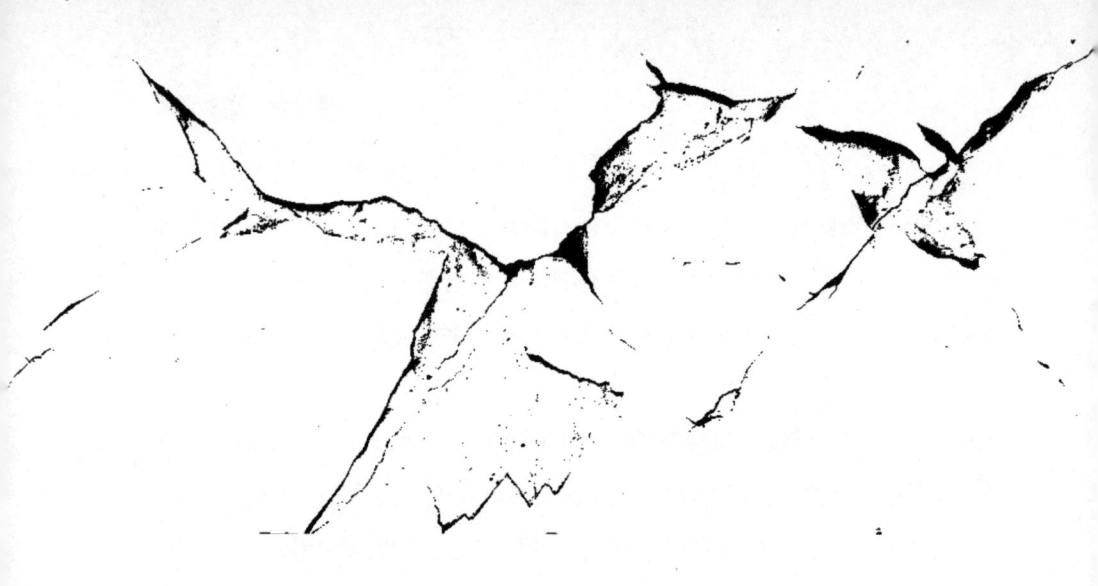

第十一章 收网

唐万春有一张伶俐的嘴，奉行与人为善、广交朋友少结怨的原则，多次卷入古玩争夺事件，却很少树敌。竞价者虽然互相憎恨，但都很珍视与他这个销赃人的友谊。

短短几步路，唐万春巧妙的恭维让阮先生的心情舒畅了不少，再次看到舍利宝函时，阮先生不禁露出了笑容——东西终究是他的。

唐万春不假他人之手，亲自解开保险装置，取出钥匙打开玻璃柜，用绒布把最里层的水晶瓶严严实实地裹住，再把宝函一层一层地套装起来。"分开装太醒目了，这宝函原本就不应该分开。"

八重宝函全部被收进纯银镏金嵌宝的塔身，在暖色灯光下显得华丽而庄严，不细看的话，会以为宝函从来没有被拆开过。唐万春拖来一个防震航空箱，箱子里垫着厚厚的泡沫棉，依照塔刹、塔身、塔座的形状切割出严丝合缝的凹槽。唐万春曾把这个箱子放在汽车后备厢里，开着车把宝函从西安运到了杭州。

只要不遇到严打稽查，这其实是最安全的做法。即便遇到了稽查，往往也不是针对倒卖古董这一块的，危险性不是特别大。1993年，西安市公安局严查机动车盗窃案时，在一辆赃车的后备厢里发现了八块青铜残块，移交给博物馆后，文保专家把青铜块拼对成两条长两米、重九十多公斤的青铜盘龙，现在在陕西历史博物馆展出。干古董倒卖这一行的都知道，这件事纯属意外，他们总是说，如果再做机密一点，就不会发生这种意外。

唐万春先包装塔刹和塔座，然后才轮到塔身。塔身连带着宝函，很重。唐万春毕竟已经年过花甲，未免有些力不从心，搬动时十分吃力，唯恐震碎了盛装舍利的水晶瓶。

"需要帮忙吗？"乐游不知什么时候跟了进来，突兀地出声询问。他看到阮先生和唐万春露出了警惕和不快的神色，连忙解释说："花姐叫我来取保险箱。"这笔生意没做成，可花荼蘼的200万元保证金还押在休息室呢。

"不用你帮忙。"唐万春判断，花荼蘼不会在乎那点小钱，她派这个保镖进来，一定有其他目的。唐万春盯住乐游，不知道他葫芦里卖的什么药。阮先生叫唐万春退后，自己搬动塔身，他身材魁伟，做这些很轻松。

装好箱，上了锁，输入密码——价格已经议定了，可钱还没到账，这东西名义上属于阮先生，实际上还得由唐万春保管一段时间。要等到钱款交割清楚后，唐万春才会把航空箱送到阮先生手中。

唐万春要带走箱子，密码则由阮先生掌握，这是为防止唐万春替换东西，也是为了避免阮先生赖账，是让双方都安心的保险措施。他们是老交情了，不用多说，自然有默契。

阮先生一回头，只见乐游还站在那里看着他们。他被花荼蘼惹起的怒意尚未消弭，不耐烦地喝骂："还不滚？"

乐游好脾气地说："阮先生，我老板请您留步。她还有一笔生意想与您谈。"

"谈生意？"阮先生沉吟了片刻，憋了许久的怒火翻卷上来，酿成汹涌的恶意，"跟女人，我只谈一种生意。"

阮先生一边说，一边"品味"了一下花荼蘼出类拔萃的相貌，用下流的语气说："要么我和她单独谈，慢慢地、深入地、坦诚地谈，要么免谈。"

乐游沉下了脸。他听得出阮先生放肆的语气中蕴含的恶意。花荼蘼让他想办法拖住这俩人，以免他们提前转移文物。

语言不能拖延他们的脚步，阮先生还想侮辱花荼蘼。乐游决定放弃说服，选择自己更擅长的行动。乐游一个箭步上前，穿过阮先生与唐万春相对站立而形成的夹缝，贴近航空箱，并挥拳逼退了唐万春。

事情发生得突然，阮先生猝不及防地一愣，怒喝："想强抢？"直到此时，他还认为花荼蘼不肯放弃，想使手段抢下舍利塔。阮先生是杭州古玩界的大玩家，背景深厚，从来只有他威胁别人的份，被人这样打到眼皮子底下还是头一回。

男人的战斗本能被激发，阮先生仗着身高、体重的优势，向乐游攻去。乐游沉默着，架住了阮先生迅猛的攻势——此人应该认真练过搏击，并不是徒有其表的花架子。

见势不妙，唐万春蹿到门边，按下呼叫器。唐万春和泉亭山庄的幕后老板有交情，把"宴会"设在这里，就是为了事情发生变化时，他能得到额外的安保服务。

但是，唐万春预想中保安冲进来按住乐游的场景并没有出现，反而整个会所的火警都警铃大作。唐万春脸色大变，对还在打斗的阮先生喊："出事了！快撤！"

阮先生后退了半步，判断了一下局势，迅速做出决断："现在不是争执的时候，先把东西带走，你跟我一起走！"眼下他还不知道出了什么事，认为一致对外比较有利，等形势稳定下来，要收买区区一个保镖，并不是什么难事。

乐游拒绝，说："我老板还在外面。"

阮先生顾不得冲这个死脑筋的保镖发火，给唐万春使了个眼色，试图带上航空箱逃走。但乐游守得死紧，阮先生根本无法摸到箱子，情急之下反而露出了破绽，狠狠地挨了两拳。

大厅里正一团乱，花荼蘼与向晚匆匆赶来，迎面撞上了要溜的唐万春。花荼蘼气势汹汹，劈头盖脸地问："你什么意思？想吞我的钱，你打错了主意！"

还不等唐万春解释，向晚扳住他的肩膀，抬起膝盖往他的腹下用力一撞，老狐狸哀号着倒在地上抽搐起来。

花荼蘼"咦"了一声，但还是险险维持住了人设，质问阮先生，为什么要与唐万春联手坑她。

唐万春疼得说不出话，阮先生被乐游缠住了，脱不开身，根本顾不上答话。其他几名竞价者也相继赶来，或者加入战团，想在混乱中抢到航空箱；或徒劳地大喊冷静，试图维持秩序。火警铃声响个不停，众人打得不可开交，泉亭山庄从开业以来就没有这么乱过。

忽然，大厅的各个小门被人踹开，萧锷带头冲进来，高喝："警察！不许动！双手抱头，蹲下！"在他身后，大批穿着制服的警察冲了进来。刚才还乱纷纷的现场飞快地安静下来，只有警方整齐有序的行动声响彻大

211

厅。"辛苦了,任务完成得很圆满。这老狐狸是个惯犯,见过大场面,心理素质非常强大,很会钻空子,我得赶紧去审他。现在还不好放你们走,等一下,我会安排你们坐一辆车。花记者、向博士,请你们再接再厉,争取多套出一些消息。"控制了场面后,萧锷短暂地与他的三名"演员"见了一面,叮嘱他们不要放松得太快。

在花荼蘼三人到达泉亭山庄前,警方就已经在山庄周围布下全面的监控。向晚的项链和乐游的手表上,都装有隐形摄像头。在休息室等候时,花荼蘼甚至还用手机给萧锷发信息,简单地聊了几句山庄内部的情况。

但是,随着手机被服务员收走,三个人再也收不到警方指示,只能随机应变。好在,摄像头信号一直没有中断,警方依然能通过摄像头单向获得信息。

竞价一结束,萧锷就带人进入了会所,声称有市民举报会所藏毒,要求在场工作人员予以配合——这不是假话,花荼蘼在休息室发出了举报信息。

泉亭山庄的经理和其他工作人员都"见过世面",态度良好得无可挑剔,行动上却不怎么配合。唐万春按响了呼叫铃后,经理借口前去应答,趁机按下了火警铃,通知客人情况有变。

萧锷破口大骂,迅速做出决断,取消了原来的计划,不再秘密而谨慎地搜索山庄,改为大张旗鼓地行动。他生怕行动时一个不小心损伤宝函,只能寄希望于乐游。

当时,三名"演员"还不清楚行动进行到了哪一步,只能尽力拖延时间。花荼蘼煽动众人,她怀疑唐万春要吞掉保证金,鼓动众人赶去截住老狐狸。她的后半段戏演得有些变形,好在乐游确保了航空箱的安全,警方也及时控制住了局面,最终把所有嫌疑人一股脑地装上了车。

萧锷说完,让人把向晚、乐游和花荼蘼也塞进车里——一视同仁的待遇是对他们身份的保护。

参与这次竞拍的人，都身家颇丰。最初的慌乱过后，他们纷纷找回了自信，在警车上也不怎么惧怕。胡老先生闭目养神，任由小胡先生嚷嚷："你知道我是谁吗？"

阮先生要求给他的律师打电话。白先生夫妻俩，一个责怪黄浩害他们，另一个挖空心思和警察套近乎，想得到优待。花荼蘼则在问警察，能不能让她打个电话。

唐万春从剧痛中回过神，猜测今天这事没法结束。他只是想不通，到底在哪里走漏了消息。

唐万春状似老实，实际上在悄悄观察众人的反应：阮先生惊怒交加。他们两人打过不少交道，阮先生是真心要买宝函的，最不可能捣乱的就是他。

胡老先生也是老主顾，虽然不像阮先生那样可靠，但在杭州的古玩圈子里，胡老先生是出了名地谨慎，应该也不会故意坑害他。

那是白氏夫妇？也不对，他们连古董这一行的门都还没摸着，哪儿有能力设这么一个局坑他？黄耗子贼头贼脑的，被警察一瞪，火烫似的猛打哆嗦，他就算有能力设局，也没胆量。

花荼蘼一行三人最可疑。但此刻，花荼蘼的反应无懈可击，她的焦虑溢于言表，却又透着某种有恃无恐。她的那两个助理木着脸，也看不出异样。

唐万春想来想去，最有可能泄密的还是小胡先生。年轻人浮躁，为了炫耀说漏嘴，是常有的事。如果是小胡先生招来的警察，就说明警方只是例行公事检查，而不是专门设了个圈套在等他踩，事情还有回旋余地。

唐万春打定了主意，在警察分开众人前，不服气地大声喊："交易几件高仿工艺品也有罪吗？"警察立刻将他带离，但他已经把最重要的信息

213

传达了出去。

把今晚的竞拍者分别带进审讯室后,萧锷收走了装有摄像头的项链和手表。临走,他回味了一下冲进现场时看到的场景,笑眯眯地说:"向博士,士别三日,刮目相看啊。"他第一次见到向晚时,她的狼狈相可是让他印象深刻。这才没几个月,她都学会打人了。

向晚抿了抿嘴,严肃地为自己辩护:"那是我身为公民的'扭送'权利,不算故意伤害。"如果向晚的脸没有在花荼蘼揶揄的眼神中变得越来越红,她的表情和语气倒是很有说服力的。

花荼蘼仗着自己比向晚高半个头,揽住向晚,摸摸她的脸:"小丫头长得我见犹怜,看不出还挺凶,手挺黑呀。"

"学姐……"向晚抗议着,被花荼蘼按在怀里,挣扎不动。向晚本来想求助乐游,却看到乐游在竭力忍笑,明显快要忍不住了,还给了她一个爱莫能助的眼神。向晚只好任由花荼蘼摸完她的脸又摸她的头发,手势夸张,宛如一个古装电视剧中正在强抢民女的昏君。

过了好一会儿,向晚才闷闷不乐道:"我练得挺努力的,效果显著,不是吗?"在西县时,她就意识到了自己太过依赖脑力和人际关系,面临暴力冲突场面时的应对能力严重不足,遂专门找了教练,学习防身术。

向晚看起来瘦,体力其实很不错——无论是读博本身,还是长期大量的野外工作,都不是体质孱弱的人能够胜任的。经过一段时间的密集训练,向晚已经可以主动对付唐万春了。

"向老师,你做得很好,我一个人没办法留下他们两个。"乐游维护向晚的自尊。他脱下西装外套,因为跟阮先生打架时动作太大,衣服有好几处都绽开了线。

"这样也挺好看的。"花荼蘼盯着只穿着衬衫的乐游,推推向晚,"你说是不是?"

向晚表示赞同:"是好看。"话音刚落,就看到乐游立刻浑身紧绷。花荼蘼眨了眨眼,露出一个看穿一切的表情。

第十二章 审讯

唐万春是一个惯犯。作为一名销赃人,他谨慎地与盗墓贼保持着距离,仔细地伪装自己,以收藏家的身份结交了不少权贵,在那个圈子里保持着低调但不容忽视的名气。因此,他的生意总是异常顺利。

他只失手过一次。那是多年前,在山西收购新坑文物时,他被警方抓过。不过,那一次他也掩饰了大部分犯罪行为,装成一个才入行不久的小文物贩子,不清楚赃物来源,又托人上下疏通关节,最后在看守所关了几个月了事。

在闻喜看守所,他结识了盗墓贼老卫。后者盗掘了晋侯夫人墓,被抓时,正想出手一件刖人守囿青铜车。唐万春知道,盗墓贼里没几个能真正金盆洗手的。这一行是没本的买卖，利润却丰厚得吓人，一旦做过，哪儿还能再甘心从事那些出力多、收益小的工作？

一个从少年时就入行的年轻盗墓贼，没有别的谋生手艺，只有一条路可走。况且，老卫年纪轻轻就敢对晋侯墓下手，胆子和技术都很可以。等到放出去后，他也还干得动。于是，唐万春刻意结交老卫，千方百计地省下了半包烟，两人分着抽，在臭气熏天的隔间里大谈将来发财了不要忘记兄弟。果然，老卫出狱后重操旧业。凭借当年半包烟的交情，两人重新接上头，不久，老卫成了唐万春最大、最稳定的货源。

这些年，唐万春经手的赃物太多。他甚至不清楚警方是从什么时候、为了什么东西盯上他的。虽然他猜测是小胡先生泄的密，但是在确认警方的意图之前，他会非常小心，尽量不露出任何破绽，不留下任何口实。

唐万春提前给竞价者打了预防针，他们只要没笨到家，就能领会他的意思：一定要说宝函是高仿工艺品。这样，大家才能都摆脱麻烦。

然而，唐万春没料到的是，警察压根不问宝函的来路，反而翻来覆去地盘问他的职业，他和泉亭山庄老板、阮先生等人的关系。唐万春咬定自己是一个高仿工艺品收藏家，跟客户都是第一次见面，双方一问一答地耗了半个多小时。

审讯室门被推开，一个警察走进来，劈头就扔出卫新刚的照片，问唐万春和这个人是什么关系。唐万春心里一慌：难道老卫被抓了？他可是一点消息也没收到啊。

"不认识。"唐万春摇着头。

"不认识？我怎么听说你跟他很熟，是拜把子的兄弟呢？"萧锷拍着桌子，"他们已经落网了，你要是老实交代，还能争取从轻发落。要不然，明知故犯，罪上加罪，你准备坐牢到80岁吧！"

唐万春将信将疑。干这行的没有老实人，私底下他们都说"坦白从宽，牢底坐穿"，就算见着棺材也不能落泪，更何况这个警察只是空口白牙说了几句话，万一是诈他的，他扛不住招了，可就是自寻死路——也就是刑法里没有关于文物犯罪的死刑，要是在古代，他做的那些事够判个枭首了。

萧锷从档案袋里抽出一沓纸，从唐万春的角度，能看到档案袋里有照片、有表格，最后一页纸透出圆章和手指印的红色印记。萧警官把几张照片摆到桌面上，朝着唐万春的方向。有一些面孔，的确是唐万春不止一次见过的，这让他心里的鼓点越敲越乱。

萧警官像洗牌一样翻动档案，挑选他感兴趣的部分，抑扬顿挫地朗读卫新刚在正业方面乏善可陈，但盗掘史可谓"光辉灿烂"的履历。读到看守所的经历那里，萧锷语气加重，似笑非笑地看了唐万春一眼。

唐万春的脚心有汗浸出来。他有一个隐秘的毛病，一紧张就泉涌似的出脚汗，能把袜子浸透。一般人就算知道他有案底，蹲过看守所，也想不到他和老卫有交情，这个警察一上来就紧咬老卫不放，恐怕是真的掌握了实质性的证据。

萧锷不慌不忙，继续读老卫团伙盗掘陕西各地佛塔的时间，话一多，他口音里的西北腔调就冒了出来，明显不是本地人。

西北，老卫常年在西北活动，再次被抓也不是没可能。唐万春更慌了。

在场的本地警察都已经听呆了，其中一个脱口说："好家伙，件件都是大案、要案啊！"

"你再好好想想，卫新刚这个人，你到底认不认识？"萧锷放缓节奏，让唐万春有时间消化警方已经抓捕了老卫团伙的事，也好好掂量一下拒不合作的后果。

唐万春再次开口时，嗓音沙哑："您再让我看看照片。"唐万春仔细打量着照片,时而皱眉,时而思索,"大概在哪里的古玩市场见过,只知道姓卫,可是不熟。"

这时候,不能说完全不认识老卫。如果老卫那边出了岔子,警方从一开始就掌握了他的销赃人身份,一直追到杭州,那他的矢口否认不会有用。现在,他只能想法子撇清自己,就像当年在山西一样,把大罪化成小罪,才能脱身。

"还嘴硬!"萧锷冷笑道,"你就那么相信那伙盗墓贼个个都靠得住,不会出卖你?"

这的确是唐万春的打算。卫新刚是老手,在监狱里的那些年,他不仅学会了更多的盗墓技术,也学会了怎么和警察打交道。就算被抓,老卫也不会供出全部罪行,能隐瞒多少,就隐瞒多少。这是他们共有的默契。

"我的很多客户都是有品位、有追求的人,我难免要往全国各地跑,认识五花八门的人。"唐万春坚持他那套说辞,"不瞒您说,为了做生意方便,我在哪里都有认识的人,个个称兄道弟,可实际上真没有多熟。一段时间不见,我连名字都记不起来。"

萧锷没有顺着唐万春的暗示追问他的客户,继续说自己的:"卫新刚嘴巴紧,我审了他十六个小时,撬出的都是废话,一点有用的东西都没有。"

不由自主地,唐万春暗暗松了一口气,又因为警官透露的讯息而心惊肉跳——十六个小时!警察有一些擦边的手段,不违规,但可以让人很难受。比如说,不许嫌疑人休息,也不让上厕所,硬生生地耗十几个小时,乃至几天,反复提问琐碎的问题。很少有人能扛得住这种软刀子,几个小时问下来,基本都傻了,问什么招什么,只求赶紧解脱。老卫能扛住十六个小时的审讯,确实是因为经验丰富,心性也够狠。

"你高兴吗?我也高兴啊!卫新刚不招不要紧。卫新民可是一个软骨头,他扛不住,把同伙都供了出来:主谋的卫新刚,跑腿的姚小龙,还有你——负责销赃的唐万春!"

唐万春差点从椅子上蹦了起来。他意识到自己必须抛出一部分事实,才能让这个警察满意:"我……我想起来了,一两年前,我从这个老卫手里买过一件唐三彩,是个仿品,不值多少钱,就图个品相好看。警官,我从别人手里买东西,可不知道东西的来路啊。卫新刚告诉我那是传世品,我才敢买,后来发现是仿品,我还说晦气呢!

"警官,要是那东西来路不对,您罚我钱,多少钱我都认!我是遵纪守法的呀,我无知,轻信他人!触犯法律绝对不是我的本意,我愿意诚心改过。警官,您要相信我!"

《中华人民共和国文物保护法》规定,私人可以收藏以合法方式取得的文物。与此同时,国有文物不得买卖。法律还规定,中国境内出土的文物属于国家所有,也就从理论上杜绝了被盗文物合法流通的可能性,能在市场上进行买卖的只能是传世品。

唐万春字字句句都给自己留后路,买卖传世品当然不违法,更何况他以为自己买的是高仿,警方无法查证那么久远的细节。唐万春最多算是在不知情的情况下协助犯罪,要是再积极坦白、合作、退赃,还能被从轻处置,甚至免于处罚。

萧锷心中大骂老狐狸,但面上一点也不显,还夸唐万春:"态度很好,还有什么要交代的,都一起说了吧,我们都省点事。"

于是,唐万春搜肠刮肚地粉饰他和卫新刚打交道的经历。萧锷压根没听,反正也不是真话,再说,旁边有人在做记录,过后看记录也是一样的。

萧锷试图从有限的线索中挖出更多有用的东西,给老狐狸施压。但老卫那伙人藏得严实。他审讯唐万春到现在,几乎已经亮出了所有底牌,很难再有突破了。

就在这时，萧锷衣兜里的手机振动了一下。

唐万春编造的充满巧合的故事终于接近了尾声。他看到主审的警官心不在焉地玩了一会儿手机，兴趣明显不如刚开始那么大了。这是个好现象，意味着他的嫌疑减轻了。"警官，我和那个卫新刚就打了这么一两回交道，帮他们销赃的一定是别人！我就是个幌子，他们拉我进来搅浑水。您一定要还我清白！"

萧锷意味深长地笑了一下。唐万春满肚子辩白憋在喉咙口，憋得他红润的脸膛有些发紫。萧锷敲了敲桌面，说："你说得挺好。不过我有一个问题，卫新刚出手过一件莲花纹琉璃瓶，你卖给了谁？刚刚的故事很精彩，可你忘了把这东西编进去。还有别的东西，要我一件一件说出来吗？"

一瞬间，唐万春面如死灰。

老狐狸没有他自己预想中那么狡猾，萧锷掌握了审讯主动权，震慑力强大，径直将场面朝警方想要的方向推进。今天一而再再而三地发生变故，唐万春的内心早已惊疑不定，被萧锷几次施压后，心理防线终于全线崩溃。唐万春不仅交代了他从老卫手中收到的全部文物、卖出时间和买家姓名，甚至连他和老卫的联络方式都说了出来。

萧锷提到料器，其实是一种冒险。料器是指用加了颜料的玻璃原料制成的器物，也被称为琉璃器。比起唐万春，今天那几位竞价的买家更好突破，警方分别问讯了他们，博弈中，没有人知道别人会不会出卖自己，那么，自己率先交代也许是更好的选择。就在萧锷审讯唐万春的同时，阮先生说出了他曾经从唐万春手中买到一件琉璃瓶，当然，阮先生也强调了自己对犯罪行为毫不知情。

向晚看了这件莲花纹琉璃瓶的照片，是北宋的时代风格，又具有佛教特征。阮先生入手的时间也和佛塔被盗的时间对得上，于是，萧锷大胆猜测，琉璃瓶也是某座佛塔地宫的文物，被老卫一伙盗出后，通过唐万春卖给了阮先生。

警方刻意营造了一种已经拔除上游盗墓集团，正在追查被盗文物的假象，让唐万春压力倍增。以此为突破点，萧锷让唐万春误以为警方掌握了更多的情况，编造的谎言无法维持，老狐狸才终于如实供述。但实际上，警方正在通过下游的买家和销赃人，回溯盗墓者的踪迹。

确信"榨干"了老狐狸后，萧锷才透露出部分真相。唐万春反应过来时，为时已晚，只有与警方合作，才能为自己争取减刑。

萧锷让唐万春联络老卫，告诉他，这次舍利宝函拍出了4000多万元的高价，还有几个买家对另外两套宝函感兴趣，约定一个时间，唐万春想按老规矩上门去收东西——如果不是事出意外，老狐狸的确是这么打算的。唐万春可没想放弃花荼蘼这个大主顾。

老卫没起疑，告诉唐万春自己的新住处。不久，萧锷带队直扑渭南的一个县城，把在当地落脚，并且正在策划盗掘古墓群的卫新刚、卫新民等人一网打尽，在他们租来居住的县郊农家院里，缴获了未及销出的文物三百多件。

此时，花荼蘼、向晚、乐游三人已经离开了杭州。阮先生是一号买家，麻烦缠身，被退赃的事闹得头大无比，自然无暇找他们的事。胡先生祖孙二人悄无声息地离开了警局，小胡垂头丧气，被迫保持低调。白先生夫妻俩只求平安脱身，从此以后，再也不敢踏入古董买卖这个水深的圈子。

不过，任务还没有结束。萧锷派人蹲守在咸阳机场，客客气气地礼送花荼蘼回了西安，却将向晚直接接去咸阳文保中心，继续为他无偿劳动。乐游稍一纠结，终究听从了内心的声音，对表姐致歉后跟上向晚。

第十三章 鉴定

咸阳文保中心有一个绿意葱茏的大院子,经过层层门禁,一座不算高大的四层楼就是库房的所在地。这是西北地区最早的标准化文物库房,长期承担着文物集中、保存和转运的任务。1979年出土的淳化大鼎——目前已知的西周时期最大、最重的圆鼎——就存放在这里;另一件重要器物则是文姬归汉青花罐,这件器物一度被认为是康熙时期的作品,直到2005年,伦敦佳士得以2.3亿元人民币的价格拍卖了元青花鬼谷下山大罐,文保中心的专家立刻意识到鬼谷下山大罐与文保中心所藏的这件青花罐在造型、风格上高度相似,重新组织鉴定后,认定文姬归汉青花罐是一件稀有的元青花大罐。

咸阳刑警支队文物分队与文保中心长期保持着密切的合作关系，萧锷在文保中心有办公室和宿舍。他先拉着向晚和乐游参观了淳化大鼎和文姬归汉青花罐，美其名曰："来都来了，总要让你们看两眼好东西。"

向晚差不多猜到了萧锷叫自己来的目的，看着他道："我没有鉴定资质，你应该去请省鉴定中心的专家。"

文物鉴定人员是需要考取资格证的，通常分陶瓷、铜器、金银、玉器、书画、杂项等几大类，各类下又细分小项，考起来不比拿考古学学位轻松多少。考古人有不收藏、不鉴定、不买卖的行规在前，向晚选定专业后，就没有再在文物鉴定这门专业上花过太多心思。

萧锷笑道："一事不烦二主，省鉴定中心那边事情多，我的申请已经递交过去了，可要等专家来，少说得排到三个月之后——我这不是着急破案吗？你先顶一顶。"他一副不拿向晚当外人的样子。

萧锷把老卫团伙一网打尽，人赃俱获，但还不能结案。警方需要找到全部下家，列出被盗文物清单，请专家进行鉴定。鉴定结果关系到量刑，鉴定一向由省鉴定中心的专家来做，但省鉴定中心任务量很大，一年要鉴定包括各博物馆收藏的未定级藏品、因为展览需要出入境的文物、新出土文物和破案缴获文物等在内的万余件文物。专家通常还在大学、博物馆任职，日程非常繁忙，三个月后能给萧锷三天时间，都已经是看在重案、大案的分上了。

向晚在鉴定方面当然不能和专家相比。她无法出具正式的鉴定书，鉴定结果不具备法律效力。但犯罪嫌疑人可不知道这回事，萧锷找向晚来的主要目的是心理震慑，让嫌疑人配合他指认现场和追索卖出赃物——向晚还没有毕业，不用考虑级别和待遇问题，而且学识渊博，脾气也好，是萧锷最方便请的专家。

再说，向晚还有一个优势：考古人只见过真文物，没有接触过市面上

第二卷　雀离浮图

五花八门的赝品，长时间下来，眼光非常刁钻。他们也许不清楚造假的手段，但直觉很准，他们觉得不舒服、不顺眼的东西，多半有问题。

在省鉴定中心和咸阳文保中心的专家都没档期的情况下，向晚是萧锷的最佳选项。在听了萧锷的一通解释后，向晚弄清楚了自己的任务和权责，不再推脱。

向晚听说缴获了三百多件文物，已觉骇人，亲眼见到它们则更觉震撼。向晚有幸参观过不少考古院所和博物馆的库房，看过、接触过数以万计的文物，但这种经历并不能减弱她此刻所受的冲击——三百多件文物仅仅是被盗掘文物的一部分。这意味着有数百件文物失去了它们的原生环境和埋藏信息，它们所携带的历史信息被损害、被湮没；已经卖出的文物，有的再也无法追回。

陈列室的面积超过二百平方米，四周沿墙设有玻璃柜，仅在门口留出一条通道。房间中央设有四张长桌，桌上铺着深色绒布，缴获的文物就躺在长桌上，从杭州追回的舍利宝函拆开后放置在玻璃柜中。这些文物经过盗墓贼的挑选，大部分都是比较贵重的，或者是体积小巧，方便携带的，多数清理得相当干净，但也有一些还带着半干的泥土。警方对它们进行了初步整理。向晚粗粗看去，不是按材质、用途或年代分类的，每件文物下都压着标签纸，用铅笔潦草地写着年月和人名。

"这是被盗时间和盗墓贼？"向晚若有所悟。

"是嫌疑人。"萧锷纠正她，"昨天我让他们来指认过一次赃物，谁盗出的就写谁的名字。这么放方便我们记录，和你们专家的分类方式不太一样。"

盗墓贼还没被带过来。向晚在陈列室中踱着步，观察文物的状态和标签内容。其中有一百多件佛教相关文物，显然就是各地佛塔地宫的被盗物品，但也有不少汉唐时期的陶俑和其他物件，说明这伙盗墓贼在专门盗掘

225

佛塔的同时，也没少对墓葬下手。近一半的标签上都写有卫新刚的名字，余下的，卫新民、姚革新、姚小龙等人占大头，另外还有几个零零散散出现的名字，可能就是盗墓团伙的底层成员。

萧锷介绍道："这个盗墓集团有十四个人，以卫新刚为首。他的堂弟卫新民顶着不同身份出面租房、办理执照，他的妹夫姚革新采买工具，他的外甥姚小龙跑腿联络，这几个是核心成员。盗挖时，其他人负责干苦力，主要由这几个人取文物。前年，姚革新得癌症死了，剩下十三个人，卫新刚嫌兆头不好，把他妹妹卫改花叫来负责做饭，也给他们打掩护。几个外围成员长期摸不到文物，好处也被卫新刚独吞了大头，就有了另投别处的念头，但卫新刚自以为这个门路很特别，要是被别的'同行'知道了，肯定会与他竞争。所以他破例允许外围成员也接触文物，多分了他们一些赃款。"

绕行陈列室三周后，向晚心中有数了，对萧锷点点头，说："我准备好了。"

萧锷打电话叫人带嫌疑人进来，见缝插针地对乐游说："待会儿人多，你给向博士把场面撑起来，得让人觉得她是个大专家才行。"

乐游看了看向晚。她还是杭州时那身打扮，绷着脸，看起来比实际年龄要成熟一些。乐游说："知道了。我就是向老师的学生。"紧接着，他视力5.0的眼睛就发现，向晚的耳朵尖比刚刚更红了。

陈列室里原本还算宽敞，可是等十四名垂头丧气的盗墓贼和押送他们的警员一齐进来，乌压压的一片，立刻把这里挤得水泄不通。

向晚冷着眉眼，一边戴乳胶手套，一边扫视老卫这伙人。尽管考古工作者长期与盗墓贼形同水火，她也曾不止一次与盗墓贼隔空交手，但她还是第一次直面盗墓贼，离得这么近，看得如此清晰。

这伙盗墓贼给人的第一印象就是平凡，他们干瘪、瘦削、畏缩，西北地区任意一个农村都可以找出一堆这样气质的男人，从他们的外表很难看出邪恶。几个年轻一些的成员有一些桀骜不驯，但也与普通年轻人没有太大区别，都在警员的看管下老老实实地蹲在地上。只有卫新刚凸出的眼睛带着一些凶相，也许是向晚长时间的凝视让他有所感应，他抬头看了向晚一眼。他的目光一触即"躲"，掠过满桌赃物，又落回脚尖前方的那一小块地面。

瞬间对视，已经让向晚看清卫新刚的情绪——不在乎。

盗墓贼当然都是贪婪的，他们在贪欲的驱使下，近乎疯狂地破坏古迹、盗掘文物；他们也是漠然的，不在乎那些古迹关系着这个民族怎样的过去，不在乎那些文物记录着怎样的历史，不在乎文物的制作工艺、文化内涵、审美表达……

卫新刚看待文物，就如同三角贸易航线上的商船主看待舱底的黑奴，只在意贩卖的对象能给他带来多少好处，不在乎黑奴本身。当被警方缴获的赃物无法再换来钱财时，对他而言，它们的重要性甚至不如审讯时的一支烟。

"向老师。"乐游轻声提醒向晚。

向晚摇了摇头，她难道还期待这些人能够珍惜文物吗？她走向最近的一件文物，沉声道："唐海兽葡萄纹葵花镜，唐代中期，三级文物。

"唐释迦牟尼涅槃铜像，唐代中期，二级文物。

"宋'大中祥符四年（1011年）'五檐七层八棱八面石塔，"这是一套十二件的舍利塔，即唐万春准备牵线卖给"花姐"的另一套宝函，"刻铭'大宋大中祥符四年'，一级文物。

"宋长颈素面银质净瓶，北宋早期，三级。

"宋葵口白瓷盘，北宋早期，一般文物。

"错金银卷云纹磬架，西汉中期，二级。

"塑衣式持物跽坐侍女俑，西汉中期，一级。"

…………

可移动文物的定名自有一套原则，通过对年代、款识、特征、纹饰、器形、用途等几个方面的厘定，即便是面对从未见过的文物，也可以为之定名，并能通过名称体现其主要特征。

文物定级的标准更加复杂，和文物价值、保存状况以及收藏单位的藏品数量与等级都有关系。向晚只能把这批文物与印象中见过的博物馆同类型文物横向对比，这是一种粗略的估计，并不精确。

一段时间后，萧锷叫人送水进来，让口干舌燥的向晚润了润嗓子。向晚抓住喝水的机会稍事休息——文物数量太多了，费口舌还是小事，对脑力的消耗实在非常大。

乐游看出向晚有些疲惫，有意拖延时间，问："向老师，这里没有国宝级文物吗？"

"可移动文物分为一般文物和等级文物[①]，等级文物只有一级、二级、三级这三个等级，不存在'国宝级'的定级标准。"向晚小口喝着凉水，这是她在野外养成的习惯，让水分缓慢而充分地滋润口腔，"不过，我们会把一级文物当中具有特殊意义的称为国宝，比如在禁止出境文物清单上的那些。"

放下水杯，向晚继续投入工作，乐游与一名警员负责记录她的鉴定结果。挤着几十个人的陈列室里，只能听到向晚清润的声音。

警员们沉默着，盗墓贼也非常惊愕——整个过程中，向晚没有丝毫停顿和犹疑。要知道，这批文物里有不少造型奇怪的罕见物品，尤其是汉代

[①] 可移动文物分为珍贵文物和一般文物，珍贵文物又分为三级，文物考古工作者常将珍贵文物称为"等级文物"。——编者注

的那一批，盗墓的卫新刚都不知道那是什么东西，之所以会保存下来，是因为他相信它们能卖个好价钱。

那些造型奇特的编钟、编磬架子的铜底座，失去了刷毛的象牙刷柄，几乎让人认不出是什么东西的封泥盒，像现代机器零部件的铜帐钩，向晚全都信手拈来。她了解它们，就像了解自己的手纹一样。

她给全部三百三十九件文物定名定级完毕，剔除了不到十件不知从哪里混进来的赝品，大半天已经过去了。

向晚声音嘶哑。她不休息就没有人敢提休息，连萧锷也不敢，所有人都陪她耗着。

警员还可以轮流换班，老卫团伙双手抱头蹲在地上的姿势极其难受，被耗得摇摇欲坠，身体较弱的卫改花已经撑不住，倒下了。萧锷叫人扶她去了医务室。

向晚的任务告一段落。萧锷咄咄逼人地登场，趁着老卫团伙还没从向晚的震慑中回过神，身心俱疲的时候，拿着口供对照着文物，反复追问他们的作案细节。卫新刚等人脸色发灰、黄中带青，简直怀疑今天遭遇了警方新发明的某种酷刑。

很快，他们口供中不实的部分暴露了出来。

第十四章　处罚

萧警官趁热打铁开始了新一轮的审讯。向晚被请去萧锷的办公室休息，她已经疲惫得多一个字都说不出来了，警员问她要不要喝水，她都只能用手势示意。

乐游闪身出去。他回来时，只见向晚歪在沙发上，一只手撑着脑袋，大概是想歇口气，却不小心睡着了。

乐游轻手轻脚地走近向晚，蹲在沙发前，凝视了她一小会儿。她的头发散开了，垂落下来，像皎月周围浮着的薄云。乐游打开行李箱，取出那件开了线的西装外套，轻轻地盖在她身上。向晚有所察觉，眼睫毛翕动几下。乐游屏住了呼吸。她太过困倦，没有醒来，换了个姿势把头枕到胳膊上，睡得更沉了。

乐游微不可察地叹了一口气，把空调调高两度，打开办公桌上的台灯，关上了大灯，倒退出办公室，慢慢地掩上门。

一觉醒来，向晚对时间的感觉有点错乱。她花了几分钟让自己清醒，看看手机，才发现自己睡了40多分钟，而不是她以为的几个小时。

窗外已完全被夜色笼罩，蛐蛐在草木深处嘶声歌唱，办公室里的温度倒很适中。向晚的嗓子疼得厉害，她随手绾上头发，披着西装打开门，一股热浪扑面而来。她后退一步，稍微适应了一下热度和楼道里的光线，才看清乐游站在灯下，正在看墙上的照片。

那是一张拓片的照片，拓印自开元寺塔《物账碑》，是被老卫集团盗掘的众多地宫中遗留下来的一件石质文物。警方发现物账碑时，萧锷害怕再出事，带上睡袋在封闭的地宫里守了整整一夜。

古今定名标准不同，《物账碑》上所记文物的名称与向晚的定名出入很大，但仍然清晰地表明了开元寺塔地宫中究竟瘗埋了哪些珍器重宝。这也是一个追查流失文物的重要证据。

"向老师，休息得还好吗？"乐游走过来低头看着向晚，"老萧刚才给我打电话，说要连夜审讯，顾不上我们了，让我替他致歉。下次有机会，他一并感谢。他安排了人送我们回西安，随时可以出发。不过，我想你应该先吃点东西。"

向晚张了张嘴，只发出一点气声，懊恼地鼓起腮，用手机打字给乐游看："汇通面？"

汇通面是咸阳名气最大的特色面食，得名于发源地汇通十字，只在夜市摆摊。

此时，向晚有些狼狈，乐游反而比平时更自在了，他的眼睛弯成温暖的弧度，递过来一杯散发着草药香气的温水。"胖大海，你先把这个喝了。"

他这一下简直像在变魔术。向晚反应过来,刚才就觉得他姿势有些怪异,原来一直端着水啊,难道是为了避免蚊虫扑进杯子里吗?

吃汇通面的提议最终被乐游否定了。向晚的嗓子这样,只能吃清淡的。他放弃了夜市充满诱惑的烧烤、炸串和小龙虾,和向晚一起吃了砂锅粥。

向晚在家养嗓子的几天里,趁着她说不出话,来做兼职店员的夏冰冰没少嘲笑她,说她就是一个工具人,萧锷用完她就扔。

刘潇潇照例整理票据、计算费用,说:"书店不赚钱,你还总往外赔钱。但凡家底薄一点,你早该去要饭了!"

夏冰冰瞪了刘潇潇一眼,说:"瞎说!晚晚可以嫁进我家,我可以养她!"

刘潇潇纯当这个临时同事犯病,继续说向晚:"也就这次还不错,萧队报销了一部分费用,花记者还自费请你住五星级宾馆,你也没受伤,多难得啊。偏偏你又哑了,什么运气?"

"我……没真哑!"向晚拿出店主的气势镇压店员,"算你的账!"

乐游买了一大包胖大海,之后又每天来送冰糖雪梨水。喝到第四天,向晚自我感觉恢复得差不多了,萧锷才提着他爱人任宝晴配的补药过来了。萧锷还带着份盖了红章的表彰信,感谢向晚在破案过程中所做的贡献。"这信给西北大学传真了一份,过些天,你还得领学校的表彰。"

刘潇潇勉为其难地原谅了萧锷,向晚则压根就没往心里去,之所以约见萧锷,还是为了探听案情的后续发展。

那天,向晚狠狠地震慑了盗墓贼后,萧锷又从他们那里得知了不少隐情:除去警方已经发现的佛塔地宫,老卫团伙还盗掘了两座佛塔与一个墓葬群,都还没有被发现。这个十四人的盗墓团伙并不只有唐万春一个销赃人，他们还有不少下家。唐万春只是其中最大、最稳定的一个。算起来，帮助老卫集团盗卖文物的，还有另外二十几个人，分散在全国各地，警方正在顺藤摸瓜地抓捕和收缴赃物。

为老卫团伙办假身份证的人也浮出了水面，正是"老关"关红兵。关红兵似乎有一条可靠的隐秘渠道，办出来的证件能以假乱真。据卫新刚交代，他出狱后重操旧业，仍然盗掘墓葬。后来，老关找上了他，给他出了盗挖佛塔的主意。盗掘代县阿育王塔失败后，也是老关把老卫这伙人带到了关中，安排他们落脚。

老关和老卫一起干了两票后，就听"老板"安排，去长安县管另外一摊事。西县红河秦墓被盗案案发时，警方重新发出了对关红兵的通缉令，提高了悬赏金额。但目前老关仍然在逃，老卫也不知道老关是被老板接去了香港，还是用假身份在别处继续活动。

这个老关和普通盗墓贼很不一样，普通盗墓贼都只跟信得过的亲朋好友合作，老关却到处跟人合伙，指点盗墓团伙做之前不敢做或者没技术做的案子，然后替他的老板挑走最好的东西。老卫盗掘出的舍利宝函，最大、最好的一套已经卖往香港。据说，老关在长安县干了个大活儿，那是老板的私活儿，老卫也打听不出更多的情况。不过，能让老关这种资深盗墓贼说"大"的案子，一定小不了！

萧锷叹着气说："你看，一个案子串联着一个案子，线索总在意想不到的地方出现，我连喘口气的工夫都没有。不怪我老婆不想要孩子，我哪有时间带孩子？"

"辛苦了。"向晚莞尔。

"我有一种预感，"警官说，"那个老关不简单。他那个白老板图的也不仅仅是值钱的文物，也许还有更大的野心。"

正是白老板和老关直接导致了向楚辞的失踪，这是向晚的伤疤。向晚望向萧锷，让他看清自己眼中以痛苦和愤怒为燃料熊熊灼烧的烈焰："如果有这两个人的线索，请带上我，我会对你有用。"

三个月后，陕西省文物鉴定中心组织专家组，对关中佛塔被盗案中缴获、追回的文物进行了鉴定，鉴定出一级文物14件（组），二级文物29件，三级文物65件，一般文物222件。涉案文物数量之多、范围之广、质量之高，不仅惊动了国家文物局，也让公安部对此案加以重视。

第二年春天，咸阳市中级人民法院以盗掘古文化遗址、古墓葬及盗卖文物罪判处卫新刚等三十六人十二年到十五年不等的有期徒刑，并处以数十万不等的罚金，这是后话。

第三卷

白马青崖

关中号称"八百里秦川",实际上是一片由渭河冲刷出的谷地,其南、北分别被秦岭与北山所夹。夏天,空气剧烈对流,白天艳阳高照,升腾的水蒸气沿着秦岭山麓上卷,晚上气温下降,水蒸气都化作了飒飒夜雨。

第一章　古圝

乐游在做一个梦。

深蓝色的天幕上，有一颗明亮的星星，他朝它走去，走了很远，它还在天边。他沿着崎岖的山路爬到山顶，山风凛冽，星星依然很遥远。他手脚并用地攀上大树，这是他从来没有见过的高大树木，树皮质地干燥，摸上去有一种令人安心的触感。他一直爬到树梢，站在巨大的叶片上，伸手去摸那颗星星。

星星的冰壳里裹着滚烫的焰心。

然后他掉了下来，碧绿的巨大的树叶、灰白笔直的树干和峥嵘的山崖飞快向上抽去，残影在他眼睛里划出纵向的笔直线条。

第三卷 白马青崖

他知道自己掉落以后会是什么样子。他的意识抽离出来，从二十多层楼的高度，俯瞰下方那具尸体。手指粗的钢筋从背部插入，穿过肺叶扎出，腿在汩汩冒出的血泊里怪异地抽动。离得那么远，尸体的脸却清清楚楚，那双眼睛瞪着天空，瞪着高楼上的他。

梦骤然中断。

有那么一瞬间，乐游忘记了自己身在什么地方，现在是什么时候。

也许，他正躺在家里，住了十八年的卧室有淡黄色墙壁和斑驳的浅绿色墙裙。枕头下压着同桌借给他的漫画，床头上方，科比·布莱恩特的海报有一角卷起。

也许，是在部队的上下铺上。他是班长，睡上铺，一天拉练后，战友都还沉浸在睡梦中，发出深沉的鼾声。

又或者，他在与十几名工友共享的十五平方米大的活动板房中。屋子被大伙儿用捡来的建材隔出多到不可思议的铺位，铺位上胡乱垫着瓦楞纸和海绵，浓重的汗味"浸透"了每一寸空气。

失重感转瞬即逝，梦境迅速退潮，怅惘的心情却像退潮后湿润的沙滩，久久不干。路灯的灯光透过窗帘的缝隙投进房间，窗外汽车飞驰而过的轮胎摩擦声提醒着他，他在西安，在城南某个城中村的出租屋里。

他曾经很想飞出家里那间小小的次卧，如今却再也回不去了。离开部队后，他像婴儿脱离了胎盘，同样再也没有回去的可能。而那间塞了十几个人，甚至包括三对夫妻在内的活动板房，他不愿多加回顾。

乐游不太想起身。他想摸手机看看时间，却摸到了枕边棱角分明的硬壳书封面，那是他睡前在看的《追迹三代》。

他的脑子里突然蹦出了一句"七月流火"。七月流火，九月授衣……我朱孔阳，为公子裳。"孔"还出现在什么句子里？德音孔昭、四牡孔阜……十月蟋蟀入我床下……西安足够干燥，屋子里没有虫子……二之日凿冰冲冲，三之日纳于凌阴……

为什么会念这些？乐游的思维逐渐复苏，他想起来了，一首名为《七月》的诗有一个前缀——豳风。

豳地，公刘带领部族从漆水、沮水渡过渭水，来到这里定居。生活恰如《豳风·七月》的描述，农业活动集中在八月到次年二月——八月收割、织麻，九月缝制寒衣，十月封闭北窗，十一月猎貉及狐，十二月凿冰，正月藏冰、修治锄犁，二月耕种，三月到七月的农闲时间里，桑树疯长，莎鸡振羽。

直至古公亶父带着部落迁于岐山之下的周原，与姜姓联姻，三代后生文王、武王之前，豳地都是周人的故邑，先周文化的中心。

乐游之所以想起豳地——在暧昧不明的暗夜里，他大可以放任思绪驰骋而不必羞愧——是因为西北大学古豳地考古队从4月就开始了大规模的田野发掘，向晚身为在读博士研究生、程云峰院长的爱徒，从杭州回来后，就马不停蹄地赶往工地，帮带队老师指导本科生的田野实习和资料整理。

向晚的名字像一道口令，每次念到，乐游的胸腔里都反射性地滚过一阵惊雷，心跳失序。他在儿童时代末期，曾被生长热困扰，低烧、皮肤敏感，体内每一根骨头都在夜晚变空、发痒。现在，这种难受再次找上门，心悸和焦灼让他不知所措。

一点轻微的痛楚随之袭上乐游的心头。乐游当然清楚自己与向晚的不匹配，他努力地扮演一个可靠的助手，用认真工作来减弱自己靠近她的欲念，可这是扬汤止沸。也许，不止一个人看穿了他的伪装，老板警告过他，夏冰冰敌视他，而表姐对他说"知好色，则慕少艾"。

乐游甚至觉得表姐花荼蘼有一点残忍，她是个不婚主义者，却意外地热衷做媒——可惜从上大学起，她保媒拉纤就没有一次成功过。花荼蘼这辈子大约只在两件事情上失手过：热爱打麻将，但从来没有赢过；热爱做媒，却从来没有成功过。

乐游拙劣的掩饰根本逃不过花荼蘼敏锐的洞察力。她肯定了乐游的眼光，所有人中，花荼蘼是唯一持鼓励态度的。但花荼蘼是那样自信、坦荡，如同这个世界上不存在天堑，也从来没有"可望不可即"。与她相比，乐游显得如此胆怯。

乐游用力将思绪拉到别处，工作安排、发薪日、房租、债务、创业……突然，手机"嗡嗡"地震碎寂静。梁戈是个还算通情达理的老板，在凌晨5点多打电话来，非常不合情理，是有什么要紧的事吗？

接通电话，梁戈说："乐游，向晚那里出事了。"

乐游猛地坐了起来。他的声音里没有丝毫睡意："出了什么事？我现在过去！"说话间，他已经单手套好了裤子，抓起了上衣。

"是书店的事，现在已经没事了。刘潇潇报了警。你去旬邑，接向晚回来。"

乐游抵达古豳地考古队驻地时，刚过7点，正好赶上考古队在吃早饭。典型的关中早餐：稀饭、馒头、凉菜和鸡蛋。

向晚在印着古豳地考古队标志的短袖外面套了一件当地集市上随手买的格子衬衫，袖口磨出了毛边，颜色也是灰扑扑的。她端着考古队配发的耐摔的搪瓷碗碟，招呼乐游一起吃早饭。

为了干活方便，向晚把长发剪短了一些，束成低马尾——考古队面临的最大的生活问题永远是洗澡，多数女生不约而同地剪短了头发，以保持卫生。

乐游把带来的零食和饮料搬进了食堂，考古界同行之间有一种心照不宣的默契：拜访考古队驻地时，要带吃食和饮料作为礼物，以丰富工地生活；东道主则一定要招待客人吃食堂。

考古队驻扎在乡镇政府废弃的办公楼里，砖构小楼四面围合成院子，原来的房间稍加改造，分别作为宿舍、库房、食堂和会议室等。食堂的一面墙上贴着本周菜单，食材简朴，倒也荤素搭配、营养均衡。屋子正中放着几张大桌子和几条条凳，这个食堂在晚上还能充当自习室。

无论是老师还是学生，衣服上都有一层洗不掉的土渍，大部分人被晒得黝黑，指甲边缘满是倒刺，涂抹了厚厚的护手霜也无济于事。向晚也晒黑了一些，可是在人堆里，她依旧像珍珠似的，格外显眼。

珍珠里裹着星子一样的、小小的、坚硬的核。

乐游知道，向晚小时候经常被向楚辞托付给学院的老师，教隋唐考古的教授带着向晚去爬乾陵，她被晒伤，落下了一个对紫外线过敏的毛病。如今从事野外工作，她的防晒措施要做得非常严密，才不致再度晒伤。

"麻烦你这么早赶过来，等一下我还得去趟工地交接工作，可能需要几个小时。"向晚已经度过了刚刚听到坏消息时的焦急和忧虑阶段——她还年幼时，就知道惊慌失措从来于事无补，并且，她也不愿意把事情弄得尽人皆知。她问："你想去看看工地吗？"

乐游开车载着梁戈去过不少考古工地，多半是西安市内的基建工地，大部分已经到了清理后期，或者正在回填。鹿鸣文化的业务范围集中在遗址测绘和资料整理上，乐游还没有见过发掘现场，遂欣然点头。

学生们挎起工具包往外走，向晚顺着乐游的目光看过去，说："这小黄包我们今年也是第一次用，装的东西和跑调查用的东西差不多，增加了防潮垫、水平仪之类的更适合发掘的物品。把东西整合进一个包里，方便使用和管理。等这次实习结束，根据同学们的使用感受，改进一个版本，我可以送你一套。"

驻地离工地有一段距离，开车需要花十几分钟。工地最外围拉起了警戒线，标示出隔离带，每隔几米就竖着"考古重地，谢绝参观""考古重地，禁止拍照"的牌子。

发掘现场的照片属于保密资料，未经负责人允许，不能拍摄和传播。即便是业内已经尽人皆知的考古新发现，也要等到考古队正式对外公布后，广大从业者才能引用资料，进行学术讨论。因此，考古人参观工地，都非常自觉地不拍照、不录像，实在按捺不住好奇心了，也要先得到负责人同意，才能拍几张照片供自己欣赏，不可以外传。这是考古队一贯的规矩。

警戒线内部有一大片空地，地面上纵横分布着许多方格。这是探方，是人为划分出来，用于控制发掘区域和发掘深度的基本单位。它的四条边都是严格的正东、西、南、北向。标准的探方边长是五米，东边和北边各留出宽一米的隔梁，隔梁相交处称为"关键柱"。除去隔梁，探方内部还有十六平方米，逐层下挖，通过保留的隔梁观察地层，测量遗迹单位的深度和方向，以及用小推车运输土壤。探方壁切得直不直，也是判断一个人田野考古技术是不是合格的标准。发掘后期，要依次打掉隔梁、关键柱，最后暴露出来的才是遗址的完整形态。

通常，会有一到两名学生带着两三名工人发掘一个探方。探方负责人被戏称为"方丈"，需要每天记录探方日志；发掘区域的负责人则要记录探方总日志，给露头的遗迹单位编号，避免重复和错漏，还要负责给工人计工时、发工资，协调各种琐碎的事务。

国内的考古工地，大部分都是配合基建的工地。考古队还要承担许多被盗墓葬、遗址的抢救性发掘任务，只有大学和少数研究单位才有余力进行以研究为目的的主动发掘。基建工地工期短、任务重，为了配合施工方，不得不大幅度压缩原本合理的操作规程。换句话说，在基建工地的匆忙与混乱中，很难兼顾严谨和科学。

业内普遍认为，在基建工地实习会毁掉学生，负责任的老师绝不会把第一次接触田野考古的学生放到基建工地。因此，北京大学、西北大学等学校的考古学系，都拥有长期的实习基地，这些学校不惜时间和成本，用最细致、最全面的方式培养学生对田野考古的认知，如此才能建立起科学的基本框架。学生中流传着一个说法：是不是真爱考古，要等到田野实习才见分晓。

在中国境内，即便有个人或团体的发掘资质，也不能随意开展发掘工作。要在每年年初，向国家文物局申报当年的主动性考古发掘项目，获得考古发掘执照后，才能开始发掘。今年，西北大学申报了1200平方米，春夏这一批本科生实习用掉了800平方米，余下的面积还能供研究生在秋冬季实习一次。

主管部门对发掘设置了种种限制，并不是为了使用权力或者获得利益，而是因为，古代遗迹是一种不可再生的文化资源。考古发掘是科学研究的一部分，也是不可逆的破坏过程。人不能两次踏进同一条河流。同样地，人也不可能对同一个遗迹进行两次发掘，所以在田野考古中，哪怕面对最小、最不起眼的遗迹现象，考古人也要拿出最严肃的态度和最严谨的流程，尽可能多地留存资料，期待从中了解古代人类社会的方方面面。层层审批，将发掘规模限制在某个范围内，是主管部门眼下最好的选择。

向晚不确定自己要离开多久，便在工地西北角的帐篷里把手头所有纸质和电子资料——探方发掘日志、探方四壁剖面图、探方遗迹图、遗迹登记表、遗物登记表、遗迹照片等——都移交给队长窦副教授。"我本来想跟到实习结束，没想到要突然离开，好在我的资料整理得及时，应该不至于留下不清楚的问题。裴师兄刚回国，我要是去的时间长，您顾不过来的话，他可以过来帮忙。"

这里一年四季刮大风，临时休息、夜间看守用的帐篷必须设在上风向，否则一场风来，无遮无拦的发掘区的下风向立刻沙尘弥漫，人看东西都会变得极其艰难。简易厕所则必须设在下风向。厕所没有房顶，身处其中，头顶青天，清风徐来。

"叫小裴歇几天吧。中亚那是什么条件？昨天我还看见他发朋友圈，说在那边最后一段时间没经费了，连吃了半个月酸奶拌沙拉，脸都绿了，回来对着学校食堂的红烧肉和青椒肉丝哭成泪人儿，哈哈。这里也快要结束了，等我实在顾不过来再说。"窦老师是吉林大学博士毕业，与向家没有渊源，不过学院里的老师多少都会听说一点向晚的情况。她说家里有事，窦老师很有分寸地没多问就放她走了。

窦老师还得去应付来找他做鉴定的村民。村民带着陶罐赶了十几里路过来，他们可不理会"考古不鉴定"的行规。好不容易有一个教授送上门，大家都赶紧趁机把翻地翻出来的罐子说成是祖传的，刻上几个似是而非的符号，上门热情推销一番。万一卖出去，不就赚了吗？就算考古队不买，能得到考古队长的一句肯定，罐子身价立刻就不一样了。每年考古队一开工，来鉴定的人络绎不绝。要在当地开展工作，又不能得罪他们，每一位队长都得学会和他们"打太极"。

向晚走出帐篷，看到乐游正蹲在一个探方边认真地观看。她过去一瞧，这是一个新开的探方，方里层位关系复杂，小小的一块地方，少说有二十几个灰坑。两个本科生正试图在探方壁上找出一个灰坑的开口，刮了画、画了刮，怎么都找不到正确的那条线。两个姑娘互相埋怨对方眼神不好，连累自己画错探方平面图了。

其中一个姑娘的草帽上，用马克笔画着一圈动漫人物。大家都戴一样的草帽，她的帽子有了标记，就不会和别人的搞混。向晚认得这个姑娘，她是隔壁探方的"方丈"。昨天下午，隔壁探方刚刚清理完一个灰坑，这会儿她画完了图，正在让工人拿着笤帚打扫浮灰，要赶在10点前拍照。再拖延下去，光照太强可就不好拍了，照片一准儿曝光过度。

打扫探方也是一个行外人不怎么知道，却非常重要的工作。刚刚发掘出来的遗迹、遗物，如果沾满浮土，拍出来的照片完全没法看。要用刷子和笤帚细细地扫干净，还不能留下刷痕、帚印，这样才能保证照片清晰、美观。每新出一个现象或者文物，都要把探方整体打扫一遍再拍照。有时候，一天下来净扫土了，人的鼻孔、口腔里面，全都是扬进去的灰。

另一个姑娘把"西北大学古圝地考古队"的工作牌翻过来挂在了胸前。她在工作牌背面写满了蜿蜒的鸟虫篆，只有看得懂的人才能认出上面写的是"我蛮夷，不知礼"。

这个"蛮夷"姑娘叫李慕予，湖北人。因为迟迟刮不出灰坑边缘线，她暴躁地把手铲当成飞镖，往一旁的土堆里扎。"老师说，心中有线才能画出线。可我心里的线也太多了吧，我看哪里都是线！"

李慕予一抬眼，看到了"希望"，戏剧化地张开手，抑扬顿挫地喊："师姐救我！"

向晚用手在隔梁上一撑，跳进探方，叫李慕予拿喷壶来洒水。"你这探方壁都干了，哪儿还看得到线？"

湿润的土壤才方便看遗迹线，被太阳暴晒几日后，土壤白花花的，板结成一片，什么土质、土色都看不清。田野发掘绝大部分时候都非常枯燥，刮面，洒水，刮面，洒水，刮面，如此往复，一天就过去了。

土壤很快吸收了水分，颜色变深。稍微晾了一下，向晚开始用自己的手铲刮面。她动作利落，不留铲痕和余土，按田野发掘的标准，完美。刮了几下后，她找到了手感，指着一个地方对李慕予道："你自己试试。"

李慕予在向晚指定的地方左右刮动，迟疑着说："左边要硬一点？"实习了几个月，李慕予的发掘技术已经相当不错，只是还缺少经验。这个探方太复杂，她一时搞不定。

"对，颜色也更深一点。"向晚画出了遗迹线，"这里大灰坑套着好几个小灰坑，是不太好分，要耐心一点刮。其他的几个小灰坑，你可以自己刮出来。如果还不能,再把整个探方下挖五厘米,趁土壤湿润时刮面观察,但不要多。挖太多,小坑就见底了。"

"谢谢师姐!"李慕予如同拨云见日,快乐地继续干活儿,"有谢里曼的前车之鉴,我不会挖穿的!"

海因里希·谢里曼,现代考古学之父,他从童年时代起就向往荷马史诗中的特洛伊城。在经商致富并掌握了至少十种语言后,谢里曼带着新婚妻子索菲亚奔赴特洛伊遗址。经过三年发掘,他宣称自己发现了特洛伊国王普里阿摩斯的宝藏,并让妻子戴着发现的珠宝首饰在欧洲各国巡回展出。但后来的研究者发现,谢里曼挖穿了地层,他发现的宝藏要比特洛伊的时代早一千年。

不远处的另外一个探方,一个男生从墓里爬上来,笑嘻嘻地说:"师姐,我刮出棺线了,一棺一椁。轮到你请我吃饭啦!"

"小贾,你可长点心吧!"李慕予正在埋头刮面,抢过话头,"还吃饭呢,你都招苍蝇了!"

"你就是嫉妒我有墓,李灰坑同志。"小贾有点恼火,揭起了这几个月来,李慕予只能清理灰坑,没有墓葬可挖的伤疤,"这苍蝇怎么一直围着我飞?我昨天刚洗的澡!"

"苍蝇围着你打转,是闻到人骨味儿了。"田野考古就像开盲盒,不亲自挖开,永远不知道地层下埋藏着什么样的惊喜。不过,有经验的人能够发现一些预兆——先周墓葬早已白骨化,人的鼻子最多能发现潮湿、沉闷的泥土气息,但苍蝇的嗅觉远比人类的灵敏。在考古工地,要判断谁正在清理墓葬,只需要看苍蝇正在围着谁打转。

而且,这种苍蝇的动作并不灵活,仿佛喝醉了似的,死板地飘浮在人的脑袋周围,打都打不走。

一听小贾说刮出了棺线,快出人骨了,那个探方的工人拔腿就往帐篷里走。不一会儿，工人拿着黄纸、香烛和二锅头回来了，蹲到探方边烧纸，嘴里还念念有词。

男生憋着笑，道："不是我故意要挖你，打扰你安眠，是我们院长叫我来的。我把他手机号烧给你……"

院长就是程云峰。向晚哭笑不得，叫男生："小贾，我还没走呢。"

"啊！"小贾这才想起来，程云峰是向晚的亲导师，忙不迭地道歉。

向晚也不跟小贾计较，只是说："看着点灰，别落进墓里去。"探方和墓葬都要保持干净，避免人为污染。

"我有事要回西安，这顿先欠着，等你回西安再吃吧。"向晚接过乐游递来的湿巾擦手。师姐请吃饭倒不是工地上的传统，只不过，工地辛苦，食堂吃久了也容易腻，向晚隔三岔五找理由请大家去镇上打牙祭，好维系学生们积极快乐的心理状态。李慕予连忙举起手，说："师姐师姐，还有我！回去前我一定能挖一座墓。"

"好，到时候你也来。"以前考古班女生少，现在越来越多，比例已经超过了男生。向晚更偏爱女生一点，总是供应各种零食，女生都很喜欢她。

乐游没忍住好奇，问："烧电话号码这种事，每个工地都这么做吗？"他经常听人说起，好像是某种业内传统。

向晚边走边解释："虽然并非所有人都是无神论者，但我们也不能信鬼神、搞迷信啊。烧纸、燃香主要为了让工人放心，算一种心理安慰，不然他们不愿意发掘。时间一长，这就成了惯例。至于电话号码，那是前些年发掘一座隋唐大墓的时候，开石棺前，考古院的辰老在现场，他为人诙谐，好开玩笑，顺手塞了一张院长的名片进去，说：'不是我非要挖你，是院长让我来的。我把他的电话号码烧给你，有事你找他。地址也在上面，考古院三楼最里头的那个办公室，就是他的。'因为实在太好笑，后来很多人都学着他这么开玩笑，结果成了流行的做法。大家可不是真的相信鬼神。"

远处又有人遇到了搞不定的问题，举手呼唤向晚。向晚迅速赶过去处理。巡视了一遍所有的探方，向晚才完成交接工作，对乐游抱歉地笑了一下，说："让你久等了，工地是比较枯燥的。"

正因为日常工作非常枯燥，大部分田野考古工作者都无师自通地变成了段子手。辰老是前辈，程云峰有时候爱讲只有考古人听得懂的冷笑话，向晚的段子冷僻得令人不明所以，李慕予和小贾显然也有这种发展趋势。

同行相处，互相开玩笑才是正常的。刘潇潇曾对一些影视剧中的考古队做出点评："每天客客气气、你谦我让，一点嘴仗都不打，一看就是假的考古队。"

"挺有意思。"乐游摇了摇头，他如今也算半只脚踏进了考古的门，很乐意多了解一点真实的考古工作的情形。

乐游只是有一点惊讶，向晚远比他预料中镇定。心性单纯的实习生看不出她忧心忡忡，还以为她最发愁的事不过是遗迹单位的边缘不够清晰，新的发现不够震撼。但乐游能看出向晚的心情并不好，她一丝笑容也没有。可是即便如此，她还是能耐下性子帮师弟师妹们解决眼前的难题，仿佛她所面临的也不过是类似的麻烦。

没有人会在听说家中出事以后还能保持心情愉快。不过，向晚早就学会把恐惧、担忧、焦灼与伤心藏在平静的表情中。即便心情不好，她也只是抱着胳膊，望着窗外的树木，不至于迁怒乐游。

乐游用余光看到向晚侧脸倔强的弧度。她紧抿成一条线的嘴唇，显得她分外孤独、清高。他试图安慰她，又为自己干巴巴的说辞感到一阵懊恼。

尴尬中，乐游打开了车载音响。抑扬顿挫的男中音传出，向晚眉梢一动,说:"《珊瑚岛上的死光》?"

　　这是一部科幻小说,曾被改编成中国第一部科幻电影。身为作者兼编剧的童恩正先生的职业,是考古学家。"我最近在读《游牧者的抉择》,梁哥推荐我读一下童先生的文学作品。"

　　梁戈的原话是:"换换脑子,整天读专业书,小心哪天厌烦了,听见'考古'两个字就想吐。"

　　梁戈还顺便给乐游科普了几位文学造诣突出的考古人:毕业于西北大学历史系的周伟洲教授,著有短篇小说《盗马贼》,《盗马贼》这篇小说被改编为广播剧,在全国播放;电视剧《九九归一》的编剧王连葵,是北京大学李伯谦先生的第一个硕士。著名作家张承志师从俞伟超先生,后者是具备浪漫诗人气质的考古学家,爱在交响乐的伴奏下写文章。俞先生曾经对张承志说,研究历史与考古的人应当读点小说。

　　程云峰的学术风格也颇受俞先生的影响,写出的文章汪洋恣肆,像音乐一样流畅。梁戈读研时,喜欢通宵看网络小说,被程云峰知道后,梁戈就振振有词地引用俞先生的话为自己开脱,结果自然被程云峰好一顿训斥。

　　路上的风景不算陌生,沿路遍植低矮的石楠和紫薇,路基下生长着槐树,卵状披针形的小叶碧绿如翡翠,更远处有几排高大的白杨,叶片在阳光下闪现银灰色的流光。不久前,他们联手调查了多个佛塔地宫被盗案,有好几次驱车奔波在这条路上。

　　也许是被途中的风光触动,也许只是需要被倾听,向晚梦呓似的开口说:"书店是我的家,从7岁到现在,我只有这一个家。

　　"潇潇才住进来没几年。最早,叔叔带着我住,一年里有大半年的时间,他都在工地,后来……只剩我一个人。赵曼阿姨总担心我住那么空荡荡的屋子,和那么多大部头的书待在一起会害怕——她想太多了,哪儿有人在自己家会害怕?"

失去叔叔后,向晚拒绝被程云峰夫妻收养,独自守着书店。她总是整夜整夜地游荡,穿行在高大的书架与沉寂的库房之间,幻想自己的最后一个亲人只是在与她开一个玩笑。下一刻,他就会从某个她没能留意的角落里走出来,宣布他赢了这场捉迷藏游戏。但她的叔叔始终没有回来。很久以后的一个晚上,向晚突然从梦中哭醒,清晰地意识到叔叔不会回来了,那时,她才肯承认悲伤早已把她浸没。她把害怕慢慢地压到心灵深处,不叫人看出来,努力做一个让人放心的孩子,一个靠谱的店主。

"那么大的家我收拾不过来,花园也差点荒废了——特别奇怪,我什么都种不活,连仙人掌和绿萝都能养死……我明明是很严格地按照教程给花草浇水、晒太阳的。现在,潇潇不让我碰她的宝贝花了。她剪鲜花插瓶里养,能养半个月。被我摸过的,最多三天就枯萎了,拼命地掉花瓣,景象非常惨烈。

"潇潇刚毕业那时候,她没有住处,来租我的房子住。她会的多,把花园打理得很漂亮,没准儿,我们的花园是整个顺城巷最漂亮的……"

漫无方向的倾诉结束得和开始时一样突兀,向晚再次沉默了。

"向老师。"乐游唤向晚,等到一声"嗯"才继续说下去,"有一个家是很幸运的事。不要难过,你的家还在。"

向晚猛然意识到,正在开车的这个人的命运比她的更惨,对一个无家可归、背井离乡的人,提及"家"这个词,未免过于残忍。向晚抱歉地看着乐游。

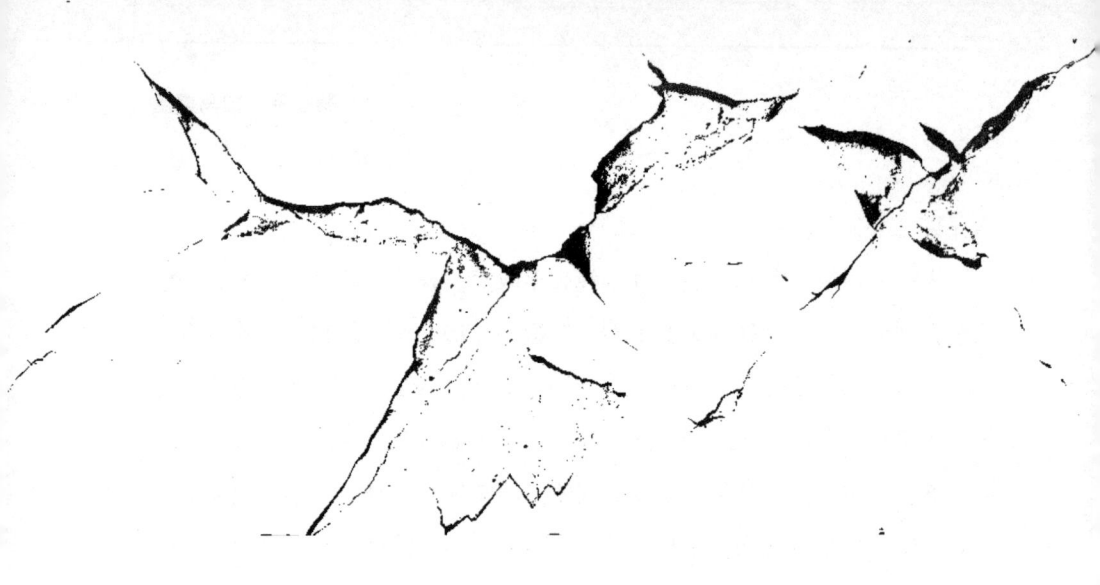

第二章 白马

西安，明城墙内东南角，闹中取静的一隅，往日整洁的街巷，有一半都被火烧、水冲得异常狼藉。

考古书店的西邻是一家有复古格调的咖啡厅，东边还有一个陶艺工作室，都侥幸逃过火灾。居中的书店门前已经围上了隔离带，向晚看着眼前的景象，抑制不住地浑身颤抖。

"考古书店"的招牌被人泼了油漆，红色的油漆像一团污血，拖拖挂挂地滴下来，一直污染到原本清透的茶色玻璃门。玻璃被人用暴力砸碎，窗边的藤椅和小桌子被烧得只剩下铁架。最靠外的两个书架，一立一倒，烧着的书和墙面、天花板一样，黑一块褐一块的。没完全烧透的铜版纸和黑灰、碎玻璃、大量水迹混在一起，一片狼藉。

倒下的那个书架带倒了其他几个架子，最后砸到了柜台边的绿植。电线也都被烧坏了，店里没开灯，向晚看不清书架后面的情形。但她熟悉店里的格局与陈设，稍一思索，就能猜到后面的书籍即便幸免于火灾，也会在灭火时被损毁。

已经失去作用的店门大敞着。门上用来悬挂风铃的丝带已经烧成了灰，青铜鸟造型的铜铃也在地上。向晚跨过隔离带，蹲下身拾起了风铃，微微变形的铃铛把她的手心染得一塌糊涂，眼泪让她的视线模糊了。

向晚自以为已经做好了心理建设，但直面灾难，痛楚还是直接而清晰地击中了她。她用心经营了十年的书店，早已不仅仅是她谋生的手段，也是她自我认同的一部分。书店遭遇这样的劫难，就像向晚自身受到伤害，书店的每一处毁伤都刺在她的心上。尖锐的疼痛从心中传递到双手，她的双手近乎痉挛。

乐游的一只手放到向晚的肩头，他的声音显得很遥远，像隔着水幕传入向晚的耳中。他说："别难过。"

向晚定了定神，绕过店面，去书店后门。来开门的是刘潇潇。她一副惊魂未定的模样，见到向晚，她瘪了瘪嘴，飞扑过来，一把抱住向晚，放声大哭，道："吓死我了！"

向晚拍了拍刘潇潇的背，后者抽抽搭搭地说："咱家的花园也被毁了。"

起火时，刘潇潇睡在二楼。她被玻璃碎裂的声响惊醒，在刺耳的警铃声中冲去灭火——书店怕火，不仅装有烟雾警报器，还配备了多个二氧化碳灭火器。

店里的火势旺得不正常，烤得刘潇潇脸颊生疼，发丝焦煳。一转眼，后院也起了熊熊火光。刘潇潇置身火海，想撤出也没了退路，不禁又恐惧又绝望。好在她还记得自救常识，用湿布捂住口鼻，摸着墙壁打开了库房门，躲进了库房避火。

不幸中的万幸，消防员很快赶到，及时救出了刘潇潇，扑灭了大火。火势没有波及库房，也没有烧到别人家，没有造成更大的损失。此后，刘潇潇检查损失，她发现不仅整个书店被毁了，连精心打理的小院子也同样遭劫。她最爱的那棵西府海棠被烧焦了半边，向楚辞心爱的、存活至今的玫瑰花也没能幸存。小院里的石板路被熏得黑迹斑斑。

大学毕业以后，刘潇潇一直住在书店里。她先是租客，以包揽家务的方式抵房租，后来索性成了全职店员，早就把书店当成了自己的家。

亲历火灾，极度惊骇与伤心让刘潇潇浑身颤抖。她又大又圆的眼睛因为痛哭，红得像兔子的眼睛，在乱糟糟的发丝后惊疑不定地瞪着每一个人。

面对比自己更加崩溃的刘潇潇，向晚不能再展露脆弱的情绪。向晚叹了一口气，随手搁下铜铃，拉着刘潇潇往外走，说："你没事就好。家里现在不适合说话，我们去隔壁。——小夏呢？"

"小东家，你回来啦？"咖啡店老板送上一扎加了冰的柠檬水，"一大早就热起来了，喝点凉的。"

"你这里有事没有？"

"没啥事，我店里又不住人。就是昨晚的火导致停电，几袋稀奶油坏了，问题不大。我简单收拾了一下电路，这会儿正用着发电机呢。你听这动静！不过，早上来开门时真的吓我一大跳，你不在家，潇潇吓坏了吧？幸亏人没事，报警了没有？"

"报警了。"刘潇潇抱着向晚的胳膊，带着哭腔，"小夏和亮亮还在派出所。早上我们都去派出所做了笔录。我先回来等你，他们还在那里。"

亮亮是刘潇潇的男友张铭的小名。

"张铭不是要画七月十五的傩戏吗，怎么提前回来了？"

"亮亮是前天回来的。"刘潇潇不敢看向晚，用手指摩挲着冰凉的杯子，杯壁外密密麻麻的小水珠把指尖冻得麻木，她的眼泪再次簌簌而下，"对不起，这次的麻烦是亮亮招来的，我不知道会这样，真的对不起，我们都不知道会这样……"

刘潇潇的状态实在不适合再接受询问。向晚不忍心逼她，先给老师和师兄回电话，告知他们自己已经安全到家了。程云峰嘱咐向晚待在原地，不要乱跑，说："我马上就到。"

师父和师兄一直都非常可靠，向晚心中稍微安定了一点，转而安慰刘潇潇："不一定是张铭惹出来的事。你当我招来的麻烦就少了？"

这是实话，从十年前向楚辞出事开始，她家里就不是很太平。今年向晚又接连卷入了几起盗墓追赃案，虽然法网恢恢，但是难保没有漏网之鱼。书店在明，盗墓贼在暗，就连萧锷也不敢保证，不会有盗墓团伙对向晚实施打击报复。

没过多久，梁戈就到了。他殷勤地推开门，把心焦不已的老师和师母迎进来。向晚等几个人连忙起身问好。

刘潇潇还穿着昨晚的睡裙，身上套着一件张铭的外衣，脸上还有没擦干净的黑灰，凄惨得令人不忍卒睹。向晚刚从工地回来，打扮得比村里的大娘都朴素，那件灰扑扑的衬衫还没换掉。这一切被师母看在眼里，就跟有人拿刀子扎她的心似的。

见惯了考古人灰头土脸是一回事，看到自己熟悉的孩子这副模样，是另外一回事。赵曼当场落泪，捶打着程云峰，说："让你照顾孩子，你就把人照顾成这样？"随后，师母拉住向晚和刘潇潇，不住地嘘寒问暖。

程云峰在学生面前威风八面。可他年轻的时候长期跑野外，把家庭负担全压在赵曼身上，因此，对妻子连重话都不敢说，只能怒瞪梁戈。

梁戈感到委屈，目光绕了一圈，在场的大多数人他都惹不起，只好瞪着乐游。

乐游早就起身给程教授让了座位。程云峰和妻子一样担心得要命，但向晚是个小姑娘，他这个做老师的，不好跟爱人一样拉着孩子的手问长问短。他看了一眼旁边长得挺端正的小伙子，不大清楚他是什么人，拿出考学生的语气问乐游："搞清楚是怎么回事了吗？"

被老师这样提问，很少有人能不紧张，更何况，程云峰执教多年，长期当院长，有不怒自威的气势。乐游不敢有丝毫不敬，老老实实地回答："我刚接向老师回来，还不清楚事情的经过。"

"老师，这是乐游，之前跟向晚去过西县。是我叫他接向晚回来的。"还是梁戈知道的事多一些，"凌晨3点多的时候，有人打破了玻璃窗，扔了几个燃烧瓶进来。店里一个，后院两个。好在燃烧瓶的威力不算特别大，不然潇潇就算不死也得受重伤。现在只损失了东西，人没事，是不幸中的万幸了。"

向晚说："门口有监控。"

刘潇潇接着道："我下楼的时候，火已经烧起来了，我没看到人。不过，警方把监控拷走去查了……"刘潇潇尽力复述自己记得的每一个细节，但店铺是她在睡梦中时突然遭到袭击的，她能提供的线索十分有限。

不久，张铭、夏冰冰二人做完笔录回来，在咖啡店找到了众人，才补上了事情缺失的环节。

夏冰冰语气夸张地说："我倒想住在店里，可惜晚晚不让。昨天下班我就走了，打游戏睡得迟了点，刚躺下，就接到潇潇的电话，差点把我吓出心脏病！不过，一听店里出事，我就赶紧赶过来了。——晚晚，以后你还是让我住下吧,以防万一。"

夏冰冰这番话没什么建设性,反而暴露了自己的狼子野心,程教授、梁戈师徒二人对他怒目而视。

张铭和刘潇潇一样面带愧色,他说:"我怀疑放火的人是冲我来的,我老家最近不太平,我回西安后也总觉得被人盯着。但我没想到的是,他们没对我下手,反而来烧书店,都是我的错。"

张铭有一个朋友在钟楼附近开着一家青年旅社,张铭长期住那里,人多,又在繁华的市中心,确实不好下手。书店的位置闹中取静,住起来舒服,但安全性上就要差一点了。

"我把事情都告诉警方了,他们正在查。给书店和邻居造成的损失,我也会想法子补偿,一定会给你们一个交代。"张铭诚恳地看着向晚,"是我的问题,请你不要怪潇潇。"

张铭是川北阴平县人。

中原文明的边缘,藏彝走廊的东端,摩天岭直插云霄,碧绿的嘉陵江在山谷间蜿蜒,云雾缭绕的群山中就是张铭的故乡。白马人世居此地。

白马人是羌、氐的一支。据《后汉书·列传·西羌传》记载,西羌本来居住在河湟一带,他们的祖先无弋爰剑曾经做过秦人的奴隶,逃脱后,带领族人繁衍生息。西羌有牦牛种、白马种、参狼种之分,君长都号称酋豪。《史记》则说,西南诸夷,"白马最大,皆氐类也"。

三国两晋南北朝时,杨氏氐人建立仇池国。

成汉也是氐人所建。氐人最著名的女性是成汉公主李氏。她被桓温纳为妾室,在南康公主持刀杀上门时,神态从容,徐徐结发,请南康公主杀死自己。南康公主被李氏的从容震慑,抱住李氏说:"我见汝犹怜,何况老奴!"

氐人已消逝在历史中,融入了其他民族。总数不足两万人的白马人,是唯一保留着古氐人文化传统的遗族，他们的大姓是杨、李和金。他们的传统服饰是五色线织成的百褶衣和插有白色锦鸡尾羽的毡帽，他们的民俗也极具特色。

张铭这次回老家，就是为了用画笔记录当地最具特色的歌舞娱神活动——"池哥昼"和"跳曹盖"。

佛教以农历七月十五为盂兰盆节，道教以七月十五为中元节。这两个都是鬼节，人们视生在这一天的人为不祥之人。但七月十五是白马人最大的节日之一，白马人以这一天生子为贵，认为这一天出生的是白马老爷送来的孩子。

农历七月，稻米雪白，小麦金黄，青稞饱满，正是用傩舞驱逐疫病、庆贺丰收的时候。

白马语中，"池哥"是山神，"昼"则是歌舞，"池哥昼"就是献给神明的歌舞。舞者戴上面具，反穿羊皮袄，手持牦牛尾和剑、戟，用自身装扮象征神明和祖先，用舞步模仿战斗场面。"曹盖"则是面具的意思。"池哥昼"与"跳曹盖"都用来祭祀当地的古代英雄和最高神明——白马老爷。

"相传，白马老爷原本住在九寨沟，要去成都参加一个神仙聚会。神仙只能在晚上赶路，他踏着星光、月色，匆匆上路。路过白马部落时，白马老爷看见山寨被妖魔侵袭，于是他停下，和妖魔搏斗。妖魔掌握着洪水和大火，白马老爷向他们投掷闪电、惊雷。天亮时，他终于杀死了妖魔，但他已经错过了时间，不能再前行。在清晨的第一缕阳光里，他化作神山。"张铭从当地传说讲起，"白马神山下流出洋汤河水，汇成洋汤天池。白马老爷掌管风雨、雷霆，又称'洋汤龙王'，不过我们当地都直接叫他'老爷'。"

每年正月十三日到十六日，七月十三日到十六日，是白马村寨最盛大的节日，其热闹程度远远胜过春节。

阴平白马人聚居在铁楼、哈南、天池三镇。哈南镇青崖堡的老爷庙，是众多庙宇中最古老、最正统的一座。每年，轮到祭祀的村寨必须从这座庙里把神像搬到家中，四面八方的白马人都会赶来参与盛会。

张铭的母亲是青崖堡的白马人。张铭虽然是出生在河坝里的汉族，却有一个担任白马人"觋家"的外公，从小深受熏陶。

觋家没有文字记录的教条，师徒之间，口授祭神的歌谣、舞步与咒语。大觋家不但要在神像前主持跳傩舞，还要负责与神明的沟通和求雨——并非所有的"池哥昼"舞者都是觋家。张铭的外公颇具神秘色彩，他敬奉山水与大树，极受白马人尊重。

外公的腰间永远挂着老爷庙的钥匙，按时举行日常的祭祀。如果家中或村寨里发生什么不幸，他也要和"老爷"说一说，请他保佑大伙儿平安。外公每年至少要对老爷许二十个愿望。他的每一个孙辈都受到白马老爷的保佑，年底还愿，外公杀掉的鸡一个月都吃不完。

阴平县挨着九寨沟，山清水秀，夏天也凉爽宜人。在水边小镇长大的张铭至今不习惯西安的燠热。在夏天还未正式到来时，他就回了老家，去寻找灵感。

画了一个多月表象温柔却又深藏野性的碧绿江水，抽空给女朋友拍了县里近几年刚发现的北魏摩崖石窟。终于等到农历七月，张铭背着画架、画笔离开嘉陵江岸边，顺着一条支流，进入隐在雾岚中的峻嶒险峭的黛色山峦，到青崖堡探望外公。

狭窄的土石路沿山体盘旋而上，时而有一股溪水把路截断。张铭的摩托车涉水而过，水花飞溅到路旁的草丛中。灌木的绿叶肥大，高处生着红色、橙色的浆果。张铭没有停留——青崖堡后山的野生浆果才是最好的，上山劳作的大人时常用大叶子兜着浆果，带给家里馋嘴的小孩。

山路不时分岔，通往其他村寨。张铭先经过了石门寨，这里的山壁上伸出两块巨石，夹道形成石门，中间仅能容一辆卡车通过。明朝初年，朝廷多次派阶州将军征讨羌寨，都在这里铩羽而归。张铭的父亲祖上曾经是阴平卫所的一员武官，跟他母亲结婚后，两人每每拌嘴，母亲便要翻几百年前"你祖宗打过我祖宗"的旧账。

　　又骑了二十多分钟，远远地望见一大片青石断崖。断崖光滑如镜，青崖上方的寨子就是青崖堡。前方只有一条道路，路边矗立着高大的石头碉楼，民居多是石墙或用石灰粉刷的夯土墙，青瓦覆顶。山风凉飕飕的，张铭骑进了一团薄雾里，衣服被细如牛毛的雨丝打湿。

　　还没到寨子，已经有在地里干活儿的人认出了张铭，隔着老远呼喊："觐家的外孙子来了！"张铭也扯开嗓子应答："是我！"此起彼伏的招呼如同古代战争时传递的军令。

　　张铭驶入打谷场，场边已经站着一个被消息惊动的、大将军似的老人——他的外公。外公早年抽水烟，这几年改抽卷烟了，一吞一吐，满山的白雾都像是从他的胸中散发出来的。

　　张铭停住车，叫外公："上来，我带你回去。"现在的打谷场上停满了汽车，等到七月十三，村民们会清空打谷场，在中间生起火堆，白天跳"池哥昼"和"曹盖"，晚上围着火堆踏歌、分食羊肉。

　　杨觐家笑眯眯地说："一早，你外婆煮罐罐茶，火笑得格外欢快，我就知道你今天要来。"当地俗话，火笑会有贵客上门。

　　张铭的母亲是小女儿，上头有三个哥哥。白马人还延续着古老的幼子继承制，外公、外婆和三舅住在一起，大舅、二舅都早早地分家出去了。白马人重视舅舅，张铭得带上礼物，分别去三个舅舅家走一圈。

　　趁着天阴，大舅正在磨制土法火药，拾掇他的老土枪。大舅曾经是一个猎人，在张铭的记忆中，大舅猎到过巨大的野猪。小时候，张铭从来不缺白毡帽上的雉鸡尾羽，家里的花瓶中总插着鲜亮的鸡毛，还把兔子短圆的、毛茸茸的尾巴穿起来当装饰。近些年，随着对枪支的管理日益严格，大舅的那杆老枪多数时候成了摆设，只在祭神时和庙里收藏的古旧火铳一起对天鸣射。

木匠二舅出去打工了，还没回来。不过，等到节日时，不光在外打工的二舅，就连已经工作的表兄弟、表姐妹，也会尽力赶回来。三舅跟人合伙贩卖蕨菜、核桃花和党参，他挨个寨子收野菜干，稍稍加工后卖到城市，陈列到高端超市的货架上，供城市居民享用。

三个舅妈都在做同样的事：准备咂秆酒和献食；洗干净斑斓、华丽的衣裙，预备过节的时候使用。

张铭忙着走亲戚，帮忙准备祭神用品，带着亲戚家的小孩子玩耍，画一画寨子里的风景和人。他白天吃野果子，晚上围着火塘烧土豆，用葱、野蒜和高粱酒爆炒大舅套回来的野兔，日子过得新鲜又快活。和女朋友打视频的时候，在西安热得蔫巴巴的刘潇潇表示非常嫉妒张铭。

七月初十的清早，外公提上了香烛、黄纸，去庙里跟老爷拉家常。七月十三开始跳傩舞，按照风俗，七月十二的半夜，就要把神像请去今年负责祭祀的人家，杨觋家要提前两天给老爷打个招呼，让他有所准备。最近，杨觋家总感觉心里不太舒坦，他开始考虑把大觋家这个工作交给徒弟，自己也该养老了。这件事，也要和老爷商量商量才行。

青崖堡的老爷庙在村后的一眼泉水旁边，有两棵说不清长了几百年的楠树，粗壮得两三个人才能环抱过来。楠树枝条交映，华盖似的从后覆压向前，遮住了庙宇的汉式歇山屋顶。庙宇的影壁前，还有一座白马传统样式的石碉楼。

杨觋家走到泉眼附近时，看到溪水边杂乱的脚印。他感到奇怪，小娃娃才不知道如何走路，大人过个溪水走得这么狼狈，也不知道是谁家的醉鬼，糟践了一股好水。

转过一个弯，杨觋家的心突突地跳起来——庙门大敞着！

庙门有锁，钥匙就拴在杨觋家的腰间。以当地人对白马老爷的尊敬，那把锁主要是为了防止不懂事的顽童进庙捣乱，或者不知事的牛羊跑进去污秽了圣地。錾刻着虎头的银锁是从明朝传下来的，质地柔软，拿棍子也能捅开，是一个防君子不防小人的物件。但此刻，庙门大大地敞开着，像一只空洞洞的眼眶，不见了眼珠子。

杨觋家走近庙门，看到银锁已经不翼而飞，近期总盘旋在他心头的不祥阴云沉沉地压下来。他绕过影壁，跨过门槛，明黄帘幔后面的神台上空荡荡的。他守了几十年的，就算在浩劫中也没被毁坏的，有着乌云脸、闪电眼的白马老爷像，消失了。

老爷子一阵头昏眼花，背过气去。

"幸亏有人起得早，到泉水边饮骡子，发现我外公倒在那里，及时叫了人。我们把他送到镇上的医院，给他戴上氧气瓶，又转到了县医院，好不容易才把他救回来。"张铭说，"老爷子原本手脚灵活，去年还能连跳三天傩舞，那天醒来后，身体就大不如从前，手抖、腿颤，再也没法子当大觋家了。

"老爷像丢了，在寨子里是天大的事。我们一面报警，一面出动了所有的青壮年，到四周的村子、乡镇打探消息。有几个寨子的人说，一伙收白及的客商有点问题，贼眉鼠眼的，不像正经生意人。正好在老爷子出事的前一天半夜里，这伙人急急忙忙地开车跑掉了，连饭钱都没跟房东算清楚。那车是陕A的牌子，警方帮忙查过了，是倒了好几道手租的车，找不到真正租车的人。我想，作案的就是这伙人。我们那里民风彪悍，前些年还跟隔壁县打群架，出过人命。寨子里那么多小伙子，要是发现了偷神像的人，准能打死他们。因此，那些贼绝不敢多停留，一定会赶到西安来，把神像出手。

"今年的七月十五没法过，外公流着眼泪，叫我一定把老爷追回来。我是半个白马人，对老爷有感情，又害怕老人家一直伤心下去出事，不敢再耽搁，带上三舅、大表哥来西安，在各个古玩市场打探消息。没想到，才两天就出事了，还连累了书店……"

因为刘潇潇，张铭对西安的古玩市场并不算陌生，可他并不谙熟其中的规矩。三个白马人太显眼，他们很快就被人盯上了。张铭回了西安，肯定要回书店和刘潇潇见面。想来，大约是那些人发现了他和三舅、表哥住在青旅，不好下手，书店却只有刘潇潇一个人，于是在店里纵火，以示警告。

"池哥昼"是国家级非物质文化遗产，白马老爷是白马人的精神寄托，更有一个古稀老人为此牵肠挂肚。哪怕向晚是无神论者，也禁不住为白马村寨的损失一阵心痛。

况且，盗贼烧毁考古书店，也极大地激怒了师徒几人。程云峰看着向晚的模样，就知道她的犟劲又犯了。他自己也很生气，并不想劝学生忍气吞声。程云峰对向晚道："想做什么就做吧，有事我担着。"

说着，程云峰作为教授的职业病犯了，叫张铭："你说的'池哥昼'、白马老爷挺有意思，写篇文章，我帮你改一改，正好发表。"直到被赵曼在腰间捣了一记，程教授才想起张铭不是自己的学生，悻悻地闭上了嘴。

向晚点了点头，对张铭道："这事怪不得你。书店有保险，可以挽回一部分损失——潇潇，从明天起，你去跟保险公司谈。"刘潇潇原本忐忑不安，都不敢正视向晚，见向晚还肯给她任务，确实没有怪她的意思，这才慢慢地镇定下来。

"张铭，我跟你们继续打听神像的去向。老师、师兄，也拜托你们帮忙打听一下消息。"向晚说。程云峰自然不会推辞,他影响力大,梁戈人脉广,他们能做的事情非常多。

夏冰冰举起手,兴高采烈地要求加入这支队伍。程教授看这个英俊又轻浮的年轻人十分不顺眼,想了想,对梁戈道:"你们这个小伙子挺能干的,也跟着去吧。"

梁戈心想,老师您光看见夏冰冰撩拨师妹,嫌他轻浮,就没看出这个老实又正直的小伙子也存着不应当有的心思?可是,梁戈不敢反驳老师。"挺能干的"小伙子正巴不得听到这句话,答应"是"答应得那叫一个响亮、积极。

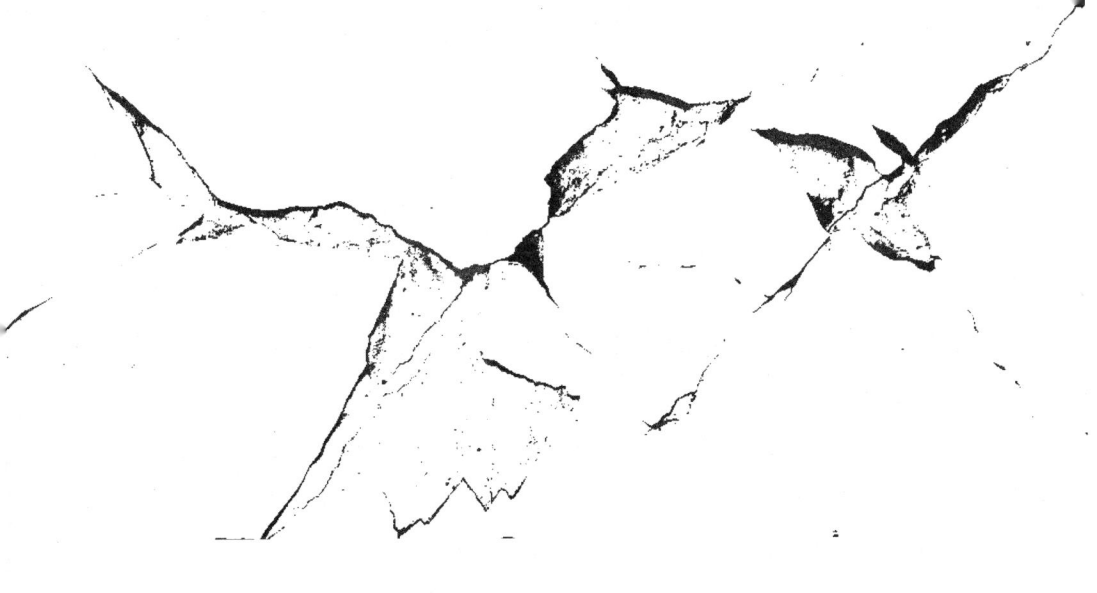

第三章 雨夜

西安这座古城的热岛效应愈演愈烈,暑月里,几乎没有片刻凉爽的时候。外头热得叫人心里发慌,咖啡馆不得不把冷气开到最大,吹得客人身上直起鸡皮疙瘩。

程云峰觉得事情都安排好了,没什么需要再过问的,便叫向晚:"走吧,回家去,我顺便看看你那个发言稿。你们几个,帮忙看着点,搭把手,有事来我家找向晚。"

师母牵起向晚的手,温言细语道:"在工地吃不好,回家我做点你爱吃的。悦悦也放假在家,天天闹着要出去玩,我们哪儿有空陪她?你有空的话带着她逛逛,你们小孩子比较有共同语言。"程云峰与赵曼的女儿程悦然比向晚小7岁，从小就很喜欢向晚这个姐姐。程悦然去年刚上大学，力排众议地选了一个与考古毫不沾边的专业，令程云峰耿耿于怀了很久。

"老师，"向晚站起身，但不迈步，"吃完饭我还得回来。等这事过去，我再带小妹妹玩，最近不太安全。"

程云峰又在向晚脸上看到了那种熟悉的执拗表情，那是他最好的朋友、最亲近的师弟向楚辞曾有过的表情。当年向楚辞失踪后，他们夫妻提出要收养向晚，这个小姑娘就用这种表情拒绝了他。

能在学术之路上走到程云峰这个高度的，都是心性坚定、性格要强的人，程云峰在学院里说一不二，可是他从来都犟不过向家人。

赵曼看到丈夫的神色，就知道他在伤感，伸手挽住他。舍不得说向晚，教授扭头骂梁戈："你就干看着吗？想个主意呀！"

身为大弟子，梁戈早就习惯了老师的训斥，再说，他日常面对的甲方可比老师难缠太多了。梁戈迅速想出一个办法："我给派出所打个招呼，请他们关照着点。还有左邻右舍，也放个人在店里，不然下一次难保不连累到你们——老板，你说是不是？"

咖啡馆老板隔着吧台笑呵呵地说："行啊，晚上我找个人过来看店。小东家，你别怕，有我们呢。"

托向楚辞当年目光长远的福，除了失火的书店，咖啡馆和陶艺工作室的店面也属于向晚，只是租给了这两家。这么些年下来，向晚和租户们处得还可以。

梁戈还是不放心，说："我再弄只狗过来吧——受过训练的，不会轻易咬人，能示警，能看家。"

乐游一怔，下意识地就要反对，却看见向晚迟疑着点头说："要拴着的。"向晚怕狗，但很多考古工地都会养狗，所以她也没有害怕到完全见不得狗的程度。狗有链子拴着的话，她勉强可以接受。

刘潇潇迟疑地问:"这几天,可以让亮亮住进来吗?"两个姑娘加一只狗,还是个叫人担心的组合,再加一个张铭就要安全很多。

张铭本来以为向晚会跟程教授回去。他已经想好了,要给女朋友找一个安全的住处。不料,两个姑娘都没有离开书店的打算,只得遂了她们的意。他年轻,能顶事,原本就是他引来的麻烦,再大的事他也得担着。况且,现在有警方参与进来,纵火犯应该不会再来找事。

事情就这么说定了。两个姑娘上楼换衣服、洗漱后,向晚跟着她的导师和师兄去程家吃饭,刘潇潇和张铭、夏冰冰一起行动,应对警方和保险公司。

乐游按照梁戈的吩咐,去老板家挑选一只可靠的好狗,牵来给向晚看家。

梁戈家住在曲江,他没结婚,也没有小孩,养着三个毛孩子:一只德牧、两只金毛。为此,向晚从来不去梁戈家做客,师兄妹关系再好也不去。

鹿鸣文化的规模不大,梁戈也不是好排场的人,本来不需要私人助理。乐游这个助理职位是梁戈为他强行增设的,他的工作内容有一项就是替老板遛狗。乐游很快就跟三只狗混熟了,牵着狗在梁戈所在的高档小区散步时,经常被人要联系方式。

梁戈抱怨了好几次:"我辛辛苦苦地赚钱,原来就是为了让你拿着我发的工资,过上我梦想的生活啊——牵着我的狗散步,被漂亮姑娘搭讪。"

德牧原来是警犬,受伤后退役了,是梁戈好不容易才弄回来的。相比之下,金毛没它稳重,也缺乏相应的训练。乐游把德牧带上车,从后视镜里看到两只金毛用湿漉漉的眼睛注视着他,他又下去给它们顺了一会儿头上、背上的毛,撸得两只金毛重新高兴起来,才开车离去。

265

这只德牧不喜欢全封闭的环境。乐游把车窗打开一条缝，它蹲坐在座椅上，左顾右盼，浓密、光亮的毛在微风中起伏、晃动，威风凛凛。

遇到红灯，乐游摸了摸德牧的耳朵，商量道："黑夫，带你去给向老师看家，你要警惕坏人，但不要吓唬她，好吗？"大狗摇了摇尾巴。"真乖，奖励你一块糖。"

德牧原来叫"黑虎"，它的训导员有口音，"虎""斧"不分。梁戈收养它时，职业病发作，给德牧改名叫"黑夫"——云梦睡虎地出土的秦简中，写下中国最早家书的秦国士兵的名字。

乐游带着黑夫从南郊回来时，已经过了中午，店里的几个人都出去了。隔壁咖啡馆派了一个服务员过来，帮忙看院子。服务员热得撩起衣襟扇风，看见乐游回来，他打了个招呼，飞快地跑回冷气十足的咖啡店。

乐游放开了狗绳，黑夫训练有素地沿着墙角闻了一圈，被汽油味刺激到，不大高兴地发出喉音。

"你去影子里待着。"这天气热得够呛，狗浑身毛，只能通过舌头散热。乐游把伸出舌头喘着气的大狗带到小楼的影子下面，让它在那里稍微借一点凉意。他自己去咖啡馆要了一份最便宜的三明治，老板免费送了他一杯柠檬水。乐游快速吃完午饭，到附近五金店买了几样工具和材料，从后备厢找出一把工兵铲，开始整理一片狼藉的院子。

警方已经取过证了，可以不用再保留现场。不过，书店要统计损失，还不能动书架。聒噪的蝉鸣声里，乐游铲走被汽油污染了的土壤和烧坏了的露营灯，捡起养着碗莲的陶缸的碎片，把散落的石质小摆件搬到石子路上，等待清洗，又删刈了焦枯的树木，从摔得粉碎的盆中挑出完好的花根，连着土壤放到阴凉处，最后用木条和铁丝修补紫藤和蔷薇花架。

这些活儿繁重、琐碎，既需要充足的体力，也需要十分耐心，才能准确地挑出损坏的部分、加固和维修时需要保留的部分。太阳晒得乐游皮肤发烫,汗珠浸透了T恤,又被炙干,汗迹边缘析出一层发白的盐。饱满强健的肌肉在衣料下伸展、滚动,微微发胀、发酸,没有任何人强迫或者监督他,乐游发自内心地喜欢做这些事,体味着劳作带来的充实和愉悦感。

仅仅过了一个下午,小院子就变得整齐了许多,虽然还不能恢复到之前那种精致的样子,但也不再是令人痛心的脏乱模样。

黑夫心情不错地摇了摇尾巴,扫起了一小团尘土。乐游伸出手,想摸黑夫的脑袋,大狗嫌弃地避开了。乐游哈哈一笑,拧开水龙头洗手、洗脸。大狗凑过来,淋湿了毛皮,在西斜的阳光下抖毛,甩出了一圈七彩的光晕。

接好了水管,乐游一边冲刷石子路面和花园的装饰物,一边逗黑夫玩。向晚和梁戈正好走进门,望着这一幕直愣神:不论是干净的院子,还是活泼的乐游,都挺出人意料的。乐游浑身热气腾腾,短发湿淋淋的,发梢还悬着细小的水珠,正不住地滴落,湿透了的衣服,显出肌肉的轮廓。

梁戈不知道是嫉妒助理完美的身材,还是气恼他当着自己师妹的面秀肌肉,不悦地说:"还玩?扣你工资了啊!"

乐游知道老板不是真生气,笑意重新爬回了嘴角,他得用手遮掩一下,以免老板恼羞成怒。"那我走了。黑夫已经喂过了,不用管它,明天早上我给它带鸡胸肉过来。"

黑夫迈着庄重的步伐走过来,用鼻尖碰了碰梁戈。向晚已经从她师兄背后绕了个圈,躲到一边去了。

天快黑时,刘潇潇、张铭和夏冰冰三个人才回到书店,全都一脸疲惫。夏冰冰以他辛苦奔波了一天为由,要求获得和张铭同等的待遇,住进书店二楼,却被向晚毫不留情地拒绝了。

夏冰冰抱怨向晚双重标准,说:"张铭可以,我不可以?"

向晚认真地点着头,说:"潇潇为张铭提供了信誉担保。"

书店二楼是两个女孩子的地盘，向晚戒备心强，不许别人随便入侵她的领域。张铭与刘潇潇恋爱了好几年，也没能"登堂入室"，这次还是为了她们的安全，才勉强获得了留宿的特权。

"你给我担保不行吗？我有什么不好？"夏冰冰抗议。通常，他这样看着一个人，那个人很快就会心软、动摇。

向晚冷静地盯了夏冰冰一会儿。她不戴眼镜时，黑眸显得格外大，看起来冷冰冰的。"不行，你不要捣乱。"

无往不利的撒娇没能奏效，夏冰冰悻悻地从沙发上起身，临走时，撂下一句话："晚晚，你这样迟早会失去我。"

刘潇潇知道向晚不习惯张铭住进来，催着男朋友洗完澡，就把人关进屋子里，假装他不存在。只有门缝里偶尔泄露出几声谈笑，也不敢高声，唯恐惊动向晚——张铭平时也有点怵她。

在书店二楼的卧室里，向晚按惯例写完了工作日志，梳理了一下白马老爷神像被盗的线索，做好了明天的计划。然后，她换上运动衣，一边做力量训练，一边放任自己的思绪漫无目的地游荡。

张铭的存在令她隐隐有一些烦躁。实际上，她也花了很长时间才适应了刘潇潇。她从小就不是特别开朗的孩子，父母亡于1998年的长江洪水中，叔叔又在十年前失踪，让她觉得自己有点不祥。

即便是无神论者，不相信真的有什么凶煞的命格，她仍然不愿与人太过亲近。她的性格更适合做一个纯粹的学者，而非经营管理者。她的大部分热情都扑在考古学上，但她又的确十分在乎这间叔叔留下的书店，必须将它开下去，哪怕需要违背自己的本性。

刘潇潇是向晚在学校时常碰见的熟面孔，但两人当时没有深交。几年前，刘潇潇毕业，一时间找不到工作，无处可去，她突兀地找上门，提出想租房时，将向晚吓了一跳。这个有着活泼的大眼睛的姑娘父母离异，双方都视她为累赘,她一过18岁,父母就断了她的生活费。刘潇潇有那么多谋生手段,都是被生活逼出来的。

经营书店时,向晚努力隐藏自己性格中的冷淡和内向,扮演生意人和文化沙龙的主办方,竭尽全力地维持着叔叔留下的人脉,拓展自己的社交圈。但她并不愿意让自己的生活中多出一个人,哪怕那个时候,她已经对刘潇潇产生了同情。

还是师母劝向晚,她一个人住,长辈们都放心不下,招一个女孩子同住,有个伴儿也不错。那时,向晚才猛然意识到,自己已经很多年没有伙伴了。抱着试一试的心态,她说服了自己接受刘潇潇,而后者在这些年里,的确替向晚分担了许多压力。

她的锁骨之间出了一点汗,胶水似的粘在皮肤上。向晚听见从南山方向隐隐地传来了低沉而浩大的雷声。

关中号称"八百里秦川",实际上是一片由渭河冲刷出的谷地,其南、北分别被秦岭与北山所夹。夏天,空气剧烈对流,白天艳阳高照,升腾的水蒸气沿着秦岭山麓上卷,晚上气温下降,水蒸气都化作了飒飒夜雨。只是,在这种高温天气里,夜雨也不能让城市变得更凉快。太阳一落山,空气就渐渐闷起来,潮热使蝉翼变得沉重,风雨欲来,嘶鸣了一个白天的它们只得偃旗息鼓。

应该下楼把黑夫带到屋子里,以免它被雨淋到。向晚想了想,没有去敲门打扰那对情侣。她打开窗户,让屋子透透气,顺便给自己做心理建设。

这间屋子临街,窗户是比较老的样式,朱红色的木窗框里嵌着一块块方形的玻璃。因为二楼不算太高,为了安全,她又在木框外加装了一层防盗网,也正因此,纵火者才没能把燃烧瓶和油漆罐扔进她的卧室。

雷声越来越密集,风在街道上呜呜叫。向晚在窗边,目光忽地定住:

街上停着一辆车。距离不算近，但向晚很熟悉那辆SUV，隔着老远仍能认出来。

那是向晚的师兄梁戈的座驾之一。梁戈自己惯常开另外一辆更商务一点的车，把这辆放在公司应急，如今乐游是它的专属司机。去西县做田野调查，在关中几县追踪佛塔被盗案，都是乐游开着这辆车载她。车里永远都很干净，副驾的距离和角度也调得很适合向晚。

鼓点密集、杂乱，过了好一会儿，向晚才意识到，那是自己的心跳。

大部分人都认为，科研是一件纯理性的事，冰冷、机械、枯燥。但实际上，科研需要理性来保证准确与客观，也需要感性来提供浪漫与动力。

程云峰曾经说过，向晚不缺聪慧、理性、努力和恒心，这些都是踏上学术之路时必备的品质；但她缺一点能真正地点燃一切的热情。

那种热情，是人类刚刚与古猿阶段告别时，抬头望向星空，在漫长黑夜带来的恐惧中生出的第一丝好奇；是石器时代的人们从木头中钻出的第一个火苗，不仅照亮了钻木取火者的双眸，还映照着整个灿烂的文明。

"借用武侠小说的说法，内力练到了一定程度，你需要顿悟。悟到了，登堂入室；悟不到，沦为平庸。向晚，你要做考古学家，不要做考古匠人。"

积累学问如同垒砌柴火，无论堆得多高，都需要一星火焰将它点燃，才能有熊熊火光冲天。向晚在同龄人中已经相当优秀，但比起向楚辞年轻的时候，仍有所不及，她所欠缺的正是那一点关键的东西。

程云峰说："你是楚辞的侄女，但你其实更像年轻时的我，做我的学生倒是对了。你叔叔就很浪漫，比我浪漫，也比你浪漫，他是真正的天才。"

在程云峰那个年代，能考进北京大学的都是天之骄子，每一个人都很骄傲。他们全都是年轻、热情，醉心学术的。但在周先生门下的天之骄子中，向楚辞仍然是最活跃的一个。他喜欢交响乐，喜爱玫瑰花，总是把自己打扮得光鲜亮丽，去女生宿舍楼下弹吉他。他对文物如对幼童，对手铲如对爱人，对书籍如对挚友。向楚辞谈论学术时，眼里有灿烂的亮光，他单纯、真挚的热情能打动每一个人。

比起向楚辞，向晚显得太冷静。程云峰毫不怀疑，向晚会在专业上有所成就，但他希望向晚能比他和向楚辞走得更远。作为长辈，程云峰也担心向晚会错过生命中太多美好的事情。

向晚刚刚到向楚辞身边生活时，得到了一本《小王子》。向楚辞是很好的家长，尽管工作和研究无比繁忙，他仍然会想方设法挤出时间来陪向晚读书，平等、认真地与向晚探讨，完全不在意向晚的幼稚。

向晚喜欢书里那只狐狸，但向晚只喜欢它和小王子远远坐着，不靠近，什么也不说的时刻；以及告别后，它看到金黄色的麦浪，就会怅然地想起小王子金黄色的头发。

向楚辞问她："你喜欢玫瑰花吗？"

向晚说："那是小王子的玫瑰。我没有喜欢，也没有不喜欢。"小王子的独一无二的玫瑰，对她没有意义。她指出叔叔的问题出自偏爱："你喜欢玫瑰花，想让我也喜欢。"

向楚辞大笑起来，他的确喜欢玫瑰，他的花园里种着一大丛美丽、娇贵的花朵。然后，他们谈起了那位了解世上一切地理知识，却从未亲身去走、亲眼去看、亲手触摸的地理学家。

许多年以后，向晚才意识到，叔叔当时是想问她，有没有什么东西能激发她的渴望和冲动，让她哪怕被刺出血，也要抓在手心。

向晚继承了向家人的倔强，但对人、对物的执念都很淡。她热爱考古学这个专业，也用心经营着叔叔留下的书店，但驱动她的是一种责任感——她是保管它们，而非拥有它们的人。

向晚知道程老师的担心，但她觉得程老师有点忧心过度。她当然有喜怒哀乐，只是喜得清淡、怒得冷静、哀得低回，很少表达强烈的情绪，大部分时候她的情绪都像水墨画一样平静。

有时，向晚也会苦恼，想从心里挖出一些冲动。虽然她的田野发掘技术很好，但挖掘情绪这种事，显然并不能使用一套事先规划、科学发掘、整理资料、撰写报告的流程。15岁失去所有的亲人，让向晚平日里总是在压抑自己的情绪，刻意保持与他人的距离。

乐游拉着向晚在黑暗中奔跑时，乐游的血粘到她的手上，随着时日推移，那触感竟然越来越鲜明、滚烫。对一同经历险境的人产生好感，并且好感与日俱增，向晚告诉自己，那只不过是因为吊桥效应。向晚有意忽略了还有第三个人在场——她对刘超并没有产生同等程度的好感。

回避和冷淡是最好的自我保护，向晚害怕爱火炽燃，影响她追逐学术的脚步；也害怕自己身后的暗影，将无辜的人拖入泥潭。变化悄然发生时，她没有发觉。还是程云峰指出，她在西县撰写的那篇调查报告，不像往日只会冷静、克制地陈述事实，而是注入了感情的。那种感情打动了听证委员，也让程云峰觉得，他最关注的这个学生已经到了蜕变的边缘，于是他饱含期待，等向晚成长。

当真正的冲动席卷而来时，向晚才发现自己根本没有做好准备。乐游就像一座沉默的火山，地表下奔涌着灼热的岩浆，她却被地表的安宁、沉稳骗过，以为乐游只是一眼温泉。乐游小心地用汩汩细流无声无息地浸润了她的心。等她反应过来，长久以来踽踽独行在冰雪中的人，要如何拒绝那种不动声色的温暖？

窗外的风越刮越急，胸腔里的鼓点越敲越密。向晚抓起一件外套，往楼下走去。

乐游坐在车里。他把车停在街角的柳树下，这是一个很适合观察，又不太会引人注目的位置。

向晚回到西安并不会使书店变得更安全，对躲在暗处的纵火犯而言，只是多了一个目标而已。他们敢纵火，就可能做出更可怕的事。因此，乐游将自己设为最后一道保险，万一有什么意外，他就在这里，能够及时阻止或救援。

沿街的大部分店铺都已经打烊，只有楼上零星地亮着几盏灯。路灯投下的光不适合看书，乐游戴上耳机，听一位主播读《夜航》。圣埃克苏佩里的飞机穿梭在暴雨、雷电中时，乐游发觉现实中的大雨也即将降下，风撕扯着纸灰、尘土、柳叶和塑料袋，跨越城墙。书店的碎玻璃掉下来一块，发出一声脆响。

书店里亮起一道光，摇摇晃晃的，像有人在重重障碍中艰难地行走。乐游吃了一惊，连忙凝神观察，看见一个纤细的身影跨过隔离带，朝他快步走来。

是向晚。

"向老师，"乐游三步并作两步地迎向向晚，"出什么事了吗？"她看起来有点着急，有点慌张，还有点不知所措。

"没事。我看到外面有人，猜是你，"向晚摇着头，像第一次认识乐游似的，眼睛一眨也不眨地看着他，"真的是你啊。"

乐游不知道向晚会不会将自己的行为视作冒犯。他知道向晚有明晰、强烈的边界感，不喜欢别人侵入她的生活。他试图掩饰，说："我正好路过，看看有没有可疑人员出没，暂时还没有发现什么，你不要担心。"

"你打算在这里待一晚上？"向晚发问，但语气很肯定。

乐游迟疑着没有回答。他不愿给向晚再增加一重道德负累，向晚的人情债已经非常沉重，不喜欢欠下新的人情债。他捧着滚烫的心，愿意放在向晚的脚下，填平她前路上的沟壑。他既怕向晚会不屑一顾，又怕向晚在垂顾时被那热度烫到，于是他翻来覆去地"煎烤"着自己。

又一阵风刮来，向晚在灰尘里眯起了眼，衣角被吹得翻到了肩上。她伸手拉好了衣裳，像下定了什么决心，说："乐游，你跟我来。"

乐游怔了一下，听见向晚不容置疑地再次发号施令："锁好车，跟我来。"

说话间，豆大的雨点砸了下来，乐游不敢再迟疑，锁好车，跟上向晚。短短两百多米，他走得口干舌燥，心慌意乱——向晚分明已经看穿了他拙劣的借口。

乐游跟着向晚走进书店。雨点连成线，雨线又织成片，瀑布般冲刷着一切。雨水沿着破损的玻璃窗灌进来，大有要把书店变成泽国之势。一片狼藉中，还有少量书架幸存，可要是被水一泡，就全完了。

乐游定了定神，左右看了看，百叶窗早就被烧没了。他问向晚："有塑料布吗？"

店里的照明电线也烧坏了。向晚就着手机灯光，七拐八绕地走进库房去找遮雨布。乐游把黑夫牵进屋子里避雨，然后在满地杂乱中寻找能用的材料。

刘潇潇听见了动静，唯恐进贼，怕黑的她扯着男朋友下楼来查看。她看见是乐游，大感意外，举起手打了个招呼。

乐游解释道："向老师去库房了，我在想法子堵上这里。"

"哦！"刘潇潇恍然大悟，脸色瞬间变了，不知道脑补了些什么，比了个加油的手势，就推着试图帮忙的张铭飞快地跑了。

向晚找到了一块露营用的天幕，她拿出来后有点发愁，说："材料倒是有，可是这么大的雨，怎么固定呢？"大风加上暴雨，哪怕用胶带把天幕粘在玻璃上，也会很快被吹走。

"有办法，放心。"乐游接过塑料布，冲进了雨里，向晚没能叫住他。

　　这样的大风里，只能想办法把天幕固定在外面残留的遮雨棚骨架上，再用木板或纸板挡住从破损的玻璃里钻进来的雨滴。

　　风丝毫没有停顿，雨瀑把乐游浇得湿透了。他连睁眼都变得困难，不得不低下头，以免把雨水吸入肺里。冷雨灌进了脖子，令他瞬间忘记了盛暑的闷热。乐游攀上遮雨棚支架，借助支架和尼龙绳固定好塑料布，抓住在风中翻飞的天幕下端，把它固定到路旁的消防栓上，天幕的另外一角还在雨里乱飞，被向晚牵住。

　　乐游抹了一把满脸的雨水，对撑着伞出来的向晚喊："快进去！"向晚把绳子递给乐游，人却一动不动，固执地等着他，试图为两个人遮雨。但伞骨被风吹得翻折过去，她再掰回来时，人变得和乐游一样湿淋淋的。

　　终于固定好了天幕，两个人一起冲进店里，喘息中，四目相对，向晚笑了起来。

　　两个人一起踩上通往二楼的楼梯踏板。书店和楼梯之间有一道铁门分隔，火灾没有影响到木质的楼梯踏板和扶手，它们的棕红色表面长久地被人拂拭，光泽古朴、温润。

　　向晚走在前面，白皙修长的双腿轻盈交替，膝弯后方柔嫩的皮肤下浅浅浮现出淡青的筋脉，脚踝处溅上了几点泥。乐游克制住弯腰帮她擦拭泥点的冲动，记起自己第一次见到她时的情景。

　　这是乐游第一次踏进考古书店的二楼，楼上的客厅宽敞得可以开一场小型讲座，家具不多，看上去并不是很整齐，透着一种"井井有条"的凌乱。这里到处都是书，多得仿佛它们才是这个家的主人，人类不过是暂时寄住的。客厅是公共区域，除了举办沙龙，两个姑娘有时也在这里待客。十几年前的装修风格与现在流行的相差颇远，但得益于当初房主优秀的审美，现在也并不显得丑陋。房子有点老化，处处透出时间的痕迹，却很干净。某种柑橘属植物的清柔香味浮在空气中，大概是佛手柑。客厅两侧分布着几扇门，门后才是真正的私密区域。

向晚冲了两杯板蓝根，从橱柜里取出玻璃杯和牙刷、毛巾，递给乐游。因为张铭要临时住进来，刘潇潇去便利店多买了几份日用品，这时候恰好派上了用场。

向晚给乐游指了卫生间的方向，又指着另外一扇门轻声说："张铭占着书房，你住这一间吧。"说着，向晚取来钥匙，打开门。向晚又从衣柜里翻出了一套家居服说："衣服很旧了，但还干净，委屈你凑合一下。"衣服的样式相当老，沾染了深沉的香樟木气味。

第一次进心上人家里，不到五分钟就占据了人家的卫生间，乐游不好意思在里头多待，更不敢多看，快速地冲了澡，换上干爽的衣物——上衣略有些长，裤腿又有点紧绷。

乐游拧干自己的衣服，挂了起来，站在向晚指定的房门口，踟蹰着不敢进去。这间屋子理论上是主卧，可是看上去和书房也差不了太多。整个房间里最引人注目的是一整面墙的书架，一米二的单人床委委屈屈地挤在角落里，像长久以来都在被书架和书桌霸凌一样，床尾挂着一把旧吉他。房间很干净，但缺乏人气，闷热的空气中透出一股孤寂、凄凉的感觉。

向晚揭开了蒙在床上的被单，顺手将旧被单团起来，一边弯腰换新床单和毯子，一边回头叫乐游："进来呀。"乐游同手同脚地走进门，帮向晚换床单。在内务上，他比向晚更擅长一些。直到向晚抱着被单出去，他才呼出一口屏了良久的气，打量起这间屋子。

台灯下，有一个小小的罗塞塔石碑模型。罗塞塔石碑是打开古埃及象形文字大门的钥匙，全世界考古学者都无法忽略它的重要性。

乐游猜到了屋子和衣服的前主人是谁。台灯旁边的木质相框里，两名意气风发的年轻人站在山丘上大笑，年长一些的那个，正是面貌还有些青涩的程云峰教授，另一个人英俊得更像电影明星而非考古学家。虽然五官并不相似，但眉目间和向晚有如出一辙的倔强神态，乐游认出那就是向楚辞。照片的背景里，几名技工手握洛阳铲，正在勘探，连绵高耸的山峦很像西县的山。

向晚端来了一个巴掌大小的青瓷香台，点上一支线香，说："这是潇潇自己做的辟秽香。"自从当上了全职店员，刘潇潇就把大量时间花在做汉服妆造、制作手工簪环和香料这些事情上，副业收入颇丰。

线香的艾草味冲淡了屋中沉寂的气息，乐游轻声答应着，不敢看向晚。他扪心自问，自己绝对没有下流的念头，但他的眼睛会不自觉地看向向晚的腿部美丽的线条。他只好装作理床铺，避免与向晚对视。

沉默中，乐游以为向晚走了。他猛地抬起头，却见向晚靠着书架，意味不明的视线停在他的身上。向晚被乐游的动作惊得跳了一下，骤然醒过神，匆忙道了一声晚安，连回应的机会也不给他，头也不回地走了。

窗外风雨大作，乐游躺在向楚辞的房间里，下意识地用耳朵追逐向晚走过客厅的轻盈脚步声、洗漱发出的哗哗水声。乐游辗转反侧，他知道自己的心里深埋着某种愿望，他不敢纵容它，以免它不受约束地疯狂长大。

但乐游忘了，这里是向晚的家，到处都是她的气息。一夕风雨，浇得美梦悄然发了芽，浑然不顾理智苦口婆心的劝说，只管野草似的疯长。

梦境快乐又悲伤，以至次日一早，乐游的眼下染上了淡淡青色。

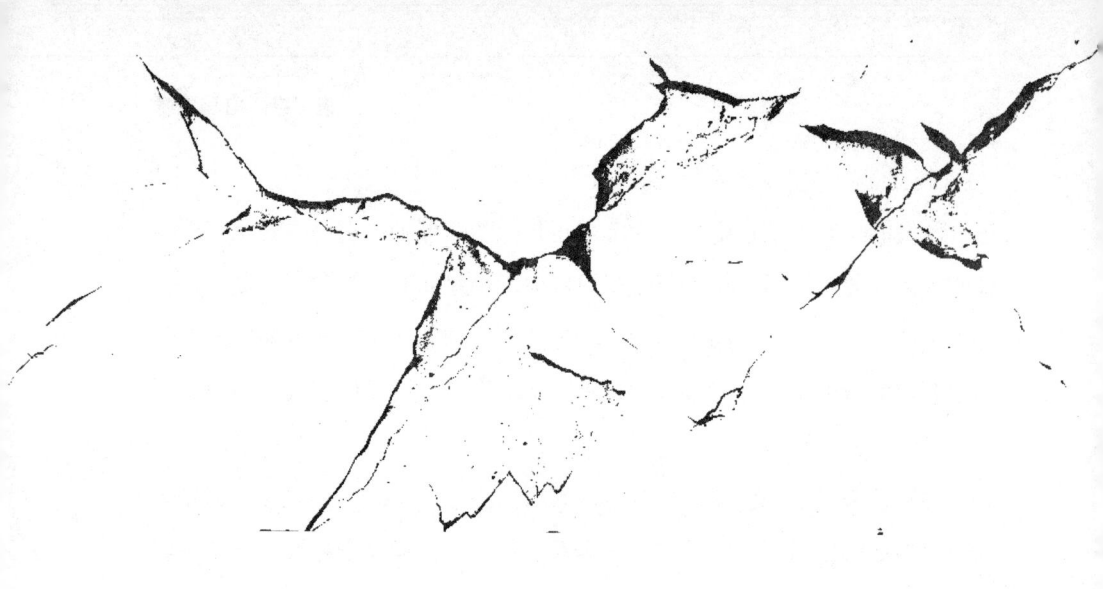

第四章 诅咒

夜里睡得不算好，幻梦不断，但乐游还是在6点钟准时醒来。他开了窗，把清晨凉爽、洁净的空气放进了屋子。

其他人还没有醒，乐游轻手轻脚地下了楼。楼梯一侧是通往书店的门，另一侧通往后院。黑夫竖着机警的耳朵坐在厨房门口，看到乐游，矜持地送了个眼神过来。乐游失笑道："知道了，你的鸡胸肉。"

提前煮好的肉，被乐游装进袋子，抽了真空，冷藏几天后依然新鲜。乐游细心，把黑夫的专用饭盆也带来了，黑夫满意地吃着早饭，乐游继续清理花园，在不弄出大动静的前提下修复一些细节。

黑夫吃完早饭，就要求乐游跟它进行每天早上的例行游戏，包括指令服从、物品抛接和越障训练。有时，乐游会给它加一点搜索物品的项目，让它的生活多一点乐趣。

没过多久，向晚从门里探出小半个身子，面色严肃地观察着这一人一狗，想趁黑夫跑远的工夫溜进厨房。只要关上门，她就不怕黑夫了。

乐游低下头，忍住笑，叫黑夫过来，蹲下身牢牢地抱住它，说："向老师，慢一点，狗喜欢追逐快速运动的物体。受过训练的还好，要是遇到没有训练过的，你跑起来反而很危险。"

向晚不答，肌肉紧绷、关节僵硬地迈进了厨房，迅速回身，把大狗和乐游都关在外面。她又觉得自己不太礼貌，遂隔着纱窗问乐游："喝豆浆可以吗？"

为了预防电器起火，厨房设在独立于小楼的一间平房里，幸运地没有被火灾波及。厨房也兼作餐厅，做早饭、打豆浆的动静不会吵醒还在睡觉的人。

橱柜的台面上陈列着许多小家电，多半是向晚为了方便生活买的。当初，刘潇潇第一次参观厨房，忍不住嘲笑向晚是"差生文具多"——一年到头吃学校食堂，自己做饭的次数不超过十次，厨具之丰富倒堪比专业大厨。

而后，刘潇潇强势地接手了厨房，清理了一批无用的厨具。除了做得一手不错的家常菜，刘潇潇还会做西点。从此，向晚才摆脱了每天吃食堂和叫外卖的生活。

两个姑娘分工明确：一个做饭，一个洗碗。刘潇潇负责午餐、晚餐，向晚起得早，负责准备早餐。刘潇潇提前备好了材料，向晚早上起来，"一键制作"就行。

"好啊。外面有人卖水煎包，看起来不错，我去买点。"乐游从来不挑吃的，给黑夫套上牵引绳，一人一狗精神饱满，走起路来像脚下装了弹簧似的。

在豆浆机的嗡嗡声里，向晚从餐桌旁的杂志架上拿起最新一期的《考古与文物》，慢慢翻阅。博士几乎没有必须上的课，在职博士往往还带好几个工地，完成第一年的公需课后，向晚和她的博士师兄、师姐连学校也很少去，只需要参加每周一次的组会，自由度非常高。不过，他们要自己操心课题进度和发表文章的数量。博士生相当于导师的科研助理，没有哪位老师会手把手地教博士生做学术——这是本科和硕士阶段就应该掌握的技能，老师更希望师生之间是能够互相激发灵感的关系。

文史专业需要大量阅读来积累资料，在没有其他事情分心时，向晚每天读文献和资料的时间超过十个小时。即便在古圝地指导本科生实习期间，田野工作非常辛苦，下工后，她的阅读时间也不会少于每天两个小时——读博委实是个体力活儿。

乐游带着两种口味的水煎包和金黄色的油条回来时，豆浆还没有打好。他从窗户把食物递给向晚，自己继续和黑夫玩。清早的阳光在乐游的头发和黑夫的皮毛边缘勾勒出金色的光晕，他笑得开朗、诚挚，很好看。他的虎牙略尖，可以想见，如果它轻轻落在皮肤上，会带来轻微的酥痒。

向晚捏着书页，难为情地别开脸，以免乐游发现她的眼神追逐着他饱满的嘴唇和突出的喉结。昨晚，向晚梦见自己摸了别人线条分明的腹肌，梦里她理直气壮，醒来才想起那健壮美好的身体属于谁，不由得有些心虚，甚至恼羞成怒。

向晚的皮肤白，脸上的黑眼圈格外明显。她拿热毛巾敷了好一会儿才敢下楼，见着梦里的另一个当事人，态度更是僵硬，不知道该如何面对他。

豆浆机还在高速转动。向晚打开厨房门，乐游抱住了黑夫，不许它乱动。黑夫受过训练，不让动时，能不动如山，因此，它十分鄙夷乐游的多此一举。向晚踌躇着走近他们,即便怕狗,她也不得不承认黑夫神气又英俊,皮毛看上去非常好摸。

"要摸一下吗?"乐游看穿向晚的念头,笑眯眯地问。向晚有点困惑,不知道他指的是黑夫,还是他自己。

向晚犹豫了一下,点点头,咬着唇,慢慢伸出手,犹疑地靠近黑夫。黑夫一动,向晚大惊,飞快地缩手,缩到一半却被乐游抓住了。乐游说:"这样会惊到它。"乐游用眼神询问她,可以吗?她没有抽回手。

乐游一手抱着黑夫的脖子,一手握住向晚的手指,她的手指比乐游的略凉一点,手指细长,指甲短而整齐。她的手背白皙、柔嫩,但掌心有薄茧,关节微凸,是发掘劳动留下的痕迹。

"狗这种动物,你越害怕,它们就越张狂。你要坚定一点。"乐游引导着向晚去摸黑夫的额头,"黑夫被训练得很好,不会随便攻击人。"他用发誓一样的认真语气说:"要是它咬人,我保证它会先咬到我,别怕。"

向晚不清楚自己手心沁出的薄汗,是因为害怕,还是因为乐游的体温。她看了乐游一眼,任由乐游握着自己的手指,去触摸黑夫丰厚、光滑又温暖的皮毛。黑夫抬起头嗅了嗅向晚,大方地任她抚摸,在她摸到下巴时,黑夫惬意地眯起了眼睛。

黑夫颔下的毛更细、更软。向晚像在摸一个毛茸茸、暖乎乎的大玩具,心灵不由自主地舒展开来。她情不自禁地翘起嘴角,眼睛微眯,心想:怪不得师兄喜欢它。

"它喜欢你。"乐游说,瓷白和麦色的手指还交叠在一起,穿梭在黑夫背上油黑的皮毛里,"还怕吗?"

"怕。"向晚轻声说。

刘潇潇和张铭各自起床时,正好赶上吃饭。这一对小情侣很识趣,只字不提昨晚乐游莫名其妙地入住二楼的事，让向晚放松了一些。

张铭为了让大家对白马老爷产生熟悉感，从记忆深处搜寻出小时候听过的故事，讲给大家听。故事才开了个头，众人就听院子里传来一阵大呼小叫，乐游连忙起身牵狗——黑夫正在往外赶人，与它对峙的，正是赶来与众人会合的夏冰冰。

乐游喝住了黑夫，命令它坐下。夏冰冰贴着墙角挪步，一挪进门就冲着向晚诉委屈："就一个晚上，你们就放狗咬我！晚晚，你对我太绝情了，真的。"向晚充耳不闻，抬手示意他自己倒豆浆喝。乐游有点过意不去，解释道："黑夫平时不对人这么凶，可能是换了环境，它不习惯。回头我训它一下，它不会再对你这样了。"

张铭被打断了一下，等众人围着餐桌坐下，他先翻出照片给大家看。前些年，张铭回老家时拍过一些照片，白马人没有不许拍摄神像的禁忌，杨觋家总是笑呵呵地对外孙说："老爷爱你们年轻人。他跟家里的老人是一样的，你爱拍就拍，你高兴，他也就高兴了。"谁能料到，神像也会被盗？张铭存在手机里的几张照片，成了仅存的关于白马老爷的清晰图像。

照片上的白马老爷端坐在明黄色帘幔后的神台上，头戴冕旒、身披黑袍、脚着皂靴，他宽大的双手按在膝盖上。他的皮肤漆黑如乌云，双眼圆睁，额头上有一道纵目，怒张的鲜红大口中仿佛要吐出火焰。他体形高大、神态威严，两列旗帜在他身后雁翅状排开。

夏冰冰惊叫道："好家伙！这个老爷，怎么看都不像被你拍照会高兴的样子啊。"

张铭不赞同地说："这尊像，雕刻的是老爷的凶相。他不是只有慈爱的一面的神明，他曾经与妖魔战斗，也是勇武的将领，他的手下有神兵，那些旗子就是他发号施令用的军旗。觋家相传，几百年以前，青崖堡老爷庙有过善相的老爷，但已经十几代人没有见过了。"

第三卷　白马青崖

向晚的手机铃声响起来,是萧锷打来的电话。萧锷人在咸阳,与西安警方很熟。一大早,他听同事随口说起西安某个书店起火,找人一问,果然是向晚的书店,立刻打电话来关心一番。

萧锷先问向晚人有没有事,书店损失如何,又叫她不要太担心,他会托西安这边的同行多照看一点。他说:"纵火案的性质特别恶劣,上头都很重视,一定不会轻易放过去。"

这通电话虽是例行问候,不过,向晚正好有事要咨询萧锷。前些年,关中地区发生过不少盗卖佛像的案件,经过几轮打击、清扫,现在情况好了很多,但神佛造像依然是文物买卖的大宗之一。由于专业方向的缘故,向晚更关注商、周、秦、汉时期的遗址和文物,不太了解神佛造像的买卖情况。萧锷的线人多,消息灵通,也许能提供线索。萧锷答应得很干脆:"行,我替你打听打听,今天之内给回信。"

向晚挂掉了电话,问张铭:"这照片可以发给萧队吗?你知不知道神像的材质和装藏?"

给照片没问题,但张铭不能确定神像的材质,只好打电话问舅舅。他们用方言交谈了一会儿,张铭回答:"用的是金丝楠木。原来庙后面有三棵楠树,明清之际发生了一些事情,善相的老爷像没了,就伐掉了一棵楠木,雕成了现在的凶相老爷。不过,什么是装藏?"

向晚环视了一周,发现桌边的几个人都是一副不明所以的表情,只有夏冰冰骄傲地扬起头,说:"我知道!"

向晚便耐心解释:"偶像只是工匠用巧手造出的泥塑木胎,只是一个空空的躯壳,并不具备神力。很多宗教都认为,神像必须用宝石装藏,如同人体内有五脏六腑,这样的神像才完整,能够承载神明的意识和力量。"

通常,造像的工匠会在神像背部留下孔洞,例如佛教,会往造像内部装填经卷、五谷、珠宝、药材和金属。白马老爷是特殊的地方信仰，没有先例可循，可能有装藏的程序，但内容物应该完全不同于别处。盗走神像的人不会放过装藏，一定会想办法掏出来，和神像分开倒卖。所以向晚才要追问装藏的种类。

张铭又拿着这个问题去问他的舅舅和外公，很快，他得到了答案。张铭的表情有点怪异："老爷的装藏用的是五色沙金，可能有几十斤。"

嘉陵江上游流域有重晶石和黄金富矿，几万年的流水冲刷，将山里的黄金带到了河道里，沉积为沙金，其中纯度较高的明金，无须冶炼，能直接看到黄金的美丽色泽，有的大如狗头，人称"狗头金"。

小时候，张铭时常听说某镇的某人捡到了狗头金。他见过、摸过拳头大小的明金，但听到老爷的装藏是几十斤天然黄金，仍然十分震惊。

因为伴生矿的不同，明金呈现出不同的颜色：白、黑、红、淡黄、金黄等。五色沙金对应五脏六腑，白马人用这些山中、水中生出的宝藏，装填天神的木雕躯壳，使之具备神性。

向晚拧起了眉头。黄金的流通性强，是盗墓贼最喜欢的一类物品。历史上早有明证：汉朝人深信"金玉在九窍，则死人为之不朽"，从皇帝到诸侯王都用玉衣做葬具，玉衣相当于最内层的棺，放置在用玉璧、玉片装饰的漆棺里，也叫"珠襦玉匣"。《西京杂记》记载，汉武帝的玉衣上雕镂蛟龙、鸾凤、乌龟和麒麟之象，名叫"蛟龙玉匣"。汉代玉衣所用的玉片往往多达几千片，价值连城，但是，在考古发掘中，大量玉片散落、堆积在墓中，很少被盗走。这是因为，玉在古代象征墓主人高贵的社会等级，玉石的流通性差，不易出手。

古代盗墓贼真正垂涎的，是用来穿缀玉片的黄金和白银。对盗墓贼而言，铜器、陶器和宝石都需要其他出手渠道，麻烦，风险大。黄金贵重，质地又柔软，只要稍加锻造，外形就会变得完全不同，甚至还可以直接拿来使用，是最安全的、使用便捷的赃物。他们抽走了贵重金属，却对玉片不屑一顾。直到近代，新式盗墓贼更喜欢将墓葬洗劫一空，玉衣片才进入了他们的目标列表。

"张铭，你要做好这些沙金再也找不回来的准备。"盗贼的方便，就是失主最大的麻烦。要是白马老爷装填的是珠宝、玉石还好说，这些东西也会进入文物交易市场，黄金交易则是完全不同的渠道。向晚只能试着打听，很难追踪到确切的结果。

张铭想得开，说："刚才，我外公在电话里也说了，能把神像追回来就行。那些金子，听起来多得吓人，外公都这把年纪了，也不是很在乎。只要找回神像，治好了他的心病，他老人家有办法和老爷沟通，重新降下灵应。而且，老爷真的很灵，从前亵渎过神像的人，都遭了灾殃。那些贼偷了装藏去卖，也会遭到诅咒——"

年三十晚上，刚过夜半。

那时的天色比任何时候都要黑。他手里四角平头的纸灯笼，被黑暗紧逼，压缩成一小团毛刺刺的黄色光晕，仅仅能够映出手指，连胳膊也照不亮。

风被冷天冻住了，一丝也不流动。在无边的寂静里，只有草鞋踩在碎石子上的沙沙声，和他按捺不住的粗喘。

灯蜡费钱，寨子里只有殷实人家才会在天黑后点起灯照亮，寻常人家就连火塘都舍不得点。

一入夜，后山的老熊立起来，比人还高。它的爪子往人的肩上一搭，伸出舌头，便撩去了人的整张脸皮。饿狼双眼冒着幽幽绿光，整晚绕着寨子叫。狐狸在丛林里喊喊喳喳，像人在说话，仔细听，又完全不是人的语言。黄鼠狼潜进鸡窝，从瑟缩着的公鸡、母鸡中叼走最肥硕的一只，留下满地的残毛和污血。

夜游神披发赤脸，红光闪烁的眼睛窥视着每一个门洞与窗户。身高二丈的闪条神，腰间悬着银秤、金砣，它一步就能跨出好几丈，人要是避不开它，只有死路一条。最邪异的毛鬼神在寨子内外游荡，偷窃米、面、钱财，掳走幼儿迷失在梦中的脆弱的魂魄。

家神有强有弱，他们的力量不足以抵御夜晚肆虐的邪气，只有白马老爷才能震慑邪神，护佑平安。原本，没有人会在这样危机四伏的夜里独行，即便是灵应加身的大觋家，也要等鸡叫天亮，诸邪退散，才敢走出家门。

浓稠的黑暗像水一样流进鼻孔，他在黑暗中呼吸，身体边缘似乎也溶化在了黑暗中。他默念着白马老爷的尊号，给自己壮胆，"老爷保佑，老爷保佑"。

他不是要去干什么伤天害理的坏事，只是想抢新年的头灶香。整个寨子都敬奉白马老爷，初一的头香总是格外吉祥，年年都有人等着鸡叫的时候，抢着上第一炷香，求老爷保佑一年顺利、兴旺发达。他等不及鸡叫，半夜里，放完了鞭炮，火药味才散去不久，等左邻右舍都睡熟了，他就悄悄地打着灯笼出了门，他要赶在所有人前面，让老爷知道他的虔诚。

老爷庙就在寨子后，白天走过去，最多花上两锅烟的工夫，就算是几岁的小娃娃，要走去泉边打水也不费劲。可是，今夜不知怎么了，总也走不到。他估摸着，自己走了少说有蒸熟一锅米饭的时间了，脚下的碎石子沙沙作响，一声接着一声。

他的两条腿酸乏起来，这很不常见。寨子里的男人都是农夫，也是猎人和樵夫，他钻过最深的老林去砍柴，光进山就要半天时间。老林的绝壁上挂着朽烂的船棺，不知多少代以前的先人露出空洞洞的眼窝，盯着误入禁地的活人。那时候，他的腿也没有这么酸，身子也没有这么沉。

怎么还不到……他的脚步放慢了,碎石子的沙沙声依旧连绵不绝,与他急促的心跳合成了一个声响。

那不是他的脚步声!

霎时间,他的后背上一片湿冷。不能回头,不能回头,回头会挡住肩头的命火,邪祟会乘虚而入,趴上他的肩头,吸取精魄,使人衰弱而亡。

再也顾不得会惊动旁人,他大声地呼喊起白马老爷的名号:"白马老爷!洋汤龙王!青崖龙王!"他的嘴唇颤抖、扭曲,吐出的字含糊不清。这时候,要是能惊醒靠近庙的那几家人,倒是好事。可是,他的声音也像被冻在了黑夜里,传不远,连自己的耳朵听到的都是细弱的。

他见过被松香裹住的蚂蚁,细细的腿在黏稠的液滴里扑腾,怎么也挣不脱。最后,蚂蚁慢慢停止了划动,变成了"琥珀"。

不祥的沙沙声缠裹着他,他竭力往路边摸去,那里有一道石坎。他必须离开这条路,离开这条邪异、不祥的路!

脚下始终是碎石子,他跑出了几十步,上百步,还没有一脚踩空,跌下石坎。原本宽才六尺的路,在什么时候绵延得这样无边无际?

他用尽全身的力量狂奔,像一只被割开了气管的公鸡,尚未完全断气,还能在院子里狂奔,东倒西歪,把一腔热血淋漓抛洒。

"老爷,老爷救命!"深沉的绝望中,一线灵光涌上心头,他以前所未有的虔诚大声喊道,"我给你杀羊!供三牲!修庙塑金身!老爷救我!"

他像没头苍蝇一样,一边狂喊,一边狂奔。忽然,他脚下一绊,重重地栽倒,半边身子都麻痹了,爬都爬不起来。完了,完了……

过了好一阵子,他才意识到,依附在脚步声和心跳声中的沙沙声已经消失了,风重新流动,带来了悠长的云涛与山音。

他的灯笼没灭,昏黄的火光跳动着,照出了脚下的路。他摸到了黑石垒砌的石坎边沿，只差半步，他就会掉下去，摔伤，冻死。

他爬起来，望了望身后，犹豫了一下，继续前行：他得了老爷的保佑，更应该去上头炷香。这一次，没花太多工夫，他就走到了庙门前。虎头银锁挡道，觋家还没来开门。他喘出一口憋了很久的气，终于没叫人抢走今年的这份庇佑。

他踩着庙门前的石臼，好不容易才翻上墙头，跳下去时，摔倒在影壁前面。灯笼晃晃悠悠，蜡烛灭了。

但是，庙里有光。他心想，大概是觋家供的油灯，经夜不灭。那道光给青瓦顶、青石地覆上了一层金色，宛如琉璃。

他凑近了一些，隐约听见庙里有人说话。他竖起耳朵，把侧脸贴到门上，庙里的声音不小，像是有很多人，可是他一个字也听不清。他只看到了舞动的影子，听到了热闹的声音。

他心中又焦急起来，唯恐自己在路上耽搁了太长时间，已经有人赶在他的前面上了头香，那他这半晚上可就白白担惊受怕了。

焦躁中，他碰到门环，"铛"的一声，庙里骤然安静了，一切声音都消失了。鬼使神差一般，他把眼睛凑到了门缝，去看那漫地的金光。他看到，他看到……

"天亮以后，寨子里的人发现他呆坐在庙门外，头上、身上都是血。他嘴里一个劲地念着，他要给老爷杀三牲、修庙、塑金身。"张铭简练地结束了这个故事，"他疯了。"

刘潇潇打了一个寒噤，使劲搓了几下胳膊，仿佛这样就能搓掉鸡皮疙瘩。"怎么听着有点邪门……"在男朋友不赞同的目光里，刘潇潇的声音低下去，没说出更冒犯的话，追问道："这个人看到了什么？"

"他看到了不该看的，要是我知道是什么，我也该疯了。反正，从那以后的几百年里，再也没有人敢在鸡叫前去上香，无论如何，都要等鸡叫才出门。"张铭说。

厨房里的气氛有点诡异、有点冷，夏冰冰干巴巴地说："不可名状，不可直视，你的老爷怎么这么像克苏鲁神话中的神？"他一边挪到向晚身边，一边安慰向晚："晚晚不要怕，有我呢。"

刘潇潇抢先抱住了向晚的胳膊，宣布："唯物主义的光芒照耀着我！"俨然把不信鬼神的向晚当成了护身符。

张铭成功地用诡异的传说震慑了全场。他非但没有树立起白马老爷的慈爱形象，还吓到了好几个人，自己也有点毛骨悚然。"别看我敢拿老爷开玩笑，那只是因为我是老爷看着长大的，"青年清了清嗓子，喝口水，语气中带着几分难以言喻的神秘，"我不是迷信的人，可是，我从来不敢在庙里造次。几百年来，敢对老爷不敬的人，从来都没有好下场。"

夏冰冰干笑了一声，说："你还说你不迷信。"

张铭并不辩驳，笃定的态度让他说出的话仿佛具有奇异的力量："不要乱说话，尤其，不要诋毁神祇。"

众人都不想再听诅咒故事。几个人简单地分了工，留下刘潇潇看家，与保险公司商谈赔付事宜，其余的人按事先划分好的区域，拿着照片各自奔赴古玩市场、都城隍庙和木工作坊，寻找买卖造像的商店，试着打听神像的下落。

萧锷还没有回电话。向晚打了一个电话，给某个在央行的分支机构工作的学妹，请她帮忙留意黄金市场。一大笔黄金通过私人流入市场，没准儿会被监控到，为这个案子提供一定线索。考古人进银行工作，听起来很不可思议，但央行的确有这方面的需求。

拿照片打听神像的下落是笨办法。前几天，张铭就是这样冒冒失失地闯进了古玩市场，招惹了麻烦，导致书店被人纵火。不过，麻烦既然已经惹上了，躲也无用。现在警方立案调查，震慑了藏在暗中的宵小，书店再被人找碴儿的可能性不大。于是，向晚延续了张铭的笨办法。

无论何时，"失主"都是古玩市场最不受欢迎的一类人。古玩买卖不问来历，店主、摊贩和买家都会拒绝与"失主"打交道。学校与研究机构培训的文物鉴定师会先问古董的来源，以确保鉴定的合法性，避免卷入纠纷。野蛮生长的市场则倾向于无视失主，强行消弭纠纷。

向晚建议众人装作买家，把白马老爷的神像作为购买目标，绕开追查赃物这一敏感的目的，应当能够稍微减轻来自四面八方的敌意。不过，把光明正大的追赃，说成了见不得人的买赃，她怕勇武、直率的白马人不肯接受。

张铭也不敢为白马人打包票，说："我三舅跑生意、贩山货，头脑灵活，不是爱钻牛角尖的人。就怕我哥不答应，他脾气火暴得很，我慢慢劝他吧。"

"你哥是做什么的？"

"大夫。"张铭顿了一下，"也没准儿是个巫医。我哥是正经医学院毕业的大学生，在华西医院规培过，现在在老家镇上的医院工作。可是，我哥从小就是个有神论者，他最喜欢我外公的那些事。小时候，三舅跟我们说'跳神的是疯子，看跳神的是傻子'，我哥还跟三舅吵架。有一年，我哥给我讲了整整一个月神神鬼鬼的故事，吓得我晚上不敢去上厕所——丢死人了。不过，觋家没有家传的，他做不了觋家，另外拜了一个师父在学阴阳术。"

觋家的主业是祭神，师徒相传，从不传给亲子孙；安宅、收惊、看风水、算吉日等事，则是阴阳生的活计。张铭的这位表哥不但是老家镇上的医院的主治医师，休假时还兼任村卫生室的药师。山寨离镇上远，很多人不爱去镇上看病，有头疼脑热之类的小病，都找这位表哥开药。"他上门给人看病，开药、打针、挂吊瓶，还会附送一套叫魂、烧胎、驱邪的服务，可以说医巫并重、魔武双修。"

魔武双修的表哥和头脑灵活的三舅都生着典型的白马人面孔，黑发打着自来卷，宽额头，眼形狭长，高鼻梁，两腮瘦削。白马山寨里，几乎人人都有鼻梁高而鼻尖微勾的鼻子，这个特征雕刻在"池哥昼"的傩面上，也被张铭完美地继承下来。

三张相似的脸的主人，用掺杂着白马语词汇的乡音争论了一阵。表哥心有不甘地换上了普通话，说："那些个滚崖的贼！他们都能砸窗放火，一定是认出我们了。我们还装成买家，有用吗？"

张铭摇了摇头，说："这就是一个态度，释放出我们愿意高价买回神像、不追根究底的信息。卖家都求财，只要让他们赚到钱，不追究责任，没人在乎我们是不是原主人，要把神像带到哪里。"

"飞飞，亮亮的话有道理。"三舅叫着表哥和张铭的小名，三舅的普通话口音浓重，更加难懂，"到了这里，就听主人家的。"

书店遭了火灾，这是大事。杨三舅怕张铭被向晚追究责任，早已准备好了一大堆话，打算恭维向晚。没想到，这姑娘年轻、热心，胆子也大，非但没有过分责怪张铭，还主动给他们帮忙。

他们白马人，人生地不熟，能得到本地人的帮助，真是再好不过了。杨三舅高兴、感激还来不及，生怕杨飞这不领情的犟样子惹恼了向晚。

众人正说着话，又有电话打进来。向晚做了一个手势，走到一边去接电话。张铭不便打扰向晚，带上舅舅，推着满心怨愤的表哥出门，去跑文物市场了。

第五章 能人

"你那里是不是出事了？当时就应该喊我去帮忙，怎么还生分了。你装得若无其事，我不问，你就不打算说，是吧？"花荼蘼等不及向晚寒暄，劈头盖脸地发问。她学过戏剧表演，吐字又快又清晰，一连串问题甩出来，叫人难以招架。

"学姐，你在山里呀，回来一趟多麻烦。"向晚轻声细语地回答。

花荼蘼在终南山里有个院子，瓦屋、竹篱、老梅、石桌、清溪，推窗见云卷云舒，仰头望松间明月，隐逸得像置身在王摩诘的诗画里。一从繁忙的工作里抽身，她就带上几个小姐妹进山，喝茶、打麻将、煮野山菌老母鸡汤，诗酒逍遥。

前两天，花荼蘼带了一个客户去山里避暑，还给向晚发了消息，炫耀山里的黄昏，邀请她也去玩。向晚回了花荼蘼一张自己跪着清理灰坑的工作照，表示身不能至，心向往之。

一边重建书店，一边冒着被报复的危险追查神像，向晚的确需要帮助。但向晚不愿意再麻烦更多人，搅得满城风雨——十年前，就有无数人帮过她，许多人情至今没有机会偿还。有时候，被帮助也是一种沉重的负担。如今，向晚欠人情，都得确保自己能还得起。

"谁告诉你的？"向晚猜，不是梁戈就是乐游。乐游不是多嘴的人，多半是梁戈。

"别小看我们记者的消息渠道，还用得着你的人通风报信？也就是我在南山里，要是在西安，说不定我都到现场了，你还不知道自己家出事了呢。我陪着客户呢，不能马上回去，不过，最多两天也就回去了。你有什么需要我做的，尽管说，帮不了的我不勉强，能帮的，你总不能叫我袖手旁观吧。"

向晚心头一动，记者的关系网有着常人难以想象的广度。她在西安庞大的文物交易市场里大海捞针，需要尽可能多的信息，也就不客套了："方便的话，学姐帮我打听一下一尊楠木神像的相关消息吧，我把照片发给你。"

"没问题，等着我的好消息吧！"

也许是信息渠道不同的缘故，花荼蘼的答复到得比萧锷的还早："我有一个前同事，是跑文物口的记者。他帮着打听了一下，说这种神像通常两三天就转手了，现在应该已经不在西安了。听说，最近几天成交的，咸阳的有三家，泾阳的有两家，渭南的还有一家。更具体的消息就不太好打听了。"花荼蘼发了一串人名过来。

没过多久，萧锷也发来一串人名，后面跟着具体的地址和联系方式：

"每个县里都有那么几个'能人',你找他们问话吧。我有个案子,走不开。不过,你见到人,报我的名字,他们多少会给几分面子。"

向晚对比了两份名单,有部分重叠。萧锷与花荼蘼列出了他们各自认识的不同的"能人"。

几乎每一个县里,都有几个说不清身份、行业的"能人",他们是掮客,不事生产,却消息灵通、交游广阔、出手大方,专门给人牵线搭桥。身处关中这个文物大省,十个掮客里有八个,明面上都是藏家,实际身份则是古董贩子。

目前,文物保护的法规还不完善,民间收藏处于相对无监管的状态。萧锷明知道这些掮客与文物贩子都徘徊在犯罪的边缘,与盗墓贼脱不开干系,但没有明确的证据,他也拿这些人没办法。他无法消灭灰色地带,便只能尽量监管和利用,指望这些人能在必要时提供警方急需的消息。负责文物口的记者也经常依托类似的关系网,获得官方渠道以外的讯息。

先前,为了追回阿育王塔,萧锷介绍向晚等人在杭州认识的黄浩,就是一个游走在富商和文物贩子之间的掮客,同时也是警方的线人。

接下来的两天,向晚、张铭等几个人每天都奔波在渭南和渭北,分别拜访了两份名单上的"能人"。

走访的过程并不顺利,古董贩子和掮客拥有独立生态,自成一体,天然防备有着"官方"身份的考古与博物馆从业者,外人很难打进那个圈子。哪怕许诺了重谢,搬出了萧锷的名头,众人也没能撬开掮客的口,他们个个都摆出了一问三不知的态度。

侦破关中佛塔被盗案时,萧锷在渭南搞出了很大的动静,跟古董行当沾边的人员都被他梳理过,短期内那里的古董买卖市场相当干净。两次拜访后,渭南的"能人"拿出了近期经他的手成交的物品的照片,是一尊高约一尺的木雕水月观音像,年代很近,但雕工不错,来路、去处也都非常清晰，显然与众人要找的神像没什么关系。夏冰冰还想再打听一下他的"同行"的动静，"能人"立刻闭口不言，礼貌地赶走了他们。

这种态度很不寻常。消息也是一种可供交换的资源，哪怕这些"能人"没有亲眼见过、亲手接触过白马老爷的神像，只要物件经过西安周转，他们多少会听说相关的消息。

退一万步讲，面对许以重利、与警方关系密切的客户，哪怕什么也不知道，他们也应该编造一些似是而非的东西，来证明自己的消息很灵通。他们越抗拒，一点口风也不肯露，向晚等人越确定，白马老爷的神像就是在西安中转的，而且这些"能人"都知道书店纵火案的幕后主使是谁。

这一天，众人打算去泾阳，走访一个叫赵学生的人。此人在花荼蘼给的名单上，却不在萧锷的名单里，因此，被排到了拜访顺序的最后。如果在赵学生这里也没有收获，向晚就得重新列一份名单，或者放弃从"能人"身上找线索，想别的办法了。

杨三舅已经在考虑购买一块好木料，找匠人按照照片上的样子重新雕刻神像，以安慰他卧病在床的老父亲。但这个主意遭到了杨飞的强烈反对，叔侄两个人吵了一架，一连好几天，杨飞都是气鼓鼓的。

乐游把车停在村口的大槐树下，下车，熟练地给乘凉的老人发烟，打听赵学生家怎么走。老人笑一笑，露出几颗仅存的牙齿："学生可是我们这里的能人、名人，天天都有人找他。你往那边走，看见有人在耍石头，就是他家。"

乐游听这位老大爷语言有趣，与他攀谈道："我们也是听说他的名气大，专门找来的。大爷，您倒是说说，他到底是个啥样的人？"

"学生娃有点本事，你别看他的名字叫学生，小的时候学习差得很，初中都没毕业，算不上啥文化人。"老人对村里的每一个人都知根知底，他爱坐在槐树下乘凉，经常有人来找他闲谈，"你要说他是个农民吧，他又不种地；要说他是城里人，他偏偏又住在农村，跟我们这些老农民没啥区别；说他穷吧，他有钱，开好车、吃好烟、修大房子；说他没文化吧，他来往的都是西安的文化人、有钱人。我活了80多岁，学生这样子的人，没见过几个。"

"前几天有人来找过他吗？"

"天天都有人。"老人看了乐游一眼，"开着车，来来去去，我哪里记得住？"

乐游又递了一根烟，老人接过烟，夹在耳后，这才慢悠悠地说："天天都有人来，可学生娃也不是天天都能做成生意，看的人多，买的人少。前些天，就是下大雨的那天晚上，有一辆大车，趁着天黑、大雨，从学生的屋里拉走了一个大木头箱子，不知道是啥好东西。"

乐游见再也问不出更多的东西，道了一声谢，回头问副驾驶座上的向晚："向老师，车就停在这里，可以吗？"

向晚点了点头，接过乐游递过来的矿泉水和洗干净后装在保鲜袋里的脆桃，眼睛亮晶晶的，笑着说："你们去吧。"

这一次，他们打算先不直接表明来意，也不提萧锷，先装成买家试一试，为此，特意没带外形特征最明显的杨飞和杨三舅。在倒卖古董这个行当里，年轻姑娘是少数，向晚也太打眼，容易被人怀疑，索性也不露面，让几个小伙子先去碰碰运气。向晚通过乐游的手机摄像头观察情况。

张铭和夏冰冰从后座下来。张铭情绪低落——这几天，他们一无所获，神像丢失得越久，就越难找回来；舅舅和表哥怄气，都想拉拢他来支持自己的主意；外公的病情时好时坏，更令他揪心。

夏冰冰则兴致高昂，似乎把走访当成一场有趣的冒险，对向晚道："你可瞧好了，我小夏出马，一个顶俩！"

三个小伙子沿着村里窄窄的水泥路往赵学生家走去，路上，乐游打开了微信视频，屏幕上，向晚笑着对他比了一个"OK"的手势。乐游飞快地笑了一下，切换到后置摄像头，把手机放进衬衫的胸袋里，下意识地往心口贴了一下。

关中农村的农家院都有着相似的格局。正房是现代化的两层小楼，两边的红砖厢房则延续了传统的造法，厨房的灶台连通着隔壁屋子里的大炕，单面坡的屋顶向院内倾斜，这种做法俗称"房子半边盖"，又叫"肥水不流外人田"。过去缺水，这样的屋顶可以把雨水积蓄到院子中间的水窖里，供一家人在旱季使用。

赵学生的家很好认，与别人家差不多的大门上，贴着苍松迎客的瓷砖画，大门内外摆满了石雕——门外摆着马槽、石磨，立着一片小树林似的拴马桩，还有一对相当气派的鼓形门墩；门内的遮阳棚下，散放着造型各异的石碑、石狮、石羊、人身、佛头……

三个小伙子都有些震惊：在渭南、渭北走访了这么多天，这一家的东西是最多的。仅仅是这个院子里的东西，就堪比一座中型民俗博物馆的藏品。这么多石雕，就这么随意放着，是它们不值钱，还是这一家的主人心大？

听到小伙子们的动静，从屋里走出一个60多岁的男人。他脸膛黑红，抬头纹压得眉眼呈八字形往下耷拉。他敞怀，穿着土布汗褂，手里捏着一把旧蒲扇，笑呵呵地问："来看看？"他带着一身西瓜的香气，多半因为贪凉，刚才在屋里啃西瓜。

夏冰冰正好奇地端详着满院子的石雕，说："我听说耍石头的赵学生手里有好东西，来看看。"夏冰冰顺嘴说自己是一个富二代。他假装是一个没什么见识但财大气粗的买家，装得格外像。

"我就是赵学生，一说耍石头的，都知道是我。"赵学生热情地请他们进屋，倒茶、端水果，听见他们三个人嘀嘀咕咕，满口都是从书里看来的名词,又一知半解,不像是熟悉古董买卖的行家,索性任由他们到处打量。他说:"随便看,看上啥,好商量。"

赵学生贩卖石雕,都形成产业了,经常有人慕名而来。村里都是赵学生的亲朋,自己人,他在县里、市里都有熟人,不怕买家起什么鬼心思。一般的买家也玩不过他,他犯不上时刻紧盯着,提防人,显得不大气。

"这么多石头,你都是从哪儿弄来的?"夏冰冰愣头青似的,张嘴就问底细。他蹲在一件靠墙摆放着的经幢前,看了一会儿,又踱去看两块砖雕,"有点意思啊,我都想弄几块来玩玩了。"

赵学生摇着蒲扇,坦坦荡荡地道:"一年四季,我都在渭北这些塬上转悠,挨村挨户地逛,看谁家的门前屋后有'宝贝'。渭北这地方,古时候是好地方,有不少读书人、大地主,三原出了一个大胡子的于右任,还有李靖被封来当城隍,泾阳更厉害,龙王嫁女都嫁到这里。

"清朝的时候,南方的茶要在泾阳加工成茯茶,销往甘肃、蒙古,安吴堡的吴家就是做茯茶生意的。慈禧太后西逃到陕西,凤驾就停在安吴堡,还收了安吴寡妇当干女儿,封诰命。所以,这地方的大户多,家家户户都有门墩、石槽、拴马桩。以前,这些东西还不值钱的时候,我就开始收了,花上几十几百元,拉回来,洗一洗,转手卖给大城市的人,立刻就能翻几倍。靠着这一手,我不但修了房子,还给两个儿子都娶了媳妇。"

"还得是聪明人,才能抓住这个机会。"张铭恭维赵学生,"叔,还是你见识高。"

赵学生笑呵呵地把恭维照单全收,说:"不过,这几年不好干了。都知道这东西越来越值钱,老农民也指望发横财,爱拿新刻的石头冒充老物件,要是没有我这双练了几十年的毒眼睛,一般人哪儿看得出来真假?

"就是有真的,叫价也都是几千元起,要是遇上外地来的陌生人,就算出价几万元也谈不下来。我不怕告诉你门道——你看,这个门道你知道了也用不了。我算人面熟的，各村各户都乐意把东西给我。你看后边那个院子，原本是我给小儿子准备的宅基地，现在都腾出来了，专门放这些东西。我手里的东西，贵贱不论，最要紧的是干净。——你有看上的没有，我给你介绍介绍？"

夏冰冰了然："那还真是从你这里买比较划算。我懒得费神去村子里淘换，村里的人难打交道，还爱用汽油！"

说到这里，大家都会意地苦笑起来。汽油是强力去污剂，民间经常用汽油来清洗油污和铁锈。咸阳原上古墓众多，家家户户都有捡来的铜质、铁质文物，村民不会处理锈层，便简单粗暴地用汽油擦洗或者浸泡，以为不带土、不带锈的文物更好看，更容易卖出高价。结果，汽油不但导致文物品相被严重破坏，文物所携带的历史信息也近乎湮灭。从文物工作者到文物贩子，都害怕村民滥用汽油。

"我要神像、佛像，石头、木头、陶瓷的都无所谓，不拘大小，也不在乎什么教派。要稀有，最好是别人没见过的。贵不怕，只要是好东西，值这个价。"夏冰冰提出了自己的要求。

宗教造像的种类相对有限，儒、释、道三家中，以佛教造像最为姿态多变、造型优美、题材丰富，因此，佛教造像长期是被盗卖的重灾区。

但是，在主流宗教之外，民间信仰经久不衰。西北至东北的半月形文化地带的萨满仍在"起舞"，华北地区的"四大门"历久弥坚，东南沿海游神赛会，西南地区崇拜山神、树神。当佛教造像被纳入地方文物保护体系，流通的机会越来越少时，藏家与窃贼不约而同地将目光投向更罕见、更缺乏官方保护的民间信仰的神造像。

夏冰冰这个年纪的人，讨厌随大溜，喜欢与众不同的东西。他提完要求，赵学生自以为已经看穿了这个年轻人，笑道："这不难，你要是信得过我，留一个联系方式，我帮你留意着。这事包在我身上，你都不用找别人。这关中，捣鼓那些东西的，就没有我不认识的。"

赵学生半真半假地直叫可惜："你来迟了几天，前些日子，我才出手了一件好东西。"

"什么样的？给我看看！"夏冰冰兴致勃勃地追问。

赵学生还是留了一手，不肯让夏冰冰看照片，只是简单地说："是一尊黑面邪神大黑天王，金丝楠木的料，是两三百年前的东西。现如今，可是踏破铁鞋都难找到这么大的料了。"

那不是什么黑面邪神，是白马人尊崇了几百年的白马老爷，是他们乌云脸、闪电眼的神明！张铭的心中热血上涌，一股怒气直冲天灵盖，差点就要冲上去，逼问赵学生，他究竟把老爷卖给了谁。

乐游按住了张铭的肩膀，拖着他看向别处。张铭只得大口喘息着，勉强压下了激动的情绪。

夏冰冰笑嘻嘻地对赵学生道："那还真不错。那什么大黑天王，还有吗？给我也弄一尊，我带回去玩玩。"

赵学生把蒲扇摇出了诸葛亮手中的鹅毛扇的架势，不搭茬，转而推销起其他东西，什么门墩是安吴堡吴家的旁支祖上传下来的，什么拴马桩是从明朝周王府流出来的，什么砖雕又是一个四品将军家的影壁……

夏冰冰灵活的眼睛滴溜溜直打转，最后转到靠墙的经幢上，问赵学生，上头刻的是啥经。

"《陀罗尼经》，这个不卖。"

"怎么不卖，还有送上门的生意不做的？"夏冰冰奇怪地问，"是有人先定下了？"

赵学生嘿嘿笑了几声，说："你是西安人吧？这经幢，不卖给本地人。"

三个小伙子对视了一下，在心中猜测。夏冰冰率先意识到，这个经幢的来历怕是有些不清白，买家在西安，容易暴露给认识这件东西的人。

夏冰冰决定诈一诈赵学生。他亲热地凑过去，对赵学生说悄悄话："什么来历都不怕，我有熟人专门管这一块——咸阳刑警支队的萧锷萧队长。几件小东西，他还罩得住。就是他介绍我来找你的，咱们也别见外，给个准话吧。"

谁知，不提萧锷还好，一提警官，赵学生立刻脸色大变，惊疑不定地瞪了他们一阵，随即态度强硬地撵人。无论是夏冰冰嬉皮笑脸，还是乐游与张铭唱红白脸，软硬兼施，都没能在屋里多待片刻。

赵学生把他们赶出了家门，还一直表情不善地跟到了村口，看着他们上车离开，才解除了"警报"。

一上车，夏冰冰就抱着肚子大笑起来："黑面邪神大黑天王，他到底怎么想出来的？"

赵学生认不出白马老爷。不过，大黑天可不是什么天王，更不是邪神，大黑天是藏传佛教中，毗卢遮那佛的降魔愤怒相——摩诃迦罗。乐游估计，赵学生是看见白马老爷乌云脸、三只眼，就想到了大黑天，偏偏他的学问不到家，一开口就说邪神、天王，暴露了他的文化底子。

向晚已经在给萧锷打电话了。赵学生这个人的反应很可疑，这几天他们见到的捐客，因为提前知道众人是萧锷介绍来的，都有所准备，糊弄得滴水不漏。但是，今天他们隐藏了身份，玩了一个简单的小把戏，就让毫无准备的赵学生露出了狐狸尾巴。

赵学生见过，甚至经手过白马老爷神像，又对萧锷的名字反应这么大，他很可能就是盗贼销赃链上的一环。向晚忍不住建议萧锷，从赵学生这个人查起。

萧锷有点迟疑地说："我要打听消息，肯定不能略过这帮人，都是问过的。泾阳文物稽查队的老马亲自跟我保证了，说没问题，他相熟的那几个人都没经手，其中就有这个赵学生，你没事去查他干啥？"警官抽着气，突然说，"总不能是老马有问题吧？"

向晚默然。文物稽查队是一个很特殊的机构，它是文物局、文广局下属的事业单位，负责监管文物市场和文物保护范围内的基建活动，有一定的行政处罚权限，有点类似于城管。一方面，他们经常需要配合警方办理文物案件；另一方面，他们也比警方更加深入当地的文物市场。

由于工作性质的缘故，专门负责文物案件的萧锷和咸阳一带的文物稽查队很熟，几乎跟每一个队长都能称兄道弟。萧锷要找白马老爷神像，自然而然地放出消息给各个文物稽查队，再由稽查队向认识的捐客和文物商贩打听。之所以回消息的速度落到了花荼蘼的后面，就是因为各处的稽查队都告诉萧锷，没见着这么一件东西。

萧锷疑心大起，看谁都不太对劲了。要是问题出在泾阳文物稽查队身上，就发生在他的眼皮子底下，这种灯下黑可就是他一辈子的奇耻大辱了。萧锷匆匆挂掉了电话，去确认赵学生的问题。

向晚看着手机屏幕发了一会儿呆，苦笑着问："我们跑来跑去，保护古代遗址，追索被盗文物，可要是问题出在内部，出在'自己人'的身上，该怎么办啊？"她不认识那位"老马"，可是，萧锷显然给予了对方很大的信任。

夏冰冰早就笑够了，安慰向晚道："那也算不上你们自己人。我早说过，你们专业的人都是死脑筋，但凡把不要紧的文物拿出去卖，你吃肉，我喝汤，哪儿还轮得到这些人搞三搞四？"

向晚回头，冷冷地看了夏冰冰一眼。夏冰冰浑然不觉，越说越得意忘形："珍贵文物肯定不能卖，挑一些品相不好的对研究没什么价值的，又能满足市场期待，又能补贴考古队和博物馆，多好的事！"

过了好一会儿，夏冰冰才发觉车里的气氛不太对，连忙声称自己就是开个玩笑，不许向晚生气。

向晚没有生夏冰冰的气，她知道这个人一直都不会严肃地对待任何事。她只是在想，老马算不算自己人。其实，考古人当中也出过事。

和大众印象中财大气粗的收藏家不同，考古、文博人大多清贫。考古、文博是"升官发财莫入此门"的行当。程云峰遇到项目经费拨不下来的时候，自掏腰包干过工作。刘潇潇抱怨向晚倒贴钱，却不知道她是随了老师的。

几乎每一个考古工作者，都会被问到"你怎么不拿点挖出来的东西去卖"。不仅陌生人会问，很多时候，就连父母都无法理解，为什么他们过手了成千上万的贵重文物，却不偷偷揣一件在兜里？要是能把它卖出去，就能发大财，赚到他们一辈子都赚不到的钱。

为什么不呢？

贫穷且坚守底线，是稀缺而高贵的品质。大部分考古工作者都凭借对这个行业的热爱与操守，做到了守着宝山不动分毫。

但在这群坚守清贫的学者中，也有例外。考古工作者也是普通人，世俗的欲望与生活的压力一样不少，他们之中的确出过败类。

向晚记得，那是她刚被叔叔抚养不久，有一次，程老师偷偷跑来找叔叔喝酒。他们两个人的心情都不太好，趁着酒意，大骂一位同行，但又对那位同行的才华唏嘘不已。那时候，向晚的年纪还很小，她嫌他们打扰了她看动画片，每隔一会儿，就会愤怒地提醒他俩小点声。可是，骂声还是不断地往她的耳朵里飘，她断断续续地听到了他们的谈话内容。

事情要追溯到1988年。那一年，考古所一位姓云的队长负责发掘咸阳机场的一座隋代大墓。根据墓志，墓主人为独孤罗的妻子贺若氏。独孤罗是西魏名将独孤信的长子，他的姐妹中，有三个分别成为了北周、隋、唐三代的皇后或者太后，独孤罗本人则在隋朝袭封赵国公。贺若氏的墓侥幸没有被盗，随葬饰品的级别与质量都很高，种类也相当完整，可惜缺少了臂镯，很长时间里，这份缺失都令研究者感到遗憾。

六年后，一位妇女向咸阳公安局报案，声称她的丈夫被人抢劫，不仅损失了几万块钱，就连丈夫收藏的几件文物也被抢走了。报案妇女的丈夫就是云队长，警方前去了解情况时，云队长的说辞与他妻子的完全不同。他吞吞吐吐地表示，他其实认识抢劫他的人，他不想追究犯罪嫌疑人，认为那只是朋友之间的小矛盾。核对被抢物品的细节时，云队长也很不配合。

当时负责办案的刑警意识到，云队长的反应很不对劲，不禁怀疑云队长与外人联手制造了抢劫的假象，实际上是他为了瞒着妻子转移夫妻共同财产。于是，刑警重点盘问了云队长。这位队长远比刑警料想的更加经不住盘问，很快说出了实情：策划抢劫他的人，是他的情人。考虑到面子问题和家庭和谐，他不愿意把事情闹大。

因为涉案金额偏大，警方拘捕了云队长的情人。情人供称，自己是因为云队长总向她炫耀，他手里有价值三个亿的宝贝，才做了他的情人。但是，这些年来，云队长实际上并没有给她什么钱，她想和别人结婚，又气不过自己的青春浪费在这么一个土气的中年男人身上，就向他索要青春损失费。云队长不肯给钱，她才找人强行拿走了钱和古董。

办案刑警虽然不知道收藏文物是考古行业的禁忌，却也意识到，价值三个亿的古董绝对不是一个工资不高、家财不丰的考古队长能够通过正常途径买到的。

警方开始追查古董的来源。这一次，云队长再也无法隐瞒真相了——六年前，发掘贺若氏的墓葬时，有两名工人将一对四龙戏珠花纹的黄金手镯上交给了云队长，他却没有将文物登记入账，而是鬼使神差地把手镯揣进了自己的腰包，私藏起来。之后，为了保密，云队长开除了两名工人。

私藏手镯后，云队长再也按捺不住自己的贪欲，在之后的发掘过程中，又悄悄把几件精致的小件带回了家。家里藏着至宝，云队长很难抑制炫耀的冲动，他不能对同事、同行说，甚至对妻子都不敢说，却在面对年轻无知的情人时，说出了许多秘密。

案发后，云队长身败名裂，被判处了十一年有期徒刑。现在，那对金镯就收藏在咸阳文保中心，先前萧锷请向晚和乐游参观藏品时，也曾指给他们看。当年的办案刑警是萧锷的前辈，萧锷很清楚案件的来龙去脉。不过，警官知趣地不曾当着向晚的面提起考古行业的耻辱事件。

这个案子轰动一时。后来，向晚曾多次读到云队长执笔的各种发掘简报和报告，他颇有才华。云队长犯下的大错，是中国考古人永远的耻辱。为此，文物相关的法律、法规都经历了一系列修订，田野考古工作规程也不断被细化、加强，有针对性地杜绝了类似事件再次发生。

考古学专业的老师经常隐去当事人的身份、姓名，用这个案例来教育学生。经过专业技术与职业道德训练的科班生，的确更加注重遵纪守法，工作风气逐渐好转。

向晚长大后，这类事情几乎已经绝迹，她都快要忘记自己这个行业日日夜夜面对着怎样的诱惑。直到今天，萧锷开始怀疑那位泾阳文物稽查队的老马，向晚猛然发现——普通人日常很难接触到文物，真正能够轻易接触到文物的，是他们这些文博、考古工作者！

向晚毛骨悚然，除去盗墓贼动的手脚，鬼市里流通的文物，有多少是通过"自己人"的渠道流入的？她痛恨盗墓活动，甚至过深地参与和自己的研究方向无关的案件中，不就是为了尽自己所能保护文物吗？可是，如果云队长的事件重演，萧锷和她再怎么努力，又如何能挡住来自背后的刀枪？

乐游斟酌着安慰向晚，说："向老师，事情还没有到最糟糕的程度。

现在只是赵学生有嫌疑，不一定和马队长有关系。"

夏冰冰终于回过神，难得地附和乐游："就是！你得多笑啊，晚晚，总皱眉会破坏你的美貌。你还没有给我当模特呢，要好好保养才行。"

向晚知道他们只是在安慰她。赵学生把石头生意做得这么大，不可能与泾阳文物稽查队没有丝毫关系，老马却向萧锷保证了赵学生很可靠。要么是他们暗中勾结，要么就是老马玩忽职守，那位泾阳文物稽查队的队长不可能清清白白、恪尽职守。

众人回到书店时，杨三舅和杨飞正在帮刘潇潇打扫卫生，把烧毁的书架和书籍清运走。叔侄两个依旧是气鼓鼓的，互不理睬。

张铭告知他们，今天可能摸着了一点线索。杨飞立刻坐不住了，要赶去泾阳找赵学生算账。杨三舅责备杨飞乱来："人家的寨子，你闯进去打人，还想不想要命了？"

杨三舅的话让向晚也忐忑起来。她想起了自己和乐游在西县被村民关起来的事。赵学生在那个村子根基深，万一村民阻挠警方办案，不知萧锷能否应付得来。

不过才到家一个多钟头，萧锷又一个电话追过来，他自己都觉得不好意思："向博士，还得麻烦你再来泾阳一趟，有急事。不用去赵学生家，直接来太壹寺，我在这儿等着你呢，你千万别耽搁了！"

向晚立刻叫上了乐游："走！"

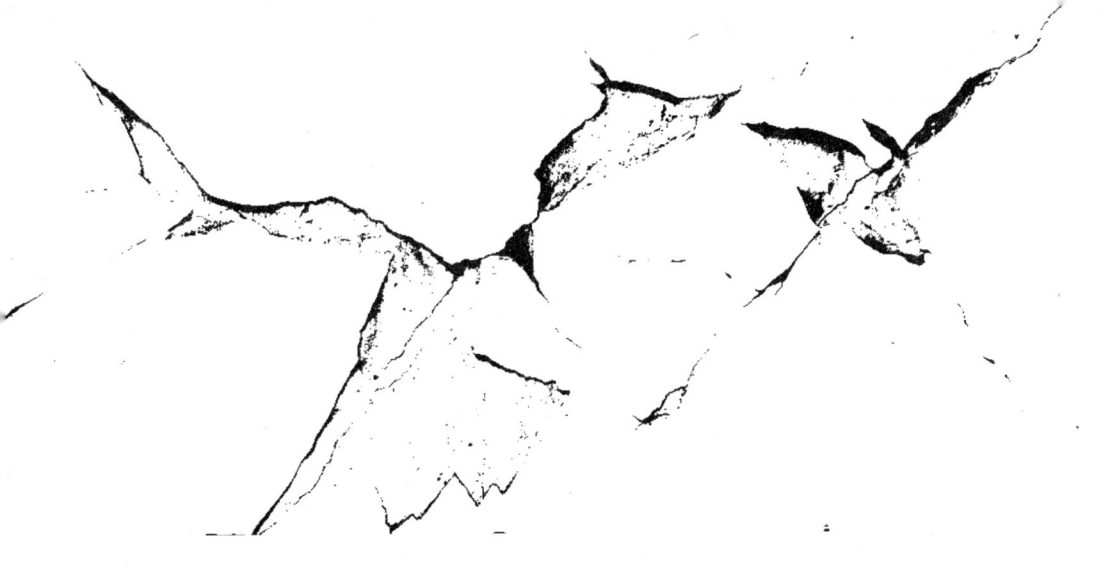

第六章　黑幕

哪怕泾阳离西安不算远，一天几趟奔波下来也是够累人的。尤其乐游既负责开车，又参与调查，晚上还要巡夜，没有片刻休息。向晚也是在出发后才意识到这个问题——她已经习惯和他一起行动了。

"乐游，你累不累？抱歉，让你这么辛苦。"

乐游想回答"不累"，话到嘴边却变了："看在我这么辛苦的分上，向老师愿意奖励我点什么吗？"他想，近来自己的胆子的确太大了，竟然轻松地说出了这么轻佻的话。

过了好一会儿，乐游没有听到向晚的回答。他忍不住侧头看了她一眼，只见她面色严肃，正在认真地思考应该给他什么奖励。大约是因为太过苦恼，她发愁地鼓起了腮帮。他预想过向晚可能会恼怒，却没想到她会犯愁成这样，好像在面对一道学术难题。

向晚不知道，她苦恼时会露出孩子气的表情。乐游决定私藏这个发现，微笑道："只是一个玩笑，我很高兴能帮到你。如果你愿意，奖励我一颗糖吧，向老师。"

向晚瞪了乐游一眼。可是，她没能维持住冷冷的表情，嘴角抿出一个小小的笑窝。对乐游的试探，她不以为忤，心中好像有花朵在缓缓地绽放。向晚的手边没有糖果，只有一块用来补充体力的巧克力，被体温焐得微微有些发黏。她打开包装纸，把巧克力递到乐游唇边。乐游低头叼走了浓郁、甜美的巧克力，慢慢地含化。

泾阳太壸寺本来是前秦苻坚的行宫，唐代开元年间改称为太壸寺，一度与鸠摩罗什曾经驻锡的西安青龙寺齐名。同治年间，太壸寺毁于战乱，仅仅遗留了一间大殿。民国时，信仰佛教的朱庆澜将军出资修缮了多处寺庙——朱庆澜将军也是国歌《义勇军进行曲》的命名者——其中就包括太壸寺的大殿。朱将军还收集了一些珍贵的文物，藏于太壸寺的大殿后。因此，太壸寺也有了文物收藏与保管的职能。现在寺庙的前半部分对外开放，后半部分则延续着旧职能，如今是泾阳文物稽查队的办公地点和文物库房。

绕过单檐歇山顶的前殿，向晚和乐游一进后门，就发现气氛不太好。院子里站着不少人，大家的眼神很不善。好在，有几位咸阳刑警是和他们打过照面的，一看到他们，就连忙把人带进了后院的库房。才短短几步路，刑警的表情看上去很防备，乐游也跟着提高了警惕。

库房里的场面也很糟糕，萧锷正在跟一个40来岁、穿着制服的胖子大声吵架。他们各自带来的人也有要动手的架势，双方一共有十几个壮汉对峙着，有的人已经摸上了警棍，只等上级一声令下，就要动手。

好在萧锷虽然叫嚷得很厉害,却没有真的先动手。看见向晚进来,萧锷猛地一挥手,说:"好了!专家来了,你别跟我吵吵,让她先看看。"

胖子鼓起眼睛,叫道:"咱们兄弟好了多少年了?你不地道,把我当成贼,要查我的账!行,你要查,我打开库房让你查了,你还有啥不满意?还叫了一个专家,什么专家?"

"什么专家?西北大学的博士!"萧锷喝道,"赵学生在你的眼皮子底下搞出事来,你说不知道,哄鬼呢!叫专家看看,没问题呢,就是我多心,我给老哥你赔罪。可是,要是你真的藏着啥猫腻,也别怪我不念旧情。"

萧锷走过来,对向晚解释了几句。萧锷的行动速度快,向晚他们离开村子后不久,他就带队直扑赵学生家,先把人控制起来。赵学生家里那满院子的石刻都是物证,萧锷叫赵学生一件一件地指认石刻的来源。紧接着,萧锷搜到了赵学生手写的账目,拿着口供核对账目。

赵学生很快就交代了:他家里,至少有十分之一的物件不是从民间收来的,而是有人委托他倒卖。夏冰冰仔细看过的那件唐代经幢,原本就登记在泾阳文物稽查队的账目上,是一件已经定级的二级文物。萧锷怒不可遏,冲进稽查队位于太壶寺后院的办公驻地,要求进库房对账。

文物收藏单位也有级别之分,像秦始皇帝陵博物院、陕西历史博物馆、陕西省考古院这种大单位,每一次都是上级重点检查的对象,从文物主管部门到财政主管部门,再到纪检监察部门,一轮一轮地审核。市、县级以下的小单位,很少被列入检查范围,天高皇帝远,领导想不起来它们,有一些保管员一年到头进库房的次数屈指可数。

博物馆还好,有相应的工作条例管着;文物稽查队几乎就是队长一言堂,库房的钥匙就挂在队长和副队长的腰间,全队上下没有一个学过考古、文博的专业人员,库房管理实在称不上规范。

萧锷原本想打老马一个措手不及，可是，库房门一开，他就傻了眼：泾阳文物稽查队的库房内部还算整齐，小件文物都收在了专门的保管柜里，大件摆在架子上，更大的倚墙而放。文物下面都压着标签，标签上写着入库日期和文物来源。

只有几件对不上。队长马国伟一指门外，说："太大了，搬不进来，放在院子里的树下面。"这也不奇怪，就连考古院，也经常把大型石雕摆在院子里，表面用药水封护，防止风化，不比放在库房里差多少。最大的问题，就是有几件文物还没来得及入账。不过，这也就是个管理不严、工作态度懈怠的问题，严重程度与倒卖文物不可同日而语。

文物稽查队的成员全都是青壮年男人。他们正值当打之年，平日里傲气惯了，哪怕面对刑警也不肯示弱，双方剑拔弩张。马队长带着二十多个人，从院子里盯防到库房，叫着要萧锷给他一个交代，哪儿有像查贼一样查自己人的？

一时间，萧锷进退维谷。他抓不到任何证据，要是再坚持查下去，查不出真凭实据，不仅丢人，社会影响也很差。没准儿，因为这一次错误，萧锷的前途就到头了。可是，刑警的直觉告诉萧锷，这里头一定有猫腻。要是他这么轻易地松了口，满足于在赵学生处的收获，他还不如回家生孩子、洗尿布去！

粗粗看去，这个库房的账目上的确没有任何疑点。但是，泾阳靠近北山，又有造屋时置办门墩的传统，这一带的石匠很多。石匠明面上经营着石雕生意，暗地里也做石质文物的高仿，买家源源不断。萧锷敏锐，考虑到了马队长找石匠定做仿品、偷梁换柱的可能性，但他自己不会做鉴定，于是，又叫了向晚来支援自己。

萧锷稍一解释，向晚就明白了。几次合作后，两人早就有了默契——向晚的鉴定结果没有法律意义，但可以作为参考。同时，萧锷还想借向晚的名头震慑一下马国伟。虽然向晚自己觉得业内硕博满地走，区区博士没有什么特殊的光环；但是，很多地方上的文博单位，连专业对口的本科生都招不到，西北大学的考古学博士绝对是一块金字招牌。

向晚的专业方向是商周考古。泾阳文物稽查队保管的文物却是明清以来的文物居多，时代、类型的差距都太大，逐件鉴定的话，工作会比上一次在文保中心的还要耗神。再说，向晚很少接触石雕，萧锷也担心她鉴定不准，虽然叫来了人，说明了情况之后，还是悄悄地补充了一句："就算看不出来也没事，只要你帮我拖延一段时间，下了今天这个台，回头我再找这方面的专家来鉴定。大不了，就是我搞错了，得罪了老马，再挨领导两顿骂，耽误不了大事。"

向晚的思路很清晰，说："这里的文物不少，全部鉴定不现实。我想，赵学生家里和稽查队的库房里各有一件经幢，形制一模一样，实在很可疑。只要我能证明赵学生家的为真，稽查队的为假，就说明稽查队的其他账目也不可信。"有了一个口子，萧锷就能继续追查下去，不至于陷入被动。

向晚看向靠墙放着的石刻。这是一件八棱经幢，底部须弥座已经丢失，幢体上雕刻着《佛顶尊胜陀罗尼经》。这篇经文记载，如果将经文写在幢上，选择高山或高塔安置，见到经幢的人便不会受到罪垢的污染。因此，很多佛教信徒建造经幢以彰显自己的功德。

向晚蹲下身，仔细观察着经幢。过了好一会儿，她回头问："有放大镜吗？"放大镜是收藏家的必备物品，考古工作者却不喜欢随身携带这个东西。他们恨不得整天带在身上的只有宝贝手铲。在队长马国伟的咒骂声里，萧锷从队长办公桌的抽屉里取来一个放大镜，交给向晚。

马国伟看到萧锷非常尊重年轻的"专家"，终于肯正眼看向晚了。马国伟换了个脸色，套起了近乎："专家是西北大学的？我在西北大学也有熟人。我这个人就爱交朋友，和很多专家都吃过饭、喝过酒，还唱过KTV。可惜以前不知道西北大学还有这么年轻漂亮的专家，要是早知道，吃饭一定叫上你。"

向晚敷衍地"嗯"了一声，明显不想和马国伟多说。马队长一点也没有因为向晚的态度动怒，继续说："专家是西安人吧？你看，今天这事就是一个误会，等事情了了，我到西安请专家吃饭。我的这些兄弟都是粗人，没读过多少书，就是身强力壮，干别的不行，动动手，出点力，都没有二话。专家有需要我的地方，只管说！"

向晚抬起了眼，说："马队长，清者自清。您这夹枪带棒的，是不相信我，还是不相信萧队？"

马国伟挠着头，嘿嘿地笑起来，说："请专家慢慢看，千万看仔细、看清楚了，我老马可不受谁的冤枉。"马国伟又高又胖，一对青紫色的眼袋从眼睛下垂挂到腮上，虽然笑声憨厚，可是笑容里凶相毕露。

乐游一直盯着马国伟，马国伟沉着脸退到一边，仿佛刚刚完全没有隐隐威胁过向晚。

除了经幢，向晚又观察了几件较大的石质文物，而后，她要求去赵学生家印证自己的判断。路上，向晚给舍友发消息，询问石质文物的风化原理和机制——她不住校，但学校给博士生分配了宿舍，两人一间，考古和文保两个专业混住，舍友正好是做露天石质文物保护这个课题的。虽然向晚什么都接触过一点，但把专业的事交给专业的人，才是最合理的做法。

赵学生家已经被萧锷的副队长宋警官控制，没在村民中造成骚动。乐游二度造访，算熟门熟路，就连向晚也很清楚目标经幢的位置——夏冰冰留意了它很久，让乐游和向晚对它的印象都很深刻。

向晚观察赵学生家这件经幢，拍摄了它的表面细节的照片，发给了同学。随后,她们进行了讨论和验证。整个过程比预计的还要顺利。很快,向晚就得出了结论:"一模一样的经幢,就连表面的磕痕和开裂的纹路都差不多。但是,赵学生家里的这一件才是真品。"

"理由是?"

"经幢立在室外,最大的威胁来自酸雨和风化作用。"北山石多是石灰岩的质地,在酸雨腐蚀下,石质文物表面会出现微小的裂隙。昼夜温差会加速裂隙的形成;夏季暴晒后,骤雨会导致石质文物表面急剧降温;冬天,雪化后,雪水渗入裂缝,再次结冰,会撑开裂隙。在酸雨和热胀冷缩的共同作用下,石灰岩会层层剥落。

稽查队没有考古院强大的文保队伍做后援,不太可能在石质文物表面施加封护层。向晚说:"稽查队库房里的那件经幢,虽然复刻了表面的风化和触摸痕迹,裂隙的深度却非常一致,是刻意做出来的。如果做微痕分析,应该能够看到砂轮打磨和强酸腐蚀的痕迹。赵学生家里的这一件,有一些裂隙非常细微,却很深,局部有剥落的风险,明显是在室外天然形成的。"

有钻研露天石质文物保护的舍友做后盾,这个鉴定并不难做。向晚却没有什么成就感:"萧队,问题出在我们的内部。"

萧锷都没等挂掉电话,就拍起了桌子,大吼:"你再叫啊?那么大的声音,吓唬鬼呢?你给我解释解释,真经幢为啥在赵学生家,假经幢反倒在你的库房里?"

马国伟也拍着桌子喊道:"我收到的就是这个东西!进了这个库房的东西,就再没有出去的。要是我换了东西,我是你儿子!我又不会看文物的真假,我就是一个看库房、巡田野的。收到赝品,怪得了我?"

萧锷意识到马国伟已经不像一开始那样底气十足,他在给自己找退路。萧锷立刻控制了马国伟及其手下,展开审讯。宋警官也加紧了审问赵学生的节奏。赵学生为人灵活，这让他成了一个话口袋，当他得知警察已经找上了稽查队，便交代了他和文物稽查队副队长孙金龙联手盗卖文物的事。

据赵学生说，几年前，有一次他在街上逛，想看看能不能捡到点漏，恰好遇到了孙金龙，就上去递了一根烟，两个人聊了几句闲话。赵学生想讨好一下这位稽查队的副队长——做古董生意的，最害怕被文物稽查队找麻烦。

没想到，孙金龙对赵学生很热情，拉着他去办公室喝茶。闲谈中，孙金龙请赵学生帮他鉴定几件东西："都说玩石头的赵学生眼睛最毒。你帮我看看，这几个东西都是啥时候的？"

孙金龙拿出来的那几件袁大头、康熙通宝和民国青花瓷值不了几个钱，还掺着假。赵学生的行话、黑话成串地往外冒，还真把这个干文物稽查的副队长唬住了。赵学生直接报出了那些东西的价格，孙金龙的脸色立刻就不好看了。好在，赵学生表示自己愿意按照比市价高出一成的价格买进，保住了孙金龙的面子和里子。

赵学生想，孙金龙对古董买卖有兴趣，这就是自己的机会，要是能搭上这条线，可比自己在民间瞎转悠强百倍。

自那以后，赵学生就经常找孙金龙联络感情，和队长马国伟也混了个脸熟，没少在一起抽烟、喝酒、打牌——自然，好烟、好酒都是赵学生提供的，打牌的输家也总是赵学生。

赵学生每天都在太壶寺的后院走动，把稽查队的家底摸得比队员还清楚。他实在眼馋槐树底下放着的一件石佛、一件石羊，都是明代的东西，雕工也不错。赵学生先去试探孙金龙，装作开玩笑地说："这么好的东西，摆在这里风吹雨淋，可惜了。不如叫我拿出去卖了，能卖个好价钱。"

这种要求，孙金龙自然不肯答应。他叫赵学生以后都不要再提这种事，可是，他对赵学生的态度也没有变冷、变差，依旧做着酒肉朋友。赵学生的心里有了谱，此后，他多次试探孙金龙，好烟、好酒、好脸色地巴结着。终于有一天，孙金龙松了口，表示那两件文物还没有上账，可以叫赵学生拿去卖。于是，有一天下午下班后，孙金龙打开了铁门，把赵学生的小面包车放进了院子。两个人把石佛、石羊挪上了车，偷偷地运走了。

赵学生只肯交代稽查队的副队长孙金龙，可是，如果不经过一把手，孙金龙怎么可能瞒得住稽查队上上下下那么多人？萧锷明白，赵学生看上去嘴松，实际上隐瞒了不少东西。这样的嫌疑人他见得多了，有罪先自己扛着，扛不住再供出从犯，执着地保护主犯。他们还指望主犯能够脱罪，捞他们出去。要是连主犯也陷进去了，可就真没指望了。

不过，面对经验丰富的刑警，赵学生百般隐瞒，也就多拖了半天。萧锷把马国伟和孙金龙分开审讯，在马国伟这里没有收获，便决定主攻孙金龙，暗示他，赵学生指认他才是主谋。萧警官循循善诱："这事如果真是你主张做的，你不冤枉。可你要是替人背了恶名，盗卖文物的钱，可是要从你身上追回来的。"

孙金龙没有马国伟那么硬气，再加上萧锷算起了账，按照赵学生的说法，盗卖文物的利润，上百万是有的。果然，孙金龙额头冒出了汗珠，大声喊起了冤枉，说："当时，赵学生提议要卖文物，我是动了心没错，可是，我对赵学生说'要是我能做主，你就拿走，可是我上头还有一个队长，我做不了这个主'。"

栽到萧锷这个有经验的老刑警手里，孙金龙自认倒霉。可是，他不能白白替人背了黑锅，叫占便宜最大的那个人逃脱。

据孙金龙说，赵学生知道马国伟作风霸道，人又贪，先没上去"硬碰硬"，而是先找了一个买家，把价钱谈高，再由孙金龙带着他去见马国伟，商量盗卖文物的事。马国伟没多犹豫就答应了，说："那两个石头还没上账，你拿去卖了钱，我们三个分。"好处，自然是马国伟占大头，孙金龙和赵学生也没少分。

自从与赵学生合作，尝到了甜头，马国伟就胆大包天地把主意打到了库房。他做事不可谓不缜密，没上账的文物直接让赵学生拉走，可入了库、在账上的，一定要先给文物拍高清照片，叫赵学生拿着照片找石匠去仿制，再拉着仿品回来，以假换真。

这么做，就算中途泄密，被人知道了，上面查下来，也可以推说是赵学生想做高仿石质文物的生意，向马国伟要了照片。马国伟顶多是缺乏保密意识，致使文物资料外流。基层单位管理不那么严格，追究起来也伤不了马国伟的筋骨。

泾阳文物稽查队的账面上干干净净，实际上，已经有几十件东西被偷梁换柱了，光赵学生经手的就不下十件。马国伟的胃口越来越大，又陆续接触了几个古董贩子，甚至是盗墓贼，没少掺和违法的买卖。渭北这一带的"能人"的背后，都有他的身影。

到后来，泾阳一县的文物已经填不满马国伟的贪念。他拉起了一伙小混混，主动出击，到甘、川、宁一带搜寻田野文物。他们没有盗墓的手段，有些时候用低价从农村老头、老太太手中骗买文物，干得最多的还是在人迹罕至处偷盗庙宇。

白马老爷神像失踪，就是马国伟手底下的人干的，东西一运到西安，立刻转手给赵学生，由赵学生联系买家，远远卖到了天津。

马国伟屡屡得手。他的制服成了这个犯罪团伙最好的掩护。这一次，他唯一没有料到的是白马人的信仰如此坚定，紧追不放，又有西安本地人掺和进来帮忙。马国伟的这个团伙，组织不怎么严密，他瞒过了官方，却

第三卷　白马青崖

难保西安的文物贩子消息灵通，能够打听到他们的动向。如果白马人一直追查，没准儿真的会查到主谋头上。一个木雕神像事小，后头牵连的可是一大片黑幕。

次日，西安警方根据萧锷提供的线索，破获了考古书店纵火案。纵火犯的口供也指向马国伟，把口供综合起来，补上了最后一段证据缺环。

马国伟指使人悄悄地跟踪了几个白马人，打算给他们一个教训。张铭和舅舅、表哥住在青旅，不好下手，小混混便趁夜里打破了书店的玻璃窗，放起一把火。他们没想搞出人命，只想吓住土气执拗的乡下人和天真幼稚的书呆子，叫他们没精力、没胆量再追查神像的下落。

不料，到了最后，却是最书呆子的那个人看穿了马国伟的把戏，发现了他盗卖经幢的罪行。

这件案子告破之后，不仅泾阳文物稽查队经历了大洗牌，整个咸阳乃至全省的考古队、博物馆、文管所和稽查队等文物相关单位，都加强了管理。他们开始清查账目与文物，审查工作流程，强调工作纪律，组织人员培训。

赵学生交代了神像的确切去向，提供了天津买家的联系方式。张铭决定和舅舅、表哥赶赴天津追回神像——警方也在做这个工作，萧锷给天津警方与海关都发了函，确保神像不会在这段时间被运出关。但白马人等不及，他们一定要自己出一份力。白马人的祖先披荆斩棘，定居高山之中，开荒、打猎、纺线、酿酒，从来都只靠自己。他们唯一一次什么也做不了，依靠别人，只有白马老爷与妖魔战斗、化为神山的那一晚。

杨三舅特地上门，正式对向晚道谢。按照白马人的风俗，杨三舅带来了两条猪腿、一只活鸡、一箱用青稞酿的咂秆酒、两斤晒干的党参，也不知道他是怎么在西安置办出这么一份具有白马特色的谢礼的。

317

舅甥几人再三道谢，说杨觋家已经出院了，正在家里疗养。听说有了神像的消息，老爷子喜出望外，吃饭香了，喝水也甜了，人也能从床上爬起来了。老爷子闹着要亲自去天津，接老爷回来，儿孙们苦劝，他便列举自己年轻时到松潘贩马的经历，想凭资历闯一闯天津卫。最后，还是张铭的母亲强行镇压住了杨觋家。

杨飞拍着胸脯对向晚保证，等到书店重新开业，他来做安宅仪式，一定能护佑向晚家宅平安、生意兴隆，以及她无病无灾，考状元，当大官。向晚哭笑不得，收下了礼物，婉拒了杨飞。

白马人没坐太久，他们不敢再在西安耽误时间。向晚叫住张铭，问他的车次信息。原来，向晚在古圝地考古队工地的时候，就收到了社科院考古所河北分所发来的邀请函，行唐县发掘出土了战国中山王陵的随葬车马坑，准备开一个研讨会。这种会议通常有几个目的：一是向同行公布发掘的成果；二是增强发掘单位的学术影响力；三则是希望多邀请一些有经验的同行，解决发掘和研究中遇到的问题。

向晚的研究方向就是商周车马埋葬，她已经陆续在核心期刊发表了几篇相关论文。行唐工地的负责人常老师是先秦车马方向的专家，通过程云峰要到了向晚的联系方式。他在一些问题上指导过向晚。这一次研讨会，常老师不但发来了邀请函，还以私人身份联络了向晚，声称发掘成果非常有意思，叫向晚务必不要错过。

研讨会定在几天后。向晚在古圝地就准备好了PPT和发言稿，回西安后，又依照程老师的意思稍稍修改。眼下比较清闲，她还有一点时间可以和白马人一起去天津。

马国伟等一伙人落网后，书店最大的威胁解除了，乐游来接黑夫回去。向晚日常躲着黑夫走，这会儿要离别了，又有一点舍不得。她想了想，壮起胆子，端起一碗狗粮给黑夫，一本正经地跟它商量："我就摸一下，你不要生气啊。"

黑夫甩了甩尾巴，顺从乐游的口令，趴在地上让向晚摸。向晚摸得十分客气，黑夫有点不耐烦，脑袋往她手里拱了一下，又吓了向晚一跳。

乐游竭力忍住笑——向晚经历过很多大场面，也没见她害怕，偏偏这么怕狗。这段日子，从她花式躲狗的小动作里，乐游好像看到了十几年前那个活泼爱笑的、还没有背负起沉重命运的小姑娘。

乐游带来了一个西瓜，很自然地去厨房切瓜。这些天，他经常住在书店里，哪怕工作日要去公司上班，晚上也会赶来守夜。乐游每次来都换着花样带水果、小蛋糕，向晚叫他不要破费，他只是笑着说："这算是我蹭吃蹭住的代价。"但其实，只要时间来得及，乐游也会帮忙做菜，并且做得挺不错。

向晚摸完狗，心满意足，洗了手，回椅子上盘起了腿。她惯于在出行前制订计划，先打开电脑，拉出一个竖轴为时间、横轴为事件的表格，留好了弹性时间，再给师兄打电话。她先谢谢梁戈慷慨地出借黑夫，告知他，乐游很快就会"完狗归梁"，再象征性地征求同意："把乐游借给我，跟我出一趟门。"

"他没有跟你说吗？"梁戈的语气里充满迷惑。向晚一怔，梁戈说："他跟我请了一周假，说要回老家。"

"我不知道。"向晚低声说。她看得出，除了神像一案的调查，乐游还在忙着别的什么事，但她一直没有询问。她没有问过乐游，就擅自安排了行动。

她心想，梁戈知道乐游有别的计划，她却一无所知，她让乐游为难了吗？

"这小子！你等一下，我问问他。"梁戈大包大揽。他当然希望乐游陪师妹去天津。有他在，师妹出远门也能让人放心一点。

"不用了。"向晚听到乐游上楼的脚步声，飞快地说，"他就在这里，我自己问。"

乐游端着果盘走进来，鲜红的沙瓤瓜，去籽，切成了小块，已经插好了果签，恰好是向晚一次能吃完的分量。

乐游听到了师兄妹两人打电话的动静，似乎也在踌躇自己该怎么开口。他的目光对上向晚的目光，深吸了一口气，说："对不起。"

"抱歉。"向晚同时开口，两个人都愣了一下。

片刻后，向晚先放松下来，轻微的芥蒂像蛛丝上的晨露飞速蒸发："你先说。"

乐游组织了一下语言，他的语气慎重而坚定。话语像一颗一颗钉牢的钉子，和他这个人一样可靠。"有一些私事，我必须回老家一趟，很抱歉，我不能陪你去天津。等回到西安，也许我能……"

乐游直视着向晚，仿佛他说出的每一个字，都是重逾千钧的承诺。他又怕那种重量压得她难受，因此，竭力使自己语气轻柔："向老师，你回来时，告诉我时间，我去接站，好不好？"

"好呀。"向晚被乐游感染，声音也不自觉地放轻了，"你还有没有什么想说的？"

"天津挺远的，河北也很远。"

"是。"

"请你按时吃饭，多喝水，不要总熬夜看资料。喝酒的事交给张铭。还有，如果遇到危险不要冲得太快……向老师，请你一定要平安回来，早点回来。"

"嗯。"向晚的喉头有点发紧，她清了清嗓子，从书桌的抽屉里取出一个不大的玻璃瓶。

那是一罐水果糖,是在这条街上的某个糖果店里手工制作的。糖果的色彩明快、绚丽,不同的颜色与形状分别代表着柑橘、苹果、蜜桃与树莓的酸甜滋味。糖果欢快地挤在瓶子里,把瓶子挤得满满当当。

"你的糖。"向晚说。

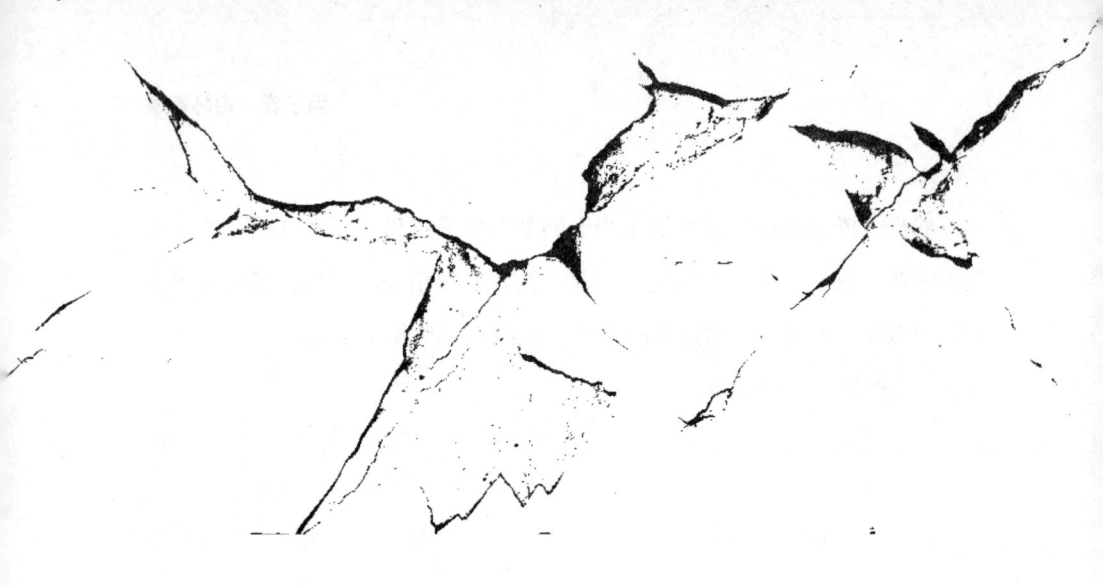

第七章 追回

西安北站高耸的顶棚象征大明宫含元殿的屋檐。列车东西分驰,向西的车带走了乐游。向东的列车上,向晚的座位靠着窗户。她把座位调到合适的角度,正捧着iPad(苹果平板电脑)看书——她通过知网订阅了几种核心期刊的电子版,出门时带上iPad,比携带纸质书轻便。

靠走道一侧的夏冰冰兴奋得像一个春游的小学生,一路都在叽叽喳喳地说话。向晚不时发出一两个鼻音,以示礼貌。

夏冰冰好不容易安静了一会儿,向晚感觉不对,一扭头,果然见他正举着手机拍自己。向晚立刻紧绷起来,用目光示意他停下。夏冰冰委屈地说:"你不知道你放松的时候多漂亮,一看见镜头就僵了。我算是明白了，给你拍照，就不能让你看见镜头。"

说着，夏冰冰凑过来，给向晚看照片。那张照片的确很漂亮，向晚微微低着头，沉静专注，面部线条在窗外掠过的大片绿色原野的映衬下显得异常秀美。光线不算好，但摄影师巧妙地选取了角度，愈发凸显出她眼中深潭映月一般的光彩。

夏冰冰手指一滑，下一张就是向晚僵硬的防御性表情。两张构图相似，但向晚判若两人。向晚顿了一下，说："拍得不错。"

这一趟天津之行，乐游不能参与，刘潇潇则沉迷于设计书店新格局，反复与消防部门确认方案，和设计师头脑风暴，跑建材市场比对材料，重拾图书馆学安排柜架……她甚至自学了装修设计，用软件折腾出了好几款概念图，对出差毫无兴趣。只有夏冰冰，好像把去天津当成了旅游，跑来控诉向晚冷漠无情，出门不带他，抗议这种撇下他的行为。向晚静静地看完夏冰冰的表演，把队伍规模扩充到了五个人，正好占据一排座位。

向晚存好了照片，又把注意力放在论文上，显然打算就这么安静地度过六个小时。夏冰冰不甘心被冷落，伸手在向晚眼前乱晃，等她看过来，便捏起一个拳头，掌心向下，想要给她东西，一双桃花眼含情脉脉，说："晚晚，手给我。"

向晚不明所以，瞅了夏冰冰两眼，握拳，敷衍地跟他碰了一下拳头，继续看书。

夏冰冰很崩溃，捂着脑袋大叫："你这个人！啊！你怎么这么不解风情！"

向晚："啊？"

夏冰冰扭头，叫张铭配合他来演：夏冰冰伸拳头给张铭，装作要给东西，张铭伸出手掌来接，被夏冰冰抓住手，翻转，拉近，在手背上印下一吻。

夏冰冰道:"看到了吗?正常人的反应是这样的。晚晚,咱俩再来一次!"

向晚不再理会夏冰冰的骚扰,被窗外的华山吸引了注意力,用手机拍下奇绝高耸的莲花峰,发给了乐游。

杨三舅与杨飞叔侄二人提了一兜泡面上车,到了中午,打来热水一泡,香味勾得满车厢的人都坐不住了,开始寻摸吃的。

白马人没忘记为向晚准备一份餐食,热情洋溢地往她面前的小桌板上堆卤蛋、榨菜和烤肠,说:"你自己往面里加,多吃一点!"

夏冰冰贴在座椅靠背上,躲避杨三舅的胳膊,开始翻白眼。张铭连忙收走泡面,说:"三舅,向晚不吃这个,我去餐车订餐。"

杨三舅显然嫌这种做法太过奢侈,但当着向晚和夏冰冰的面,不好说什么——这两个年轻人是来帮他们的,有恩义在。杨三舅嘱咐张铭:"给向晚和小夏订饭,你吃泡面。我怕不够吃,专门买的大桶——你看,加量不加价。"他还不知道在天津要花多少钱,现在能节省就节省一些。

夏冰冰撑着下巴看了一阵热闹,等列车员过来,招手要了好几盒水果。列车员报出价格,贵得白马人直咧嘴。夏冰冰挑挑拣拣,把水果堆到向晚的小桌板上。向晚看了夏冰冰一眼,只见他满面春风,对白马人视而不见。

白马人只是不习惯大城市的生活,并不是不懂人情世故,发现了夏冰冰的轻蔑态度,脸色变得微妙。夏冰冰浑然不觉,还在嘟嘟囔囔:"二等座的环境真差,你就应该跟我去商务座,干吗非要受这罪!"

张铭坐不住了,起身往餐车走去。向晚叫住张铭,说:"不用订我的,我吃泡面。"她又把水果分给杨三舅和杨飞。

几个人都是第一次到天津,萧锷托了关系,找了一个向导。向导是一个脸圆,身材也圆的小伙子,生得白净,细长的眼睛,笑容可掬,张嘴就是："几位好，姐姐您好！我姓王，赵钱孙李那个王，朋友们都叫我王二胖，您叫我二胖就成！这三位长得，真洋气！不是汉族人吧？这几天，就由我带着您几位逛，有事尽管招呼。——行李箱我来放，您往旁边让让，小心撞着头——姐姐，请您坐前面。"

王二胖拉开了七座的五菱车的车门，招呼大家坐定，系好安全带，问向晚："咱们是先去酒店办入住，还是直奔沈阳道？"

直到此时，向晚才捞着说话的机会，她看了看心焦的白马人，说："先去沈阳道吧。还得麻烦你，带我们去几家古董店看看。"

"成，都包在我身上。"二胖一踩油门，五菱车冲出地下停车场。大约是自带天赋，他说话有一股逗乐的劲儿，向晚等几个人听他讲话，跟听相声似的，听得津津有味。

津是渡口，"天津"的字面意思便是"天河渡口"，引申为天子使用的渡口。这座城市扼守海河的入海口，是从海上通往北京的必由之路，号称"畿辅门户"。它因为漕运而兴盛，又有近海的鱼盐之利，自古以来非常富庶。近代，列强在天津设立了大量租界，城市的繁华不曾减少。与此同时，天津也是东部沿海重要的文物流失的口岸之一。

沈阳道原本是日租界内的蓬莱街。20世纪80年代，随着开放，这一带形成了旧物交换市场，后来逐渐发展为古物交易市场，有"先有沈阳道，后有潘家园"的说法。1992年，沈阳道改造后更名为"沈阳道古物市场"，市场上鱼龙混杂，闻名中外。2009年，借着市场整修的机会清理过后，这里仍有三百多家店铺，每天客流量上万，交易量惊人。

王二胖有一个表亲在天津警界工作，根据萧锷"找一个熟悉沈阳道的人"的要求，让王二胖来帮忙。王二胖的曾祖父曾经在日租界内开诊所行医，秘密地为地下党提供了许多急需的药物。至今，王二胖家里还存着地下党组织领导人手写的欠条和感谢信。新中国成立后，他家在蓬莱街的遗产没有被没收，随着沈阳道古玩生意的兴起，王家顺理成章地把萧条的诊所改成了古玩店，做起了文玩生意。

王二胖幼时有点艺术天分，拜师学过大鼓，大学读的是编导专业，毕业后替家里打理着古玩店，但一门心思想改行。他叹着气说："姐姐，说实在的，我就想开一家咖啡店，隔三岔五接点拍摄的活儿。我有的吃有的穿就行。哪怕我的店一半卖咖啡，一半卖烤羊肉串就大蒜，找一群一米八以上的大小伙儿，穿着女仆装，专门负责端咖啡、扒蒜。这样的咖啡店，也比倒卖文物强啊！"

向晚被王二胖逗乐了，好奇地问："你不喜欢现在的工作？"古玩行业号称开张吃三年，王二胖的店铺是自家的，不用交租金，没有绩效指标，工作轻松，时间自由，是让多少人羡慕不已的好工作。

"这算什么工作啊？"王二胖大吐苦水，"我从小跟着我爷爷，看了个热闹，就自以为能入行。后来才知道，自己压根不喜欢这个，也没有那个眼力。我又学了点法律，非法的买卖不敢做，来源不清楚的东西不敢收。我那个店与其说是古玩店，倒不如说是一个工艺品店，您去河里捞一把，捞上来的真货都比我店里的多。要是有谁不开眼，上我的店里买东西，那可真是拜佛进了玉皇阁——找错了门儿！"

夏冰冰在后面笑嘻嘻地说："那正好，我们晚晚的眼力好，让她帮你掌眼，以技术入股，合起伙来赚他一笔，怎么样？"

"您可别消遣我，考古学家有规矩，哪儿能干这个？我不懂别的，好歹知道出土文物属于国家，以及考古人不收藏、不鉴定、不参与文物买卖的规矩——我有一个朋友就在西安学考古。我要是敢乱来，她能单枪匹马杀到天津，用手铲铲掉我的脑袋！"车子转了个弯，从牌楼下驶入一条街，喇叭声、吆喝声混着游客的呼唤声，喧嚣扑面而来。"这个地方又吵又堵，您几位多担待。"

第三卷　白马青崖

沈阳道古物市场占地面积不算大，内部的布局有点像西安的化觉巷或者都城隍庙。在拥挤的人流中艰难地挪动了二十多分钟，王二胖终于把车停到了自家店铺的前面。他招呼众人下车，进去喝杯茶。稍稍休整后，王二胖没带人，独自去打听消息。

王家几代经营古玩店，哪怕王二胖在古玩这一行没什么天赋，店里全都是工艺品，他仍能在这条街上混个脸熟。他一路和熟人寒暄着，从这个店铺进去，又从那个店铺出来，像一尾灵活的胖鱼，在沈阳道小却深的潭水里游荡。

过了小半天，王二胖满头大汗地回来了。他大口喝着已经凉了的茶，抹抹嘴，说："蛇有蛇路，鼠有鼠道，您是找到了我，要是找一个不熟悉沈阳道的人，要打听消息可不容易。您要是信我，就跟我走，我保准不叫您白跑这一趟。"杨三舅连忙表示，既然找到了王二胖，就是相信他。

王二胖带着众人走进一家门面不大、看起来脏兮兮的店。这家店的店主也是一个年轻人，瞧见王二胖带人进来，脸上的笑容明显加深："几位看点什么，我给您介绍介绍？二胖，这些都是你的朋友？咱可不亏自家人，你带来的人，一律打八折。"

古玩行当没有定价，打折不过是随口一说，没人当真。张铭才要说话，王二胖拉了他一把，对店主笑道："你能做主打折的东西，能比我的好到哪里去？我要见陈伯伯，有大事。"

"我大爷忙着呢。你能有什么事见他老人家？"店主摇了摇头，不想挪窝。

如果是别人提出这个要求，店主还会郑重一些。这个王二胖的手上从来都没有真东西，要不是看在街坊邻里的面子上，店主压根不会理他。王二胖20出头的时候，可是干出过呼吁沈阳道所有店主、摊主联合起来抵制盗墓文物的事。可是他不明白，要是真的查起文物的来路，这地界上，至少有一半人得失去饭辙！没人响应王二胖。他折腾了小半年，终于悟到大家都是在跟他糊弄事，才总算消停了。店主的大爷在这条街上也是一个响当当的人物，要是王二胖他爹来，大爷还会给几分面子，见一见，王二胖自己可没有这份脸面。

王二胖也不生气，笑眯眯地扯起虎皮做大旗："不是我的事，我能有什么事惊动陈伯伯？是我表舅，托我给他老人家带句话。"二胖有一个表舅在警方，和海关关系也很密切。

店主盯了王二胖两眼，叫众人等着，他去给"陈伯伯"打电话，请他老人家回来说话。

这家店看上去和大部分古玩店没什么差别，金的、铜的、瓷的、玉的乱堆一气，要说特色，就是木雕格外多，关公、观音和孔子分享一张条案，受同一炉香火。夏冰冰眼尖，指给向晚看——条案边上还躺着一个看不出材质的受难十字架。其余五花八门的木雕更是数不胜数，两米高的八骏图屏风、指头肚大小的沉香珠、竹根雕的福禄寿三星……有一些看上去有年头了，也有一些刻着去年的时间。

不到半个小时，陈伯伯就赶了回来，看在二胖的表舅的分上，对众人挺热情。陈伯伯也不着急问二胖的表舅给他带了什么话，先请众人观赏他新得的一座佛龛。这座佛龛由红木雕成，上下共三层，挡板上刻着精细的暗八仙图案，表面有一层油润的红棕色包浆。

陈伯伯得意地道："这是我从石家庄收来的。原本，最上头那层是一尊财神，中间是菩萨，下面供着保家仙。我怕有什么忌讳，叫他们把保家仙请走，单单留下了这个佛龛。您看这雕工！这木头！真好，真是好东西啊！"

夏冰冰忍不住哈哈大笑："财神、菩萨和保家仙住楼上楼下，主人家也不怕他们打起来？"他立刻收获了好几个不满的眼神——华北地区流行四大门信仰，白马人也不爱开神明的玩笑，只有向晚不把这种玩笑话当回事。

白马人从川北一路追到了天津，离家千万里，早已焦灼不堪。到了天津，神像几经转手，这里的古董贩子和藏家对"销赃"的忌讳就没有西安那么深了。张铭直接掏出照片："我看上了这尊像，一路打听到这里，不知道您见过没有？"

陈伯伯定睛看了一会儿，摆出一脸高深莫测的表情，说："好像见过。"

白马人立刻又喜又急，杨三舅脱口说了一串白马语，急切地等陈伯伯继续说下去。偏偏陈伯伯说完那一句，就闭上了嘴，仿佛他这辈子就不会再张嘴说话似的。

杨三舅换回了生硬的普通话："你要看清楚，这可不能出错！"杨飞则问："你要多少钱？"

陈伯伯慢悠悠地说："等会儿。刚刚大概看错了吧，我再瞅瞅。看着像，又看着不像，我也说不好。"

王二胖见势不妙，连忙凑上去，把表舅带的话添油加醋一番，嘀嘀咕咕地和陈伯伯说了半响。陈伯伯这才不再随口敷衍白马人，给了一句准话："见过是见过，跟照片上的差不离，就是雕像背后有个大洞，装藏都空了。可是，东西已经脱手了，买家是谁，我不能说。——这是规矩，二胖你也是知道的。坏了规矩，我还怎么在沈阳道混，还怎么再做生意？"

杨飞的脸涨得通红，已经到了这里，好不容易找到了一个见过白马老爷的人，他却不肯说出神像的下落，怎么能不着急？二胖连忙拉着他，让他到旁边冷静一下。

向晚态度很好地对陈伯伯笑了一下，不慌不忙地说："这尊神像是一个大案的物证，警方迟早会来。我们原本不用跑这一趟，等着警方送还失物就行。但是，那样一来，我们要等很久，您也会被牵扯进去。就算您是清清白白的，卷进了案子里，也难免沾上一身泥，不划算。二胖刚才也说了，您只要提供一点线索给我们，让白马人买回神像，大家公平交易，到了警方那里，您就成了证人而不是嫌疑人，这不好吗？"

"再说，这尊像可不是好玩的，容易沾上诅咒。"向晚朝着被气得额头上青筋突突直跳的杨飞招招手，"飞哥，来给陈先生讲一讲不敬老爷的下场。"古玩行里许多人都迷信，这位陈伯伯供着佛像，忌讳保家仙，就一定不会对白马老爷的诅咒无动于衷。

杨飞说话带着口音，他笃信白马老爷，那个鸡叫之前进庙的故事，由他讲出来，显得格外可信。听到最后，陈伯伯的脸色都变了。

杨飞再接再厉，讲起了另一个故事："我们乡镇的街上，有一个大商店，店里有一个挛爪子老汉，他的右手缩成了鸡爪子的样子，伸展不开。"所谓"大商店"，是国营商店、供销社遗留下来的店铺，在商品经济的大潮中苟延残喘。

阴平县地处崇山深谷，能耕作的土地只有白水江边窄窄的一溜稻田，在发现金矿以前，全县人都穷得叮当响。山里的白马人千辛万苦地烧荒、捡石头、堆粪，开出梯田来种麦子和青稞，却还是吃不饱。他们感到夏季的暴雨和冬夜的寒冷很难熬，就把白马老爷当成了精神寄托。

白马老爷的觋家平常也务农，每逢祭祀，则十户人共同承担——平日里，这十户人是有着互助义务的一"伙"。祭祀的时候，全村人都能吃到罕见的白面馒头和羊肉汤。没有人会打着神明的旗号盘剥乡里，在白马人看来，白马老爷不但是强大的神明，更是世世代代庇佑自己的长辈，感情很深。

挛爪子老汉是河坝里的汉人。几十年前，他还很年轻，还有一双好手。他不爱劳动，专喜欢偷鸡摸狗。借着"破四旧"的机会，他先推倒了

第三卷　白马青崖

县城东南那座从明朝传下来的文昌阁，又砸了舍书乡铜佛寺的四大天王，从此得势，抖了起来，有了一个外号叫"红狼毒"。

红狼毒盯上了白马人，一个寨子一个寨子地毁坏老爷庙，不但爱砸像、毁庙，每到一个寨子，还要逼着人杀猪、宰羊给他吃，最少也要强摘几树苹果。有谁敢不给，他就把人绑成虾子的模样，拉到县城的街上去批斗，把人折磨得半死不活。人人都厌恶他，可是，人人都不敢招惹他。

红狼毒听说青崖堡的白马老爷神像最古老，就带着十几个打手上了山，可他不知道有人偷偷地给杨觐家报了信。提前得到消息的杨觐家，组织了寨中的青壮，把红狼毒堵在了石门寨。

双方都朝天开了土枪。杨觐家且战且退，最后退到了青崖堡的碉楼旁。红狼毒那边的枪多，占了上风，一冲开阻碍，就直奔村后的老爷庙，可是，他们扑了个空——杨觐家已经背着神像跑掉了。

后来，杨觐家对杨飞讲，神像少说也有二三百斤，他力气再大，背着那么重的东西，也跑不了多远。他跪下对老爷说："爷，你显显灵，叫我背着你跑，别叫那些滚崖的短命种毁坏了你的金身。"杨觐家带着神像，健步如飞，躲进了寨子旁边的黑石沟。

黑石沟里有狼和野狗，没有人敢进去追杨觐家。杨觐家怕被人看到，白天藏在黑色巨石的狭缝里，只敢在夜间活动。他渴了就饮石缝中渗出的泉水，饿了就胡乱吃一些浆果，居然一次也没有遇上野狼、野狗。

红狼毒仗着人多，又有枪，几次闯进黑石沟。可是，一进沟，人就迷了路，红狼毒的手下都说，像是有鬼蒙着他们的眼睛，根本抓不到杨觐家。于是，红狼毒砸了香案、拆去庙门，又拿杨觐家的女人撒气，把那个怀孕的女人拉去批斗、游街，折磨得她流掉了一个成形的胎儿。从那以后，杨飞的外婆走路都得弯着腰，抵御身体深处传来的无尽痛楚，她50多岁就去世了。

杨觋家在黑石沟里，听见媳妇在山间回荡的凄厉的哭声，对着老爷砰砰磕头，磕得满脸鲜血，说："爷，我的爷，求求你治一治那个畜生！我的娃，我那还没有见过一天太阳的娃……"

几天后，寨子里的人唤杨觋家回去，说红狼毒再也不能祸害人了。杨觋家背着老爷像，走出了黑石沟。走到寨门前，他想歇一口气，刚刚放下神像，就再也背不起来了。老爷像好像大树扎了根，十几个小伙子使出了吃奶的力气，都没能把它抬起来。

杨觋家杀了一只大公鸡，用一沓黄纸蘸着鸡血烧了，这才四个人合力把神像抬回了庙里。

村里人都说，杨觋家求老爷惩罚红狼毒的当天夜里，红狼毒在他自己家睡得好好的，突然间，口吐白沫，没一会儿，整个人就僵硬得好像一条犁杠。人们把他送到县里，治不了，又送到广元，他好不容易才抢回了一条命。就这样，红狼毒落下了半身麻痹的毛病，再也直不起腰，一只手也挛缩成了鸡爪子的模样。人们不再叫他红狼毒，改叫他"挛爪子"。

再后来，挛爪子被安排到了大商店，拖着半边残疾身体给人打清油、卖洋火，每年白马人祭神，他都关上门躲起来。挛爪子一个字也不肯提，他差点死掉的那天夜里，到底在梦里看到了什么，也不许别人问他的手是怎么变成那样的。十几年里，跟随红狼毒作恶的那伙人，病的病，死的死，还有一个，白天被天火烧了房子。他们中竟没有一个平安活到现在的。

杨飞讲完了两个故事，又认真地说："偷神像的也好，买神像的也罢，一个都跑不掉。不信，你就等着看。"

但凡迷信的人，总是宁信其有，不信其无。他们图好口彩，讲究吉利。杨飞这么说下来，陈伯伯的脸色变得非常难看。他倒是比先前更加灵活了，挤出了一脸笑意，说："那尊神像，虽然已经出手了，买家却是一个熟人，我帮你们问问。心诚则灵，我也佩服你们的虔诚，不会让你们白白出远门。"

王二胖听故事听得眉飞色舞，当天就把故事传遍了沈阳道。他说："也不能全指望陈伯伯，万一他靠不住，咱们还有的辛苦。我把这个诅咒的故事传出去，别人就不敢打神像的主意了。"

白马老爷的诅咒不胫而走。天津人都是语言艺术大师，在传话过程中添油加醋，给诅咒故事增加了许多细节，再传回王二胖耳中时，已经丰富、神异得叫他都不敢认了。

好在王二胖担心的事并未发生。第二天晚上，陈伯伯便传来了消息。王二胖摇着头说："当年，他可是出了名地胆大。有几年，他专门倒手口琀和窍塞，据说还跟着盗墓贼下过生坑，现挖现买。现在，人老了，胆气也弱了。不过这是好事，他要不是害怕，还不会透露这么要紧的消息呢。"

陈伯伯找到了最终的买家，不知道使了什么办法，买家愿意叫白马人买回神像。不过，买家不肯和白马人见面，也不愿意让人知道他的真实身份，委托陈伯伯做中人，和白马人做这笔生意。虽然陈伯伯敬畏鬼神，但是信仰归信仰，生意归生意，他这个中人也要抽取15%的提成，全部由白马人支付。

神像几经转手，买家提出的价格是个不小的数字。向晚想起杨三舅吃泡面都舍不得加卤蛋，劝他再等一等，等警方一到，买家着急洗脱自己的嫌疑，就不会再坚持要那么高的价格。但是，白马人已经等不及了，杨三舅立刻打电话回老家，几万白马人开始想办法凑钱。一天过去，他们已经凑够了神像的"赎身"钱。

向晚的学术会议近在眼前，次日一早，她就去了河北行唐。临别时，杨三舅和杨飞还强调，老爷会保佑向晚顺顺利利、平平安安。向晚还在惋

333

惜他们花费的巨款，杨三舅憨厚的脸上露出一个精明的笑，说："我们花钱，是为了让老爷早点回家。可是，老爷是被偷走的，警察迟早会把赃款追回来，我们损失不了多少。"向晚又是愕然，又是放心，心情复杂地走进了车站的闸门。

这一次，夏冰冰没再跟着向晚，也不与白马人同路。他雇王二胖做地陪，由二胖带着，把天津玩透了，才优哉游哉地回了西安。

白马人购回了白马老爷像，打乱了警方的办案流程。好在，法理之外还有人情，考虑到民族感情，萧锷打了一份特别申请，没有把神像留作物证，警方派人做好记录后，白马人就护送神像回了老家。

虽然没能追回沙金装藏，但神像的回归让杨觋家和许多白马人都感到安慰，仿佛一直保护、陪伴着他们的亲人回来了。他们取出各家珍藏的黄金，重新打造装藏，即将退休的杨觋家举行了多年不举行的全套仪式，请老爷的灵应再次降临到这尊乌云脸、闪电眼的雕像上。这一年，白马山寨的庆祝仪式，比张铭有记忆以来的任何一次都要盛大。

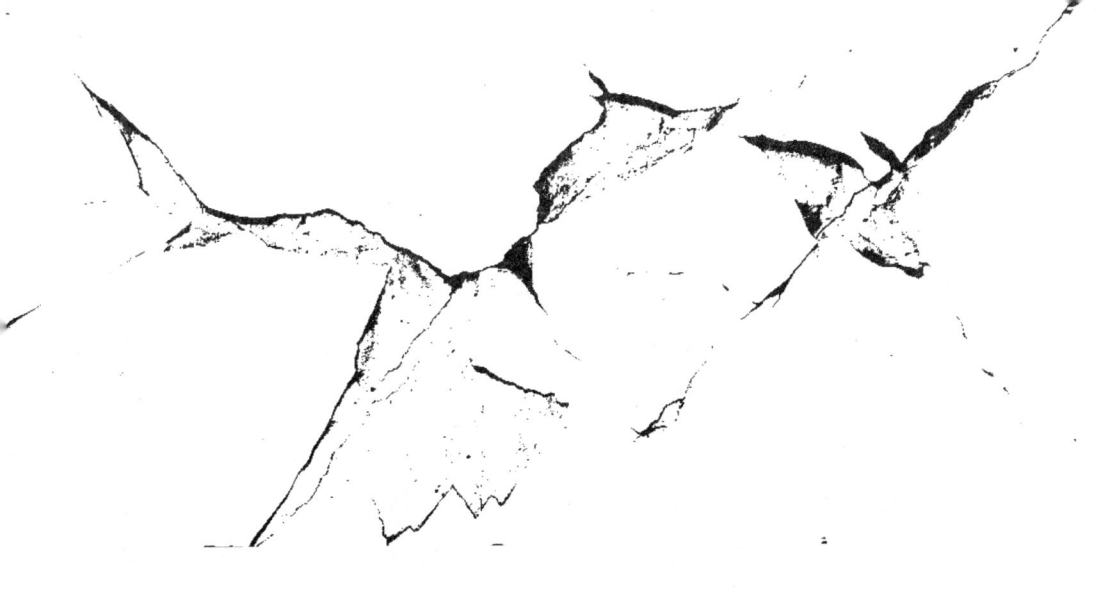

第八章 告别

    向晚在常老师那里现场观摩了车马坑的发掘与打包提取，向许多前辈、专家讨教，收获了满满的资料。

    回西安的路上，向晚没有看书、读论文，而是望着外面的风景，把自己的车次信息发给了乐游和刘潇潇。从车窗的倒影里，她发现自己唇边带着笑意，像是有什么令她快乐的事正在发生。她的心情已经好了起来。

    然而，直到列车减速，平稳地滑进西安北站的站台，乐游都没有回复。笑容就像一碗正在变凉的汤，微微有些凝固了。向晚深吸一口气，对站在接站口的刘潇潇挥了挥手，加快了步伐。

    刘潇潇的心情很好——这段时间，她已经走完了火灾险的理赔程序，完成了大约一半的装修工作。刘潇潇带着向晚参观已经大有起色的书店，迫不及待地展示全新的布局、配色和她的各种小巧思。

向晚有点心不在焉，无意识地打开手机通讯录，又关掉，反复了好几次。终于，在刘潇潇拉着她去看布置一新的小花园时，她问："乐游还没有回西安吗？"

刘潇潇察言观色，小声道："听说他已经回来了，不过，情况不太好。"向晚抿了抿唇，没有再问。接下来几天，她埋头读书，读累了便做数学题打发时间。

这一天，梁戈一边看着乐游交上来的策划书，一边想，不知道师妹什么时候才会来找自己套话。

向晚算是梁戈看着长大的，长得漂亮，人聪明，家境也好，更妙的是还有程院长看顾，刚上大学那会儿，有不少高年级男同学都试图追求她。梁戈听人说过，文博学院暗中流传："娶了向晚，能少奋斗十年。"

大学男生追起女生来，真是花样百出，宿舍楼前摆蜡烛，组织上百人发生日祝福短信，都还是小场面。最出名的一次，是在校庆典礼上，一名男生当着校长、院长和其他师生以及数百位嘉宾的面，脱下表演用的服装，露出赤裸的胸膛，他身上赫然文着向晚的名字。

不过，对这些把戏，向晚一直无动于衷。梁戈戏称她像《百年孤独》里的雷梅苔丝姑娘。那几年，鹿鸣文化正处在创业阶段，梁戈十分缺钱，他抛弃考古院的大好前程从商，如果失败，会有很多人想看他的笑话。向晚拿出积蓄，参了一股，成了一个小股东，对身处人生低谷的梁戈来说，这实在是雪中送炭的情谊。他们师兄妹的关系好，不知道怎么回事，就有谣言传出来，说梁戈一边吊着向晚，一边还谈着好几个女朋友，说得十分不堪。

程云峰闻讯大怒，叫梁戈"滚"去院长办公室受审。他平时就很威严,发起怒来更是让人胆寒。梁戈吓得腿都软了,拼命地解释,几乎磨破了嘴皮。最后,梁戈不得已翻出历任女友的照片,才证明了自己的清白——自己只喜欢美艳、成熟的女人,对向晚这个类型的小姑娘没兴趣。

经此一事,程云峰也上了心,格外留神每一个试图接近向晚的男生。院长像守着珍宝的恶龙,在一旁虎视眈眈,谁还敢触他的逆鳞?向晚这才清静了几年。

在向晚这里折戟沉沙的人多了去了。梁戈把乐游推荐给向晚时,根本不认为这小子能得到师妹的青眼。

不过,乐游还算上进,并没有因为自己是表姐介绍给梁戈的关系户,就打算赖在助理的位置上混吃等死。乐游一直在做兼职,好不容易把一身债务还得差不多了,又提交了一份业务拓展方案——这几年国内文物运输需求大大增加,鹿鸣文化还没有这方面的业务,他觉得这是一个好机会。

梁戈没同意乐游拓展业务的方案,反而决定给他一笔投资。鹿鸣文化出钱,乐游出人和技术,从零开始组建一个文物运输公司。乐游拉了一批昔日的战友来做班底,又高薪挖来一位负责技术的员工,来做技术培训。

那段时间,乐游忙得要死,恨不得把一个人掰成八瓣,才能应付那么多事情。可是他的精神好极了,快乐得简直不像话。现在想来,恐怕不仅仅是事业曙光乍现的缘故。

可惜,乐游回了一趟老家,再回到西安,就变回了他刚进鹿鸣文化时那副心事重重、了无生趣的样子。

梁戈合上策划书,叹着气,对乐游说:"我觉得可以,就这么办吧。"乐游严肃地点了点头,正准备出去,梁戈叫住了他:"我从周至买了一批猕猴桃,明天你替我送一趟,两箱给你表姐,两箱给程老师,还有两箱给向晚。"

乐游像被梁戈的话吓到了,过了好一会儿,才说:"哥,我不合适,换一个人去送吧。"

梁戈皱起了浓黑的眉毛。他还不清楚乐游和向晚之间出了什么问题，但他能看出来，一定有什么事改变了乐游的人生规划。

下班时，员工们陆陆续续走出写字楼。一辆车缓缓地开了过来，梁戈发现司机是向晚，有一点惊奇——难得看见她开车。梁戈笑起来，正要过去问问她，要不要跟自己一起吃饭，就看到向晚沉着脸，气势汹汹地去堵正站在公交车站牌下的乐游。

乐游本来打算搭乘公交车回自己的出租屋，被向晚堵了个正着。梁戈目睹师妹堵人、抢人上车、绝尘而去的全过程，目瞪口呆。

鹿鸣文化所在的写字楼位于城南，再往南不远，就是乐游原，这个名字源于汉宣帝杜陵的陵庙——乐游庙。

向晚把车开进了杜陵遗址公园，停在空旷处，一言不发地下了车。乐游连忙跟了上去。这里地势较高，能看到夕阳与灿烂的晚霞，傍晚的风吹得树叶哗啦啦作响，鸟儿和虫子鸣叫着。

向晚看着太阳一点一点地西坠，慢慢收敛怒气。直到看不见太阳，她才看向乐游，平静地说："你食言了。"

乐游认真地道歉，但一句也不肯解释。回了一趟兰州，他好不容易才生出的希望被现实击得粉碎，又缩回了以前那个只敢仰望而不敢接近她的位置。

他不应该在对人生还没有完全把握的时候，就对她说那些话。他高估了命运对自己的友好程度，他实在错得离谱。他已经再次落入了深渊，不该再将她从原本光明的人生往低处拉。

在乐游静静地陪着她看夕阳的时间里，向晚积攒了足够的勇气，不打算再回避问题："我问了花学姐，她说你回老家是为了祭拜母亲。但是，一定还发生了别的事，对吗？"

乐游沉默着，如同岩石。

向晚盘腿坐到了草地上，拉了拉乐游："你也坐。"乐游像被火烫到，飞快地后退，隔着一米多的距离坐下。

向晚看着乐游，说："我讨厌不辞而别。所以，我是来和你告别的。"乐游猛地抬起头，看向晚，他几乎要脱口说点什么，却没有说出口。他感觉口腔里充满苦涩的铁腥味。

向晚说："对一个不大会再次见到的朋友说一说你的心事，不用担心会泄露秘密。"

"我没有秘密，"乐游攥住一把草叶，不去看向晚亮晶晶的眼睛，"只不过……"只不过，那是他的伤疤。他凭什么把她不应该承受的痛苦告诉她，用自己的苦难换取她的怜悯？那样祈求她的感情，他会觉得自己很卑劣。

可是，向晚像一个认准方向准备冲锋的战士，手持长刀，非得破开他心中的藩篱不可。向晚甚至有点无赖地摊开手，说："你也可以什么都不说，我们就一直在这里坐着吧。"

激烈的情绪撕扯着乐游，他对自己的沉默感到倦怠。终于，他听天由命似的垂下了头，低声说："向老师，你也许知道，我退伍不是因为受伤，而是因为妈妈病得很严重。"

乐游的父亲早逝，母亲艰难地把乐游拉扯大，却因为疏于照顾自己而患上了胃病。乐游在部队时，每次打电话问候母亲，她都说自己很好，胃疼有所缓解，饭量也大了一些，他信以为真。直到胃癌晚期，她的病情再也瞒不住，他才意识到母亲一直在说谎。有时候，就在和他打电话的时候，她一边承受着绞痛，一边笑着说自己很好。

乐游仓促地办好了退伍手续，回到兰州，在各大医院辗转求医，购买昂贵的进口靶向药。母亲被切除了四分之三的胃之后，他也向人们口口相传的"神医"问诊过，期望神秘的中医能够延续母亲的生命。

为了给母亲治病，乐游花掉了所有安置费，甚至借了小额贷。但母亲没有活下来，她在痛苦中离世。她弥留之际，杜冷丁（哌替啶）已经完全不起作用了，她疼得呓语连篇，哭着喊妈妈，不再像一个慈爱的母亲，而像一个年幼、无助的女孩。

办完母亲的葬礼后，贷款滚成了一笔巨债，乐游卖掉了房子，还是无法还清。他学历不高，很难找到高薪的工作，便在兰州的一个建筑工地里打工还债。

直径2.5厘米的钢筋，多根捆扎固定后，浇灌混凝土，成为大厦的承重墙，乐游要干的活儿就是捆扎钢筋。白班的日薪是180元，夜班危险，薪水几乎翻倍，能够赚到280元。一个班12个小时，工人们在缺乏足够保护的钢梁上行走，像在耍高空杂技，一旦失足摔落，付出的代价不是观众喝倒彩，而是生命。

乐游上夜班，一个月休息两天，有时在夜班之后，他还会再加半个白班。这样，他一个月的工资有8800元，其中8000元全部用来还债，他只给自己留800元用来吃饭，就这样过了将近一年。

有一天凌晨，一位工友王凤平从二十八层的高度摔下，两根钢筋从他背部穿过肺叶，自胸前顶出。不等救护车赶到，人就断了气。王凤平本来不该在那个时候上钢架，他是白班工人，但是在私底下，工友们会换班，只要不耽搁活计，工头不算错工资，没有人会追究。那天，乐游病了，烧得两腿虚软，爬都爬不起来，于是王凤平和乐游换了班，顶替了他的夜班，让这个没日没夜地苦熬的小伙子喘息半日，自己也赚一把夜班的钱。然而，天亮之前，王凤平失脚摔了下去。

老板声称王凤平违反了安全规定，公司没有责任，不会赔偿。但是，死者为大，看在他的孤儿寡母的分上，老板赔了8万元。王凤平的家属在医院门口哭得死去活来，不肯让人把尸体拉去火葬场。

乐游看着王凤平患有小儿麻痹症的妻子、两个还在上中学的女儿，他冲进了老板的豪华办公室，问他："一条人命，就只值8万吗？"

一条人命，当然不止8万元。事故身亡，按惯例，赔偿金是80万元。老板只掏了20万，其中8万给家属，余下的钱，包工头拿一半，另外一半分给了当夜的知情人，换他们封口，把工地没有安全措施、工人没有保险的事实和死人的骨灰一道深埋。

除了利诱，还有威逼。老板说，大不了开除不听话的工人，想要打工赚钱的人多的是。没签合同，他肯拿出8万元，已经仁至义尽。

老板没有和王凤平签过劳动合同，事实上，没有几个工人会犟着非要签——签了合同还要交税，拿到手的工钱会减少。工人总是在各个工地间流动，很多时候，包工头能够一手遮天，替老板平息事态。每个工人身后都有和王凤平一样沉重的负担，他们和乐游一样，咬着牙在破板床上翻滚，挺过伤痛发作的时候。他们一个人挤出几百元，凑足两万元，资助孤儿寡母，已经是他们能做的极限。

乐游对老板动了手，几个保镖没能拦住他。他掐着老板的脖子，把老板抵在办公桌上，另一只手摸到沉甸甸的烟灰缸，狠狠砸下，擦着老板肥厚的鼻子，把桌面砸出了深坑。然后，病还没有痊愈的他就被毒打，被扭送到了派出所。

几天后，花荼蘼路过兰州，前去祭扫多年不见的表姑。得知此事，花荼蘼替乐游解决了许多麻烦，促成了他与老板的和解。

乐游找到放贷人，在他已经快还清的债务之上，重新借了一笔本金。他和花荼蘼去了王凤平的老家会宁，在会宁县城买下一间小小的房子，给那失去了依靠的母女三人居住。花荼蘼托关系，在会宁县二中的食堂给王凤平的妻子找了一个打杂的活儿，收入很低，但能让她们三人勉强活下去。

　　乐游没有收到感谢，王凤平留下的寡妇和孤女知道王凤平和他换了班，认定王凤平是替他死的。大一点的女孩在他们离开时赶到了车站，她皴裂的、冻得通红的脸上，感激与怨恨交替着，轮番占据上风。

　　乐游买了一袋香蕉，塞给那个女孩。花荼蘼对她说："你们这里出状元，好好学习，将来考一个能养家的专业，生活会好起来的。"

　　车上，花荼蘼问乐游："你还回兰州吗？"乐游在兰州已经一无所有，只有一身债务。于是，他跟着花荼蘼来到西安，在表姐的安排下进入鹿鸣文化，成为梁戈的助理兼司机。

　　乐游剩余的人生里，本来只剩下还债一件事，还完金钱债，还有人命债，债务压得他直不起腰。可是，他遇到了向晚。不知不觉，他误以为自己能够伸手摘星辰，充满希望地规划起了未来。

　　他拿到了梁戈的投资，招募了一批曾经的战友。他们和他一样年轻、懂纪律、听口令，也和他一样困窘、前途渺茫，他承诺要带着他们创业，凭借双手过上有品质、有尊严的生活。

　　直到这一次回兰州扫墓前，乐游都以为自己的规划能够实现。

　　他去了会宁，探望王凤平遗下的母女三人。然而，王凤平的大女儿考上了师范，却生了重病，那个绝望的母亲卖掉了房子，辞掉了食堂的工作，做起了更苦、更累的活儿。小女儿在学校，课间，她没时间复习和预习，更没空和青春活泼的同学们尽情玩耍，她捡起同学们喝剩下的塑料瓶，每积攒几十斤，就拖去废品站换几元钱。因为绝望和营养不良，一家人都是枯黄、干瘦、目光呆滞的样子。

　　乐游知道，他的债务还没有还清。他再次拿出了所有的积蓄，又借了一笔足够王家大女儿做手术的钱。

　　乐游的未来规划尽数化作泡沫。那一刻，他深切地意识到，他的人生在深渊里，他只应该仰望星辰，不应该妄想拥有。

"向老师……"乐游的声音因为发抖而变调。他想逃，可是，在向晚身边的每一分钟都充满着难以言喻的幸福。他像濒死的人，贪婪地舔舐着最后一滴蜜糖，越甜美就越不舍，越幸福就越绝望。

向晚从来没有在别人身上看到过这么多激烈而矛盾的情绪，没有出口的痛苦充溢着他的每一个细胞，就好像，只要自己伸出手，轻轻一击，他就会破碎成千万片。但是，过不了多久，他又会把自己粘成一个人形，伤痕累累地、沉默地活下去。

向晚静静地听完了乐游的倾诉。她黑黝黝的眸子凝视着乐游，轻声说："你的人生非常艰难。所以，你从你的人生规划里，划掉了我。"

乐游被这句轻飘飘的话击碎了。如果可以倒下，他希望自己永远倒下去，悄无声息地倒在泥土里，枯萎，腐朽。

向晚却笑了起来，她认真地说："我从来没有打算成为任何人的累赘，包括你。乐游，请你好好规划你的人生，既然已经去掉了我，就不要再把我当成你必须承担的重量。"

"叔叔是对的，玫瑰花很美好。"向晚说。夕阳下，她的瞳孔比平时放大了一些。她说："认识了玫瑰花，我很快乐。即便不能把它种到我的花园里，但我知道它存在过，那就很好了。"

向晚伸出双臂，抱住了乐游。乐游可望而不可即的星辰，落进了他的怀里。向晚俯在他僵硬的肩膀上，贴到他的耳边，轻轻地说："再见了，乐游。"

（未完待续）